GOLDMANN

Buch

Die junge Dany Ashton folgt einer Einladung in das Haus ihres Stiefvaters in Sansibar, doch bevor sie noch das Flugzeug besteigt, geschehen mysteriöse Dinge: Ihr Paß wird gestohlen – und ein Mord passiert. Doch sie erreicht das geheimnisvolle *Haus des Schattens*, wo Kapitän Rory Frost ein Vermögen in Gold versteckt haben soll. Dany und der Rest der geladenen Gäste müssen erkennen, daß unter ihnen ein verzweifelter und brutaler Mörder ist, der den Schatz für sich allein behalten möchte. Der Besuch in den Tropen wird zu einer Reise in den Schrecken...

Autorin

Mary Margaret Kaye wurde in Simmla, einer Stadt im Vorhimalaya, geboren. Ihre Familie ist fest in Indien verwurzelt: Schon ihr Großvater war in Kolonialdiensten dort. Den größten Teil ihrer Kindheit verlebte sie in Indien, heute ist sie in ihre Heimat England zurückgekehrt. Spätestens seit dem *Palast der Winde* gehört M. M. Kaye zu den erfolgreichsten Schriftstellerinnen unserer Zeit. Auch ihr zweites Buch *Inseln im Sturm* war ein Beweis dafür, daß hier eine Erzählerin schreibt, die in einem Atemzug mit Margaret Mitchells *Vom Winde verweht* zu nennen ist.

Von M. M. Kaye sind außerdem
als Goldmann-Taschenbücher erschienen:

Tod in Kenia · Roman (6682)
Es geschah auf Zypern · Roman (6749)
Vollmond über Kaschmir · Roman (6842)
Die Spur führt nach Berlin · Roman (8352)
Nacht über den Inseln · Roman (9106)

Im Goldmann Verlag erschien ebenfalls
der von M. M. Kaye herausgegebene Band:
Mein Rudyard-Kipling-Buch (9767).

M. M. KAYE

Tod in Sansibar

Roman

Aus dem Englischen
von Rosemarie Hundertmarck

GOLDMANN VERLAG

Titel der englischen Originalausgabe: Death in Zanzibar.
Zum ersten Mal erschienen 1959 bei Longmans unter dem Titel:
The House of Shade
Die überarbeitete Neuausgabe erschien 1983 im Verlag
Allen Lane, London

Der Goldmann Verlag
ist ein Unternehmen der Verlagsgruppe Bertelsmann

Made in Germany · 9. Auflage · 12/91

Umschlaggestaltung: Design Team München
Umschlagillustration: Conny Krafft
Satz: IBV Lichtsatz KG, Berlin
Druck: Elsnerdruck GmbH, Berlin
Verlagsnummer: 6648
Lektorat: Elga Sondermann/AR/MV
Herstellung: Gisela Ernst/Voi
ISBN 3-442-06648-4

Vorwort

Anfang der fünfziger Jahre brachte die BBC eine Radiosendung mit dem Titel »Hausfrauenwünsche«. Darin wurden beliebte Schallplatten gespielt (zu jener Zeit wahrscheinlich noch mit 78 Umdrehungen pro Minute), die eine aufmunternde Begleitung zu der langweiligen täglichen Arbeit lieferten. Jede Melodie der »Ersten Zwanzig« wurde ziemlich häufig wiederholt, und eine davon gefiel mir besonders. Die erste Zeile des Refrains lautete: »Aufs weite Meer ich fahr' bis hin nach Sansibar.«

Ich persönlich hätte viel darum gegeben, wenn ich »aufs weite Meer« hätte hinausfahren können, beinahe ganz gleich, wohin. Denn ich befand mich in der nur zu gut bekannten Situation der Ehefrau eines britischen Offiziers und saß mit meinen beiden kleinen Töchtern allein in der deprimierenden Armee-Unterkunft einer kleinen Garnisonsstadt, während mein Mann und sein Regiment irgendwo auf der anderen Seite der Welt (bei dieser Gelegenheit war es Korea!) im Einsatz waren. Und gerade Sansibar ist einer dieser Namen, bei denen jede Silbe einen eigentümlichen, singenden Zauber enthält, ebenso wie Samarkand und Radschasthan und Kilimandscharo. Wenn das Radio nicht spielte, sang ich das Lied selbst, und wie Dany in dieser Geschichte las ich alles, was ich mir über das Thema Sansibar besorgen konnte. Aber nie hätte ich mir träumen lassen, daß ich die Insel einmal mit eigenen Augen sehen würde.

Kurz bevor mein Mann nach England hätte zurückkehren sollen, wurde sein Regiment, das schon auf dem Heimweg war, plötzlich nach Kenia umgeleitet. Dorthin durften Frauen und Kinder nachkommen, und so dauerte es nicht lange, bis ich mich mit meinen Töchtern auf einen Flug nach Nairobi begab, der heute nur ein paar Stunden dauern würde, damals jedoch wie in diesem Buch mehr als vierundzwanzig Stunden in Anspruch nahm.

Während unseres Aufenthalts in Kenia hatte ich Gelegenheit, Sansibar zu besuchen. Auf den ersten Blick verliebte ich mich in die Insel, denn sie gehörte zu den seltenen Orten, die alles haben und alles erfüllen, was man sich erhofft und erträumt hat. Mir widerfuhr auch die Ehre, dem allseits geachteten und vielgeliebten alten Sultan vorgestellt zu werden, Seiner Hoheit Seyyid Khalifa bin Harub, dem Enkel Thuwanis von Muskat und Oman. Dieser wiederum war ein Halbbruder von zwei aufeinanderfolgenden Herrschern über Sansibar, Majid und Bargasch, und ich schrieb über ihn in dem historischen Roman *Trade Wind*, der die Geschichte von Tyson Frosts Großvater, Rory – Emory Tyson Frost von *Kivulimi* erzählt.

Mein Mann wurde ständig an neue und interessante Orte versetzt, und ich nahm mir vor, über jeden Schauplatz einen Kriminalroman nach dem Motto »Wer war der Mörder?« zu schreiben. Deshalb machte ich mir ausführliche Notizen über Dinge, die ich zu vergessen fürchtete. Als ich dann mehrere Jahre später mit dieser Geschichte begann, brauchte ich nur in meinen Sansibar-Aufzeichnungen nachzusehen, und schon hatte ich exakte Beschreibungen von allem, was ich möglicherweise brauchen konnte, bis hin zu dem auf Spiegelglas gemalten Werbeplakat im Flughafen von Mombasa und dem Tausendfüßler, der durch die als Verwaltungsgebäude dienende Hütte in Pemba kriecht.

Das Sansibar, das ich gekannt habe, ist für immer dahin, und dies Buch ist bereits ein »Zeitstück« – fast schon ein historischer Roman, so viel hat sich verändert. Aber wenigstens habe ich die Insel gesehen und kurze Zeit auf ihr gelebt, und in meinem Gedächtnis ist sie für immer festgehalten.

I

Die schweren Brokatvorhänge bewegten sich, als habe ein Windhauch sie gestreift. Eine sich blähende Falte berührte die Ecke des Toilettentischs und warf eine kleine Flasche Nagellack um.

Es war ein sehr leises Geräusch, aber es weckte Dany und riß sie aus einem quälenden Traum. Sie war im traurigsten Nieseln eines frühen Herbstes eine lange, einsame Landstraße hinuntergeeilt, in der Hand einen kleinen versiegelten Umschlag, und sie hatte auf das Tropfen des Regens von nicht sichtbaren Hecken und die Schritte eines Menschen gelauscht, der ihr dichtauf folgte.

Sie hatte flüchtige Blicke auf ihn erhascht, wenn sie stehenblieb und sich umdrehte, und einmal war es Mr. Honeywood mit seinem schmalen, trockenen Anwaltsgesicht und seinem kurzen, trockenen, mißbilligenden Husten gewesen, und manchmal eine große, kräftige Frau in Tweed, die rüstig durch die Nässe schritt, oder ein Orientale: ein dunkelgesichtiger Mann, der eine wallende weiße Robe und einen Fez trug – oder war es ein Turban? Aber keiner von ihnen hatte ein Recht, ihr zu folgen, und sie durfte sich von ihnen nicht überholen lassen. Ihr Leben hing davon ab, daß keiner sie überholte...

Die Flasche kippte um, und Dany erwachte.

Noch in den Empfindungen des Alptraums gefangen, setzte sie sich erschauernd im Bett auf und war im Augenblick überrascht, sich in einem fremden Raum wiederzufinden. Dann verflog der Traum, und sie erinnerte sich, daß sie nicht mehr im Haus ihrer Großtante war, sondern im Airlane-Hotel in London.

Gestern in Market-Lydon war es neblig und naßkalt gewesen, als sei es schon Spätherbst. Hier in London dagegen schien es an diesem Septembermorgen noch Hochsommer zu sein. Zwar war es sehr früh, und in der Stadt regte sich kaum etwas, doch durch das offene Fenster sah Dany einen klaren, hellen Himmel.

Die Vorhänge, gestern abend dicht zugezogen, waren jetzt teilweise geöffnet. Blasses Morgenlicht drang ins Zimmer und zeigte einen Haufen Pappkartons, Flugkoffer, Seidenpapier und die Eidechsen-Handtasche, die Großtante Harriets Abschiedsgeschenk war und unter anderem einen brandneuen Paß enthielt.

Dany hatte gestern am späten Abend ihr ganzes Auslandsreisegepäck überprüft. Es blieb ihr nichts mehr zu tun übrig, als einen Strandhut, einen Sonnenanzug und ein Mittel gegen Unwohlsein zu kaufen und sich Mrs. Bingham, der Schwester ihres Stiefvaters, vorzustellen. Mit ihr war sie bisher noch nie zusammengetroffen, aber sie wohnte seit gestern im gleichen Hotel und reiste ebenfalls mit einer Zero-Zephir-Maschine der *Green Zero Line* nach Sansibar.

London, Neapel, Khartum, Nairobi, Mombasa, Tanga, Pemba, Sansibar.

Der Schauer, der Dany diesmal überlief, war der des puren Entzükkens. Doch er endete mit einem jähen Zusammenfahren. Das plötzliche Gefühl, irgend etwas stimme nicht, war so stark, daß sie sich schnell umdrehte, halb und halb damit rechnend, es stehe jemand hinter ihr. Aber nichts bewegte sich außer den Vorhängen, die sich träge im Morgenwind bauschten, und natürlich war niemand da. Und niemand beobachtete sie! Es war nur die Nachwirkung dieses dummen Traums, in dem sie verfolgt worden war...

Dany Ashton hatte die Schule vor fast einem Jahr verlassen, doch jetzt konnte sie zum ersten Mal die Freiheit genießen. Bei einer Tochter ihrer Mutter hätte man vermuten können, sie führe ein wechselvolles und unterhaltsames Leben, doch war Danys Dasein bisher bemerkenswert behütet verlaufen. Ihre Mutter Lorraine, sie hieß zur Zeit mit Nachnamen Frost, war eine berühmte Schönheit, die Ehemänner auf eine Art sammelte und ablegte, die einem Filmstar wohl angestanden hätte. Dany, ihr einziges Kind, war die Tochter ihres ersten Gatten Daniel Ashton.

Lorraine hatte die Mütterlichkeit nie sonderlich gelegen, und Daniel Ashton, Forschungsreisender und Großwildjäger, hatte sich mehr für Dinge wie den Kleinen Kudu und die oberen Bereiche des Amazonas interessiert als für seine Vaterrolle. Er fand den Tod durch einen reizbaren Stamm südamerikanischer Indianer, als Dany drei Jahre alt war, und Lorraine heiratete prompt Dwight Cleethorpe, einen charmanten Millionär aus Chicago. Ihre kleine Tochter übergab sie der Obhut von Harriet Henderson, einer unverheirateten Tante.

Die Ehe mit Mr. Cleethorpe, dessen Hobbys Golf und Tiefseefischen waren, dauerte nicht lange. Ihm folgten rasch hintereinander drei weitere Stiefväter, von denen der letzte Tyson Frost, der Romanautor, war. Aber keiner hatte an seiner Stieftochter mehr als ein flüchtiges Interesse gezeigt, und Lorraines Besuche waren, wenn auch erfreulich und aufregend, immer nur kurz. Das ausgewogene Leben in *Glyndarrow*, dem großen Backsteinhaus in Hampshire, störte sie kaum. Dort lebte Danys Großtante Harriet in behaglicher Zurückgezogenheit, während die Welt an ihr vorüberzog.

Großtante Harriet mißbilligte den Fortschritt und die Nachkriegswelt. Sie hatte auch diese Reise nach Sansibar heftig mißbilligt, war jedoch außerstande gewesen, sie zu verhindern. Erstens war sie nicht der gesetzliche Vormund des Kindes, und zweitens hatte ihre Großnichte plötzlich eine unvermutete Selbständigkeit gezeigt.

Dany geriet außer sich vor Freude bei der Aussicht, diesen fremden Ort zu besuchen, wo Tyson Frost ein Haus besaß. Sie schlug nicht nur die Warnungen ihrer Großtante in den Wind, sie weigerte sich auch glatt, die drei Nächte in London unter dem Dach einer ältlichen Verwandten zu verbringen und sich von Twisdon, Großtante Harriets strenger und bejahrter Zofe, dorthin begleiten zu lassen.

Anstandsdamen, erklärte Dany, seien längst überholt, und sie könne sehr gut auf sich selbst aufpassen – beziehungsweise, wenn sie es nicht könne, fange sie je eher desto besser damit an, es zu lernen. Lorraine hatte ihr geraten, im Airlane-Hotel abzusteigen, denn dort würden ein halbes Dutzend Leute wohnen, deren Ziel ebenfalls Sansibar war. Sie alle waren nach *Kivulimi,* Tyson Frosts Haus, eingeladen und würden mit demselben Flugzeug reisen. Diese anderen Gäste waren Tysons Schwester Augusta Bingham, ihre Freundin und Gesellschafterin Miss Bates, der Marchese de Chiago (er nahm an Rennen teil, doch war nicht bekannt, ob an solchen für Pferde, Hunde oder Autos), Amalfi Gordon, eine enge Freundin Lorraines, und ihr Verlobter Mr. Holden, ein Amerikaner, der etwas mit dem Verlagswesen zu tun hatte. Er beabsichtigte, am Vorabend der Abreise zu heiraten und so das Geschäft (die Besprechung der Bedingungen für einen neuen Tyson-Frost-Roman) mit dem Vergnügen in Form von Flitterwochen auf Sansibar zu vereinen. Und schließlich Mr. Holdens Sekretärin Miss Kitchell. Der eine oder andere von diesen Leuten, schrieb Lorraine unbekümmert, werde sicher ein Auge auf Dany halten.

»Falls sie damit Mrs. Bingham oder Miss Bates meint, mag das ja angehen«, sagte Tante Harriet, steif vor Mißbilligung. »Aber wenn es dieser Marchese sein sollte? Ich kann mir nicht vorstellen, was in deine Mutter gefahren ist. Das kommt alles von dem Leben im Ausland: Ausländer sind bekanntlich von laxer Moral. Und *niemand* dürfte mit

Mrs. Gordon einverstanden sein! Es ging ein äußerst peinliches Gerücht um, sie habe – nun, lassen wir das. Aber meiner Meinung nach ist sie keine passende Gefährtin für ein junges Mädchen. Außerdem hat sie schon mehrere Eheschließungen und Scheidungen hinter sich.«

»Ich weiß nicht, warum du das gegen sie anführst«, meinte Dany mit einem etwas kläglichen Lächeln. »Was ist denn mit Lorraine?«

»Das ist etwas ganz anderes«, erklärte Tante Harriet bestimmt. »Sie ist deine Mutter... und eine Henderson. Und ich wünschte wirklich, du würdest sie nicht immer bei ihrem Vornamen nennen. Du weißt, wie sehr mir das mißfällt.«

»Ja, Tante. Aber du weißt auch, wie sehr es ihr mißfällt, wenn ich sie anders nenne.«

Tante Harriet wechselte das Thema. »Es ist eine sehr umständliche Reise. Soweit ich unterrichtet bin, fliegt die *Green Zero Line* nur bis Nairobi, und du mußt dort eine Nacht in einem Hotel verbringen und am nächsten Tag ein anderes Flugzeug nehmen. Alles mögliche kann passieren. Es hat zwei Rassenaufstände in Nairobi gegeben.«

»Ja, Tante Harriet. Aber Lorraine – entschuldige, Mutter – sagt, Tysons Sekretär Nigel Ponting wird mich dort vom Flugzeug abholen, so daß ich völlig sicher sein werde.«

»Ponting... Ja, ich habe ihn kennengelernt. Er war vor zwei Jahren zusammen mit deinem Stiefvater hier. Du warst in der Schule. Ein sehr affektierter Mann. Eher ein Tanzlehrer als ein Sekretär. Er sprach geziert und kicherte. Absolut kein zuverlässiger Typ. Mir gefiel er gar nicht.«

»Tut mir leid, Tante Harriet.«

Die alte Miss Henderson war gezwungen gewesen, den ungleichen Kampf aufzugeben, und Dany – naiv, romantisch, eifrig – war ohne Anstandsdame nach London gereist, hatte sich im *Airlane* ein Zimmer mit Bad und Balkon genommen und sich in eine Orgie aus Theaterbesuchen, Einkäufen und Freizeit gestürzt.

Sie mußte außerdem einen Auftrag ihrer Mutter ausführen. Lorraine hatte sie gebeten, Mr. Honeywood, Tysons Anwalt, in Market-Lydon in Kent aufzusuchen und bei ihm für Tyson ein Dokument abzuholen. *Das ist die Adresse,* schrieb Lorraine. *Es ist seine Privatwohnung, nicht seine Kanzlei, da er sich mehr oder weniger vom Geschäft zurückgezogen hat. Ich hoffe so, es wird Dir keine schrecklichen Umstände machen, Darling, und natürlich sollte das eigentlich Gussie Bingham oder ihre kernige Freundin erledigen, da die beiden praktisch an seiner Türschwelle wohnen. Aber Tyson sagt, Gussie sei eine unzuverlässige Klatschbase mit einem Gedächtnis wie ein Sieb, und deshalb wäre es ihm weitaus lieber, Du tätest es. Es macht Dir doch nichts aus, Baby? Tyson hat Mr. Honeywood geschrieben und ihm mitgeteilt, daß du am Nachmittag des Zwölften zwischen drei und vier Uhr kommen wirst und daß er das Dokument für Dich bereithalten soll. Du wirst es doch nicht vergessen, Darling, nicht wahr?*

Dany war pflichtgetreu nach Kent gefahren. Doch da sie am 12. September nachmittags ins Kino und abends ins Theater hatte gehen wollen, hatte sie Mr. Honeywood angerufen und als neuen Termin vormittags elf Uhr fünfzehn vereinbart. Das war gestern gewesen. Und jetzt war es der letzte Tag, wirklich der letzte. Morgen würde sie ostwärts fliegen, nach Sansibar!

Die ganze Zeit seit der Heirat Lorraines mit Tyson Frost hatte Dany davon geträumt, nach Sansibar zu reisen. Sie hatte die Leihbibliothek durchwühlt und ihr Taschengeld für Bücher über die Insel ausgegeben: *Die Fürsten von Zinj*, *Die Insel der Gewürznelken* und ein Dutzend andere. Bücher, die die Saga von dem großen Seyyid Saïd erzählten, Imam von Muskat und erstem Sultan von Sansibar. Und von Dingen wie den unterirdischen Brunnen, deren Wasser weit aus dem Inland Afrikas kommen sollte, dem Spuk-Palast von Dunga und den heiligen Trommeln von Sansibar, dem großen legendären Schatz, den Seyyid Saïd angeblich in Bet-el-Ras vergraben hatte, den Schrecken des Sklavenhandels und der Piratenüberfälle und der Zauberinsel Pemba, die Heimat der Teufel, Dschinns und Hexer.

Europäern war es verboten, Land auf Sansibar zu besitzen, doch vor langer Zeit hatte Tysons Urgroßvater – dieser rauhe, vagabundierende, schillernde Abenteurer Emory Frost – dem großen Saïd einen Dienst erwiesen, und seine Belohnung war gewesen, daß ihm für eine Zeit von hundertundfünfzig Jahren ein Haus verpachtet wurde. Tysons Besuche dort waren unregelmäßig und kurz, doch zufällig war dies Jahr der siebzigste Todestag Emorys, und er beabsichtigte, ein Buch über das Leben und die Zeit jener unglaublichen Persönlichkeit zu schreiben. Deshalb war er mit Frau, Privatsekretär und einem Sortiment von Gästen auf *Kivulimi* abgestiegen. Und Danys Traum konnte endlich Wirklichkeit werden.

Aufs weite Meer ich fahr' bis hin nach Sansibar – die Insel sehn, muß ich gestehn – das Ziel stets meiner Träume war... Dany glitt aus dem Bett. Sie trällerte ein Stück von einem Lied, das beliebt gewesen war, als sie die vierte Klasse besuchte. Da bewegte sich etwas hinten im Zimmer! Sie erschrak so, daß sie sich auf die Zunge biß. Aber es war nur ihr eigenes Bild im Spiegel gewesen. Dany schnitt ihm eine Grimasse, trat an den Toilettentisch, griff nach der neuen Eidechsentasche und suchte darin nach einem Zettel, auf den sie die Abfahrtszeit des Flughafenbusses vom Terminal geschrieben hatte. Er schien nicht da zu sein, und sie wollte schon in einer der Schubladen nachsehen, als ihr einfiel, daß er in der Tasche des Kamelhaarmantels steckte. Den Manntel hatte sie gestern abend auf der Damentoilette hängengelassen und vergessen, ihn zu holen. Nach dem Frühstück mußte sie unbedingt daran denken!

Schon wieder ließ sie etwas nervös zusammenzucken: ein leises Klatschen draußen auf dem Flur. Einen Augenblick später stellte sich heraus, daß ein Page, dessen Füße auf dem dicken Teppich kein Geräusch machten, die Morgenzeitung hingelegt hatte. Dany verstand nicht, warum sie an diesem Morgen so lächerlich schreckhaft war; sie hatte bisher nie unter Nervosität gelitten. Vielleicht war diese merkwürdige Hochspannung etwas, das jeder empfand, wenn ihm zum ersten Mal bewußt wurde, daß er ganz auf sich allein gestellt war? Wenn das stimmte, hoffte sie nur, es hielt nicht lange an! Dany ließ dem Pagen eine oder zwei Minuten, um den Flur zu verlassen, und ging dann zur Tür. Der Tee würde vor einer weiteren halben Stunde nicht kommen, und sie konnte die Zeit nutzen, indem sie die Zeitung las.

Der Korridor lag still und leer da. Den langen üppigen Teppich säumten Türen in Gold und Weiß, zahlreiche frischgeputzte Schuhe und eine große Auswahl der verschiedenen Tageszeitungen. Dany machte vorsichtig einen Schritt nach draußen und hob den von ihr bestellten *Daily Dawn* auf. Und als sie das tat, fiel ihr Blick auf die Überschrift einer Spalte: *Mann in Market-Lydon ermordet.*

Sie öffnete die Zeitung und starrte sie stirnrunzelnd an. Market-Lydon...? Dort war sie doch gestern erst gewesen! Die kleine Stadt, wo...

Gleich hinter ihr klickte es scharf, und Dany fuhr herum. Aber es war zu spät. Ein Luftzug hatte die Tür zugeworfen, und sie war im Flur ausgeschlossen.

Dany ließ die Zeitung fallen und drückte gegen die Tür. Doch das Federschloß widersetzte sich ihren Anstrengungen, und sie wandte sich von ihm ab, um hilflos den stillen Flur hinauf und hinunter zu spähen. Glücklicherweise war niemand in Sicht. Andererseits entdeckte sie auch keine Spur von einer Klingel, und selbst wenn eine dagewesen wäre, hätte sie sich nicht getraut, sie zu benutzen, denn immerhin mochte dann ja ein Mann kommen.

Zum ersten Mal bereute Dany den Kauf dieses durchsichtigen und viel zu teuren Nachthemds. Nylon und Spitzen mochten bezaubernd frivol sein, aber sie schienen eher dem Ent- als dem Verhüllen zu dienen, und sie wußte ganz genau, daß sie praktisch ebensogut hätte nackt dastehen können. Warum, warum nur hatte sie jene vernünftigen, hochgeschlossenen und sackähnlichen Wäschestücke aus weißem Biber weggeworfen, die Tante Harriet für die allein schickliche und sittsame Nachtbekleidung hielt? Wenn sie nur...

In diesem ungünstigen Augenblick erklangen Schritte auf der Treppe, die ein paar Meter von ihrer Tür entfernt auf den Korridor mündete.

Trotz des dicken Teppichs waren die Schritte deutlich hörbar und auffallend stolpernd, und begleitet wurden sie von einer Männerstimme, die mit schwerer Zunge das gleiche Lied sang, das Dany kurz zuvor durch den Kopf gegangen war.

»Morgen wird aus mir ein Blinder Passagier«, verkündete der Herr auf der Treppe, »ich geh' an Bord, reise fort – und meine Sorgen bleiben – verflixt!« Der Sänger fiel geräuschvoll auf die Stufen, und etwas – vielleicht ein Hut? – rollte hinunter.

In ihrer Verzweiflung kam Dany auf einen Einfall. Sie bückte sich nach der am Boden liegenden Zeitung und versteckte sich hinter dem Titelblatt des *Daily Dawn*, gerade als der Mann den obersten Absatz der Treppe erreichte und in den Korridor einbog.

Er erwies sich als ein hochgewachsener, zerzauster junger Mann in Abendkleidung, dessen weiße Fliege um mehrere Zentimeter verrutscht war. Er trug einen bunten Luftballon und eine große, flaumige Spielzeugkatze mit einem rosafarbenen Band um den Hals. Sein dunkles Haar befand sich in beträchtlicher Unordnung, und ganz im Gegensatz zu seiner unleugbar festlichen Erscheinung umgab ihn das undefinierbare Flair von etwas, das eine frühere Generation »Verruchtheit« genannt hätte.

Eine oder zwei Sekunden lang blieb er leicht schwankend stehen und hielt unsicher Umschau, dann fiel sein Blick auf Dany.

»Na, so etwas!« sagte der junge Mann, und er sagte es mit einem unverkennbar amerikanischen Akzent. »Sieh sich einer das an!«

Er kam näher, bis er mit ihr auf gleicher Höhe war, und als ihm ganz aufging, in welcher unglücklichen Situation sie sich befand, gab er sich einem unmäßigen Heiterkeitsausbruch hin. Er stand vor ihr und lachte sich krank, während Dany ihn wie ein zorniges Kätzchen anfunkelte, hilflos und wütend, die Wangen scharlachrot.

»Seien Sie still!« zischte Dany. »Sie werden alles aufwecken! Wissen Sie, wieviel Uhr es ist?«

»Drei Uhr morgens ist es, die Nacht hab' ich durchtanzt!« jubilierte der junge Mann und gab mit seiner verschleierten, aber angenehmen Baritonstimme alles, was er hatte.

»So sehen Sie auch aus!« erklärte Dany in wütendem Flüstern. »Aber es ist jetzt beinahe sechs, und ich möchte zurück in mein Zimmer. Fällt Ihnen nichts anderes ein, als dazustehen und zu lachen? Tun Sie etwas! Besorgen Sie mir einen Generalschlüssel – irgend etwas! Sehen Sie denn nicht, daß ich ausgeschlossen bin?«

»Ich sehe es«, erwiderte der junge Mann. »Und lassen Sie mich Ihnen versichern, daß ich seit Tagen nichts Besseres gesehen habe. Ein Jammer, daß Sie bei Zeitungen kein kleineres Format bevorzugen, aber wer bin ich, daß ich krittele? Es hätte schließlich auch die *Times* sein können. Nicht etwa, daß Sie mir nach einer Dame aussehen, die die *Times* liest. Nein, ich möchte sagen...«

»Werden Sie wohl still sein?« fuhr Dany ihn an. »Und wenn Sie mir nicht helfen wollen, gehen Sie weg! Nein, nein, gehen Sie nicht! Um Himmels willen, besorgen Sie mir einen Generalschlüssel.«

»Sicher«, meinte der junge Mann herzlich. »Alles, was Sie verlangen. Hier, halten Sie die Kinder.«

Er übergab ihr den Luftballon und die weiße Katze, und Dany, die unvorsichtig nach ihnen griff, hätte dabei fast das Titelblatt des *Daily Dawn* verloren. Der Ballon hüpfte außer Reichweite, und die weiße Katze fiel zu Boden.

»Nun sehen Sie sich an, was Sie getan haben!« warf der junge Mann ihr vor. »Sie haben Asbestos fallen gelassen. Haben Sie kein Mitgefühl für stumme Tiere? Er mag hitzebeständig sein, aber er kann es nicht leiden, wenn man ihn herumstößt.«

Er hob die Katze auf und durchsuchte mit seiner linken Hand seine Westentaschen. »Drängen Sie mich nicht. Ich weiß, ich hatte ihn irgendwo. Ah, hier ist er! Madame, nein. Kein Ehering. Das ist gut. Miss, Ihr Schlüssel.«

Mit höflicher Verbeugung hielt er ihr einen Türschlüssel hin.

»Aber das ist nicht *mein* Schlüssel.« Vor Aufregung standen Dany die Tränen in den Augen. »Es ist Ihrer!«

»Na klar! Wissen Sie was? Sie sind ein sehr intelligentes Mädchen. Sie könnten sogar die *Times* lesen. Zu schade. Also, ich will Ihnen was sagen. Sie können hier nicht für jedermanns Blicke herumstehen. Das ist unschicklich, und außerdem verflixt kühl. Ich parke in dem Zimmer dort drüben, und ich schlage vor, Sie gehen hinein und warten, während ich irgendeinen vergoldeten Lakaien auftreibe, um Ihre Tür einzuschlagen. Okay? Nicht der Rede wert, das Motto meiner Familie ist immer gewesen: ›Wer rastet, der rostet.‹ Gehen wir.«

Er schob sie leise summend über den Flur, und nach ein paar erfolglosen Versuchen gelang es ihm, die Tür gegenüber der von Dany aufzuschließen.

»Das hätten wir«, meinte er im Ton eines Menschen, der sich selbst zum Gelingen eines schwierigen Zauberkunststücks gratuliert. »Treten Sie nur ein. Wir Holdens sind vor allen Dingen gastfreundlich. Fühlen Sie sich wie zu Hause. Und wenn Sie irgend etwas möchten, zum Beispiel eine Decke oder ein Badetuch oder einen Bademantel, nehmen Sie es sich, und wickeln Sie sich darin ein. Das Zimmer gehört Ihnen. Ich bin gleich wieder da.«

Noch einmal verbeugte er sich, fegte in einer Geste der Alten Welt mit der weißen Katze den Fußboden und verschwand.

Dany bewegte sich nicht, bis er außer Sicht war (der *Daily Dawn* traf im Rücken nicht zusammen). Doch sobald sie es ohne Gefahr tun konnte, überquerte sie den Korridor im Laufschritt und suchte Zuflucht im Zimmer des jungen Mannes.

Es lag im Dunkeln, denn die Vorhänge waren noch zugezogen. Dany knipste das Licht an und sah, daß die Bettdecke zurückgeschlagen und ein kastanienbrauner Pyjama darauf bereitgelegt war. Es hing auch ein flaschengrüner Morgenmantel über der Stuhllehne, und sie griff dankbar danach. Er war ihr viel zu groß, aber das war ihr nur lieb. Denn Dany war, wenn auch schlank, so doch auf keinen Fall klein, und der Mantel bedeckte sie angemessen von der Kehle bis zu den Knöcheln und erlaubte nicht mehr als einen flüchtigen Blick auf ihre nackten Füße.

Ein kleiner Reisewecker auf dem Nachttisch sagte ihr, daß es bereits zehn vor sechs war, und durch das mit schweren Vorhängen bedeckte Fenster drang das gedämpfte Brausen des frühmorgendlichen Verkehrs. Doch innerhalb des Hotels gab es noch keine Geräusche oder Bewegungen. Dany setzte sich auf die Bettkante und machte sich auf ein längeres Warten gefaßt.

Das Zimmer war fast das genaue Gegenstück ihres eigenen, nur viel ordentlicher, und es enthielt einen etwas überraschenden Gegenstand: Die große Fotografie einer außergewöhnlich schönen Frau stand in einem teuren Silberrahmen auf dem Toilettentisch. In einer Ecke war mit großer Schrift geschrieben: »All meine Liebe für immer meinem Lash – Elf.« Überraschend war jedoch nicht das Filmstar-Gesicht oder die extravagante Widmung, sondern die Tatsache, daß jemand um den Rahmen ein Stück schwarzen Krepps drapiert, einen dicken Strich durch das Wort »immer« gezogen und dafür mit roter Tinte »September« eingefügt hatte.

Dany war ganz darin vertieft, diese interessanten Ergänzungen zu studieren, als ihr Blick von etwas anderem gefangen wurde, einem Zettel in ihr bekannter Farbe auf einem Koffer, der auf einem Stuhl neben dem Toilettentisch stand. Lashmer J. Holden junior, so schien es, hatte ebenfalls die Absicht, via Nairobi nach Sansibar zu fliegen.

Holden... Aber natürlich! Lorraine hatte ihn erwähnt. Ein Amerikaner, der etwas mit dem Verlagswesen zu tun hatte. Er wollte Tyson wegen eines Buches sprechen und seine Flitterwochen auf Sansibar verbringen. Allerdings, wenn sich aus der Fotografie Schlüsse ziehen ließen...

Ein kalter Luftzug fuhr durch das Zimmer und blähte die Vorhänge, und eine Menge Briefe, die achtlos gegen ein Porzellan-Ornament auf dem Schreibtisch gelehnt waren, flatterten davon und verstreuten sich auf dem Teppich.

Dany stand auf und brachte sie an ihren alten Platz, und dabei bemerkte sie, daß Mr. Holdens Korrespondenzen zahlreich, doch wenig aufregend zu sein schienen. Die große Mehrheit der Umschläge war von schmuckloser Nüchternheit mit maschinegeschriebener Adresse. Offenbar kamen sie von verschiedenen Vermittlungsbüros für Sekretärinnen.

Sie legte sie in einem sauberen Stapel wieder auf den Schreibtisch, und dann bückte sie sich nach ihrem Blatt Zeitungspapier. Und dabei fiel ihr Blick wieder auf das Wort *Mord.*

»Mann in Market-Lydon ermordet. Anwalt im Ruhestand erschossen aufgefunden. Mr. H. T. Honeywood...«

Das konnte nicht sein! Es mußte ein Irrtum vorliegen. Unmöglich, daß es Tysons Mr. Honeywood war. Dieser kleine, vertrocknete, altmodische Anwalt. Sicher war es ein anderer gleichen Namens. Leute, denen man begegnet war – Leute, die man kannte – wurden niemals ermordet. Aber es war kein Irrtum. Da stand sein Name. Und seine Adresse, dies strenge Haus aus grauem Stein, das hinter einer hohen Mauer und einem häßlichen Schirm aus nassen Lorbeerbüschen ein Stück von der Straße zurück lag. Langsam ließ sich Dany auf das Bett nieder und las die unglaubliche Spalte Kleingedrucktes.

Mr. Honeywood war aus geringer Entfernung durchs Herz geschossen worden, wahrscheinlich von jemandem, den zu fürchten er keinen Anlaß hatte, denn es gab keine Hinweise auf einen Kampf. Der Safe in seinem Arbeitszimmer war geöffnet worden, und bestimmte Geldsummen – wohl die Mittel verschiedener ortsansässiger Vereine, deren Schatzmeister er war – waren verschwunden. Niemand war in der Lage zu sagen, ob außerdem etwas entfernt worden war. Mr. Honeywood hatte sich von aktiver Tätigkeit eigentlich zurückgezogen gehabt und die Kanzlei in der High Street nur selten besucht. Sie wurde von einem Junior-Partner weitergeführt, einem Mr. John Honeywood, seinem Neffen. Doch gelegentlich hatte der Anwalt einen alten Klienten in seinem Haus empfangen. Weil so selten Besucher kamen und außerdem seine Haushälterin gerade abwesend war, wurde das Verbrechen nicht früher entdeckt...

Die Polizei war der Meinung, er sei irgendwann im Laufe des Vormittags getötet worden, wahrscheinlich zwischen halb zwölf und zwölf. Seine Haushälterin, die ältlich und schwerhörig war, hatte um einen freien Tag gebeten, um eine Kusine in Tunbridge Wells zu besuchen, und war kurz vor zehn Uhr aus dem Haus gegangen. Sie war erst spät am Abend zurückgekehrt und hatte schließlich den Toten gefunden. Es gab auch noch eine Putzfrau, die jeden Vormittag für zwei Stunden kam und etwa um die gleiche Zeit mit der Arbeit fertig gewesen war, doch keine der beiden Frauen konnte mit Gewißheit sagen, ob Mr. Honeywood einen Besucher erwartet hatte. Die einzige Eintragung in seinem Terminkalender lautete für diesen Tag: »D. A. zwischen 3 und 4.« Die Polizei war sehr interessiert daran, eine junge Frau zu befragen, die man an diesem Vormittag kurz nach halb zwölf das Haus hatte verlassen sehen. Wahrscheinlich könne sie einige Informationen geben...

Himmel – die meinen ja *mich*! dachte Dany entsetzt. Aber ich kann ihnen gar nichts erzählen! Das kann alles gar nicht wahr sein.

Sie ließ die Zeitung zu Boden gleiten, saß da und starrte auf sie nieder. Sie würde zum nächsten Polizeirevier gehen müssen, sobald sie angezogen war. Lange würde sie sicher nicht festgehalten, denn es gab nur wenig, was sie erzählen konnte. Aber trotzdem machte es ihr ihren letzten Tag kaputt, und sie hatte doch noch...

Plötzlich kam ihr ein anderer und viel beunruhigenderer Gedanke. Würde nicht eine Leichenschau stattfinden? Und wenn, mußte sie dann daran teilnehmen, so daß sie ihren Platz im Flugzeug verlor? Aber in dem Fall bekam sie vielleicht tagelang keinen neuen mehr! Vielleicht wochenlang nicht –! Oder sogar monatelang, wenn die Nairobi-Route stark frequentiert war. Tyson und Lorraine mochten Sansibar verlassen haben und nach Spanien oder Kapstadt oder New York weitergereist sein, bevor sie wieder einen neuen Flug buchen konnte, und das ertrug sie einfach nicht!

Vielleicht wäre es doch am besten, nichts zu sagen und nichts zu tun. Sie brauchte nur noch einen Tag zu warten, und dann war sie sicher an Bord der Maschine. Und es bestand nicht die geringste Wahrscheinlichkeit, daß die Polizei sie für eine Vernehmung von Sansibar zurückholte. Es war ja nicht so, daß sie irgendwie hätte von Nutzen sein können, und für alle Fälle konnte sie immer noch einen Brief schreiben.

Dany richtete sich mit einem Seufzer der Erleichterung auf, als sei ihr eine Last von den Schultern genommen worden, und ihr Blick fiel wieder auf den Reisewecker. Fünf vor halb sieben! Sie hatte gar nicht gemerkt, daß so viel Zeit vergangen war. Was in aller Welt tat Mr. Holden? Hatte er sie ganz vergessen? Er brauchte doch sicher nicht über eine halbe Stunde, um einen Diener oder Pagen zu finden und sich einen Generalschlüssel geben zu lassen.

Dany sprang auf und war auf dem Weg zur Tür, als diese sich öffnete und Mr. Holden erschien, immer noch die Katze im Arm.

»Keine Bange!« sagte Mr. Holden heiter. »Hier kommen die *United States Marines*! Einer dieser Botschafter im Ruhestand mit gestreiften Hosen und Zehn-Dollar-Schnurrbart hat einen Ersatzschlüssel aufgetrieben. Der Mann schien zu glauben, er müsse persönlich herbeieilen und Sie hineingeleiten, aber ich drängte ihn, Ihnen das Erröten zu ersparen, und widerstrebend händigte er mir den Schlüssel aus. Ich vermute, er fürchtet das Schlimmste.«

Er hielt ihr den Schlüssel hin, und Dany nahm ihn dankend in Empfang.

»Tut mir leid, daß ich Sie habe warten lassen«, fuhr Mr. Holden fröhlich fort, »aber ich wurde durch ein Alka-Selzer aufgehalten. Der

Service in dieser reizenden Herberge ist wirklich gut. He! – Sie gehen doch noch nicht? Bleiben Sie und leisten Sie mir ein bißchen Gesellschaft.«

»Mir ist nicht nach Gesellschaft«, sagte Dany. »Nicht so früh am Morgen. Ich danke Ihnen für Ihre Hilfe. Und für den Bademantel. Ich gebe ihn Ihnen zurück.«

»Das will ich hoffen«, entgegnete Mr. Holden. »Er hat besonderen Erinnerungswert für mich. Ha, wenn ich das aussprechen kann, muß ich in besserer Verfassung sein, als ich dachte. ›Besonderen Erinnerungswert.‹ Nicht schlecht. Gar nicht schlecht. Dieser Bademantel war ein Geschenk von Elf. Hat das tolle Monogramm darauf mit den eigenen schönen Händen gestickt – sagt sie. Aber Sie brauchen kein Wort davon zu glauben. Das Mädchen hat es nicht mit der Wahrheit. Nur zwischen Ihnen und mir, Schätzchen...«

Die Tür schloß sich mit endgültigem Knall, und er war allein.

»Keine Dankbarkeit«, stellte Mr. Holden traurig fest, indem er sich an Asbestos wandte. »Das ist der Fehler bei den Frauen. Keine – verdammte – Dankbarkeit!«

2

Der Flur war immer noch ruhig und leer, und das ganze Hotel schien immer noch fest zu schlafen, eine Tatsache, die Dany mit großer Erleichterung zur Kenntnis nahm. Sie steckte den Schlüssel ins Schloß, öffnete die Tür... und blieb stehen, Augen und Mund aufgerissen.

Das Zimmer sah aus, als habe ein Tornado darin gewütet. Schubladen waren herausgezogen und ihr Inhalt auf den Fußboden gekippt worden, Koffer waren geöffnet, und Seidenpapier, Kartons und Bettzeug lagen auf dem Teppich verstreut.

»Also *das* hat er solange gemacht!« stieß Dany schwer atmend hervor. »Vermutlich ist das seine Vorstellung von einem zum Schreien komischen Spaß! Wie kann er es wagen – wie kann er es wagen!«

Sie drehte sich um und rannte zurück über den Korridor. Schon hatte sie die Hand erhoben, um an seine Tür zu donnern, als sie ihre Meinung änderte. Mr. Holden stand zweifellos unter dem Einfluß von Alkohol – ein Zustand, den Dany bisher noch nie beobachtet hatte –, und vielleicht lauerte er gerade jetzt darauf, daß sie wütend in sein Zimmer platzte, was für ihn die Krönung seines dummen Streiches gewesen wäre. Deshalb wäre es würdiger – und gleichzeitig die angemessene Zurechtweisung –, wenn sie die ganze Sache ignorierte.

Sie ging wieder in ihr eigenes Zimmer, schloß die Tür mit der dem Hotel angemessenen Lautlosigkeit und verbrachte die nächste halbe Stunde mit Aufräumen. Als das Zimmermädchen mit dem Morgentee kam, herrschte wieder einigermaßen Ordnung.

Um halb neun ging Dany zum Frühstück hinunter und fand den großen Speisesaal nur spärlich besetzt. Der Appetit verging ihr nach einem einzigen Blick in die repräsentative Auswahl von Morgenzeitungen, die man ihr aufmerksam auf den Tisch gelegt hatte.

Ja, da war es wieder. »Mord in Market-Lydon.« Jede Zeitung brachte die Geschichte, und die Darstellungen wichen nur in Einzelheiten voneinander ab. Ein Blatt erwähnte, der »Todesschuß« sei aus einer Automatik abgefeuert worden, die klein genug war, um ohne weiteres in einer Manteltasche oder einer Damenhandtasche versteckt zu werden, und ein anderes sagte, die Anfangsbuchstaben »D. A.« in Mr. Honeywoods Terminkalender hätten sich auf einem spitzenbesetzten Batisttaschentuch gefunden, das unter Mr. Honeywoods Schreibtisch gelegen habe. »Also da habe ich es verloren!« dachte Dany schuldbewußt. »Das muß passiert sein, als ich in meiner Handtasche nach Lorraines Brief suchte.«

In einem Punkt jedoch stimmten die Reportagen alle überein. Die Polizei wünschte eine junge Frau zu befragen, die »kurz nach halb zwölf« beim Verlassen von Mr. Honeywoods Haus beobachtet worden war und von der man hoffe, sie könne bei den Nachforschungen behilflich sein.

Ich will aber nicht! entschied Dany sich bockig. Ich werde morgen nach Sansibar fliegen, und nichts und niemand wird mich aufhalten! Ich werde ihnen nicht helfen. Nein, nein, nein!

Sie schob die Zeitungen beiseite, nahm ihre Handtasche und rannte fast aus dem Saal. Unterwegs stieß sie beinahe mit einem schlanken Herrn in einem Pfeffer-und-Salz-Anzug zusammen, der gerade hereinkam. Dany entschuldigte sich atemlos, und der Mann sagte, es mache überhaupt nichts. Ein würdevoller Kellner, der, wenn er vielleicht auch kein Botschafter im Ruhestand war, doch immerhin der vertraute Kammerdiener eines Botschafters im Ruhestand hätte sein können, sah sie so strafend an, daß Dany errötete und gemesseneren

Schrittes in ihr Zimmer zurückkehrte.

Sie stellte fest, daß der Raum in ihrer Abwesenheit gefegt und aufgeräumt und das Bett gemacht worden war. Und auf dem Bett lag, mit bedeutungsvoller Absicht über die seidene Steppdecke gebreitet, ein großer und unmißverständlich maskuliner Morgenmantel.

Er brachte es irgendwie fertig, die gleiche strenge Mißbilligung auszustrahlen, die der würdevolle Kellner ihr mit einem einzigen kalten Blick vermittelt hatte. Die Röte in Danys Gesicht verstärkte sich, als sie den Mantel betrachtete. Sie hatte vorgehabt, ihn zurückzugeben, bevor sie zum Frühstück nach unten ging. Aber sie hatte gezweifelt, ob es ihr gelingen würde, höflich zu Mr. Holden zu sein, und es war ihr nicht eingefallen, das Ding in einer Schublade oder einem Schrank außer Sicht zu bringen.

Er wird darauf warten müssen, dachte sie. Wenn er die ganze Nacht auf gewesen ist, wird er jetzt fest schlafen. Ich werde den Mantel einpacken und dem Empfangschef übergeben.

Sie setzte sich vor den Toilettentisch und probierte ein zyklamenfarbenes Samthütchen auf, das zu ihren ersten Einkäufen in London gehörte. Ihre Großtante hätte zweifellos die Farbe abgelehnt und wäre bei dem Preis in Ohnmacht gefallen. Doch der Hut stand ihr soviel besser als die Hüte, die Tante Harriet auszusuchen pflegte!

Lorraine war dunkelhaarig und winzig, und Daniel Ashton war groß und blond gewesen. Ihre Tochter hatte jedoch, was das Aussehen betraf, einen eigenen Weg eingeschlagen. Danys Haar war hellbraun, weich, schimmernd und schulterlang. Sie trug es in einer Innenrolle, der traditionellen Tracht eines mittelalterlichen Pagen. Ihre Augen, eine glückliche Mischung aus Lorraines Blau und Daniels Braun, waren groß und grau und schön.

Da gibt es kein Vertun, dachte Dany und sah sich im Spiegel prüfend an, Hüte und Kleider machen einen Unterschied aus, einen erstaunlichen Unterschied. Nie wieder würde sie diese marineblauen Kleider tragen!

Dany zog eine Schublade auf, eine der wenigen, die Mr. Holdens Mutwilligkeit entgangen waren. Sie enthielt Handschuhe, Schals und Taschentücher, und Dany suchte nach einem Paar Handschuhen, die sie zu dem zyklamenfarbenen Samthütchen tragen konnte. Ihre Finger stießen gegen etwas, das vorher bestimmt nicht dagewesen war. Sie betastete es stirnrunzelnd und zog es dann heraus. Ob das ein weiterer Streich und der Grund dafür war, daß er den Inhalt dieser Schublade nicht auf den Fußboden gekippt hatte? Der Gegenstand, der in eins ihrer Chiffontücher eingewickelt und hinten in der Schublade versteckt gewesen war, fühlte sich hart und kalt und schwer an. Dany wickelte ihn aus und ließ ihn auf der Stelle fallen.

Er schlug auf die Kante der offenen Schublade und klapperte über den Fußboden. Sie saß ganz still da, starrte ihn an, und nach einer oder zwei Minuten bückte sie sich langsam und steif und hob ihn auf. Es war eine kleine Pistole. »Klein genug, um in einer Manteltasche oder einer Damenhandtasche versteckt werden zu können...«

Ganz plötzlich bekam Dany Angst. Ihre Knie wankten, ihre Hände wurden kalt, und das Atmen machte ihr Mühe. Der Spiegel reflektierte eine Bewegung hinter ihr, und sie stieß einen Schreckensschrei aus und drehte sich schnell um.

Offenbar hatte sie die Tür nicht fest geschlossen, und jetzt schwang sie auf, und Mr. Holden trat ein: Umgezogen und wahrscheinlich bei Sinnen, obwohl immer noch von der Katze begleitet.

Er sah gar nicht so aus wie einer, der sich die ganze Nacht um die Ohren geschlagen hat, und abgesehen von einer gewissen Schwere um die Augen ließ nichts an ihm argwöhnen, daß er in den letzten vierundzwanzig Stunden nicht geschlafen hatte. Aber der Anblick der Waffe, die Dany umklammert hielt, wischte das liebenswürdige Lächeln von seinen angenehmen Zügen.

»He!« rief Mr. Holden erschrocken. »Legen Sie das hin! Meine Absichten sind vollkommen ehrenhaft. Alles, was ich im Augenblick möchte, ist mein Bademantel. Es stecken ein paar Briefe in der Tasche, die ich brauche.«

Dany stieß den angehaltenen Atem aus und ließ die Waffe sinken.

»Sagen Sie«, fuhr Mr. Holden fort, »begrüßen Sie Besucher immer auf diese dramatische Art? Das Leben in London muß viel gefährlicher geworden sein, seit ich das letzte Mal hier war.«

Erst jetzt fielen ihm Danys weißes Gesicht und die aufgerissenen Augen auf, und sein eigenes Gesicht veränderte sich. Er trat schnell ein und schloß die Tür.

»Was ist los, Mädchen? Schwierigkeiten?«

Dany leckte ihre trockenen Lippen und schluckte krampfhaft. Es fiel ihr erstaunlich schwer, zu sprechen. »Ja... Nein... Ich weiß nicht. Würden Sie...? Da ist Ihr Morgenmantel. Auf dem Bett. Bitte, nehmen Sie ihn und gehen Sie.«

Mr. Holden bedachte sie mit einem langen, durchbohrenden Blick und ignorierte die Aufforderung. Er setzte die Katze auf den nächsten Stuhl und sagte: »Ich hielt es für besser, Asbestos mitzubringen, damit der Anstand gewahrt bleibt. ›Bist du in Rom – mach's wie die Römer!‹ Sie wissen schon. Als Anstandsdame ist er nichts Besonderes, aber besser als gar keine. Er macht den Dritten.«

Mr. Holden ging durch das Zimmer, stellte sich vor Dany hin und betrachtete sie forschend. Dann wandte er sich abrupt ab, verschwand im Badezimmer und erschien einen Augenblick später wieder mit einem Wasserglas. Aus einer Tasche zog er einen Silberflakon und füllte ihn fast zu einem Drittel.

»Hier, trinken Sie das«, befahl er scharf und reichte Dany das Glas. »Nein, nicht nippen. Runter damit!«

Dany gehorchte, und dann würgte und hustete sie, und Mr. Holden klopfte ihr auf den Rücken und fragte mit einer Spur von Ungeduld, ob sie noch nie Whisky getrunken habe und wer, zum Kuckuck, für ihre Erziehung verantwortlich sei?

»G-groß-tante Harriet«, keuchte Dany, die es wörtlich genommen hatte.

»Hat sie Ihnen auch beigebracht, mit einer Pistole umzugehen?« erkundigte Mr. Holden sich interessiert.

»Nein, natürlich nicht! Das ist nicht meine.«

»Nur ausgeliehen, nehme ich an. Hören Sie, ich weiß, es ist nicht meine Angelegenheit, aber sitzen Sie irgendwie in der Klemme?«

»N-nein«, antwortete Dany unsicher. »Es ist nichts, ich meine...« Sie blickte auf die Pistole, die sie immer noch umklammert hielt, und fragte: »Ist das eine Automatik?«

»Ja«, antwortete Mr. Holden.

Plötzlich wurde Dany von einem unkontrollierbaren Zittern befallen. Er nahm ihr die Pistole ab und öffnete sie. Dany sah, daß seine Augenbrauen vor Staunen in die Höhe wanderten. Verblüfft stellte er fest: »Geladen, bei Gott!«

Er nahm das Magazin heraus und zählte die Patronen, und als er entdeckte, daß eine fehlte, roch er am Lauf. »Und abgefeuert! Sagen Sie, Mädchen, Sie haben doch nicht zufällig auf irgendwen geschossen, oder?«

Dany fragte: »Ist sie wirklich abgefeuert worden? Sind Sie sicher?«

»Jawohl. Und erst vor ganz kurzer Zeit, würde ich sagen.«

Er ließ das Magazin wieder einrasten, legte die kleine Pistole auf den Toilettentisch, steckte die Hände in die Taschen und blickte Dany mit zusammengezogenen Brauen an. Sie sah, so dachte er, sehr jung und verängstigt und hilflos aus, und erwünschte, sein Kopf wäre ein bißchen klarer. Die unbehagliche Ahnung beschlich ihn, daß er sich in etwas hatte hineinziehen lassen, das er bereuen sollte, und daß er, wäre er bei vollem Verstand, seinen Bademantel schnappen und das Zimmer unverzüglich verlassen würde. Aber er ging nicht. Statt dessen nahm er das leere Wasserglas, goß aus seinem Flakon ein größeres Quantum als beim ersten Mal ein, schluckte es hinunter und fühlte sich besser.

»Jetzt mal klar heraus!« verlangte Mr. Holden, zog sich einen Stuhl heran und ließ sich gemütlich darauf nieder. »Sagen Sie mir, was los ist.«

Dany hatte bisher noch nie etwas Stärkeres getrunken als Apfelwein, und der eben getrunkene Whisky machte sich langsam bemerkbar. Die Tatsache, daß Mr. Holden ein Fremder für sie war und deshalb mit angemessener Zurückhaltung behandelt werden sollte, schien überhaupt keine Bedeutung mehr zu haben. Und jedenfalls kannte er ihren gegenwärtigen Stiefvater und wollte eine der ältesten Freundinnen ihrer Mutter heiraten, und vielleicht war er in der Lage, ihr zu sagen, was sie tun sollte.

Stockend sagte sie: »Ich weiß nicht, wo ich beginnen soll.«

»Versuchen Sie es mit dem Anfang«, schlug Mr. Holden vernünftig vor.

Danys Blick wanderte zu der Pistole, und von neuem zitterte sie. »Ich habe diese – die Pistole – gerade eben in dieser Schublade gefunden. Irgend jemand muß sie hineingelegt haben, als ich beim Frühstück war, oder – sonst irgendwann. Und ich – ich weiß, es ist dumm, aber plötzlich frage ich mich, ob es *die* Pistole sei. In den Zeitungen steht, es war eine kleine Automatik, und wenn es im Grunde auch unmöglich ist, dachte ich doch...«

»He, einen Augenblick mal«, unterbrach Mr. Holden in verzeihlicher Verwirrung. »Was für eine Pistole, und was für Zeitungen? Das müssen Sie mir schon genauer erklären, Mädchen. Mein Verstand arbeitet heute morgen nicht allzu scharf. Und übrigens, wie heißen Sie? Ich kann Sie doch nicht immerfort mit ›He‹ oder ›Sie‹ oder ›Miss Soundso‹ anreden.«

»Ashton. Dany Ashton.«

»Sehr erfreut, Sie kennenzulernen, Miss Ashton. Ich bin Lash Holden aus...«

»Ich weiß«, schnitt ihm Dany das Wort ab. »Sie wollen auch nach *Kivulimi*, nicht wahr?«

»Was ist denn das?« Lash richtete sich ruckartig auf, und die Bewegung schien schmerzhaft zu sein, denn er verdrehte die Augen und zuckte zusammen. »Sagen Sie, kennen Sie Tyson?«

»Er ist mein Stiefvater.«

»So was, so was!« Lash war angenehm überrascht. »Das macht uns praktisch zu Verwandten. Mein Vater ist schon sein Leben lang ein Freund des alten Sünders. Sie haben damals, als die Staaten theoretisch trocken waren, die geheimen Alkoholkneipen unsicher gemacht, und Tyson war als Gastdozent an einem College drüben. Ja, ja! Die Welt ist klein, wenn ich diesen ganz neuen Ausdruck prägen darf. Ja, ich reise nach Sansibar.«

»Auf Ihrer Hochzeitsreise«, sagte Dany.

Mr. Holden fuhr auf: »Wer hat Ihnen das gesagt?«

»Lorraine. Meine Mutter. Sie sagte...«

»Die Hochzeit«, erklärte Mr. Holden, »ist geplatzt. Schweigen wir darüber, wenn es Ihnen nichts ausmacht.«

»Oh«, entschuldigte Dany sich verwirrt, »das tut mir leid.«

»Mir nicht. Ich bin noch einmal davongekommen. Zum Teufel mit den Frauen! Sagen Sie...« Er hielt inne und runzelte die Stirn. »Sind wir nicht irgendwo vom Thema abgekommen? Sie wollten mir etwas erzählen. Ja, jetzt erinnere ich mich. Diese Pistole. Irgendwer hat sie unter Ihren Strümpfen versteckt. Also, warum sollte jemand das tun?«

»Wegen Mr. Honeywood«, antwortete Dany.

»Mr. Wer?«

»Honeywood. Ich nehme an, Sie haben heute morgen noch keine Zeitung gelesen, aber er ist gestern ermordet worden, und es heißt, die Polizei möchte – eine junge Frau befragen, die nicht sehr lange vor der Tat beim Verlassen seines Hauses beobachtet wurde. Und das bin ich.«

»*Sie*? Hören Sie, Kind, daß wir uns hier recht verstehen. Wollen Sie mir beibringen, daß Sie diesen Mann erschossen haben?«

»Nein!« Dany wurde wütend. »Oh, was hat es für einen Sinn, Ihnen irgend etwas zu erzählen? Natürlich habe ich ihn nicht erschossen!«

»Okay, okay«, beruhigte Lash. »Ich wollte diesen Punkt nur klären, bevor wir weitergehen. Was hatten Sie im Hause dieses Honeywood zu suchen?«

»Er ist Mr. Frosts Anwalt. Die Frosts wohnen dort in der Nähe. Tyson wollte, daß ich ihm einen Brief mitbringe, und Lorraine, meine Mutter, bat mich, Honeywood aufzusuchen und den Brief zu holen, und das habe ich getan. Ich nahm ihn gestern morgen um elf in Empfang, nein, es muß fast zwanzig nach elf gewesen sein, weil der Zug Verspätung hatte; es war neblig.«

»Und weiter. Was ist passiert?«

»Nichts. Wir sprachen eine Weile miteinander, und dann ging ich.«

»Ist Ihnen irgendwer begegnet?«

»Nein. Natürlich bin ich an ein paar Leuten vorübergegangen, aber ich habe nicht besonders auf sie geachtet. Da war eine Frau mit einem Stock und eine mit einem Hündchen an der Leine und ein Afrikaner oder ein Inder, jedenfalls irgendein Orientale in Weiß, nein, das war in meinem Traum. In einem Regenmantel, einer dieser Studenten. Ich erinnere mich nicht mehr. Aber es war ziemlich dunstig, und ich machte mir keine Gedanken darüber.«

»Und warum machen Sie sich jetzt Gedanken?«

»Weil in den Zeitungen steht, die Polizei meine, Mr. Honeywood sei irgendwann zwischen halb zwölf und zwölf ermordet worden. Und ich war bis nach halb zwölf dort, und anscheinend hat mich jemand beim Weggehen gesehen.«

»Glauben Sie, der Mörder?«

»Nein, natürlich nicht! Der hätte es doch der Polizei nicht erzählt. Aber irgendwer hat es erzählt, und jetzt versucht jemand anders, den Anschein zu erwecken, ich sei es gewesen.«

»Quatsch!« stieß Lash ungeduldig hervor.

»Das ist kein Quatsch! Es war eine Pistole dieser Art. Das steht in den Zeitungen. Eine kleine Pistole. Eine Automatik. Und das schreckliche Ding da gehört nicht mir. Ich habe in meinem ganzen Leben bis heute keine Pistole gesehen! Trotzdem war sie in mein Halstuch gewickelt, und gestern war sie noch nicht da, weil ich das Halstuch gestern getragen habe...«

»Okay, Mädchen«, kapitulierte Lash. »Sie haben recht. Sie glauben, irgendwer habe Ihnen die Pitole untergeschoben, damit die Polizei, wenn sie käme, um Fragen zu stellen, sie hier in Ihrem Zimmer finden würde? Aber Sie brauchen sich keine Sorgen zu machen. Ihre Fingerabdrücke sind ja nicht drauf und doch, bei Gott! Und meine auch. Hmm. Das ist ein ganz dicker Hund.«

Er grübelte ein paar Minuten, und dann erklärte er abrupt: »Wissen Sie, was ich an Ihrer Stelle tun würde? Ich würde das verdammte Ding in den Aufzugschacht werfen und nicht mehr daran denken. Die Polizei wird Sie kaum aufspüren, bevor Sie morgen an Bord des Flugzeugs gehen, und sind Sie einmal außer Landes, kann man weiter dem Kerl nachjagen, der es getan hat. So einfach ist das.«

»Und angenommen, sie finden mich?« Dany rang verzweifelt die Hände. »Vielleicht hat Mr. Honeywood irgendwem erzählt, daß ich komme. Und ich habe mit ihm telefoniert. Ich sollte ihn am Nachmittag aufsuchen, aber ich wollte mir einen Film ansehen. Deshalb rief ich an und fragte, ob ich statt dessen am Vormittag kommen dürfe. Und – ich habe ein Taschentuch in Mr. Honeywoods Büro verloren. Meine Anfangsbuchstaben sind drauf.«

»Was haben Sie getan?« Mr. Holden konnte es nicht fassen. »Sie wollen mir erzählen, daß Sie diesen uralten Gag angebracht haben? Ach du meine Güte! Weiber!«

»Sie glauben doch wohl nicht, daß ich es mit Absicht getan habe?« gab Dany hitzig zurück. »Und woher hätte ich überhaupt wissen sollen, daß so etwas, so etwas Schreckliches geschehen würde? Kein Mensch konnte das ahnen! Die Leute sollten auch besser keine so wertvollen Dinge in einem Safe in ihrem Haus aufbewahren und dann den Safe offenlassen und – und –« Ihre Lippen begannen zu zittern.

»He!« rief Mr. Holden entsetzt. »Bloß nicht weinen! Alles andere kann ich ertragen, nun, fast alles andere. Nur keine Tränen. Nicht zu dieser Tageszeit. Seien Sie ein braves Mädchen. Hier, ich leihe Ihnen mein Taschentuch – ohne Monogramm!«

Er reichte es ihr, und Dany nahm es mit unglücklichem Aufschnupfen in Empfang. »Tut mir leid«, entschuldigte sie sich und putzte sich die Nase. »Ich mache mir nur solche Sorgen, und es ist alles so, so unwahrscheinlich und unmöglich und scheußlich. Erst lese ich, daß Mr. Honeywood ermordet worden ist, und dann finde ich diese Pistole in einem meiner Halstücher, und, und ich weiß nicht, was ich tun soll. Was soll ich denn tun?«

»Nichts!« stellte Mr. Holden mit Nachdruck fest. »Meisterhafte Inaktivität ist mein Rat. Das mag von bedauerlich wenig Gemeinsinn zeugen, aber es wird Ihnen höllische Kopfschmerzen ersparen. Wir machen aus dieser Pistole ein hübsches Päckchen, adressieren es an Scotland Yard und werfen es in den nächsten Briefkasten. Und Sie können Ihren Flug damit verbringen, der Polizei einen vollständigen Bericht über Ihren Besuch bei diesem Honeywood zu schreiben und ihn in Nairobi zur Post zu geben. Lassen Sie sie in dem Glauben, daß

Sie heute aus diesem oder jenem Grund keine Zeitung gelesen haben. Zwar ist das nicht die reine Wahrheit, doch es spart Ärger und Mühe. Das sollte sowohl Ihr Gewissen als auch die Polizei befriedigen. Okay?«

»Okay«, stimmte Dany mit erleichtertem Aufatmen und einem etwas wäßrigen Lächeln zu.

»Gut«, stellte Mr. Holden fest, »dann wäre das geregelt.«

Er stand auf, nahm die Pistole, und nachdem er sie mit seinem Taschentuch sorgfältig von allen möglichen Fingerabdrücken gereinigt hatte, wickelte er sie in das zerknüllte leinene Taschentuch und steckte sie in die Tasche.

»Und jetzt muß ich Sie leider verlassen. Ich bin auf der Jagd nach einer Sekretärin. Meine hat sich, ob Sie es glauben oder nicht, Mumps eingefangen. Mumps, ich bitte Sie! Es müßte ein Gesetz dagegen geben. Wir sehen uns dann am Flughafen, Baby.«

Er sammelte seinen Morgenmantel und Asbestos, die Katze, ein und ging.

3

Seufzend stand Dany auf. Sie war immer noch ganz erschüttert, aber zumindest ängstigte sie sich nicht mehr so sehr. Lash Holdens Gleichmut gegenüber der ganzen grauenhaften Geschichte hatte ihre Furcht auf ein erträgliches Maß zurückgeführt.

Sie hemmte den Lauf der Gerechtigkeit ja nicht, versicherte Dany sich selbst, indem sie schwieg. Morgen früh war die Pistole in Händen der Polizei und damit alle Informationen, die die Waffe hergab. Und was die Einzelheiten von Danys Besuch bei Mr. Honeywood betraf, würde sie sie ja alle der Polizei mitteilen, aber, wie Lash Holden so vernünftig vorgeschlagen hatte, per Brief. Wahrscheinlich war der Mörder längst gefaßt, bis der Brief eintraf, und falls nicht, war Dany dann wenigstens bei Lorraine und Tyson, die ihre Darstellung stützen und bei der Polizei für sie eintreten konnten.

Dany schloß die Schublade, in der sie die Pistole gefunden hatte. Nachdem sie die von ihren Tränen und Mr. Holdens Taschentuch angerichteten Schäden repariert hatte, griff sie nach der Eidechsentasche.

Die unerfreulichen Ereignisse des Morgens hatten ihr das Programm des heutigen Tages ganz aus dem Gedächtnis getrieben. Aber sie hatte eine Liste der paar Dinge gemacht, die sie noch kaufen mußte. Sie zog die Liste aus der Tasche und studierte sie.

Strandhut, Sonnenanzug, Mittel gegen Unwohlsein? Karte für Nachmittagsvorstellung von *Sun in Your Eye*. Buch für die Reise? Das würde sie nicht viel Zeit kosten.

Erst als sie die Liste wieder einsteckte, fiel ihr auf, daß in der Tasche etwas fehlte. Es mußte doch mehr darin sein? Geld, Scheckbuch, Puderdose, Lippenstift, ein zerknülltes Papiertaschentuch, ein Taschenkamm, ein Schlüsselbund, ein ledernes Mäppchen mit den Flugkarten, Reservierungen, Genehmigungen, Zeugnissen und...

Dany wurde ganz übel vor Schreck, als sie erkannte, daß ihr Paß nicht mehr da war! Der brandneue Paß! Tante Harriert hatte sie immer wieder ermahnt, ihn auf keinen Fall aus der Hand zu lassen, und sie hatte ihn ja auch in den letzten drei Tagen ständig in der neuen Eidechsentasche mit sich herumgetragen.

Verzweifelt, mit zitternden Fingern wühlte Dany in der Tasche, und schließlich leerte sie den gesamten Inhalt auf den Toilettentisch. Doch der Paß war verschwunden.

»Er muß da sein. Er muß!« murmelte Dany verstört. »Ich kann ihn doch nicht verloren haben. Ich habe ihn die ganze Zeit nicht aus den Augen gelassen, und gestern abend war er noch da. Ich habe ihn gesehen, als ich die Flugkarten überprüfte.« Die Flugkarten! Waren die auch weg?

Sie riß die Brieftasche auf. Ihre Hände waren so unsicher, daß sie fast keine Herrschaft mehr über sie hatte. Aber die Flugkarten waren noch da. Alles andere war noch da. Und nichts davon nützte ihr etwas ohne den Paß!

Dany ließ die Brieftasche fallen und durchsuchte hektisch die Schubladen des Toilettentischs. Sie tat es allein aus ihrer Panik heraus, denn sie wußte ganz genau, daß der Paß in ihrer Tasche gewesen war, als sie alle ihre verschiedenen Dokumente und Karten nachsah, bevor sie gestern abend das Licht ausschaltete. Zum Frühstück hatte sie die Tasche in den Speisesaal mitgenommen, und sie war ihr nie aus den Augen gewesen, ausgenommen...

Dany richtete sich mit einem Ruck auf und umklammerte die Kante des Toilettentischs. Sie war heute morgen beinahe drei Viertelstunden lang aus ihrem Zimmer ausgeschlossen gewesen, und in dieser Zeit hatte Lash Holden es betreten und ihr den dummen Streich gespielt, alle ihre Besitztümer durcheinanderzuwerfen. Gehörte es dazu, daß er den Paß weggenommen hatte?

Sie sammelte den verstreuten Inhalt ihrer Handtasche in fieberhafter Hast ein, stopfte ihn zurück und rannte zur Tür hinaus und über den Flur.

Mr. Holdens Tür war verschlossen. Dany hämmerte dagegen, voller Angst, er sei bereits gegangen und sie müsse den größten Teil des Tages damit verbringen, auf seine Rückkehr zu warten. Doch Mr. Holden war noch im Hotel.

Die Tür öffnete sich, und er betrachtete Dany mit einer Spur von Verärgerung. »Was, schon wieder? Doch sicher keine zweite tödliche Waffe? Ich bin gerade damit fertig, die erste zu verpacken. Hier ist sie.«

Dany sagte atemlos: »Haben Sie heute morgen meinen Paß weggenommen? Als Sie mein Zimmer verwüstet haben?«

»Verwü –? Bitte, ich nicht sprechen Englisch.«

»Verwüstet, auf den Kopf gestellt. Waren Sie das? Denn wenn Sie es waren, finde ich es kein bißchen komisch, und ich will den Paß sofort zurück haben. Wie konnten Sie so etwas tun?«

Mr. Holden musterte sie finster. Dann faßte er sie beim Arm, riß sie in sein Zimmer hinein und schloß die Tür hinter ihr.

»Sagen Sie, was geht hier vor? Ich komme nicht mehr mit. Nein, ich habe Ihren Paß nicht weggenommen. Und wann soll ich angeblich Unordnung in Ihrem Zimmer gemacht haben?«

»Heute morgen. Als ich hier drin gewartet habe. Das müssen Sie gewesen sein. Niemand sonst hatte Gelegenheit dazu! Sie hatten den Schlüssel, und...«

Dany unterbrach sich. Mit einem Mal wurde ihr klar, daß jemand ohne Schlüssel in ihr Zimmer eingedrungen war und die Pistole dort versteckt hatte. Der Balkon? Die Feuerleiter?

Lash meinte: »Jetzt beruhigen Sie sich erst mal. Setzen Sie sich hin und nehmen Sie noch einen Schluck Whisky. Sie sehen aus, als könnten Sie ihn gebrauchen. Nein? Also, ich schon. Sie haben mich völlig durcheinandergebracht. So schlimm ist Chicago nie gewesen!«

Dany stotterte: »Dann waren Sie es nicht. Ich dachte, Sie wollten mir einen Streich spielen, aber es war jemand, der nach meinem Paß suchte. Ich verstehe das nicht. Warum sollte irgendwer den Wunsch haben, meinen Paß zu stehlen?«

»Wahrscheinlich, um ihn zu benutzen«, antwortete Lash. »Sehr nützliche Dinge, solche Pässe. Heutzutage kann man ohne sie nirgendwo hinreisen. Irgendeine Dame mag dringend einen gebraucht und Ihren als geeignet angesehen haben. Oder aber jemand möchte, daß Sie Ihren Flug versäumen.«

Nach einer Pause, in der er sich einen Schluck Whisky einverleibte, setzte er hinzu: »Ja, das könnte es ein – wenn man diese Pistole in die Rechnung einbezieht. Wissen Sie, was ich glaube? Ich glaube, irgendwer hat gesehen, wie Sie Honeywoods Haus verließen, und sich gesagt, daß Sie einen sehr nützlichen Sündenbock abgeben könnten. Wahrscheinlich wollte er gerade hinein, als Sie heraus... Wie sind Sie eigentlich gestern zurück in die Stadt gekommen?«

»Mit dem Zug. Dem um zwölf Uhr fünf.«

»Da haben wir es! Einfach! Er knallt den Mann nieder, nimmt sich aus dem Safe, was er braucht, und rennt zum Bahnhof. Und wen sieht er auf dem Bahnsteig? Eine junge Dame, von der er weiß, daß sie diesen Anwalt nur ein paar Minuten früher als er selbst besucht hat. Wenn es ihm nun gelingt, seine Trumpfkarte auszuspielen, kann er dafür sorgen, daß die Polizeihunde so lange der falschen Spur nachbellen, bis er in Sicherheit ist. Also folgt er Ihnen in die Stadt, arbeitet eine Methode aus, die Pistole zwischen Ihre Unterwäsche zu schmuggeln, und... Hat Ihr Zimmer einen Balkon?«

»Ja. Aber ich glaube nicht...«

»Ganz einfach. Jetzt stellt sich der Zusammenhang ganz offen dar. Und irgendwo ist eine Feuerleiter. Er hinterlegt seine kleine Zeitbombe, und dann bemerkt er plötzlich die Aufkleber auf Ihren Koffern, die überall im Zimmer herumliegen. Offensichtlich haben Sie vor, ins Ausland zu reisen. Das paßt ihm gar nicht, denn Sie sollen die Polizei ja in Atem halten. Was tut er nun: Klar, er sorgt dafür, daß Sie nicht abreisen können! Keinen Paß, kein Ausland, und irgendwo im Zimmer muß ein Paß sein. Er kehrt das Unterste zuoberst, bis er ihn findet, steckt ihn ein und haut ab. Jetzt tragen Sie nicht nur eine Fußfessel – nein, mit den Zeitungsberichten und der Tatsache, daß Sie innerhalb der kritischen Zeitspanne im Haus dieses Honeywood waren – und diese Pistole und kein Paß! – da kann man darauf wetten, daß Sie in Panik geraten und sich auf eine Art benehmen, die Verdacht in einem Kind von drei Jahren erwecken würde. Und das paßt unserm Mann genau in den Kram. Was sagen Sie zu dieser meisterhaften Deduktion? Brillant, wenn Sie mich fragen. Das FBI weiß nicht, was ihm entgangen ist, als meines Vaters Sohn in das Geschäft des alten Herrn eintrat!«

Er stellte sein Glas ab und setzte sich ziemlich plötzlich ans Fußende seines Bettes, und Dany sah ihn benommen an. Von dem Gesagten hatte sie sehr wenig verstanden, denn sie hatte nur den einen niederschmetternden Gedanken im Kopf: Sie würde das Flugzeug nicht nehmen können! Sie würde hierbleiben und sich Polizisten und Befragungen und Leichenschauen und Reportern stellen müssen – und der schockierten Tante Harriet mit dem verständlichen Standpunkt, all ihre unheilschwangeren Voraussagen über die bösen Folgen der Unabhängigkeit seien wahr geworden. Dany saß in der Falle!

»Nein!« schluchzte Dany. »O nein! Ich kann nicht hierbleiben. Ich will nicht. Ich will nach Sansibar fliegen. Niemand wird mich aufhalten. Aber – aber man wird mich aufhalten, wenn ich keinen Paß habe! Was soll ich nur tun? Oh, warum habe ich Mr. Honeywood angerufen? Warum habe ich den Termin geändert? Wäre ich doch statt dessen am Nachmittag hingegangen!«

»Dann hätten Sie die Leiche gefunden, und das hätte Ihnen auch nicht gefallen.«

»Das wäre immer noch besser gewesen! Viel, viel besser. Können Sie denn gar nichts tun?«

»Zum Beispiel?« fragte Lash. »Die Polizei rufen? Das würde Ihnen verdammt viel nützen! Seien Sie jetzt mal ruhig und lassen Sie mich eine Minute nachdenken. Ich weiß nicht, wie Sie sich vorstellen, daß jemand nachdenken soll, wenn Sie ein solches Theater machen. Ruhig jetzt!«

Er goß sich noch einmal ein und saß schweigend und mit gerunzelter Stirn da, während Dany gegen den überwältigenden Drang ankämpfte, in Tränen auszubrechen. Es hinderte sie daran nur der Verdacht, daß Mr. Lashmer J. Holden junior durchaus imstande war, sie zu ohrfeigen, sollte sie es tun.

Schwach ließ sie sich in den nächsten Sessel sinken. Ihr Gehirn kam ihr so unfähig und nutzlos vor wie nasse Watte. Das Ganze war unmöglich und schrecklich und phantastisch. Sie mußte träumen, und sie würde plötzlich aufwachen und sich in ihrem gemütlichen, sicheren Schlafzimmer in *Glyndarrow* wiederfinden. So etwas konnte einfach nicht geschehen...

Doch es war Lashmer J. Holden junior, der aufwachte.

»Ich hab's!« verkündete er. »Bei Gott, wie schön, wenn das Gehirn funktioniert! Können Sie tippen?«

»Ja«, antwortete Dany verblüfft.

»Wie steht es mit Stenographie?«

»Ein bißchen.«

»Sekretärinnen-Schule?«

»Nein. Unterrichtsfach in der Schule. Warum?«

»Macht nichts. Es wird schon gehen. Okay. Ich nehme Sie.«

»W-was?« stotterte Dany.

»Oh, selbstverständlich als Sekretärin. Nichts Persönliches. Mit den Frauen bin ich fertig. Hören Sie gut zu, Mädchen, ich habe folgenden Plan, einen großartigen Plan! Wenn Leute glauben, sie könnten Sie als Sündenbock benutzen, sind sie schwer auf dem Holzweg. Ich bin mit einer Sekretärin gereist, mit Miss Ada Kitchell. Aber Ada hat Mumps bekommen, und bisher habe ich keine passende Stellvertreterin gefunden, die einen gültigen Paß besitzt und die notwendigen Visa und Dokumente und was sonst noch alles nötig ist, daß sie sofort abreisen könnte. Also was tun wir? Wir nehmen Sie!«

»Seien Sie nicht albern«, sagte Dany ärgerlich. »Sie wissen doch, daß ich auch keinen Paß habe! Darum geht es doch die ganze Zeit.«

Mr. Holden gab einen Laut der Ungeduld von sich, der im Druck für gewöhnlich als »Tscha!« wiedergegeben wird.

»Denken Sie mal nach, Mädchen! Ich nehme Sie nicht als Sie. Ich nehme Sie als Miss Kitchell. Sie sind ihr nicht allzu unähnlich. Größe ungefähr richtig. Augen fast die richtige Farbe. Figur sehr viel besser, aber das sieht man auf einem Paßfoto nicht. Sie ist natürlich älter, und ihr Haar ist rot, aber sie trägt eine Brille und einen Pony und rund eine Million Löckchen. Das ist uns von Vorteil! Wir färben Ihr Haar rot – das ist ein Jammer, aber für seine Kunst muß man leiden –, lassen Ihnen einen Pony schneiden und Löckchen à la Ada legen und kaufen Ihnen eine Brille. Ein Kinderspiel!«

»Aber... aber... Nein! Es ist unmöglich! Sie wird nicht einverstanden sein.«

»Sie wird nicht gefragt werden«, erklärte Mr. Holden fest. »Ich habe alle ihre Dokumente zusammen mit meinen in einer Aktentasche, die sie mir gleichzeitig mit den schlechten Neuigkeiten schickte. Sie hatte vergessen, ihren eigenen Kram herauszunehmen. Wir haben also, was wir brauchen. Meisterhaft, finde ich. Und was mehr ist, ich werde endlich eine Theorie von mir testen können.«

»Was für eine Theorie?« fragte Dany schwach.

»Daß noch nie ein Mensch seinem Paßfoto ähnlich gesehen hat und daß sowieso kein Beamter das Bild richtig ansieht. Nun, wir werden morgen erfahren, ob das so ist.«

»Das können wir nicht tun«, protestierte Dany, doch schon mit weniger Überzeugung. »Das geht einfach nicht!«

»Warum nicht?«

»Da ist Tysons Sekretär, dieser Nigel Ponting. Er soll mich in Nairobi vom Flugzeug abholen, und er hat bestimmt Fotos von mir gesehen, und...«

»Wenn ich mit Ihnen fertig bin«, prophezeite Mr. Holden, »werden Sie keiner Aufnahme mehr ähneln, die je gemacht worden ist. Ausgenommen vielleicht der, die auf Adas Paß klebt, und das nur ganz entfernt. Und er wird Sie nicht erwarten, weil wir dieser Gefahr begegnen, indem wir Ihren Eltern ein Telegramm mit ›Leider aufgehalten – Brief folgt‹ schicken. Dann machen sie sich keine Sorgen. Was diesen Ponting betrifft, so ist er eine elegante Tulpe der köstlichen, duftenden Variante, die sich in Ihrem großen und ruhmreichen Land plötzlich wie Kaninchen vermehrt. Ehrlich. Ich habe ihn kennengelernt, als Ihr Stiefvater das letzte Mal in den Staaten war, und ich versichere Ihnen, er kann kein Mädchen vom anderen unterscheiden. Einer von diesen. Also können wir Ponting vergessen. Seinetwegen brauchen Sie keine Angst zu haben.«

»Ja, aber...« begann Dany zögernd, und von neuem fielen Panik und Zweifel über sie her. »Nein! Nein, ich kann das nicht tun. Wir können das nicht tun!«

»Was soll uns daran hindern? Mehr als zwei Jahre Sing-Sing werden wir nicht bekommen – oder Borstal oder wohin Verbrecher in diesem Land geschickt werden. Und was sind zwei Jahre unter so vielen? Habt ihr Briten überhaupt keinen Mumm?«

Danys graue Augen funkelten plötzlich vor Zorn. Sie hob das Kinn. »Gut. Ich mache es.«

»So ist's richtig«, lobte Mr. Holden und schenkte sich von neuem ein.

»Ich weiß wirklich nicht«, meinte er, »warum ich mir meinen Lebensunterhalt nicht mit Schreiben verdiene, statt die kindischen Bemühungen geringerer Geister zu veröffentlichen. Es ist alles hier drin – Verstand, Kühnheit, Erfindungsgabe und ein unmittelbares Angehen der Probleme des täglichen Lebens. Was sitzen Sie da herum? Los, Mädchen! An die Arbeit!«

»Was soll ich denn tun?« fragte Dany erschrocken.

»Nun, packen. Sie müssen das Hotel verlassen haben, bevor die Polizisten Sie finden. Je eher Sie also verschwinden, desto besser. Bitten Sie das Mädchen am Empfang, anzurufen und Ihren Flug zu annullieren sowie dies Telegramm abzuschicken. Das wird helfen. Und erzählen Sie dem Zimmermädchen und dem Empfangschef und jedem anderen, der Ihnen begegnet, daß Sie gerade gehört haben, Ihre bettlägerige alte Großmutter in Manchester oder Aberdeen oder sonstwo sei gefährlich krank, und Sie müßten Ihren Flug aufgeben und an ihre Seite eilen. Der Empfangschef soll Ihnen ein Taxi rufen, damit Sie zu dem Bahnhof fahren können, wo die Züge nach der Wildnis von Kaledonien abgehen.«

»King's Cross, glaube ich«, sagte Dany.

»Okay, King's Cross. Und wenn Sie dort angekommen sind, nehmen Sie sich einen Gepäckträger und lassen Ihre Koffer in der Gepäckaufbewahrung abgeben, und ich treffe Sie in eineinhalb Stunden in der Schalterhalle. Glauben Sie, daß Sie das fertigbringen?«

»Ich will es versuchen.«

»Nichts da, versuchen! Sie werden sich genau an meine Anweisungen halten. Wenn mich etwas wütender macht als eine Hornisse, sind es Frauen, die einen warten lassen. Ich habe in der Vergangenheit oft warten müssen, aber damit ist jetzt für L. J. Holden junior Schluß. Außerdem haben wir keine Zeit zu vergeuden. Wir haben heute noch eine Menge vor. Zum Beispiel müssen wir Sie in einem anderen Hotel unterbringen, alle Anhänger an ihrem Gepäck austauschen, einen intelligenten Friseur finden und eine Brille kaufen. Je eher Sie aufbrechen, desto besser. Wir sehen uns pünktlich um elf am Bahnhof King's Cross. Und denken Sie daran, ich werde dort nicht ewig warten! Zehn Minuten ist für mich die Grenze.«

Tatsächlich wurden es zwanzig. Aber er war noch da und in ausgezeichneter Stimmung. Er mußte sich inzwischen mit weiterem Whisky gestärkt haben.

»Entschuldigen Sie, daß ich zu spät komme«, stieß Dany atemlos hervor, »aber als ich mein Zimmer aufgab, habe ich ihn wiedergesehen – vielleicht war er es gar nicht, aber ich dachte...«

»Wen?« fragte Lash verwirrt.

»Den Afrikaner, oder was immer er ist. Ich habe Ihnen doch erzählt, daß ich an einem vorübergegangen bin, als ich von Mr. Honeywood kam. Eigentlich kann es nicht derselbe gewesen sein. Ich bin dumm. Jedenfalls, er sprach mit dem Mann am Empfang über irgendwelche Briefe, und ich bekam einen solchen Schreck, daß ich meinen Mantel vergaß, den ich in der Toilette hängengelassen hatte. So mußte ich natürlich umkehren und ihn holen, und dadurch habe ich mich verspätet. Ich hatte schon Angst, Sie wären weggegangen.«

»Noch zwei Minuten, und Ihre Angst hätte sich als wohlbegründet erwiesen. Aber knapp danebengeschossen ist auch danebengeschnoss – daschebengenoss – ach, zum Teufel! Gehen wir.«

Er rief einen Gepäckträger herbei und ließ Danys Koffer aus der Gepäckaufbewahrung holen, wo sie sie erst vor wenigen Minuten abgegeben hatte. Eine halbe Stunde später saß sie, eingewickelt in einen pfirsichfarbenen Umhang, vor einem großen Spiegel, und Mr. Holden setzte einer kichernden, blonden Friseuse die Einzelheiten von Miss Ada Kitchells Haartracht auseinander.

»Das ist einer, nicht wahr? Ihr Freund, meine ich«, sagte die Blonde und tauchte Danys Kopf in ein Becken. »Sie sind beim Film, ja? Muß das interessant sein! Sind Sie schon einmal rothaarig gewesen? Nein? Das wird sicher eine nette Abwechslung. Sie werden sich selbst nicht wiederkennen.«

»Nicht schlecht«, meinte Lash, als er das Ergebnis einige Zeit später betrachtete. »Gar nicht schlecht. Obwohl ich nicht sagen kann, es sei eine Verbesserung. Es ist entschieden ein Schritt zurück. Oder liegt das daran, daß ich zwei von Ihnen sehe? Macht nichts. Von einer guten Sache kann man nie zuviel haben. Gehen wir essen.«

Sie aßen in einem kleinen Restaurant in einer Seitenstraße nahe dem Frisiersalon. Oder vielmehr, Dany aß, während Mr. Holden sich ans Trinken hielt. Und später setzte er sie in einem ehrbaren Familienhotel auf der Gloucester Road ab. Sie solle auf ihrem Zimmer bleiben und nicht in Panik geraten, ermahnte er sie. Morgen werde er sie auf seinem Weg zum Flughafen-Terminal abholen. Er bedauere, sagte er, sie nicht weiter unterhalten zu können, doch er habe heute abend eine Verabredung. Tatsächlich mehrere Verabredungen.

»Und Sie werden nicht verschlafen oder sonst etwas Schreckliches tun?« fragte Dany ängstlich. Sie sah sich plötzlich in der dunkelsten Gloucester Road im Stich gelassen – allein, rothaarig und als Miss Ada Kitchell maskiert.

»Ganz bestimmt nicht!« Mr. Holden war entsetzt. »Sie glauben doch wohl nicht, daß ich beabsichtige, wertvolle Zeit mit Schlafen zu verschwenden? Mit den Worten dieses oder jenes Dichters werde ich

›die unbarmherzige Minute mit sechzig Sekunden des Trinkens vollstopfen‹.«

»Aber Sie haben schon letzte Nacht nicht geschlafen«, protestierte Dany besorgt.

»Was hat das damit zu tun? Morgen ist ein neuer Tag. Bis dann, Mädchen.«

Dany verbrachte den Rest des Tages in Einsamkeit und Angst und schlich sich in der Dämmerung hinaus, um die Abendzeitungen zu kaufen. Aber ein Brand in einem großen Londoner Kaufhaus, ein Eisenbahnzusammenstoß in Italien, eine weitere Revolution in Südamerika und die fünfte Heirat eines berühmten Filmstars hatten sich zusammengetan, den Mord an Mr. Henry Honeywood von der Titelseite weg- und in das Kleingedruckte hineinzudrängen.

Es wurden keine neuen Einzelheiten angegeben. Durch die Wiederholung verloren die Berichte für Dany viel von ihrem Schrecken und rückten von ihrer eigenen Person ab. Das beruhigte ihr Gewissen ein wenig, doch nicht ihre Ängste, denn die Pistole in ihrem Zimmer im *Airlane* war ihr sehr nahegegangen. Ebenso die Tatsache, daß jemand ihren Paß gestohlen hatte! Das alles mochte sich nach einem unmöglichen Alptraum anhören, aber es war geschehen. Und ihr war es geschehen – Dany Ashton. Oh, wenn sie doch – wenn sie doch nur zur ursprünglich vereinbarten Zeit zu Mr. Honeywood gegangen wäre!

Sie verbrachte eine schlaflose Nacht und sah blaß und mitgenommen aus, als Lash sie am nächsten Morgen zu einer verhältnismäßig frühen Stunde mit einem Taxi abholte. Aber ein Blick auf sich selbst in dem großen viktorianischen Spiegel, der das Foyer des Familienhotels schmückte, hatte sie wenigstens überzeugt, daß niemand sie erkennen konnte. Sie hatte sich nicht einmal selbst gleich erkannt und für einen Augenblick gemeint, die bleichgesichtige junge Frau mit dem aufgedonnerten roten Haar und der breitrandigen Brille sei eine Fremde, die in der engen, zugigen Halle stand.

Lash war dagegen bis auf die auffällige Blässe und die übermäßig glänzenden Augen keine Spur von Erschöpfung anzumerken. Er strahlte beste Laune aus und war von einem starken Whisky-Geruch und der Katze Asbestos begleitet. Niemand hätte eine Sekunde lang geargwöhnt, daß er nicht im Bett gewesen war, beziehungsweise zwei Nächte hintereinander überhaupt nicht geschlafen hatte.

Mit einem einzigen kurzen Wort schnitt er Danys Gestottere ab, sie habe es sich anders überlegt und werde bestimmt nicht durchhalten.

Sobald sie im Taxi und unterwegs zum Terminal waren, verabreichte er ihr ein paar Pillen gegen Unwohlsein und ließ sie sie mit Whisky hinunterschlucken.

Dany war an diesem Morgen nicht fähig gewesen zu frühstücken, denn die Angst hatte ihr den Appetit verdorben. Der starke Alkohol, auf nüchternen Magen nach einer schlaflosen Nacht getrunken, beruhigte ihre Nerven und erfüllte sie mit einer angenehm glühenden Zuversicht. Dies Gefühl hielt an, bis die Passagiere nach Nairobi in die Abflughalle geführt wurden, und sie sich neben einem schlanken, sehr jung aussehenden Mann wiederfand. Er hatte ein mageres, dreieckiges, sympathisches Gesicht, aufmerksame braune Augen und ein kantiges, eigensinniges Kinn.

Als ihre Blicke sich trafen, lächelte er Dany zu. Es war ein schnelles und besonders angenehmes Lächeln, dem sie unmöglich widerstehen konnte. Er sagte: »Wie ich sehe, reisen wir beide nach Sansibar. Sind Sie schon einmal dort gewesen?«

Seine Stimme war ebenso freundlich und gutgelaunt wie sein Lächeln, und Dany lächelte zurück und schüttelte den Kopf.

»Nein? Das ist schade; ich hatte gehofft, ein paar Tips zu bekommen. Auch für mich ist es der erste Besuch. Tatsächlich hatte ich gar nicht damit gerechnet, heute schon fliegen zu können. Mein Name stand seit Wochen auf einem halben Dutzend Wartelisten, aber alle Nairobi-Flugzeuge waren voll ausgebucht. Fast hatte ich die Hoffnung schon aufgegeben, als ein glücklicher Zufall eintrat. Ein Passagier gab gestern noch seinen Platz auf, und ich habe ihn bekommen.«

»Oh«, sagte Dany und zuckte ein bißchen zusammen. »D-da haben Sie wirklich Glück gehabt.«

»Das kann man wohl sagen! Ich schreibe Features. Freiberuflich. Mein Name ist Dowling – Larry Dowling.«

»Oh«, sagte Dany schwach. »Ein Reporter.«

Mr. Dowlings Gesicht verzog sich schmerzlich. »Nein. Ein Feature-Schreiber. Haben Sie schon einmal von einem Romanautor namens Frost gehört? Aber sicher! Also, er hat ein Haus auf Sansibar, und ich habe von einer Zeitung und zwei Zeitschriften den Auftrag erhalten, ein Feature über ihn zu schreiben. Das heißt, wenn er mich empfängt. Man kommt nicht leicht an ihn heran, wie ich gehört habe. Aber auch wenn Frost nicht mitspielt, sollte es mir gelingen, etwas aus der Reise herauszuholen. Vielleicht schreibe ich etwas über die Wahlen da unten. Es geht das Gerücht, die Moskau-Nasser-Marionetten wollten die Kontrolle über die Insel an sich reißen.«

»Über Sansibar? Aber das ist ein ganz unwichtiger kleiner Ort!« protestierte Dany, die in plötzlicher Entrüstung ihre eigene prekäre Situation vergaß. Gab es denn auf der ganzen Welt keinen schönen, romantischen Fleck mehr, der frei vom Streit politischer Parteien war?

Mr. Larry Dowling lachte. »Wissen Sie, es hat einmal eine Zeit gegeben, als viele Leute das gleiche von Sarajevo gesagt haben mögen. Aber sie wurden eines anderen belehrt. Ich fürchte, Sie werden feststellen, daß es in einer Welt der Machtpolitik so etwas wie ›unwichtige kleine Orte‹ nicht mehr gibt.«

»O nein!« entfuhr es Dany unwillkürlich. »Warum muß alles verdorben werden!«

Mr. Dowling hob ironisch eine Augenbraue, doch seine angenehme Stimme verriet Mitgefühl. »So ist nun einmal das Leben. Ich wollte Sie nicht deprimieren. Sicher werden Sie Sansibar genauso attraktiv finden, wie Sie es erwarten. Ich glaube, es ist ein schöner Ort. Werden Sie dort bei Freunden wohnen oder wie ich in einem Hotel? Ich hörte, dort sei...«

Er brach ab. Seine ganze Aufmerksamkeit richtete sich auf die Vision, die in diesem Augenblick die überfüllte Halle betrat. Eine von Dior gekleidete und in Nerz gehüllte Vision. Ein außerordentlich teurer Duft und eine Aura des Glanzes zog ihr voraus, umgab sie und folgte ihr nach. Begleitet war sie von einem schlanken dunklen Italiener und einem hochgewachsenen, distinguiert wirkenden Herrn mit grauem Haar und kalten hellen Augen.

Ihr Auftritt verursachte einige Unruhe, und Mr. Holden, der sich ebenfalls umgedreht hatte, um sie anzusehen, verlor einen beträchtlichen Teil seiner Gemütsruhe.

»Da kommen einige der Gäste Ihres Stiefvaters«, sagte er säuerlich zu Dany. »Der italienische Typ ist Eduardo di Chiago. Eine römische Laus! Er fährt bei Autorennen seine eigenen Wagen und ist ein Freund von Tyson – ausgerechnet der! Der mit dem weißen Schnurrbart und dem Stempel ›Auswärtiges Amt‹ auf dem Gesicht (was nicht stimmt; er macht in Öl) ist Yardley. Sir Ambrose. Seit einiger Zeit ist er mit Elf viel zu dick befreundet – und sie sollte lieber aufpassen. Es wird gemunkelt, seine Gesellschaft stehe kurz vor dem Konkurs. Zu schade, daß es nicht wahr ist. Aber wenigstens brauchen wir ihn nicht lange zu ertragen. Er reist nur bis Khartum.«

Wer die Vision war, sagte er nicht, aber das war auch nicht notwendig. Zweifellos war sie das Original der Fotografie mit der zärtlichen Widmung, die seinen Toilettentisch im *Airlane* geschmückt hatte. Seine Ex-Verlobte und Lorraines Busenfreundin Amalfi (genannt Elf) Gordon.

»Sie ist schön, nicht wahr?« seufzte Dany sehnsüchtig, ohne zu merken, daß sie ihren Gedanken laut ausgesprochen hatte.

»Ach, ja?« gab Mr. Holden kalt zurück.

Er richtete einen kurzen, finsteren Blick auf die Vision und drehte ihr dann den Rücken. Mrs. Gordon hatte ihn jedoch schon gesehen.

»Da ist ja Lash!« Ihre warme, kehlige Stimme war sogar durch das Geschnatter in der überfüllten Halle deutlich hörbar. Aber Mr. Holden tat, als sei er taub.

Es nutzte ihm nichts. Mrs. Gordon stieß in einer Wolke süßen Parfüms auf ihn nieder. »Lash, Darling, wie schön, dich zu sehen! Ich fürchtete, du würdest nicht kommen.«

»Warum?« fragte Lash hochmütig. »Dieser Flug war anfangs als Geschäftsreise geplant, und das kann er bleiben. Du hast doch sicher nicht geglaubt, daß ich darauf verzichten würde, nur weil du deine Zuneigung auf einen vergoldeten italienischen Gigolo übertragen hast?«

Mrs. Gordon schob eine schlanke, behandschuhte Hand unter seinen Arm und blickte mit riesengroßen, meeresgrünen Augen zu ihm auf. Ihre langen Wimpern flatterten flehend.

Noch niemandem war es gelungen, längere Zeit auf Amalfi Gordon ernstlich böse zu sein. Höchstens erbittert. Aber allgemein wurde als Tatsache anerkannt, daß die liebe, weichherzige, törichte Elf einfach nicht dafür konnte. Wenn sie sich mal in den einen, mal in den anderen verliebte und Menschen dabei weh tat, war es nicht ihre Schuld. Sie hatte nie die Absicht weh zu tun.

Mrs. Gordon zog ein Schnütchen. »Süßer, du schmollst doch nicht etwa mit mir?«

»Natürlich nicht!« fauchte Lash, und sein Hochmut verwandelte sich flugs in unverhohlene Wut. »Was für einen Grund hätte ich zu schmollen? Ich bin im Gegenteil zutiefst dankbar. Und jetzt lauf zurück zu deiner italienischen Barfliege, sei ein braves Mädchen.«

Amalfi zog schmeichelnd an seinem Arm. »Darling, benimmst du dich nicht ein kleines bißchen kindisch? Eddi ist wunderbar!«

»Du meinst, Eddie ist ein Marchese!« höhnte Lash. »Und du gehörst zu den Dummen, auf die ein Titel Eindruck macht! Abgesehen davon, was hat er, das ich nicht habe?«

»Manieren«, antwortete Amalfi süß. Sie nahm ihre Hand weg, wandte sich ab und ging wieder zu ihren beiden Kavalieren, ohne einen einzigen Blick auf Dany zu werfen.

»Was sagen Sie dazu?« entrüstete sich Lash. »Manieren! Ich nehme an, wenn ich mich verbeugte und Kratzfüße machte und herumliefe und den Damen die Hand küßte...«

Er hielt inne und versank in düsteres Brüten, aus dem er durch eine zweite Hand auf seinem Arm geweckt wurde. Aber diesmal war es Dany, und er sah, daß sie mit entsetzt aufgerissenen Augen einen dünnen, knochigen, dunkelhäutigen Orientalen in einem blauen Straßenanzug anstarrte. Er trug eine Aktentasche, einen ordentlich gerollten Regenschirm und einen sehr neuen Burberry-Mantel.

»Das ist er!« flüsterte Dany fieberhaft.

»Wer? Der Mann, von dem Sie glauben, daß Sie ihn in Market-Soundso gesehen haben, oder der, den Sie im Hotel gesehen haben?«

»Der aus dem Hotel. Aber – aber vielleicht ist er beides!«

»Blödsinn! Die Welt ist voll von Orientalen – es gibt sie in allen Größen. Und wenn er es ist? Wahrscheinlich hat er im *Airlane* gewohnt. Sie haben dort gewohnt, ich habe dort gewohnt. Und zufällig haben Elf und dieser abgeleckte Herrenfahrer auch dort gewohnt. Und wir fliegen alle nach Nairobi. Warum er nicht?«

»Aber wenn er mich nun erkennt? Ich habe gleich neben ihm gestanden!«

Lash wandte sich ihr zu, musterte sie mit scheelem Blick und bemerkte ätzend, es sei höchst zweifelhaft, ob ihre eigene Mutter sie erkennen würde. Er setzte hinzu, falls sie vorhabe, alle zwanzig Minuten die Nerven zu verlieren, solle sie den ganzen Plan besser doch noch aufgeben und zu ihrer Tante Harriet zurücklaufen. Ihm liege überhaupt nichts an einer rückgratlosen und vermutlich untüchtigen Sekretärin, die dauernd unter Einbildungen leide. Diese scharfe Bemerkung wirkte auf Dany wie ein Eimer kaltes Wasser und stärkte ihre Entschlossenheit. Sie warf Mr. Lashmer Holden einen Blick heftigen Widerwillens zu und ging ihm in eisigem Schweigen zum Flugzeug voran.

Niemand hatte an ihrer Identität gezweifelt, und falls es Kriminalbeamte in Zivil unter der Menge auf dem Flughafen gab, entdeckte Dany sie nicht. Die Stewardeß sagte: »Würden Sie bitte die Sicherheitsgurte schließen«, und dann rollten sie die lange Startbahn hinunter. Die Motoren heulten auf, und der Flughafen rutschte unter ihnen weg: kippte, stellte sich wieder gerade und schrumpfte auf die Maße eines Kinderspielzeugs zusammen. Sie waren sicher gestartet.

»Sieht so aus, als hätten wir es geschafft«, bemerkte Lash freundlich, löste seinen Sicherheitsgurt und steckte sich eine Zigarette an.

Er nahm von der Stewardeß eine Tasse Kaffee entgegen und schüttete den letzten Rest aus seinem Whisky-Flakon hinein. Es schien ihn zu überraschen, daß nichts mehr übrig war.

»Zum Teufel! Ich habe die Flasche doch erst vor einer halben Stunde gefüllt! Nein, ich glaube, das muß früher gewesen sein. Auch gut, da, wo das hergekommen ist, gibt es noch eine Menge. Guten Flug! Wie fühlen Sie sich übrigens?«

»Schläfrig«, antwortete Dany.

»Merkwürdig. Ich auch. Dann gute Nacht.«

Er rückte sich bequem zurecht und schlief auf der Stelle ein. Dany betrachtete ihn ärgerlich und stellte dann zu ihrem Schrecken fest, daß ihr eigener Kopf nickte. Sie hatte nicht die Absicht, Zeit mit Schlafen zu vergeuden. Dies war ihr allererster Flug, und obwohl die Umstände, unter denen sie ihn machte, ungewöhnlich waren, um es milde auszudrücken, wollte sie doch keinen Augenblick verpassen. Bald würden sie den Kanal überfliegen. Frankreich... die Schweiz. Auf die schneebedeckten Gipfel der Alpen niederblicken. Auf das Matterhorn und den Mont Blanc. Über die Berge nach Italien. Nein, natürlich konnte sie nicht schlafen...

4

Dany erwachte mit einem Ruck und sah die Stewardeß vor sich stehen, die sie drängte, den Sicherheitsgurt zu schließen. »Wir landen in ein paar Minuten.«

»Landen? Wo?« wollte Dany schlaftrunken wissen.

»In Neapel. Meinen Sie, Sie könnten den Gurt Ihres Freundes schließen? Ich schaffe es einfach nicht, ihn aufzuwecken.«

Dany kam dieser Bitte unter einigen Schwierigkeiten nach. Mr. Holden blieb stocksteif. Er erwachte nicht einmal, als die Maschine aufsetzte. Die Stewardeß gab den ungleichen Kampf auf und ließ ihn ungeachtet der Vorschriften sitzen.

Dany kletterte über ihn weg und schloß sich den anderen Passagieren an, die in das gleißende Sonnenlicht des Flughafens von Neapel geführt wurden. Da sie sich unfähig zu jeder Unterhaltung fühlte, tat sie, als habe sie Larry Dowling nicht gesehen, der ihr ihm Vorübergehen freundlich zugelächelt hatte.

Eine merkwürdige Mischung aus Lunch und Tee wurde im Flughafen-Restaurant serviert. Dany war nicht in der Stimmung für Kritik, und so aß sie alles auf, was man ihr vorsetzte. Es überraschte sie, daß sie so hungrig war. Vorsichtshalber hatte sie sich einen Tisch ausgesucht, der so weit wie möglich entfernt von ihren Mitreisenden war, und von diesem Aussichtspunkt studierte sie sie mit Interesse. Es mußten zwei weitere Gäste für *Kivulimi* unter ihnen sein, die sie noch nicht identifiziert hatte. Tysons Schwester Augusta Bingham und ihre Freundin Miss – Boots? Nein, Bates.

Es war wirklich ein Glück, überlegte Dany, daß sie bei der einzigen Gelegenheit, als diese neue Stieftante sie hatte besuchen wollen, an den Masern erkrankt war und daß sie es aus reiner Selbstsucht versäumt hatte, am Mittwoch im Airlane-Hotel bei Mrs. Bingham guten Tag zu sagen. Sie war so nahe daran gewesen, es zu tun! Aber der Film *Blue Roses* war gelaufen, und dann hatte sie vor der Wahl gestanden, entweder ihre Pflicht zu tun, indem sie sich ihrer Stieftante vorstellte, oder an diesem Abend ins Theater zu gehen – und das Theater hatte gesiegt.

Nachdem sie sich gründlich im Restaurant umgesehen hatte, kam Dany zu dem Schluß, die beiden Damen, nach denen sie suchte, seien sicher die, die sich mit an Mrs. Gordons Tisch gesetzt hatten, denn die ältere hatte entschieden Ähnlichkeit mit Tyson. Die gleiche stumpfe Nase und das entschlossene Kinn. Ja, das mußte Augusta Bingham sein: eine Frau mittleren Alters, deren ergrauendes Haar tiefblau getönt und von einem Experten geschnitten war und deren makellose Figur in einem ebenso vorzüglich geschnittenen Kostüm aus lavendelfarbener Schantungseide ausgezeichnet zur Geltung kam.

Mrs. Bingham trug eine diskrete Diamantbrosche und zwei Reihen erstklassiger Perlen. Sie sah aus, als sei sie eine gute Bridgespielerin, gehöre verschiedenen Clubs an und interessiere sich für Klatsch und Kleider. In krassem Gegensatz dazu ließ ihre Nachbarin sofort an Pfadfinderinnen denken. Sachlichkeit und eine mit sicherer Hand geleitete Gemeinde. Zweifellos Miss Bates.

Miss Bates, die trotz der Hitze einen vernünftigen Mantel und Rock und einen unzweifelhaft britischen Hut der Puddingschüsselform trug, gab einen höchst wirkungsvollen Hintergrund für Amalfi Gordon ab, die ihr gegenüber saß. Mrs. Gordon hatte ihr Nerzcape abgelegt und sah in limonengrünem Leinen unglaublich kühl und schön aus. Wie macht sie das? fragte sich Dany und musterte sie mit ein wenig Neid. Sie ist alt! Sie ist mit Mutter zur Schule gegangen, und sie war fast ebensooft wie Mutter verheiratet. Und trotzdem kann sie immer noch so aussehen!

Der italienische Marquis – oder hieß es Marchese? – und Sir Ambrose Soundso (Öl!) widmeten Mrs. Gordon ihre volle Aufmerksamkeit. Amalfi war zu beiden bezaubernd, und ebenso zu Mrs. Bingham und Miss Bates und zwei sie offen bewundernden Kellnern. Sogar Larry Dowling fand es schwierig, seinen Blick nicht hinüberirren zu lassen, sondern zuzuhören, was sein Tischnachbar sagte.

Mr. Dowling saß zwei Tische weiter zusammen mit dem dunkelhäutigen Mann, den Dany im Hotel gesehen hatte. Der Orientale sprach ernsthaft und mit viel Gestik. Seine Stimme drang deutlich bis an Danys Ohren: »Sie verstehen nicht! Sie sind kein Araber. Es ist diese Ungerechtigkeit! Diese offenbare Gemeinheit! Warum soll eine leidende Minderheit zugunsten der grausamen, blutsaugenden Imperialisten einer sterbenden Macht ausgebeutet werden, die ihren Profit den verhungernden Armen vom Mund wegreißen? Ich als Araber...«

Also redeten Menschen wirklich auf diese Art! Und wahrscheinlich gab es Leute, die ihnen zuhörten. Mr. Dowling hörte gewiß zu, wenn vielleicht auch nicht so aufmerksam, wie er sollte. Aber wenn er ein Feature – was das auch sein mochte – über die Wahlen in Sansibar zu schreiben hoffte und... Etwas viel Wichtigeres fiel Dany ein, und sie erschrak. Er wollte Tyson interviewen! Sie mußte ihren Stiefvater warnen, und sie mußte sich außer Sicht halten. Es wäre eine Katastrophe, wenn dieser Larry Dowling, der für Zeitungen schrieb, herausfand, daß sie Tyson Frosts Stieftochter war und sich als die Sekretärin eines amerikanischen Verlegers verkleidet hatte, um nicht in einem Mordfall aussagen zu müssen. Gäbe das eine feine Geschichte für die Titelseiten! Dany erschauerte bei dem Gedanken. Angenommen – nur einmal angenommen – irgendwer erkannte sie? Der Mann, mit dem er sprach...

Von neuem geriet Dany in Panik. Selbst wenn der Araber nicht der Mann war, an dem sie in der Nähe von Mr. Honeywoods Haus im Nebel vorübergegangen war, er war bestimmt der Mann, der im Foyer des *Airlane* ganz dicht neben ihr gestanden hatte. Und wenn er sie erkannte und Fragen stellte, konnte sie in Nairobi festgehalten und zurückgeschickt werden.

Welche Strafe stand auf das Reisen mit falschem Paß? Warum hatte sie nicht früher daran gedacht? Lash Holden hatte eine leichtfertige Bemerkung darüber gemacht, aber sie war an ihr abgeglitten. Sie hätte darüber nachdenken sollen...

Mr. Dowlings Nachbar sprach von neuem, und er war jetzt noch deutlicher zu verstehen, doch er hatte sich einem aktuelleren Thema zugewandt. »Ich fühle mich in diesen Flugzeugen immer krank – sehr krank. Das ist mein Magen. Ich nehme alles mögliche ein. Es hilft nichts. Die Höhe, ich weiß es nicht. Ja, wir werden nicht durchgeschüttelt, und trotzdem geht es mir immer schlecht. Am schlimmsten ist es über dem Meer. Da ist mir am übelsten. Denn wenn die Motoren über dem Meer versagen, was wird dann geschehen? Wir werden alle ertrinken! Es ist schrecklich!«

Er ist nicht luftkrank, dachte Dany. Er hat nur Angst. Nun ja, ich auch...

Larry Dowling fing ihren Blick auf und grinste, und merkwürdig, Danys Panik ließ nach. Er mochte Reporter und die Bekanntschaft mit ihm gefährlich sein, aber er war ein zuverlässiger Mensch. Dany hatte plötzlich die feste Überzeugung, Tante Harriet hätte ihn gebilligt. Was seltsam war...

Die Passagiere nach Nairobi wurden aufgefordert, zu ihrer Maschine zurückzukehren. Dany erhob sich eilig, nahm ihren Mantel und ihre Tasche und hastete hinter ihren Mitreisenden hinaus.

Lashmer J. Holden hatte sich nicht gerührt, und er rührte sich auch nicht, als Dany sich an ihm vorbeiquetschte. In der Sprache des Boxsports war er k. o., und Dany, die diese Tatsache nur vage zu deuten wußte, fühlte sich verloren und sehr allein. Bis zu diesem Augenblick hatte sie sich selbst als bloßes Mitglied der Crew gesehen, während Lash den Befehl führte und das Schiff steuerte, und vorausgesetzt, sie tat, was er ihr sagte, würde er sie sicher in den Hafen bringen. Jetzt war sie sich nicht mehr so sicher. Leidenschaftslos im hellen Sonnenschein des Mittelmeers betrachtet, sah Lashmer Holden ein Gutteil jünger aus. Sein Haar war zerzaust, und er war blaß und unrasiert. Dany musterte ihn mit kritischem und mißbilligendem Auge, und dann gewannen ihre mütterlichen Instinkte die Oberhand. Sie beugte sich vor, lockerte seinen Schlips, der sich irgendwo in der Nachbarschaft seines rechten Ohrs verschlungen hatte, und ließ die Jalousie herunter, so daß sein Gesicht vor der Sonne geschützt war.

Die beiden rotgesichtigen Gentlemen, die ganz so aussahen, als ob sie aus den Kolonien kämen, und die Sitze direkt hinter ihr einnahmen, begannen in einem gedämpften, rhythmischen Chor zu schnarchen. Dany wünschte, sie könnte ihrem Beispiel folgen und auch wieder einschlafen, damit sie nicht nachdenken mußte. Aber mittlerweile war sie viel zu ängstlich und außerdem hellwach, und den Brief hatte sie sowieso noch zu schreiben. Den Brief mit den Erklärungen für die Polizei, den sie in Nairobi zur Post geben wollte.

Vorsichtig stand Dany auf und nahm ihre Aktentasche aus dem Gepäcknetz. Wieder schüttelte sie innerlich den Kopf über den Anhänger, der die Mappe als Eigentum von Miss Ada Kitchell auswies. Dann saß sie mit Papier und Schreibzeug in der Hand da und stellte fest, daß der Brief nicht so einfach war, wie sie geglaubt hatte.

Wenn sie an die letzten vierundzwanzig Stunden zurückdachte, fragte sie sich, ob sie vorübergehend von Sinnen gewesen war. Oder hatte der vom Alkohol beflügelte Lash Holden einen hypnotischen Einfluß auf sie ausgeübt? Sie war verängstigt und verwirrt gewesen und fest entschlossen, sich durch nichts an ihrem heißersehnten Flug nach Sansibar hindern zu lassen. Und in diesem Geisteszustand hatte sie nur zu begierig dem voreiligen Fluchtplan zugestimmt, den er ihr bot. Aber jetzt, wo sie viel Zeit zum Nachdenken gehabt hatte, ging ihr auf, wie töricht ihr Verhalten gewesen war.

Sie hatte genau das getan, was da einer von ihr erwartet hatte. Sie war in Panik geraten, hatte sich durch ihre Dummheit verdächtig gemacht und es zugelassen, daß ein Mörder sie als Sündenbock benutzte, um seine eigene Spur zu verwischen. Sie machte sich mitschuldig, denn auch das war strafbar. Wenn sie den Kopf behalten und sofort die Polizei angerufen hätte, dann hätte sie diesen Besuch verschieben oder vielleicht ganz opfern müssen. Aber es wäre die Polizei gewesen, die die Pistole fand – und ohne ihre Fingerabdrücke darauf. Und wenn sie das bißchen an Informationen weitergegeben hätte, das sie besaß, wäre es der Polizei möglicherweise eine Hilfe dabei gewesen, den wirklichen Verbrecher sofort zu fassen, statt Zeit mit der Suche nach ihr zu verschwenden.

Sie war, dachte Dany mit schonungsloser Ehrlichkeit, selbstsüchtig und feige und beklagenswert leichtgläubig gewesen. Sie hatte den Lauf der Gerechtigkeit behindert und einem Mörder in die Hände gespielt. Wie bald würde die Polizei wohl herausfinden, daß Mr. Honeywoods

Besucherin eine Miss Dany Ashton gewesen war, falls sie nicht schrieb und es selbst meldete? Vielleicht nie. Vielleicht war es letzten Endes doch besser, überhaupt nichts zu sagen – nachdem sie es soweit hatte kommen lassen. Konnte sie mit Gefängnis bestraft werden, weil sie den Paß eines anderen benutzt hatte, zusätzlich zu der Behinderung der Justiz? Aber sie hatte doch nur Sansibar sehen wollen. Sansibar und *Kivulimi*...

Lorraine hatte ihr vor zwei Jahren Fotos von *Kivulimi* geschickt. Sie waren an einem kalten, nassen, deprimierenden Nachmittag im November angekommen und hatten einen Hauch von Magie in Tante Harriets jeder Romantik verschlossenes Haus gebracht. *Es sind Jacaranda-Bäume im Garten,* hatte Lorraine geschrieben, *und Mango- und Jasmin-Sträucher und jede Menge Orangenbäume, und es duftet himmlisch. Die Bäume halten das Haus schön kühl. Vermutlich stammt daher sein Name. »Kivulimi« heißt: Das Haus des Schattens.*

Dany packte Schreibpapier und Füllfederhalter wieder ein und legte die Aktentasche zurück in das Gepäcknetz. Es war alles zu schwierig. Sie wollte warten, bis sie Lorraine und Tyson die ganze Geschichte gebeichtet hatte. Lorraine würde sie aufregend finden, und Tyson würde wahrscheinlich wütend sein. Aber sie würden sich des Problems annehmen und wissen, was da zu tun war.

Dany setzte sich wieder hin. Ihr war kalt, sie kam sich verloren vor, und sie schämte sich mehr als nur ein bißchen. Wenn Lash nur aufwachen wollte! Aber Mr. Holden sah nicht so aus, als ob er wegen einer wesentlich geringeren Sache als der Posaunen des Jüngsten Gerichts aufwachen würde. Dany merkte, daß sie ihn mit wachsender Feindseligkeit betrachtete.

Es war, so sagte sie sich plötzlich, alles Lashs Schuld. Wenn er nicht gewesen wäre – er und diese lächerliche ausgestopfte Katze!

Ein zarter Hauch von *Diorissima* triumphierte über den Geruch von Zigaretten, Desinfizierungsmitteln und Polsterung, und Dany sah, daß sich Mr. Holdens angenehmes Profil von einem Hintergrund aus limonengrünem Leinen abhob.

Amalfi Gordon stand neben Lash im Mittelgang. Sie blickte mit leichtem Stirnrunzeln und einem Ausdruck, der eine eigentümliche Mischung aus Spekulation, Zweifel und Verärgerung war, auf seinen reglosen Körper nieder. Im Schatten der heruntergezogenen Jalousie und mit dem Licht hinter ihr wirkte sie blonder und lieblicher denn je. Es war unmöglich zu glauben, daß sie den Vierzig ein Gutteil näher sein mußte als den Dreißig und mit Danys Mutter zur Schule gegangen war.

Sie schlug die langen, zweifellos echten Wimpern mit den goldenen Spitzen auf und streifte Dany mit dem nichts wahrnehmenden, völlig desinteressierten Blick, mit dem manche Frauen Dienstboten ansehen und den die Mehrheit der schönen Frauen für ihre unscheinbaren oder häßlichen Schwestern reserviert hat.

Es war ein Blick, der in Dany eine plötzliche scharfe Feindseligkeit erweckte. Vielleicht zeigte sich das auf ihrem Gesicht, denn Mrs. Gordons meergrüne Augen verloren den geistesabwesenden Ausdruck und wurden überraschend aufmerksam. Sie musterte Dany von oben bis unten, nahm ihre Jugend zur Kenntnis und ließ sich keine Einzelheit ihrer Kleidung oder ihres Aussehens entgehen. Die Falte auf ihrer weißen Stirn vertiefte sich. Sie sagte, ohne sich die Mühe zu machen, ihre Stimme zu senken:

»Sie müssen Lashs – Mr. Holdens – Sekretärin sein. Ich dachte, er wollte Ada mitnehmen.«

»Sie konnte nicht«, antwortete Dany kurz und ärgerte sich, daß sie errötete.

»So?« Es war offensichtlich – und unter diesen Umständen ein Glück –, daß Mrs. Gordon sich nicht im geringsten für Lashs Sekretärinnen interessierte, denn sie stellte keine weiteren Fragen. Aber irgend etwas in Danys Ausdruck hatte sie wohl gereizt, denn sie blickte von neuem auf den schlafenden Lash nieder, und dann streckte sie ihre schlanke, weiße Hand aus und strich leicht, aber sehr bewußt eine Haarsträhne zurück, die ihm in die Stirn gefallen war.

Es war eine intim besitzergreifende Geste, die Bände sprach, und das sollte sie auch. Nachdem sie diesen Punkt für sich verbucht hatte, lächelte Mrs. Gordon charmant und ging den Gang zur Damentoilette hinunter.

Dany ließ sich zurücksinken. Sie fühlte sich zitterig und grundlos wütend und wegen des knappen Entkommens nervös. Wenn Mrs. Gordon nun nach ihrem Namen gefragt und sie »Kitchell« gesagt hätte? Was wäre dann geschehen? *Aber Sie sind nicht Ada Kitchell. Die kenne ich*. Wie hätte sie das erklären können? Zwei rothaarige Sekretärinnen mit dem gleichen Namen konnte man nur schwer erklären. Falls sie nicht Schwestern waren –. Wenn Mrs. Gordon sie noch einmal fragte, mußte sie sich als Adas Schwester ausgeben. Lash hätte daran denken sollen, daß Mrs. Gordon seine Ex-Sekretärin kannte!

Von neuem sah Dany zu ihm hin, und diese ganz unlogische Wut wich der Besorgnis. Sie legte die Haarsträhne wieder auf seine Stirn. Das, dachte Dany, wird es ihr zeigen!

Die Stewardeß verteilte Tee, und die beiden Gentlemen aus den Kolonien hinter Dany wachten auf und stürzten sich in eine lange und dogmatische Diskussion über Rassenprobleme in Kenia. Der dünne Araber, den Dany das erste Mal im Foyer des *Airlane* gesehen hatte – oder vielleicht in Market-Lydon? – ging den Gang entlang, und einer der Männer senkte die Stimme und sagte: »Haben Sie gesehen, wer das war? Salim Abeid – den man ›Jembe‹ nennt.«

»Ich glaube, Sie haben recht. Was er wohl in London gemacht hat?«

»Hat sich von unseren dreckigen kleinen pro-roten und rosafarbenen Intellektuellen feiern lassen, vermute ich. Ich kann mir nicht vorstellen, warum solchen Typen die Einreise erlaubt wird. Sie haben nie etwas Gutes im Sinn, und ihnen widerfährt auch nie etwas Gutes – dafür sorgen die Roten schon! Stürzen in der Minute, wo sie landen, wie die Geier auf sie nieder, schmeicheln sich bei ihnen ein, setzen ihnen einen Floh ins Ohr und geben ihnen Unterricht im Umsturz.«

»Ich habe immer gehört«, sagte die andere Stimme, »er sei ein fähiger Bursche. Auf Sansibar soll er eine Menge Anhänger haben.«

»So ist es. Das ist Sansibars Unglück! Der Ort ist mir immer als eine friedliche Oase in einer Wüste voller streitender Politiker und Machtgieriger vorgekommen. Aber Jembe und seinesgleichen werden das ändern, wenn sie können. Haben Sie je bemerkt, wie trotz ihres Gebrülls von Friede und Brüderlichkeit der durchschnittliche Rote von Kopf bis Fuß mit Neid, Haß, Bosheit und allen anderen menschenfeindlichen Eigenschaften angefüllt ist? Ihre Götter und ihre Heilige Schrift sind Haß und Zerstörung, und Jembe ist typisch für die Brut. Im Augenblick hat er die Briten aufs Korn genommen, weil diese heutzutage ein leichtes Ziel sind. Aber er ist ein Araber von der Küste, und sollte es ihm je gelingen, uns zu vertreiben, wird er seine Gefolgsleute als nächstes auf die indische Gemeinde hetzen oder die Parsen – und dann auf die Omani-Araber – und so weiter. Es muß immer einen Feind geben, den man treten kann, damit der Haß lebendig gehalten wird und er davon profitiert. Wenn Sansibar ein kleines Eden ist, dann ist Jembe die Schlange darin! Habe ich Ihnen schon erzählt...?«

Wieder senkte der Sprecher die Stimme, da der Gegenstand seiner Bemerkungen auf dem Rückweg zu seinem Platz erneut vorbeikam. Danach erwähnte er Sansibar oder den Mann, den er »Jembe« genannt hatte, nicht mehr.

Das Tageslicht verblaßte. Dany zog die Jalousie hoch und stellte fest, daß sie immer noch über das Meer flogen. Sie wünschte, sie hätte etwas zu lesen. Oder jemanden zum Unterhalten. Irgend etwas, um ihre bebenden Nerven zu beruhigen und sie von Gedanken an Mr. Honeywood und Mord abzulenken. Die beiden Herren hinter ihr hatten die Politik erschöpft und das Geschick Kenias geregelt und gingen jetzt mit großem Stimmaufwand auf das entnervende Thema von Flugzeugkatastrophen über. Einer schmerzhaft lauten Anekdote über einen Siedler, der seine Familie zu einem Wochenendausflug nach Nairobi flog und eine Notlandung in einem wasserlosen Gebiet machte, wo sie alle verdursteten, ehe Hilfe sie erreichte, folgte eine zweite über einen »Blotto« Coots genannten lebenslustigen Gentleman, der vor Mombasa ins Meer stürzte und von Haifischen gefressen wurde, und eine dritte über eine gewisse »Toots« Parbury-Basset, die in den Krater eines erloschenen Vulkans krachte, wobei sie selbst, zwei Freundinnen und ihr afrikanischer Hausboy ums Leben kamen...

»Muß in einen Abwind geraten sein, oder der Motor hat versagt«, trompetete der Erzähler unbekümmert. »Wir fanden sie erst am nächsten Tag. Die Leichen waren scheußlich zerfetzt, überall lagen Stücke herum – keiner konnte sagen, was zu wem gehörte. Haben Sie von dem Linienflugzeug gehört, das letzten Dienstag über dem Mittelmeer explodierte? Übrigens, das muß ungefähr an der Stelle gewesen sein, wo wir jetzt sind. Achtundvierzig Personen an Bord und...«

Jembe, der Araber, stand plötzlich auf und eilte wieder den Gang hinunter. Im Vorbeigehen warf er dem Sprecher einen Blick tödlichen Hasses zu. Es war offensichtlich, daß auch er einen Teil der Unterhaltung mitbekommen hatte. Dany erinnerte sich an seine Aussage, ihm sei immer besonders übel über dem Meer, denn wenn die Motoren versagten, müßten alle ertrinken. Man konnte ihn verstehen, dachte sie, als sie auf die weite Wasserfläche so tief unter sich blickte. Ob es im Mittelmeer Haie gab? Sie hatte gelesen, daß sie an der Mombasa-Küste häufig vorkamen. Falls sich die Gedanken des furchtsamen Jembe mit dem Schicksal des verblichenen »Blotto« Coots beschäftigten, würde er sich wahrscheinlich noch viel elender fühlen, sobald sie auf der letzten Etappe ihrer Reise ab Mombasa waren.

Wenn er einen Funken Verstand hatte, dachte Dany, wird er ein starkes Beruhigungsmittel nehmen. Sie war sich nicht sicher, ob sie selbst ohne auskommen würde.

Ein blasser Stern schwamm hinein in die blaue Unendlichkeit über ihnen. Ihm folgten mehr und mehr, bis es ganz dunkel war. Die Sitze wurden zurückgekippt, um den Passagieren das Schlafen zu erleichtern, und das Licht verglomm zu einem schwachen blauen Glühen. Doch es wurde keine erholsame Nacht für Dany – was den unüberhörbaren Schnarchlauten nach, nicht von allen Passagieren bestätigt werden dürfte.

Im Morgengrauen landeten sie zum Frühstück in Khartum. Die Stewardeß machte mit Hilfe des Ersten Offiziers einen zweiten erfolglosen Versuch, den schlummernden Mr. Holden zu wecken. »Wir sollen bei diesen Zwischenlandungen jeden Passagier hinausschicken«, sagte der Erste Offizier. »Aber wenn wir ihn nicht hinaus- und dann wieder hineintragen, können wir bei dem hier nicht viel tun. Er muß eine höllische Sauftour hinter sich haben. Der Glückliche! Na gut, lassen wir ihn liegen. Gehören Sie zu ihm, Miss... äh?«

»Kitchell«, informierte Dany ihn hastig. »Ja. Ich bin seine Sekretärin.«

»Pech für Sie. Was wollen Sie mit ihm anfangen, wenn wir nach Nairobi kommen?«

»Ich habe keine Ahnung«, gestand Dany wahrheitsgemäß. »Bis dahin muß er doch aufwachen.«

»Darauf möchte ich nicht wetten«, meinte der Erste Offizier fröhlich und ging, gefolgt von der Stewardeß.

Dany und die übrigen Reisenden sahen müde und etwas zerknittert aus. Sie aßen ihr Frühstück und tauschten ein schwaches, höfliches Lächeln, als die Sonne über Äthiopien aufging. Sir Ambrose Yardley hatte sich zu seinem Bedauern verabschieden müssen. Sein Platz wurde von einem stämmigen Inder eingenommen. Aber sonst blieb die Passagier-Liste unverändert, und allmählich kamen Dany die erschöpften, gähnenden Gesichter so vertraut wie die von alten Bekannten vor.

Lash erwachte kurz nach dem Start. Er sah Dany an, als könne er sich überhaupt nicht vorstellen, wer sie sei. Nachdem er seinem Schöpfer mitgeteilt hatte, er fühle sich saumäßig, schwankte er in den Waschraum, wo er wahrscheinlich einen Liter reichlich gechlorten Wassers trank, kehrte auf seinen Platz zurück und schlief sofort wieder ein.

Dany spähte eifrig auf Afrika hinunter und hielt nicht viel von dem

Bild, das sich bot. Eine große Fläche in Orangebraun, unterbrochen von Tupfern kränklichen Grüns und gefleckt mit Ansammlungen zwergenhafter Bienenkörbe, die Eingeborenen-Krale sein mußten. Aber endlich erhob sich am Horizont ein blauer Schatten mit schneebedeckten Gipfeln.

»Mount Kenia«, verkündete ein begeisterter Reisender, der die Flugkarte studiert hatte. »Wir werden bald landen. Um elf sollen wir in Nairobi sein, und jetzt ist es Viertel vor.«

»Bitte die Sicherheitsgurte schließen«, intonierte die Stewardeß, und Dany widmete sich der mühsamen Aufgabe, ihren Arbeitgeber zu wecken.

5

»Laß mich in Ruhe«, nuschelte Mr. Holden mit schwerer Zunge und ohne die Augen zu öffnen.

»Das kann ich nicht.« Dany fuhr fort, ihn zu schütteln. »Aufwachen! Sie können nicht weiterschlafen. Wenigstens nicht hier. In ein paar Minuten sind wir in Nairobi.«

»Na und?«

»Dort steigen wir aus«, erklärte Dany geduldig. »Dies Flugzeug hier geht nicht weiter. Erinnern Sie sich? Sie müssen aufwachen, Lash. Bitte, wachen Sie auf!«

»Geh zum Teufel«, murmelte Lash undeutlich.

Dany schüttelte ihn heftig, und Lash stöhnte und versuchte, sich aufzusetzen. Mit großer Mühe zwang er sich, seine Augen offen zu halten und schloß sie schnell wieder.

»Gott! Ist mir elend!«

»Das haben Sie schon einmal gesagt«, fuhr Dany ihn herzlos an. »Und so sehen Sie auch aus!«

Lash öffnete die Augen ein zweites Mal, aber mit Vorsicht, und betrachtete sie finster. »Kenne ich Sie?« erkundigte er sich.

O lieber Gott, das ist sein Ernst! dachte Dany verzweifelt. Es ist wirklich sein Ernst! Er erinnert sich nicht. Panik drohte sie zu überwältigen, aber sie kämpfte sie nieder.

»Sie sollten mich kennen«, bemerkte sie munter. »Ich bin Ihre neue

Sekretärin.«

»Blödsinn! Was ist mit Ada geschehen?«

»Mumps«, antwortete Dany knapp.

»Aber wie, zum Teufel? Oh, lassen wir das, lassen wir das! Ich werde es später auseinanderdividieren. O Gott, habe ich einen Kater!«

Mit leichtem Rucken setzte das Flugzeug auf der Landebahn auf. Lash umklammerte seinen Kopf und stöhnte laut.

Später konnte Dany sich nicht mehr erinnern, wie sie die nächste halbe Stunde durchgestanden hatte. Aber wenigstens war ihr keine Zeit geblieben, Angst zu haben. Von Tysons Sekretär Nigel Ponting war keine Spur zu sehen. Irgendwie hatte sie ihr und Lashs Gepäck zusammengerafft und ihn durch ein Labyrinth von amtlichen Prozeduren gesteuert, durch den Zoll gelotst und in ein Taxi verfrachtet. Ihr Paß – oder richtiger, Ada Kitchells Paß – hatte nur einen flüchtigen Blick erhalten. Im Taxi war Lash soweit zur Besinnung gekommen, daß er sich an den Namen des Hotels erinnerte, wo die nach Sansibar weiterfliegenden Passagiere die Nacht verbringen sollten.

»Holden?« fragte die Empfangsdame und lugte kurzsichtig durch randlose Brillengläser. »Mr. L. J. Holden? O ja. Ja, natürlich. Wir haben Sie erwartet.« Sie strahlte die beiden an, als sei die sichere Landung ein Grund, ihnen zu gratulieren. »Ihre Zimmer sind reserviert. Ich hoffe, Sie hatten einen angenehmen Flug? Es ist eine Nachricht von einem Mr. Ponting da, er mußte zum Zahnarzt, dringend eine Füllung machen lassen, und er konnte keinen anderen Termin bekommen. Aber er wird später vorsprechen und hofft, Sie verzeihen ihm, daß er Sie nicht am Flughafen abgeholt hat.«

»Was dem einen recht...«, erklärte Lash säuerlich. »Hoffen wir, er bekommt auch noch ein Zahngeschwür und wird noch lange Zeit beim Zahnarzt festgehalten. Paßt mir ausgezeichnet.«

»Ja – hm – ganz recht«, sagte die Empfangsdame mit unsicherem Lächeln. »Die Boys werden ihr Gepäck nehmen, Madam. Unterschreiben Sie hier bitte, Sir. Möchten Sie irgend etwas nach oben geschickt haben?«

»Schwarzen Kaffee«, antwortete Lash. »Eine Badewanne voll. Und ein paar Alka-Seltzer.«

»Äh, gewiß. Natürlich. Wird die andere Dame später kommen?«

»Nein«, stellte Lash kurz fest. »Es gibt keine andere Dame. Wo ist dies Zimmer? Ich will hier nicht den halben Tag herumstehen.«

Die Empfangsdame ließ ihr Pult in der Obhut eines afrikanischen Angestellten und begleitete die Prozession würdevoll selbst. Sie führte sie in einen Salon, der reich mit Blumen geschmückt war. Überraschenderweise standen da auch eine Flasche Champagner in einem Eiskübel und zwei Gläser.

»Mit den besten Empfehlungen der Direktion«, strahlte die Empfangsdame und zog sich zurück.

»Warten Sie!« rief Dany. »Was ist mit mir? Wo soll ich...?« Aber die Tür hatte sich schon geschlossen.

Lashmer Holden junior ließ sich auf das Sofa plumpsen und begrub den Kopf in den Händen. Es war ihm deutlich anzusehen, daß er kein Interesse an der weiteren Entwicklung hatte. Dany sah die Blumen und den Champagner an, und ein unangenehmer Gedanke stieg in ihr auf. Schnell durchquerte sie den Raum und öffnete die einzige andere Tür. Sie führte in ein Schlafzimmer, wo sie weitere Blumen – darunter Orangenblüten – und ein eindrucksvolles Doppelbett erblickte.

»Das ist die Hochzeitssuite!« stieß Dany hervor. »Um Himmels willen!«

Hastig kehrte sie in den Salon zurück. »Sie müssen etwas tun! Das ist ein Irrtum. Sie denken, wir seien verheiratet!«

Lash zuckte zusammen und sagte sehr deutlich: »Würden Sie mich bitte nicht so anbrüllen?«

»Aber das ist hier die Hochzeitssuite!«

»Ja. Ich habe sie gebucht.«

»*Was* haben Sie?«

»Sie sollen nicht so schreien!« verlangte Lash gereizt.

»Sie sitzen einfach da und sagen mir, daß...? Halten Sie das für einen guten Witz?«

»Witz!« lachte Lash auf. »Wenn Sie meinen, es sei ein Witz, am Vorabend seiner Hochzeit einen Tritt zu bekommen, und das wegen des grinsenden, pomadisierten, händeküssenden Sohns einer Schlange im Gras, der – oh, gehen Sie weg! Seien Sie ein braves Mädchen und machen Sie, daß Sie fortkommen.«

»Elf!« Dany ging ein Licht auf. »Ich hatte es vergessen. Oh, Lash, es tut mir leid. Ich wollte nicht... ich meine, ich...« Sie hielt inne, verwirrt und voller Reue.

»Schon gut«, brummte Lash. »Und jetzt, wenn es Ihnen nichts ausmacht zu verduften, könnte ich etwas Schlaf brauchen. Vielen Dank für Ihre Hilfe. Auf Wiedersehen.«

Er ließ seinen Kopf wieder in die Hände sinken. Dany sah auf ihn hinab, und plötzlich und zu ihrer eigenen Überraschung empfand sie den Wunsch, seinen zerzausten, schmerzenden Kopf an ihre Brust zu betten und ihm Trost- und Koseworte zuzuflüstern. Und dies einem Mann, den sie erst seit achtundvierzig Stunden kannte und der sich, nachdem er sie in diese unerträgliche und wahrscheinlich gefährliche Situation gebracht hatte, nicht einmal an sie erinnerte!

Ich muß den Verstand verlieren, dachte Dany und wunderte sich über sich selbst. Und er liebt sowieso diese Gordon, und er hat sich bis zur Bewußtlosigkeit betrunken, weil sie mit ihm gebrochen hat. Ihm ist vollkommen gleichgültig, was mit mir geschieht. Er möchte mich nur so schnell wie möglich loswerden. Er ist egoistisch und dumm und verdorben, und dazu trinkt er auch noch.

Aber es war zwecklos. Sie konnte sich nicht einmal darüber entrüsten, und sie wünschte sich immer noch, sein Haar zu streicheln und ihn zu trösten. Ach du meine Güte, dachte Dany. Ich glaube, mich hat es erwischt.

Wie alle jungen Mädchen hatte sie davon geträumt, daß sie sich irgendwann einmal verliebte. Es hätte ein romantischer und hinreißender und ganz und gar wundervoller Augenblick sein sollen und der Held bestimmt kein bleicher und mitgenommen aussehender Fremder, der unter einem gewaltigen Kater litt und selbst eine hoffnungslose Liebe für eine schöne Witwe hegte, die ihn eines Italieners wegen im Stich gelassen hatte.

Anscheinend entwickelte sich nichts so, wie man es geplant oder sich vorgestellt hatte. Das Leben war sehr enttäuschend. »Verdammt!« sagte Dany laut und mit voller Absicht.

Lashmer Holden zuckte zusammen. Es klopfte an der Tür. Ein weißgekleideter Afrikaner trat mit einem Tablett ein, auf dem sich Kaffee, ein Wasserkrug, ein Glas und ein paar Alka-Seltzer befanden. Zu Danys Erleichterung sprach und verstand der Mann Englisch, und nachdem sie ihm verschiedene genaue Aufträge erteilt hatte, entließ sie ihn und wandte ihre Aufmerksamkeit dem Tablett zu.

Der Kaffee war, obwohl nicht in der von Lash verlangten Menge geliefert, heiß und sehr stark. Dany goß eine Tasse ein und trug sie zu dem Leidenden hinüber. »Trinken Sie«, schlug sie vor. »Wahrscheinlich werden Sie sich dann viel besser fühlen.«

Lash hob den Kopf und sah sie finster an, doch er trank den Kaffee. Dany nahm ihm die leere Tasse ab, füllte sie neu und gab sie ihm wieder. Dann ging sie ins Schlafzimmer. Sie hatte sich bereits bei der Zollabfertigung in den Besitz von Lashs Schlüsseln gebracht. Jetzt schloß sie sein Reisenecessaire auf und packte den Inhalt aus.

»Ich habe Ihnen ein Bad eingelassen«, verkündete sie, als sie in den Salon zurückkam. »Sie sehen aus, als könnten Sie eins brauchen. Und Sie müssen sich rasieren. Ihre Bürsten und alles andere finden Sie im Ankleidezimmer. In etwa zwanzig Minuten wird der Zimmerkellner etwas zu essen bringen. Ich bin mir nicht sicher, ob es ein frühes Mittagessen oder ein spätes Frühstück ist, aber das ist wohl gleichgültig. Machen Sie nicht zu lange, sonst wird das Essen kalt.«

Dany ließ ihn allein und ging, um beim Empfang die Zimmerverteilung richtigzustellen. Einige Zeit später kehrte sie bekümmert zurück. Ein Boy mit einem vollen Tablett war bereits da. Dany sagte ihm, er solle es auf den Tisch stellen, und er brauche nicht zu warten. Nachdem er gegangen war, stand sie mehrere Minuten da und starrte gedankenverloren auf einen weißen Gegenstand, der rücklings auf dem Fußboden lag und ein Seidenetikett zur Schau stellte, das Waschbarkeit und Hitzebeständigkeit garantierte.

»Armer Asbestos«, sagte Dany, bückte sich und hob ihn auf. Sie staubte ihn ab und setzte ihn richtig herum auf das Sofa. »Ich glaube, er hat auch an dir das Interesse verloren. Mach dir nichts draus. Ich werde mich um dich kümmern. Und um ihn ebenso – und wenn es mich umbringt!«

Sie hörte ein leises Geräusch hinter sich, drehte sich um und entdeckte Lash im Eingang.

Er sah außerordentlich blaß aus und hatte dunkle Ringe unter den Augen. Aber er hatte sich rasiert, und sein Haar war feucht und glatt. Offensichtlich hatte er es zuviel der Anstrengung erachtet, auch die Kleidung zu wechseln, denn er trug einen Pyjama und den flaschengrünen Morgenmantel, und er wirkte erschöpft und krank und schlecht gelaunt.

»Ist es Ihre Gewohnheit, mit sich selbst zu reden?« erkundigte er sich gereizt.

Dany errötete, doch sie ignorierte die Frage. »Ihr Essen ist da. Die Suppe sieht sehr gut aus, und sie ist heiß. Ich wußte nicht, ob sie Curry mögen. Deshalb habe ich ein Steak bestellt.«

Lash schüttelte sich, aß jedoch die Suppe. Sie belebte ihn ein wenig, so daß es ihm gelang, ein ziemlich großes Stück des Steaks zu essen, das er mit zwei weiteren Tassen schwarzen Kaffees hinunterspülte.

Danach steckte er sich eine Zigarette an und knurrte: »Danke. Ich fühle mich ein bißchen besser. Vermutlich war ich ziemlich blau. Ich habe nur verschwommene Erinnerungen an alles.«

»Mich eingeschlossen«, sagte Dany.

»Ja... nein. Mir schwebt da etwas vor, daß ich es für eine gute Idee hielt, Sie anstelle von Ada mitzunehmen, obwohl Gott allein weiß, warum.«

Dany erzählte es ihm. In allen Einzelheiten.

»Das glaube ich nicht«, krächzte Mr. Holden und brach damit das lange Schweigen, das dem Bericht gefolgt war. »Ich – glaube – es – einfach – nicht!«

»Aber es ist wahr!« erklärte Dany hitzig. »Und wenn Sie meinen, ich würde mir die Mühe machen, eine so übelkeiterregend unwahrscheinliche Geschichte zu erfinden, kann ich nur sagen...«

»So ein hirnloser, gottverdammter, schwachsinniger Kretin *kann* ich nicht gewesen sein«, fuhr Lash fort, als habe Dany gar nichts gesagt. »Ausgeschlossen! Kein Mensch kann so dumm sein! Wollen Sie mich zum besten halten? Nein – nein, das wohl nicht. Um Gottes willen, warum haben Sie auf mich gehört? Haben Sie nicht gemerkt, daß ich restlos betrunken und für meine Handlungen nicht verantwortlich war? Zum Teufel! Sie *müssen* gewußt haben, daß ich betrunken war!«

»Tut mir leid«, erwiderte Dany, »aber wissen Sie, ich hatte vorher noch nie einen Betrunkenen gesehen. Tante Harriet, Sie verstehen«, erklärte sie freundlich.

»Was hat Ihre Tante Harriet damit zu tun? Sie können doch mein Gefasel nicht für einen vernünftigen Vorschlag gehalten haben! Das ist doch nicht möglich!«

»Ich habe Sie nur für, äh, für fröhlich und optimistisch gehalten.«

»Fröhlich und optimistisch! Allmächtiger Gott!« Er schob seinen Stuhl heftig zurück, stand vom Tisch auf und begann, im Zimmer auf und ab zu laufen wie ein Tiger im Käfig. »Sehen Sie – Sie müssen doch von selbst auf den Gedanken gekommen sein, daß die ganze Sache Wahnsinn war. Kompletter Wahnsinn. Und daß ich wahnsinnig gewesen sein muß, weil ich es vorgeschlagen habe. Und woher wollen Sie überhaupt wissen, daß ich nicht wahnsinnig war? Sie kannten mich doch gar nicht! Ich hätte ja aus dem Irrenhaus entflohen sein können!«

»Ich wußte, daß Sie ein Freund von Tyson sind«, erläuterte Dany geduldig. »Das haben Sie mir gesagt. Und Sie wollten nach *Kivulimi* zu Besuch wie ich.«

»Das spielt überhaupt keine Rolle!« behauptete Lash ungerechterweise. »Meinen Sie, Sie können die Polizei an der Nase herumführen und das Land mit einem gestohlenen Paß – na gut, einem ausgeliehenen! – verlassen, nur weil ich zufällig Ihren Stiefvater kenne? Verstehen Sie denn nicht? Das ist illegal! Das ist kriminell! Es ist – ist – lieber Gott, es ist reiner Wahnsinn! Wahrscheinlich wird man Sie dafür ins Gefängnis stecken. Und mich auch!«

»Schließlich war es Ihre Idee«, bemerkte Dany.

Lash stand stocksteif da und betrachtete sie eine volle Minute lang. Sein Schweigen war voll von nicht druckfähigen Kommentaren. Dann setzte er sich ganz plötzlich auf das Sofa und schloß die Augen.

»Ich gebe auf«, stöhnte er. »Ich bin einfach nicht stark genug, um es mit Ihnen aufzunehmen – oder mit dieser Situation. Und dabei«, setzte er bitter hinzu, »hätten das meine Flitterwochen sein sollen! Meine romantischen Flitterwochen voller Orchideen und Champagner und tropischem Mondschein! Lieber Gott, womit habe ich das verdient?«

»Zuviel getrunken«, sagte Dany unfreundlich.

Lash öffnete ein entzündetes Auge und musterte sie mit entschiedenem Widerwillen. »Noch eine solche Bemerkung von Ihnen«, drohte er, »nur eine! Und ich rufe beim nächsten Polizeirevier an und plaudere die ganze verdammte Geschichte aus. Dann soll sich die Polizei mit Ihnen weiter befassen!«

»Und wenn Sie das tun«, entgegnete Dany honigsüß, »werde ich erzählen, daß Sie mich dazu überredet haben, und wenn dann einer ins Gefängnis kommt, werden Sie es sein. Wegen Entführung einer Minderjährigen!«

Eine kurze Pause trat ein.

»Sie kleine ...!« sagte Lash ganz leise.

Dany erhob sich brüsk. »Ich weiß nicht genau, was das bedeutet, aber ich kann es erraten. Und ich fürchte, es nützt gar nichts, wenn Sie mich mit Schimpfworten belegen. Sie haben mich in die Sache hineingezogen, und Sie werden mich auch wieder herausbringen.«

»Ach, wirklich?«

»Jawohl! Das ›Ach, wirklich?‹ können Sie sich sparen! Wenn wir einmal in Sansibar und in *Kivulimi* sind, brauchen Sie mich nicht mehr zu kennen, oder Sie können der Polizei alles erzählen oder sonst tun, was Sie wollen. Aber bis dahin bin ich Miss Kitchell, Ihre Sekretärin. Und ich werde bis dahin Miss Kitchell bleiben. Verstanden?«

»Okay«, gab Lash grollend nach. »Schon gut, Miss Kitchell, Sie haben gewonnen. Und da ich nicht die Gewohnheit habe, ein Schlafzimmer mit meiner Sekretärin zu teilen, wollen Sie jetzt freundlicherweise verschwinden?«

Dany betrachtete ihn mit schwachem Lächeln. Er sah völlig erschöpft und sehr verärgert aus, und wieder schoß ihr der Gedanke durch den Kopf, wie schön es wäre, wenn sie ihn in die Arme nehmen und diese Müdigkeit und schlechte Laune wegküssen könnte. Plötzlich kam sie sich viel älter als er vor, und sie fand es herzlos, ihn vor weitere Probleme zu stellen. Aber es ging nicht anders.

»Ich fürchte«, sagte sie vorsichtig, »auch das kann ich nicht tun. Es gibt nämlich keine anderen Zimmer.«

»O doch. Es war eins für Ada reserviert.«

»Ja, ich weiß. Aber man hielt mich für Ihre Frau, und als die Empfangsdame Sie nach der ›anderen Dame‹ fragte – womit sie Ihre Sekretärin meinte –, antworteten Sie, es gebe keine andere Dame.«

»Und?«

»Deshalb hat man Adas Zimmer vergeben.«

»Dann soll man Ihnen ein anderes zuweisen!« fauchte Lash.

Dany schüttelte bedauernd den Kopf. »Das geht nicht. Es ist kein Zimmer mehr frei. Nicht einmal meins. Das hat ein Mr. Dowling bekommen. Er sagte, er habe die Flugkarte erhalten, die ich zurückgegeben hätte, und ob er nun auch mein Zimmer haben könne. Es gibt kein unbesetztes Eckchen mehr. Der Direktor war sehr nett, als ich erklärte, ich sei nur die Sekretärin und nicht die frischgebackene Ehefrau, und er hat in mindestens acht anderen Hotels angerufen. Aber anscheinend haben wir uns für unsern Aufenthalt einen schlechten Zeitpunkt ausgesucht. Hier findet irgendeine besondere Woche statt, und die ganze Stadt ist ausgebucht. Ich sagte, ich sei überzeugt, es werde Ihnen nichts ausmachen.«

Lash sah sie lange an. Dann stand er auf, lief quer durch den Salon und drückte seinen Daumen fest auf den Klingelknopf.

»Wonach läuten Sie?« erkundigte Dany sich etwas ängstlich.

»Nach Whisky!« fuhr Lash sie an. »Ich habe die Absicht, mich von neuem zu besaufen. Und zwar so schnell wie möglich!«

6

Dany nahm in einer Ecke des kühlen Speisesaals ein einsames Mittagessen ein. Den Kaffee trank sie auf der Hotelveranda mit Mr. Larry Dowling, dessen Konversation sie gleichzeitig beruhigend und unterhaltend fand. Er schien bemerkt zu haben, daß sie bekümmert und bedrückt war, und nahm es fröhlich auf sich, das Reden allein zu besorgen. Dafür war ihm Dany sehr dankbar, denn nun konnte sie sich entspannen und die Aussicht genießen, während die Notwendigkeit, Mr. Dowling einige Aufmerksamkeit zu widmen, sie am Grübeln über ihre eigenen Probleme hinderte.

»Ich muß mir einen weißen Drillichanzug und einen Panamahut besorgen«, sagte Larry Dowling. »Das braucht man in diesem Klima. Ob Sie wohl so nett sein könnten, mir beim Einkaufen zu helfen, Miss, Miss?«

»Ash... Kitchell.« Beinahe hätte Dany sich versprochen. »Ja, das täte ich sehr gern, danke. Ich möchte etwas von Nairobi sehen, und ich muß auch ein Telegramm abschicken.«

»Großartig!« rief Larry erfreut. »Gehen wir.«

Sie machten sich zu Fuß im hellen afrikanischen Sonnenschein auf und fanden das Telegrafenamt ohne große Schwierigkeiten. Dany gab ein kurzes, aber liebevolles Brieftelegramm an Tante Harriet auf, daß sie gut angekommen sei (erst hatte sie sich vergewissert, daß es in England nicht eher zugestellt werden würde, bis sie selbst Sansibar erreicht hatte), und Larry Dowling schickte eine noch kürzere Botschaft als Expreßkabel an eine Adresse in Soho. Danach besuchten sie verschiedene Läden, und Mr. Dowling erwarb tatsächlich einen Tropenanzug, einen Panamahut und ein Paar Strandschuhe. Für Dany kaufte er eine riesige Pralinenschachtel, wie er sagte, als kleinen Dank für ihre unschätzbare Hilfe. Aber Dany argwöhnte eine Falle.

Es erwies sich als keine leichte Sache, längere Zeit mit jemandem zu reden, auch wenn es ein attraktiver Fremder war, ohne Dinge zu erwähnen, die eher zu Miss Ashton als zu Miss Kitchell gehörten. Und obwohl Larry Dowling nicht mehr als flüchtige Sympathie für Miss Kitchell empfand, war er doch außerordentlich an Tyson Frost interessiert und an allem und jedem, was mit ihm zu tun hatte. Zu ihrer Entrüstung sah sich Dany gezwungen, sich einen ungeschminkten Abriß der Laufbahn ihres Stiefvaters und der Ehen ihrer Mutter anzuhören, wobei auch sie selbst kurz erwähnt wurde.

»Wie ich hörte, ist irgendwo ein Kind«, sagte Larry, der neben ihr herschlenderte. »Wird anscheinend im Hintergrund gehalten. Nicht Frosts Kind, ihres. Aber die Lorraine-Typen belasten sich nicht gern mit einem Balg, das trübt ihren Glanz. Außerdem veranlaßt es die Leute nachzurechnen. Es ist schwierig, herumzulaufen und wie knapp Dreißig auszusehen, wenn man eine große Tochter von achtzehn oder neunzehn Jahren im Schlepptau hat. Haben Sie sie je gesehen? Mrs. Frost meine ich.«

Dany blinzelte und öffnete den Mund, und dann schloß sie ihn wieder. Aber seine Frage schien rein rhetorisch gewesen zu sein.

»Sie ist einfach süß!« erklärte er begeistert. »Ich habe sie voriges Jahr in London bei einem Presseempfang für Frost gesehen. Winzig, mit dunklem, lockigem Haar wie ein Baby und großen blauen Augen. Sieht aus, als könne man sie mit einer Hand hochheben. Sie ist mindestens ein halbes dutzendmal verheiratet gewesen, und wenn man sie sieht, überrascht einen das gar nicht. Wie bei ihrer Freundin, die mit im Flugzeug war – Mrs. Gordon. Die hat ebensoviel Charme. Obwohl sie ungeachtet ihrer Schönheit ein ziemlich tragisches Leben gehabt hat, das arme Mädchen. Ihr letzter Mann fiel im Dunkeln die Kellertreppe hinunter und brach sich den Hals. So etwas ist natürlich ein schwerer Schlag. Und als ob das noch nicht genug wäre, machte der Mann, den sie voriges Jahr heiraten wollte – Douglas Rhett-Corrington hieß er – am Vorabend ihrer Hochzeit einen Kopfsprung aus dem Fenster des obersten Stockwerks. Vielleicht hatte ihm jemand einen anonymen Brief geschrieben, oder sie gab ihm in letzter Minute den Laufpaß oder etwas in der Art. So oder so muß es die Hölle für sie gewesen sein, und sie verdient es, bei dem nächsten Mann mehr Glück zu haben. Ich wünschte, ich könnte an der Konkurrenz teilnehmen.«

»Sind Sie reich?« erkundigte sich Dany und erschrak über ihre eigene Aggressivität.

»Aber so eine ist sie nicht! Es heißt, sie heiratet nur aus Liebe – auch wenn die Liebe bei ihr nicht lange dauert. Es war reiner Zufall, daß die Männer, die sie geheiratet hat, Geld besaßen. Andere lernt sie ja gar nicht kennen. Wenn sie nur hinter Geld her wäre, hätte sie sich Ihren Chef gekapert. Vor einer Woche ging ein Gerücht um, sie wollten Knall auf Fall in Caxton Hall heiraten. Aber jetzt sieht es aus, als sei die Sache abgeblasen. Was ist schiefgegangen?«

»Ich habe keine Ahnung«, antwortete Dany kalt. »Mr. Holden bespricht sein Privatleben nicht mit mir.«

Mr. Dowlings attraktives dreieckiges Gesicht verzog sich belustigt. »Die perfekte, loyale kleine Sekretärin!« Er zeigte sein schnelles, entwaffnendes Lächeln. »Entschuldigen Sie, ich wollte Sie nicht aushorchen. Aber es ist nicht notwendig, daß Sie mir gegenüber so verschlossen tun. Ich schreibe keine Klatschspalten, wissen Sie. Der junge Holden hat keinen Neuigkeitswert, soweit es mich betrifft. Männer wie Tyson Frost sind für mich Brot und Butter. Er und die Wahlen in Sansibar! Deshalb habe ich mich so verdammt gefreut, als ich noch eine Karte für dieses Flugzeug bekam. Es standen zwei Leute auf der Passagierliste, die für mich sehr nützlich gewesen wären. Ein arabischer Agitator, der hofft, eines Tages ein kleiner Hitler zu werden, und Tysons Frosts Stieftochter – eine Miss Ashton. Die, von der ich Ihnen erzählt habe.«

»Oh... wirklich?« Dany schluckte den Klumpen in ihrer Kehle hinunter.

»Ja. Und ich hatte schon gehofft, mit dem Mädchen Bekanntschaft schließen zu können«, gestand Larry Dowling offenherzig. »Es wäre sicher gar nicht schwierig gewesen, und ich hätte sicher einen Haufen Insider-Informationen und vielleicht sogar eine Einladung als Hausgast erhalten, wenn ich meine Karten richtig ausgespielt hätte. Ich habe um einen Platz in dieser Maschine richtig gekämpft, aber es war hoffnungslos. Und dann gab irgendwer in letzter Minute seinen Platz auf, und ich bekam ihn. Und wissen Sie, was dann geschah?«

»Nein. Ich meine – was geschah denn?« fragte Dany nervös.

»Es war Dany Ashton, die die Karte zurückgegeben hatte! Hat wahrscheinlich Keuchhusten oder die Masern oder so etwas bekommen. Ein Jammer. Ich hätte sie gern kennengelernt. Ihr Stiefpapa steht bei Journalisten aller Art augenblicklich hoch im Kurs.«

»Warum augenblicklich?« Danys Neugier war stärker als die Einsicht, sie täte gut daran, sofort das Thema zu wechseln.

»Das wissen Sie doch sicher? Nun, ich dachte, aus dem Grund sei auch Ihr Chef hinter ihm her. Sein Vater veröffentlicht Frosts Bücher in den Vereinigten Staaten, nicht wahr?«

»Ja. Aber...«

»Dann dürfen Sie mir glauben, daß er aus diesem Grund hier ist. Die Tagebücher Emory Frosts. Sie wurden dieses Jahr freigegeben. Emory war der alte Abenteurer, dem einer der Sultane das Haus in Sansibar schenkte. Er scheint ein Teufelskerl gewesen zu sein. Es gibt eine

Menge merkwürdiger Geschichten über ihn – er sei am Sklavenhandel oder an Schmuggelgeschäften beteiligt gewesen und habe nebenbei auch ein bißchen Piraterie und Strandräuberei betrieben. Er hinterließ einen ganzen Haufen Papiere und Tagebücher, die nach seinem Willen erst siebzig Jahre nach seinem Tod gelesen werden durften. Die siebzig Jahre waren in diesem Juni vorbei. Tyson Frost hat die Dokumente jetzt seit zwei Monaten in Besitz, so daß er Zeit genug hatte, sie durchzusehen. Man kann darauf wetten, daß sie eine höchst interessante Lektüre darstellen und daß Frost sie in Buchform herausgeben will. Wenn ich ihn nur soweit kriegen könnte, daß er darüber redet! Es wäre für mich ein großer beruflicher Erfolg. Will Holden sich die Exklusivrechte sichern?«

»Vielleicht«, antwortete Dany vorsichtig.

»Ah!« rief Larry Dowling. »Hab' ich's mir nicht gedacht! Das wird sich in den Staaten gut verkaufen. Die Yankees hatten im 19. Jahrhundert großen Einfluß in Sansibar, und der erste Vertrag, den das Sultanat jemals mit einer fremden Macht abschloß, war einer mit Amerika. Und dann gibt es eine Geschichte, daß Emory mit einem amerikanischen Mädchen davonlief – rettete sie vor Piraten, die in den sechziger Jahren des vorigen Jahrhunderts Sansibar angriffen und das amerikanische Konsulat blockierten. Es endete damit, daß er sie heiratete. Was für einen Film könnte man daraus machen! Sie muß Frosts Großmutter gewesen sein. Es heißt, sie war eine starke Persönlichkeit, und nach der Hochzeit wurde Emory ein neuer Mensch...«

Er brach ab. »Sehen Sie mal... ist das nicht eine der Frauen, die mit im Flugzeug waren? Mrs. Bingham? Der Hoteldirektor erzählte mir, sie sei Tyson Frosts Schwester. Ich frage mich, ob...«

Er faßte Danys Arm, zog sie durch das Menschengedränge des Bürgersteigs und stürzte mit ihr in einen Laden, der anscheinend von Schuhen bis zu Kochtöpfen alles verkaufte. Eine Theke war hoch mit Schwämmen beladen, die Mrs. Bingham und Miss Bates unter den gelangweilten Blicken einer indischen Verkäuferin prüfend drückten. Zwei Minuten später sagte sich Dany, daß sie ganz recht gehabt hatte mit ihrer Vermutung, Tante Harriet wäre von Mr. Dowling begeistert gewesen. Mrs. Bingham hatte sich auf der Stelle für ihn begeistert, und nach erstaunlich kurzer Zeit befanden die beiden sich in einer angeregten Diskussion über die Vorzüge von Natur- und Schaumgummischwämmen.

Dany hatte versucht, unauffällig den Rückzug anzutreten, denn sie hatte nicht den Wunsch, die Bekanntschaft ihrer Stieftante zu machen, bevor es absolut notwendig war. Aber sie war nicht schnell genug gewesen, und ehe sie es verhindern konnte, stellte Larry sie vor.

»Das ist Miss Kitchell, Mrs. Bingham. Mr. Holdens Sekretärin und eine Mitreisende nach Sansibar. Sie wird bei den Frosts wohnen. Tyson Frost, der Romanautor, Sie wissen schon. Waaas?... Ihr Bruder? Nein, ist das ein Zufall!«

Danys anklagenden Blick erwiderte er mit einem boshaften Zwinkern, und sein Grinsen zeigte, daß er sich nicht im geringsten schämte.

Der Rest des Nachmittags wurde für Dany zur Qual, denn Larry erlaubte ihr nicht, sich von der Gesellschaft zu trennen, und die Schwester ihres Stiefvaters erwies sich als eine jener sehr gesprächigen Frauen, deren höchste Freude es ist, endlos persönliche Fragen zu stellen und sich dafür mit endlosen persönlichen Informationen zu revanchieren.

Mrs. Bingham wollte *alles* über Amerika wissen, ein Land, das sie bisher noch nicht besucht hatte, jedoch eines Tages zu besuchen gedachte. Dany, die ebensowenig dort gewesen war, schnitt bei diesem Examen nicht gut ab und konnte nur beten, daß Larry Dowling und die forsche Miss Bates gleichermaßen unwissend waren.

Auf Mrs. Binghams lautstark ausgedrückte Verwunderung über das Fehlen eines amerikanischen Akzents antwortete Dany gewandt, ihre Eltern seien erst vor ein paar Jahren nach den USA ausgewandert und sie selbst sei teilweise in England erzogen worden.

»Ah!« sagte Gussie Bingham mit der Befriedigung eines Menschen, der ein Problem gelöst hat. »Dann ist das natürlich der Grund, warum Mr. Holden Sie dafür auserwählt hat, ihn nach Europa zu begleiten. *Sie* können uns verstehen. Ich wüßte nicht, daß ich diesem Mr. Holden schon begegnet bin, aber sein Vater hat mich einmal besucht – warten Sie, war es 1938 oder 39? Er ist ein guter Freund von Tyson, meinem Bruder. Ein sehr sympathischer Mann – für einen Amerikaner. Oh, ich bitte um Entschuldigung, meine Liebe! Wie unhöflich sich das anhört. Bitte, verzeihen Sie mir.«

»Keine Ursache.« Dany fragte sich, wie lange es noch dauern würde, bis Mrs. Bingham ihr eine Frage stellte, deren Beantwortung ihr unmöglich war. Dann war die Entlarvung unvermeidlich. Wie dumm war sie gewesen, daß sie sich in eine Unterhaltung eingelassen hatte, ganz gleich mit wem! Sie hätte sich außer Sicht und außer Gefahr halten sollen. Lash hatte ganz recht: Sie hatte keinen Verstand. Sie hatte sich nichts anderes dabei gedacht, als daß ein Bummel mit Larry Dowling durch Nairobi ein netter Zeitvertreib für den langen Nachmittag sei und daß sie gefährliche Themen leicht werde vermeiden können. Und das war daraus geworden!

Gussie Bingham fragte: »Was meinen Sie, gibt es in Nairobi sonst nichts zu sehen? Vielleicht hätte ich Mr. Pontings Angebot, uns herumzuführen, annehmen sollen. Das ist der Sekretär meines Bruders, wissen Sie. Er ist nach Nairobi gekommen, um mich abzuholen, und er führte uns zum Lunch in irgendeinen Club. Das war wirklich sehr angenehm. Aber der arme Mann hatte den halben Vormittag beim Zahnarzt verbracht. Deshalb bestand ich darauf, er solle zwei Aspirin nehmen und sich hinlegen, Millicent und ich würden schon für uns selbst sorgen. Ich bin überzeugt, er war mir dankbar. Übrigens müssen Sie ihn kennengelernt haben, als er mit meinem Bruder in den Staaten war. Was halten Sie von ihm?«

Danys Herz schien sechs Zoll hochzuspringen und dann mindestens die doppelte Strecke niederzufallen. *Hatte* Ada Kitchell diesen Mr. Ponting kennengelernt, als Tyson drüben in Amerika war? Lash kannte ihn bestimmt, und somit Ada wahrscheinlich auch. Warum hatte Lash sie nicht gewarnt? Warum hatte sie nicht daran gedacht, ihn zu fragen? Warum hatten sie beide diesen Punkt vergessen, und was in aller Welt sollte sie tun, wenn sie diesem Mann gegenüberstand und er feststellte, daß sie nicht Ada Kitchell war?

Glücklicherweise wartete Gussie Bingham nicht auf eine Antwort. »Er ist schon seit mehreren Jahren bei meinem Bruder, aber ich hatte ihn bisher nie gesehen – obwohl er natürlich in unserm Haus gewesen ist. Aber das war, als Tyson vor einem oder zwei Jahren nach England kam und Millicent und ich kurze Ferien auf Jersey machten. Jedenfalls war es aufmerksam von Tyson, mich von ihm abholen zu lassen. Allerdings habe ich den Verdacht, er ist eigentlich Dany Ashtons wegen hier – das ist die Stieftochter meines Bruders, wissen Sie. Sie hätte mit der gleichen Maschine fliegen sollen, aber sie war nicht auf dem Flughafen, und als wir nachfragten, hörten wir, daß sie ihren Platz zurückgegeben habe. Sehr merkwürdig. Windpocken oder Mumps oder so etwas, nehme ich an.«

Offenbar bewegten sich Augusta Binghams Gedanken in diesem Zusammenhang auf den gleichen Bahnen wie die Larry Dowlings: Kinderkrankheiten. Aber zum Glück für Danys Nervensystem wechselte Mrs. Bingham von der fehlenden Miss Ashton auf ein weniger gefährliches Thema über.

»Wir werden eine ziemlich große Gesellschaft in *Kivulimi* sein, nicht wahr? Ich bin seit Vaters Tod nicht mehr dort gewesen. Mir kommt es vor, als sei das ewig her. Als Kinder verbrachten wir beinahe ein Jahr dort. Aber Vater konnte das Haus nicht recht leiden. Ganz im Gegensatz zu seinem ältesten Bruder, dem alten Onkel Barclay, der ganz verrückt danach war. *Besessen* war er davon – und von Sansibar. Er liebte den Ort und verließ ihn so gut wie nie. Ich glaube, aus dem Grund hat er nie geheiratet.«

»War er der älteste Sohn von Emory, dem ersten Frost?« erkundigte sich Larry Dowling.

»Dem ersten Frost, der Sansibar besuchte«, berichtigte Mrs. Bingham nachsichtig. »Ja. Der Familiensitz ist natürlich in Kent. Ich wohne jetzt dort, weil Tyson sich so selten in England aufhält. Millicent und ich halten das Haus für ihn warm, sagen wir immer. Ich weiß nicht, was ich ohne Millicent anfangen würde. Sie kam zu mir, als mein Mann starb, und sie sorgt für einfach alles.«

»Ist Ihr Bruder viel in Sansibar?« Larry steuerte das Gespräch entschlossen auf Tyson Frost zurück.

»Eigentlich nicht. Er ist ein so ruheloser Mensch. Immer unterwegs. Fragen Sie seine Freunde dort, er kommt und ist auch schon wieder weg. Ich fand es immer so romantisch, ein Haus auf Sansibar zu haben, aber Tyson bleibt nie sehr lange.«

»Wahrscheinlich findet er es ziemlich unzivilisiert«, warf Miss Bates ein. »Romantik ist schön und gut, doch ich bin für fließendes heißes und kaltes Wasser! Ich sage immer, nichts geht über den modernen Komfort.«

»Ich fürchte, Millicent macht sich nichts aus Auslandsreisen«, vertraute Gussie Bingham mit leiser Stimme Dany an. »Sie verabscheut den Osten. Und ihr fehlen das Institut und die Pfadfinderinnen und all das. Sie hat so viele Interessen: ein Turm der Stärke. Unser Pfarrer sagt oft, er wisse nicht, wie Market-Lydon ohne sie zurechtkommen solle, und ich bin überzeugt, sie ist darin einer Meinung mit ihm. Oh! Damit meine ich nicht – das klingt so unfreundlich. In Wirklichkeit wollte ich...«

Aber Dany zollte ihr keine Aufmerksamkeit mehr, denn der Name »Market-Lydon« hatte einen kühlen Hauch in den heißen Tag gebracht. *Mann in Market-Lydon ermordet...* Doch es war nicht nur »ein Mann«. Es war der ältliche, pedantische, strengblickende Mr.

Honeywood. Und da Mr. Honeywood seit mindestens zwei Generationen der Anwalt der Familie Frost gewesen war, mußte er auch Mrs. Binghams Anwalt gewesen sein. Sie hatte ihn bestimmt gut gekannt. Wußte sie, daß er jetzt tot war? Wenn ja, konnte die Nachricht von seinem Tod sie nicht so erschüttert haben wie Dany, die ihn nur einmal und das ganz kurz gesehen hatte.

Larry Dowling fragte gerade: »Lädt Ihr Bruder oft Gäste ein, wenn er auf Sansibar ist, Mrs. Bingham? Oder ist dies eine besondere Gelegenheit?«

»Oh, ich glaube nicht, daß die Einladungen eine Idee meines Bruders waren. Er ist nicht sehr gesellig, wenn er schreibt, und soviel ich weiß, arbeitet er gerade jetzt an einem Buch. Aber seine Frau liebt es, das Haus voll zu haben. Vermutlich hat sie Langeweile, wenn er den ganzen Tag beschäftigt ist. Und dann natürlich...«

Mrs. Binghams Stimme schwatzte weiter und weiter, und Larry Dowling hörte ihr mit schmeichelhafter Aufmerksamkeit zu. Immer, wenn der Redefluß zu versiegen drohte, gab er interessierte, ungläubige oder zustimmende Geräusche von sich. Er war ein ebenso guter Zuhörer wie Erzähler, dachte Dany voller Unbehagen. Ein sehr sympathischer Mann – aber ein gefährlicher...

Sie brach in den brodelnden Strom von Geständnissen ein und sagte mit erzwungener Leichtigkeit: »Mr. Dowling ist ein Zeitungsmann, wissen Sie.«

Aber wenn sie damit eine Warnung hatte aussprechen wollen, verfehlte sie ihr Ziel.

Larry Dowling bedachte sie mit einem kurzen, ironischen Grinsen, das merkwürdig beunruhigend war. Miss Bates drehte sich ihm ruckartig zu und betrachtete ihn, als sei er etwas, das sie im Garten plötzlich mit einem Spaten ans Licht befördert habe. Doch Gussie Bingham ließ sich nicht nur nicht abschrecken, sie war sogar begeistert.

»Ein Reporter? Wie interessant!«

»Feature-Schreiber«, korrigierte Dowling geduldig.

»Das ist doch sicher dasselbe?« meinte Gussie Bingham vergnügt. »Müssen Sie ein aufregendes Leben führen! Feuersbrünste und Morde und Filmstars. Heute Paris und morgen Bangkok. Wie ich Sie beneide! Tyson kennt sehr viele Zeitungsleute. Er sagt, sie seien die niedrigste Form menschlicher... Oh! Das tut mir aber leid! Das war sehr unhöflich von mir. Ich meinte wirklich nicht... Ich bin überzeugt, Sie würden ihm gefallen, Mr. Dowling.«

Miss Bates rümpfte hörbar die Nase und murmelte etwas von Aasgeiern und Schnüfflern. Mrs. Bingham wies sie mit einem Stirnrunzeln zurecht, nahm Mr. Dowlings Arm und ging lebhaft plaudernd mit ihm voran. Miss Bates blieb es überlassen, Seite an Seite mit Dany zu folgen.

»Ich bin sicher, daß ich diesen Burschen schon einmal irgendwo gesehen habe.« Miss Bates richtete einen finsteren Blick auf Mr. Dowlings ahnungslosen Rücken. »Ich vergesse niemals ein Gesicht. Vielleicht war sein Bild in den Zeitungen, als er wegen Verleumdung und übler Nachrede verurteilt wurde, wenn Sie mich fragen. Es wird mir schon wieder einfallen. Ich kenne den Typ. Ganz Charme und gute Laune, und dabei kein bißchen vertrauenswürdig. Nur auf den eigenen Profit aus. Nicht besser als Trickbetrüger. In der Tat, so einer ist er wahrscheinlich! Wir haben nur sein eigenes Wort dafür, daß er ein Feature-Schreiber ist, was das auch sein mag!«

Von neuem schnüffelte Miss Bates ausdrucksvoll. »Wissen Sie«, vertraute sie Dany an, »Gussie ist ein anständiger Kerl, und sie hat ein gutes Gehirn in ihrem Schädel. Aber es gibt Zeiten, wo man das nie vermuten würde. Denken Sie nur daran, wie sie sich von diesem Reporter über Tyson ausfragen läßt! Jeder könnte sehen, daß er nichts Gutes vorhat. Wenn er kein Verbrecher ist, dann ist er hinter einem Artikel her – vorzugsweise einem solchen, in dem viel schmutzige Wäsche gewaschen werden kann. Zeitungen sind eine Bedrohung. Müll – das ist alles, woran sie interessiert sind. Müll und Mord.«

Mord!... Ja, Mord war etwas, worüber man nur in den Zeitungen las. Mord war nicht real. Leute, die man kannte, starben, aber sie wurden niemals ermordet...

Dany nahm den Tee auf der Hotel-Veranda immer noch in der Gesellschaft von Augusta Bingham, Millicent Bates und der Presse, repräsentiert von Larry Dowling. Larry hatte eine merkwürdig schüchterne Einladung ausgesprochen, die Dany gerade hatte ablehnen wollen, als der Anblick Lash Holdens sie ihre Meinung ändern ließ. Denn Lash trank den Nachmittagstee ebenfalls auf der Veranda – mit Amalfi Gordon. Er trug einen grauen Anzug und zeigte keine Spuren eines Katers mehr, und Amalfi sah sanft und süß und hinreißend schön in einem Kleid aus, für das irgendwer zweifellos eine dreistellige Zahl in sein Scheckbuch eingetragen hatte. Seine einfachen Linien ließen jede andere Frau in Sichtweite hausbacken wirken (und sich so fühlen).

Von dem Marchese Eduardo di Chiago war nichts zu sehen und zu hören. Amalfi sprach ernsthaft und unhörbar mit einem Ausdruck auf ihrem reizenden Gesicht, der auf bewundernswerte Weise einen süß trauernden Erzengel mit einem Kind, das wegen eines kleinen Vergehens um Verzeihung bittet, kombinierte.

Lash wirkte ein bißchen mißmutig, doch gleichzeitig hingerissen. Dany fragte sich, ob der Marchese vielleicht mit einem Auftrag weggeschickt worden war, der ihn eine oder zwei Stunden beschäftigt halten würde, so daß Mrs. Gordon ihren Kuchen in Ruhe verspeisen konnte.

Die Ängste des Nachmittags zusammen mit dem Mord an Mr. Honeywood und ein halbes Dutzend drängender und quälender Probleme zogen sich plötzlich von der Oberfläche Danys Bewußtseins zurück, um von Entrüstung über die raubgierige Mrs. Gordon und die Rückgratlosigkeit jenes einfältigen, betörten und hypnotisierten Kaninchens Mr. Lashmer J. Holden junior ersetzt zu werden.

Was sieht er nur in ihr? dachte Dany empört. Und gleichzeitig erkannte sie, was er in ihr sah. Amalfi Gordon schien alles zu haben.

Nun, Lash wird sie nicht bekommen! beschloß Dany grimmig und setzte sich auf einen Stuhl, von dem aus es ihr möglich war, ein Auge auf jenen kraftlosen und unbelehrbaren jungen Mann zu halten, ohne daß es auffiel.

Mindestens zwanzig Minuten lang merkte Lash nichts von Danys Anwesenheit. Aber als er sie entdeckte, reagierte er prompt, wenn auch in einer Art, die kaum verbindlich zu nennen war. Sein Blick fiel auf sie, und er erstarrte, als traue er seinen Augen nicht. Doch gleich darauf sprang er hoch, entschuldigte sich bei Amalfi und bahnte sich einen Weg zwischen den Teetrinkern auf der überfüllten Veranda bis zu Danys Tisch.

»Ich habe Sie schon gesucht, Miss Kitchell«, sagte Lash unheilverkündend. »Da ist verschiedenes für Sie zu tun, und mir wäre es lieb, wenn Sie sich sofort an die Arbeit machen würden. Und das nächste Mal geben Sie mir Bescheid, wenn Sie die Absicht haben, sich den Nachmittag freizunehmen.«

Dany biß sich auf die Lippe und errötete vor Zorn. Aber ihr Sinn für Humor kam ihr zu Hilfe, und mehr noch tat der Anblick der goldenen Mrs. Gordon für sie, die verlassen am anderen Ende der Veranda saß. Unterwürfig stand Dany auf.

»Es tut mir so leid, Mr. Holden. Ich hatte keine Ahnung, daß Sie mich heute nachmittag brauchen würden. Wollen Sie mich entschuldigen, Mrs. Bingham? Es scheint, daß ich einige Arbeiten erledigen muß. Danke für den Tee, Larry.«

Sie stellte Lash der Gesellschaft vor und ging. Doch sie hielt sich noch keine fünf Minuten in der Hochzeitssuite auf, als die Tür aufflog und ihr Arbeitgeber erschien.

Er knallte die Tür hinter sich zu und schimpfte: »Hören Sie, haben Sie den Verstand verloren? Zum Kuckuck, was soll das heißen, daß Sie in ganz Nairobi herumstrolchen und sich von jedem Tom, Dick oder Harry aufgabeln lassen? Hölle und Teufel! Wissen Sie, mit wem Sie ausgegangen sind? Mit einem Journalisten! Ausgerechnet! Und diese blauhaarige Dame ist Tyson Frosts Schwester. Ihre eigene Stieftante, bei Gott! Glauben Sie, sie hat Sie nicht erkannt? Wenn Sie morgen aufwachen, finden Sie die ganze Geschichte wahrscheinlich auf den Titelseiten. Sie sind wohl wahnsinnig geworden.«

»Machen Sie sich keine Sorgen«, beschwichtigte Dany. »Ich habe sie nie zuvor gesehen, deshalb kann sie mich natürlich auch nicht erkennen. Und das mit Larry Dowling tut mir sehr leid. Ich dachte nicht...«

»Sie denken nie!« unterbrach Lash sie erbittert. »Und auch noch Larry!« Daß sie Mr. Dowlings Vornamen benutzt hatte, schien ihn noch mehr aufzuregen. »Sind Sie je auf die Idee gekommen, einen Blick auf den Paß zu werfen, mit dem Sie reisen? Nein? Dann lassen Sie sich von mir sagen, daß Ada aus Milwaukee stammt, und da spricht man nicht mit britischem Akzent wie bei der BBC!«

»O Schreck«, sagte Dany schuldbewußt, »dabei fällt mir etwas ein. Habe ich Mr. Ponting kennengelernt? Tysons Sekretär? Ich meine, hat Ada Kitchell ihn kennengelernt? Mrs. Bingham fragte mich nämlich nach ihm, und ich wußte nicht, ob ich ihn kennen sollte oder nicht.«

Lash hob beide geballten Fäuste zum Himmel, während seine Lippen sich tonlos bewegten. Dann ließ er die Hände sinken und sagte mit streng beherrschter Stimme: »Nein, durch die Gnade der Vorsehung haben Sie ihn nicht kennengelernt. Andernfalls säßen wir noch tiefer in der Tinte, als wir es jetzt schon tun. Was haben Sie ihr geantwortet?«

»Nichts. Glücklicherweise wartete sie nicht auf eine Antwort.«

»›Glücklicherweise‹ ist richtig! Und ich hoffe, das ist Ihnen eine Lehre gewesen. Sehen Sie denn nicht ein, daß Ihre einzige Chance darin besteht, sich bis Sansibar im Hintergrund zu halten und mit niemandem, *niemandem!* zu reden? Wenn Sie einmal da sind, soll sich Ihr Stiefvater Kopfschmerzen machen. Und wenn er eine Spur Verstand hat, wird er Ihnen sechs Ohrfeigen geben.«

Lash trat an den Tisch am Fenster und nahm sich von einem Tablett zu trinken. Es hatte noch nicht dagestanden, als Dany gegangen war. Mit Erleichterung stellte sie fest, daß die Flasche noch zu mehr als drei Vierteln voll und die Menge, die er sich eingoß, bescheiden war.

Lash fing ihren Blick auf und deutete ihn richtig. »Damit will ich nur den Geschmack von diesem verdammten Tee aus dem Mund bekommen. Wie gern möchte ich der ganzen Situation ausweichen, indem ich mich sinnlos betrinke! Aber das muß ich verschieben, bis ich Sie losgeworden bin. Ich kann es mir nicht leisten, geistig wegzutreten, solange Leute wie Sie frei herumlaufen.«

Dany bemerkte liebenswürdig, es sei freundlich von ihm, sich so um ihr Wohlergehen zu sorgen.

»Das tue ich nicht«, entgegnete Lash kurz. »Schlagen Sie sich das nur schnell aus dem Kopf! Ich sorge mich um mich selbst. Und das ist der Grund, Miss Kitchell, aus dem Sie hier in diesem Zimmer bleiben und ihren Mund geschlossen halten werden, bis wir morgen früh zum Flughafen aufbrechen. Und Sie werden Ihr bezauberndes Mündchen weiter geschlossen halten, bis wir sicher hinter der Haustür Ihres unglücklichen Stiefvaters sind. Danach werde ich mit dem ersten Flugzeug wieder abreisen. Adas Paß in der Hosentasche, und Sie können sehen, wie Sie fertig werden.«

Er trank sein Glas aus und wandte sich zur Tür. »Sie finden Entwürfe zu verschiedenen Briefen auf dem Schreibtisch da, und Sie können die Zeit ganz gut damit ausfüllen, daß Sie sie abtippen. Drei Durchschläge. Und in amerikanischer Rechtschreibung!«

»Ja, Sir«, antwortete Dany demütig.

Zum ersten Mal in vierundzwanzig Stunden lachte Lash. »Eigentlich sind Sie gar nicht so übel«, räumte er ein. »Ihr I.Q. ist wahrscheinlich der niedrigste, der jemals verzeichnet wurde, und ich weiß wirklich nicht, warum der Wohlfahrtsstaat es zuläßt, daß Sie ohne Wärterin herumlaufen. Trotzdem haben Sie Ihre lichten Momente. Aber lassen Sie sich das nicht zu Kopf steigen, Schätzchen. Ich durchschaue Sie.«

Dany stiegen die Tränen in die Augen. Sie wandte sich rasch ab, damit er sie nicht sah. »Danke«, sagte sie leise.

Lash erklärte: »Die Schreibmaschine ist in diesem viereckigen braunen Kasten. Ich bin mir nicht sicher, wo Papier und Kohlepapier liegen. Sehen Sie sich um. Oh, und übrigens, damit es kein Gerede gibt, gehört diese Suite Ihnen allein. Ich habe das mit der Direktion geregelt. Offiziell schlafe ich unten in Zimmer 72, dessen Bewohner abwesend ist. Da er jedoch ein Vorhängeschloß angebracht hat, werde ich die Nacht auf diesem Sofa verbringen. Immerhin, solange das keiner erfährt, bleibt der Anstand gewahrt. Und an der Tür dort drüben ist ein Riegel, falls Sie sich vor mir fürchten sollten.«

Er öffnete die Tür zum Flur und setzte über die Schulter weg hinzu: »Ich werde dafür sorgen, daß Ihnen das Dinner nach oben gebracht wird. Das ist sicherer, als Sie im Speisesaal loszulassen, wo Wölfe wie dieser Dowling herumschleichen.«

»Sie dagegen werden vermutlich auswärts essen«, erwiderte Dany ärgerlich. »Ich hätte Ihnen mehr Stolz zugetraut!«

»Schreiben Sie die Briefe, Miss Kitchell!« befahl Lash streng und knallte die Tür zu.

7

Es war gerade zwei Uhr morgens, als Dany plötzlich erwachte. Sie blieb still liegen und lauschte.

Sie wußte nicht, was sie aufgeweckt hatte, nur daß es ein Geräusch gewesen war. Vielleicht war Lash zurückgekommen. Nein, das war nicht möglich. Sie hatte Lash gehört, bevor sie einschlief, und das war eine Stunde her, wie ihr die Leuchtzeiger des Reiseweckers verrieten, der mit dem Zifferblatt zu ihr hin auf dem Toilettentisch stand. Außerdem war das Geräusch nicht aus dem Nebenzimmer gekommen. Es war näher gewesen, da war sie sicher...

Dany hatte in dem Hotel in der Gloucester Road wenig und unruhig geschlafen und noch schlechter letzte Nacht im Flugzeug. Sie hatte geglaubt, den Schlaf hier nachholen zu können. Doch es war ihr nicht gelungen. Stunde auf Stunde hatte sie sich in dem breiten Bett herumgeworfen, sich Sorgen um ihre peinliche Situation gemacht und auf Lashs Rückkehr gehorcht.

Endlich war er gekommen, kurz vor eins. Und wahrscheinlich nüchtern, denn er hatte so wenig Lärm gemacht, daß sie ihn nur hörte, weil sie wach war und auf ihn wartete. Sie hörte einen Schalter klicken, und ein dünner Lichtfaden erschien unter der Tür zwischen den beiden Zimmern. Dany hatte sich hochgesetzt, die Arme um die Knie geschlungen und sich inbrünstig gewünscht, die Konvention verböte ihr nicht, nach nebenan zu gehen und mit ihm zu sprechen.

Sie fühlte sich allein und verloren und verängstigt und sehr trostbedürftig. Lash machte es nicht besser, als er beim Ausziehen ganz leise durch die Zähne pfiff. Es war nur der Hauch einer Melodie, aber das Lied war ihr bekannt. Zu bekannt. *Aufs weite Meer ich fahr' bis hin nach Sansibar*... Es klang sehr unbekümmert.

Er hat sich wieder mit ihr vertragen, dachte Dany verzweifelt. Was für Idioten die Männer sind! Sie ist alt genug, seine Mutter zu sein! Na ja, vielleicht nicht gerade seine Mutter – aber seine Tante. Und sie schert sich keinen Pfifferling um ihn. Nicht wirklich. Sie möchte lieber eine *Marchesa* werden oder eine Millionärin oder... Vielleicht *ist* er Millionär? Nein, er kann keiner sein. Er muß einer sein. Dieser Sir Soundso... Ambrose Nochwas, der in Khartum geblieben ist. Öl. *Er* ist wahrscheinlich Millionär und alt genug für sie. Vielleicht heiratet sie ihn. Oder den Italiener. Aber bitte, nicht Lash...

Das Licht unter der Tür war verschwunden und Dany endlich eingeschlafen, nur um eine Stunde später von einem Geräusch geweckt zu werden, das sie nicht identifizieren konnte.

Sie lauschte, ob es sich wiederholte, aber das tat es nicht. Langsam beruhigte sie sich und blickte schläfrig ins Dunkel. Vor einer Stunde hatte der Mond geschienen, ein greller, weißer, afrikanischer Mond. Er hatte ihr Zimmer so hell gemacht, daß sie aufgestanden war und die schweren inneren Vorhänge über die Musselin-Stores gezogen hatte, die tagsüber Fliegen und Staub abhalten sollten. Doch nun war der Mond untergegangen, die Lichter im Hotel waren ausgeschaltet, und die Straßen von Nairobi lagen dunkel und still da. So dunkel und still wie ihr Zimmer.

Danys Augenlider begannen zu sinken, als sie zu ihrem Entsetzen merkte, daß jemand in ihrem Zimmer war.

Sie hatte dagelegen und ihren Blick müßig auf das schwachgrüne Zifferblatt des Reiseweckers gerichtet, und sie hatte nichts gehört. Doch das brauchte sie auch nicht. Irgend etwas – irgend jemand – war zwischen ihrem Bett und dem Toilettentisch durchgegangen und hatte diesen kleinen leuchtenden Kreis verdeckt. Sie konnte die Uhr immer noch ganz deutlich ticken hören. Aber sie konnte sie nicht mehr sehen.

Ganz langsam, Zoll um Zoll setzte Dany sich hoch. Sie bewegte sich ebenso geräuschlos wie jenes andere Wesen im Zimmer, bis sie schließlich aufrecht saß, den Rücken eng an die Kissen und das gepolsterte Kopfbrett gedrückt. Ihre Hände krallten sich in das Laken. Jeder Muskel ihres Körpers schien vor Angst gelähmt zu sein. Sie konnte sich nicht mehr bewegen. Sie konnte nur noch steif dasitzen und mit aufgerissenen Augen in die Dunkelheit starren. Der Atem drohte ihr zu versagen, und ihre Herzschläge klangen in der Stille so schnell und laut wie Hufgetrappel auf hartem Straßenpflaster.

Nichts regte sich in der Schwärze, doch ein merkwürdiger Geruch hing im Raum. Ein komischer, kränklicher Geruch, der irgendwie vertraut und gleichzeitig sehr furchterregend war. So furchterregend wie das unsichtbare Ding, das sich mit ihr im Zimmer befand.

Dann war das Zifferblatt plötzlich wieder sichtbar. Der Körper, der es verdeckt hatte, war von links nach rechts weitergegangen, und das bedeutete, er kam auf sie zu.

Dany öffnete den Mund zum Schreien und merkte, daß ihre Kehle trocken und so eng vor Grauen war, daß sie nichts als törichte kleine Krächzlaute ausstoßen konnte. Aber das war ein Fehler.

Eine rasche Bewegung war zu spüren, und etwas berührte ihre Bettkante. Und plötzlich wurde in Dany der Selbsterhaltungstrieb wach. Mut und die Fähigkeit, zusammenhängend zu denken, kehrten zurück. Das dumme Krächzen hatte nur bewirkt, daß der Eindringling zu ihr geleitet wurde. Wenn sie schrie, mochte sie Lash zwar wecken, doch er konnte nicht zu ihr, weil sie die Tür verschlossen hatte. Und vielleicht fand sie nur für einen einzigen Schrei Zeit...

Dany nahm ihre ganze Kraft zusammen, warf sich herum, rollte sich auf der anderen Seite aus dem Bett, berührte den Fußboden und stand schon auf den Füßen.

Damit hatte der Eindringling wohl nicht gerechnet. Sie hörte ihn scharf Luft holen und eine schnelle Bewegung machen, der ein unwillkürlicher Schmerzenslaut folgte. Wenigstens war er menschlich, denn er hatte sich einen bloßen oder bestrumpften Fuß an einem Bein des Bettes angestoßen. Der Laut verriet seine Position, wie ihr Versuch zu schreien die ihre verraten hatte. Das half ihr ein wenig. Aber nur für einen Augenblick.

Dany wich zurück in die Dunkelheit, und erst jetzt kam ihr zu Bewußtsein, daß der Mensch, der sich in ihrem Zimmer befand, kein gewöhnlicher Dieb war. Ein Dieb, der das Fenster hinter sich hatte, wäre bei ihrem Erwachen ohne Zeitverlust in der Nacht verschwunden. Das war jemand, der *sie* wollte – Dany Ashton! Um sie zu töten...

Dany wurde übel. Das strenge Gesicht Mr. Honeywoods schien in der Luft vor ihr zu schweben.

Mord... Das war nicht länger ein fesselndes Wort in einer Schlagzeile. Es war Wirklichkeit. Der Mörder war hier im Zimmer mit ihr. Wenn sie sich bewegte, bewegte er sich auch. Wenn sie stillstand und ihr Gehör anstrengte, stand er still – und lauschte ebenfalls. Lauerte darauf, sie anzuspringen...

Dany zitterte so sehr, daß sie kaum stehen konnte. Ihr war, als müsse sie vor Angst wahnsinnig werden. Sie hatte die Orientierung verloren, und obwohl sie sich mit ihren kalten Händen an der Wand entlangtastete, wußte sie nicht mehr, in welcher Richtung sie ging. Bewegte sie sich auf die Salontür zu oder von ihr weg? Wo war das Bett? Wo war das Fenster?

Und dann sah sie für einen kurzen Augenblik das Zifferblatt wieder und wußte, wo sie war. Aber gleich darauf gab es ein Klappern und ein geisterhaftes Auflachen – ein gräßlicher Laut in der Dunkelheit – und das Zifferblatt war verschwunden. Jemand hatte den Wecker absichtlich umgeworfen, damit sie sich nicht mehr nach ihm richten oder an ihm eine Bewegung erkennen konnte.

Aber sie war jetzt bis auf einen Meter an die Tür herangekommen. Weit konnte es nicht mehr sein. Noch drei Schritte, und sie würde sie erreichen.

Mit einem scharfen »Plopp« traf etwas die Wand neben ihr und hätte ihr beinahe einen Schrei entlockt. Die Anstrengung, ihn zurückzuhalten und keine plötzliche Bewegung zu machen, bedeckte ihre Stirn mit kalten Schweißtropfen und ließ ihre Handflächen feucht werden. Doch mit dem nächsten Schritt erkannte sie, daß sie sich gerettet hatte – und was an die Wand geprallt war.

Der Eindringling hatte einen ihrer absatzlosen Samtpantoffeln aufs Geratewohl durch das Zimmer geworfen, damit sie ihre Position durch einen Schrei oder eine hörbare Bewegung verriet. Danys Fuß berührte den Pantoffel. Sie bückte sich vorsichtig, hob ihn auf und schleuderte ihn in Richtung der Badezimmertür.

Er traf die Wand und fiel mit leisem Klatschen zu Boden. Von neuem hörte sie, daß jemand hart und schnell Atem holte. Dann rannten bestrumpfte Füße auf das Geräusch zu. Dany hatte jedoch die Salontür erreicht, und der Schlüssel lag kalt zwischen ihren Fingern. Sie schloß auf und faßte nach dem Türknopf. Ihre Hände waren so feucht vor Angst, daß der Knopf ihr entglitt und sich nicht drehen wollte.

Und dann war die Tür offen, und sie war hindurch. Sie rannte gegen ein unsichtbares Möbelstück und schrie nach Lash.

Sie hörte, daß ihr Verfolger gegen die halboffene Tür hinter ihr krachte. Aber sie hatte das Sofa erreicht, und Lash war aufgewacht. »Was, zum Teufel!« rief er. Und beim Klang seiner Stimme stieß der Eindringling ein ungläubiges Keuchen aus. Verworrene Geräusche endeten mit dem Zuknallen einer Tür. Und sie waren allein.

Lash tastete sich fluchend zum nächsten Lichtschalter vor, behindert von Dany, die sich verzweifelt an ihn klammerte. Dann ging das Licht an. Lash blinzelte benommen und klopfte mechanisch Danys bebende Schultern.

»Lash... Lash... oh, Lash!« weinte Dany, aufgelöst in Tränen und Entsetzen.

»Ist ja alles gut«, tröstete Lash unbeholfen. »Ich bin hier. Alles in Ordnung. War es ein so schrecklicher Alptraum, Schätzchen?«

»Es war kein Alptraum«, schluchzte Dany. »Es war ein M-mörder! Ein *Mörder!«*

»Denken Sie nicht mehr daran, Bambina«, riet Lash ihr freundlich. »Es hat keinen Zweck, daß Sie sich von all dem nervös machen lassen. Hören Sie auf zu weinen, Schätzchen.«

Dany klammerte sich nur noch fester an ihn. »Sie verstehen nicht – ich habe nicht geträumt. Es war wirklich. Es war wirklich...«

»Okay, es war wirklich«, beruhigte Lash sie. »Aber deshalb brauchen Sie mich nicht zu erwürgen. Wie wäre es mit einem Schluck zu trinken und zwei Aspirin?«

Da er keine Antwort auf diesen Vorschlag erhielt und merkte, daß Dany nicht die Absicht hatte, ihren Griff zu lockern, hob er sie hoch, trug sie zum Sofa, setzte sich mit ihr hin und faßte über ihren Kopf weg nach dem Tablett mit den Getränken, das er vorausschauend in Reichweite seines provisorischen Bettes hingestellt hatte.

»Nun setzen Sie sich um Gottes willen richtig hin und fassen Sie sich! Hier, trinken Sie – das ist nur Wasser... So ist's brav. Wissen Sie, was Sie im Augenblick am notwendigsten brauchen, ist ein Taschentuch. Oder sagen wir, sechs Taschentücher. Nun, nun, Schätzchen. Hören Sie auf zu weinen!«

Dany hob den Kopf von seiner feuchten Schulter. Ihr Gesicht war tränenüberströmt und von Entsetzen gezeichnet. Hilflos blickte sie um sich.

»Wonach suchen Sie?« fragte Lash.

»T-taschentuch natürlich.«

»Wenn Sie mich loslassen, gebe ich Ihnen eins von meinen.«

Lash befreite sich von Danys verkrampften Fingern und setzte sie auf das eine Ende des Sofas. Dann zog er ein sauberes Taschentuch aus der Tasche seines abgelegten Dinnerjacketts und reichte es ihr.

»Ich glaube, an dies Nachtgewand erinnere ich mich«, bemerkte er, steckte sich eine Zigarette an und lächelte ihr durch den Rauch zu. »Sie trugen es zusammen mit einem Stück Zeitungspapier, als wir uns kennenlernten. Es ist ganz wie in den alten Zeiten. Ich gebe zu, daß Ihr Gesicht im Augenblick nicht besonders erfreut, aber wenn es Ihnen ein Trost ist, der Rest ist eine Augenweide.«

Diese Feststellung rief überhaupt keine Reaktion hervor.

Das Lächeln erstarb in Lashs grauen Augen und wurde von Sorge ersetzt. »Es hat Sie schwer mitgenommen, nicht wahr, Kind? Aber bald kommt alles wieder in Ordnung. Sie werden sehen. Kommen Sie, Sie sind jetzt wach.«

Dany ließ das Taschentuch fallen und sah mit angstvollen, tränennassen Augen zu ihm auf. »Sie glauben immer noch, daß es ein Traum war! Aber es war kein Traum. Da war jemand in meinem Zimmer. Ich hörte ein Geräusch und wachte auf und dann... dann sah ich die Uhr. Sie hat ein Leuchtzifferblatt, deshalb konnte ich sie im Dunkeln sehen. Und dann... dann konnte ich sie plötzlich nicht mehr sehen, weil jemand davorstand...«

Der Satz endete in einem heftigen Zittern, das ihre Zähne klappern ließ, und Lashs Gesichtsausdruck veränderte sich. Er warf seine Zigarette weg, eilte zur Schlafzimmertür und tastete nach dem Lichtschalter. Es klickte, und er sah das zerwühlte Bett und die sich im leichten Morgenwind blähenden Vorhänge. Aber es war niemand da.

Das Zimmer war leer, und das Licht glitzerte auf der kleinen Brosche mit Perlen und Diamanten und auf der Uhr mit dem schmalen goldenen Armband, die Dany getragen hatte. Sie hatte sie auf dem Toilettentisch liegengelassen, und daneben lag mit dem Zifferblatt nach unten der vergoldete Reisewecker.

»Nichts da!« erklärte Lash brüsk, und seine Erleichterung ging in Gereiztheit über. »Sie haben es geträumt. Wenn ein Dieb hiergewesen wäre, hätte er das Zeug da mitgenommen, und...« Er brach ab. Es lag etwas auf dem Fußboden nahe der Tür zum Ankleidezimmer, und die Tür selbst stand halb auf.

Schnell durchquerte Lash das Zimmer, bückte sich und nahm den

Gegenstand hoch. Es war eine Taschenlampe von der Art, die ein Gehäuse aus schwerem schwarzem Gummi hat und deren Strahl eingestellt werden kann.

Lash drehte sich um und fand Dany dicht hinter sich, blaß und zitternd. »Gehört die Ihnen?«

»Nein. Natürlich nicht.«

»Hmm«, machte Lash nachdenklich und verschwand im Ankleidezimmer. Er kam mehrere Minuten lang nicht zurück. Dany setzte sich auf die Bettkante. Sie bebte immer noch und fragte sich, ob ihr nun auch noch die Blamage bevorstand, daß sie sich erbrechen mußte. Es war nur zu wahrscheinlich.

Dann kam Lash mit verwirrtem Gesicht wieder. Er sagte: »Es scheint nichts verschwunden zu sein. Das kommt mir komisch vor. Warum hat er nicht zusammengerafft, was er finden konnte, und ist abgehauen?«

»Weil er so etwas g-gar nicht wollte«, bibberte Dany. »Deswegen ist er n-nicht gekommen. Er hat m-mich gesucht. Er wollte mich ermorden.«

»Ach, Quatsch!« explodierte Lash. »Wollen Sie wohl aufhören, sich wie eine Gestalt aus einer Seifenoper zu benehmen? Wahrscheinlich war es nur irgendein kleiner afrikanischer Taschendieb. Eine Stadt wie diese ist voll davon! Es kann sogar ein Hotelangestellter gewesen sein, der sich an einem leichten Einbruch versucht hat.«

»Es war kein Einbrecher«, beharrte Dany. »Einbrecher wollen die Leute nicht ermorden, er aber wohl. Das weiß ich!«

»Nun hören Sie mal zu«, begann Lash geduldig. »Sie haben nicht den geringsten Beweis dafür, daß er Ihnen überhaupt etwas antun wollte – abgesehen davon, daß er auf Bargeld oder Schmuck aus war, falls so etwas herumlag. Er hatte es noch nicht gefunden, als Sie aufwachten, und sicher haben Sie ihm mehr Angst eingejagt als er Ihnen, was ja schon nicht wenig ist. Warum gehen Sie jetzt nicht einfach?«

Er unterbrach sich, sah sich um und zog die Nase kraus. »Was ist das für ein Geruch?«

»Ich w-weiß nicht. Er war vorhin schon da. Er hat ihn mitgebracht –!«

»Chloroform, bei Gott!« flüsterte Lash. »Das ist es! Chloroform –!«

Mit einem einzigen wilden Ruck fegte er das Bettzeug zur Seite. Der Geruch wurde stärker und eindeutiger, als etwas fast unhörbar auf den Teppich fiel.

Es war eine normale Plastiktüte, wie man sie benutzt, um Butterbrote für ein Picknick einzupacken, und sie schien nichts weiter zu enthalten als einen Wattebausch und Gaze.

Langsam beugte Lash sich nieder, hob den Beutel auf und öffnete ihn. Er riß seinen Kopf zurück und zog eine angewiderte Grimasse. Dem Beutel entquoll eine Welle narkotisierender Dämpfe.

Lash rollte den Beutel rasch zusammen und schob ihn in eine leere Schublade des Toilettentischs. Dany erklärte, ebenfalls im Flüsterton: »Ich hab' es gesagt! Ich hab' es gesagt! Das war für mich gedacht, nicht wahr?«

»Vielleicht«, antwortete Lash.

»Ja, warum tun Sie denn nichts? Warum stehen Sie nur da?«

»Was schlagen Sie denn vor?« erkundigte Lash sich kühl.

»Rufen Sie jemanden! Wecken Sie den Hoteldirektor auf! Telefonieren Sie mit der Polizei! Irgend etwas!«

Lash drehte sich um und ging auf die offene Salontür zu. »Seien Sie nicht dumm, Dany. Sie wissen verdammt genau, daß wir nicht in der Lage sind, nach der Polizei zu rufen.«

Er hielt die Tür für sie auf, und als er sie hinter ihr wieder geschlossen hatte, ging er zu dem Sessel, über dem seine Kleider lagen. Er griff nach seinem Morgenmantel.

»Sie sollten sich den besser noch einmal ausborgen. Im Grunde könnten Sie ihn gleich behalten, wenn so etwas fester Bestandteil des Tagesablaufs wird. Dann nämlich brauchen Sie ihn nötiger als ich.«

Dany sagte tonlos: »Nein. Ziehen Sie ihn an. Ich kann das hier nehmen.«

Sie wickelte sich in eine Decke seines improvisierten Bettes und setzte sich als zitterndes Bündel auf den nächsten Sessel. Schock und Erschöpfung und die Nachwirkungen der Panik gaben ihr das Gefühl, schlaff und knochenlos zu sein.

Lash schlüpfte in seinen Morgenmantel und goß sich ein Glas ein. Dann saß er einige Zeit schweigend da und starrte mit nachdenklich gerunzelter Stirn vor sich hin. Dany beobachtete ihn nur. Plötzlich stand er auf, leerte sein Glas mit einem Zug, stellte es ab und ging noch einmal ins Schlafzimmer.

Er war vielleicht zehn Minuten abwesend. Dany wäre ihm gern gefolgt, denn sie hatte Angst, allein zu bleiben. Aber sie war zu erschöpft, um sich zu bewegen. Statt dessen hielt sie ihren Blick furchtsam auf die offene Tür gerichtet. Sie sah, wie sein Schatten über die Wand huschte.

Er kam mit ernstem Gesicht in den Salon zurück, mischte einen weiteren Drink und reichte ihn Dany. »Sie sollten das lieber trinken. Sie sehen aus, als täte Ihnen etwas Stärkeres als Wasser gut, und Sie dürfen jetzt nicht zusammenklappen. Ich möchte mit Ihnen reden.«

Er bereitete für sich selbst eine beträchtlich stärkere Mischung zu und setzte sich Dany gegenüber auf das Sofa.

»Allmählich komme ich zu der Überzeugung«, sagte Lash, »daß dahinter mehr steckt, als man an der Oberfläche wahrnimmt. Es sieht ganz so aus, als habe der Kerl da drinnen beträchtliche Mühen auf sich genommen. Und hinter Bargeld war er nicht her.«

»Ich habe Ihnen doch gesagt –«, begann Dany von neuem.

»Schsch! Jetzt sage ich es Ihnen. Er ist nicht durch das Schlafzimmerfenster eingedrungen. Er hat eine Scheibe im Badezimmer eingedrückt. Es lag eine ganze Menge von meinen Besitztümern und der Großteil von Ihren im Ankleideraum herum, und das hat er sich alles verdammt genau angesehen. Er hat jedes Schloß von den Koffern gesprengt, die nicht offen waren, und hat jede Kleinigkeit gefilzt. Doch soweit ich es feststellen kann, hat er nichts mitgenommen. Es sei denn, Sie hätten einen Beutel mit Diamanten oder so etwas besessen. Hatten Sie viel Geld in Ihren Koffern? Oder Schmuck?«

»Nein«, antwortete Dany mit heiserem Flüstern. »Ich besitze nicht viel Schmuck. Nur diese Brosche und die Uhr und eine Perlenkette, eine Diamantnadel und etwas Modeschmuck. Das alles war in meinem Kosmetikkoffer.«

»Und da ist es auch noch«, berichtete Lash. »Es ist nichts angerührt worden. Ebensowenig meine Perlen-Hemdenknöpfe und eine nicht sehr kostbare Sammlung von Manschettenknöpfen, ein Zigaretten-Etui mit Feuerzeug aus Gold und Platin und eine oder zwei wertvollere Kleinigkeiten. Ganz zu schweigen von einem Packen Reise-Schecks. Alle diese Dinge hätten bequem in die Hosentasche eines Einbrechers gepaßt. Und doch hat er sie nicht genommen. Also, warum?«

»Ich habe es Ihnen doch gesagt«, erklärte Dany zum viertenmal.

»Wollen Sie bitte nicht mehr dazwischenreden? Meine Ausführungen sind kein Dialog. Ich analysiere die Tatsachen. Der Ankleideraum und alles, was sich darin befindet, ist sehr gründlich durchsucht worden. So etwas tut man nur, wenn man einzig und allein nach einem Gegenstand Ausschau hält – nach einem besonderen Gegenstand. Und ich schätze, wenn dieser Gegenstand gefunden worden wäre, hätte Ihr Besucher sich auf demselben Weg entfernt, auf dem er eingestiegen war, und es hätte keine weitere Aufregung mehr gegeben. Er bekam jedoch nicht, was er suchte, und deshalb schlich er sich in Ihr Schlafzimmer. Nun kann man ein Schlafzimmer nicht sorgfältig durchsuchen, während der Besitzer im Bett liegt. Hier kommt das Chloroform ins Spiel. Wären Sie nicht gerade dann aufgewacht, hätten Sie überhaupt nichts gemerkt. Sie hätten das Bewußtsein verloren, und beim Aufwachen wäre Ihnen vielleicht ein bißchen übel gewesen, mehr aber auch nicht. Doch während Ihrer Bewußtlosigkeit hätte Ihr Schlafzimmer die gleiche Behandlung erfahren wie der Ankleideraum. Jetzt bin ich auf der richtigen Spur, oder?«

Dany erschauerte bloß und zog die Decke enger um sich, und Lash beantwortete seine eigene Frage: »Darauf will ich wetten! Nur – wie gehen wir von hier aus weiter? Das ist die große Frage. Nun, ich will es Ihnen sagen: rückwärts!«

Er nahm einen tiefen Zug, und Dany bemerkte kläglich, den Blick auf das Glas in seiner Hand gerichtet: »Ja, das sehe ich.«

Lash grinste sie an. »Ein Punkt für Sie, Schätzchen. Aber Sie brauchen sich keine Sorgen zu machen. Ich beabsichtige, vollkommen nüchtern zu bleiben. Das ist reine Medizin, zur Steigerung der Geistesschärfe. Und wir müssen auf der Stelle einige rasche und gute Denkarbeit leisten. Ich sehe nämlich ein, daß ich bei meiner ersten Beurteilung der Situation auf dem Holzweg war.«

»Ich weiß nicht, was Sie meinen«, sagte Dany. Der Whisky, den Lash ihr gegeben hatte, ließ ihren Kopf ein wenig schwimmen, und sie fühlte sich besser. Aber nicht viel.

»Sie konzentrieren sich nicht«, mahnte Lash. »Denken Sie daran, wie ich Sie kennenlernte! Sie hatten sich aus Ihrem Hotelzimmer ausgeschlossen, und während Sie draußen waren, stellten irgendwelche Leute es auf den Kopf. Sie haben weder Ihr Geld noch Ihren Schmuck gestohlen, was zeigt, daß sie hinter etwas anderem her waren.«

»Hinter meinem Paß«, warf Dany ungeduldig ein.

»Das glaube ich nicht. Jetzt nicht mehr, wenn ich auch einräume, daß ich anfangs den Eindruck hatte. Seinerzeit schien es die offensichtliche Antwort zu sein, und das ist wohl der Punkt, wo wir auf das falsche Gleis geraten sind. Warum sollte jemand in einem Zimmer das Unterste zuoberst kehren, wenn er nach etwas sucht, das genau da ist, wo man es vermuten würde? Nämlich in Ihrer Handtasche und direkt unter der Nase des Eindringlings. Das hätte uns auffallen müssen! In diese Balkonzimmer im Airlane-Hotel kann man viel zu leicht eindringen – immer vorausgesetzt, daß der Betreffende ebenfalls im Hotel wohnt. Wahrscheinlich wollte irgendwer es um sechs Uhr morgens mit dem Chloroform-Trick versuchen. Das ist leichter, als im Dunkeln herumzustochern, und die meisten Menschen liegen zu dieser Zeit im Tiefschlaf. Er muß bereits auf dem Balkon oder hinter einem Vorhang gewesen sein. Da ersparten Sie ihm eine Menge Mühe, als Sie die Zeitung holen gingen und sich ausschlossen. Der Diebstahl Ihres Passes und das Einschmuggeln der Pistole waren wahrscheinlich nur nachträgliche Einfälle, als der Eindringling nicht fand, was er suchte. Er wollte Sie daran hindern, das Land mit etwas zu verlassen, das Sie in Ihrem Besitz haben und das er haben will.«

»Aber ich habe nichts!« protestierte Dany und begann von neuem zu zittern.

»Sie müssen etwas haben. Und ich bin bereit, fünf Riesen gegen einen Kaugummi zu wetten, daß ich weiß, was es ist! Was haben Sie mit dem Brief gemacht, den Tysons Anwalt Ihnen gegeben hat? Dieser Mann, der erschossen worden ist?«

Dany riß die Augen auf, daß sie in ihrem weißen Gesicht riesengroß aussahen. Mit schwachen Knien stand sie auf, die Decke um sich raffend. »Nein! Nein, das ist unmöglich! Es war nur ein Brief. Das kann doch nicht –«

»Natürlich ist es das. Es kann unmöglich etwas anderes sein. Die Frage ist, haben Sie den Brief noch?«

»Ja. Ich – ich glaube.« Danys Stimme war heiser und atemlos.

»Wo?«

»Ich glaube, er ist noch in der Tasche meines Mantels. Des Kamelhaarmantels, der im Schrank hängt.«

Lash stand auf und ging ins Schlafzimmer, und als er zurückkam, trug er einen hellfarbenen losen Mantel über dem Arm. »Ist er das?«

Dany nickte. Lash steckte die Hand in eine der tiefen, seidengefütterten Schubtaschen und förderte ein zerknülltes Stück Papier, zwei rosafarbene Busfahrscheine, eine Quittung und drei Geldstücke zutage. In der anderen Tasche wurde er fündig. Sie enthielt neben einem Papiertaschentuch und einer Karte mit Haarklemmen einen einfachen Umschlag, adressiert an *Tyson Frost, Esq. Durch Boten.* Lash ließ den Mantel auf den Boden fallen, schlitzte den Umschlag auf und zog den

Inhalt heraus.

Es war ein zweiter Umschlag, aber von anderer Art. Das hier war ein Stück handgeschöpftes Papier, vergilbt vor Alter und so gefaltet und versiegelt, wie man es in einer Zeit tat, als viele Leute noch keine fertigen Briefumschläge benutzten. Es trug keine Adresse. Nur das schwere Siegel, das das Wappen der Frosts über dem arroganten Motto *Ich nehme, was ich will,* eine Nummer – 74389 – und die in verblaßter Tinte geschriebenen Initialen E. T. F. abbildete.

»*Weiber!*« sagte Lash. »Und Sie haben das die ganze Zeit in Ihrer Manteltasche gehabt!«

Er setzte sich auf das Sofa, musterte Dany und schüttelte den Kopf, und dann blickte er wieder auf den versiegelten Umschlag nieder. »Ich verstehe nur nicht, warum er ihn nicht gefunden hat, als er Ihre Sachen im *Airlane* durchsuchte. Vermutlich weiß er gar nichts über Frauen, sonst hätte er doch – Moment mal! Sagten Sie nicht etwas darüber, Sie hätten einen Mantel im Waschraum gelassen? War es dieser?«

»Ja.« Dany hatte immer noch Schwierigkeiten mit ihrer Stimme. »Ich hatte ihn vergessen. Er war die ganze Nacht dort.«

»Das ist also der Grund. Dann paßt alles zusammen.«

Er starrte auf das kleine versiegelte Päckchen in seiner Hand und schwieg lange Zeit.

Im Zimmer war es so still, daß Dany das leise Ticken Lashs Armbanduhr und das Platzen der Blasen in dem Glas, das sie immer noch mit einer Hand umklammerte, hören konnte. Lash sah müde und ernst und merkwürdig unvertraut aus, als habe er sich plötzlich in einen Fremden verwandelt, von dem sie überhaupt nichts wußte.

Die Stille begann, ihr auf die Nerven zu gehen, und sie ertappte sich dabei, daß sie die Schlafzimmertür im Auge behielt und angestrengt auf die schwachen Geräusche lauschte, die aus der Nacht draußen hereindrangen. Stand das eingedrückte Fenster im Badezimmer noch offen? Hatte Lash daran gedacht, die Tür zwischen Badezimmer und Ankleideraum zu verschließen? Angenommen, der Mann kam zurück – und mit einer Pistole oder einem Messer statt einem chloroformgetränkten Wattebausch?

Endlich sprach Lash, langsam und gedämpft. Er redete eher mit sich selbst als mit Dany.

»Ja... so muß es sein. Nur so ergibt die Sache Sinn. Ich erinnere mich jetzt. Sie sagten etwas über einen Telefonanruf. Sie riefen Tysons Anwalt an und fragten, ob Sie ihn am Vormittag statt am Nachmittag aufsuchen könnten. Was bedeutet, daß Sie am Nachmittag hätten hingehen sollen, und jemand, der das wußte, aber nicht, daß Sie den Termin verlegt hatten, wollte als erster da sein – um das hier in die Finger zu bekommen!« Er warf den Umschlag in die Luft und fing ihn wieder auf. »Klar, darum ist der Safe geöffnet worden.«

»Aber Mr. Honeywood… Warum sollte jemand Mr. Honeywood ermorden?«

»Weil man einen Safe nicht ohne Schlüssel öffnen kann. Es sei denn, man ist professioneller Safeknacker. Und wer auch immer hinter diesem Brief her war und keine Ahnung hatte, daß Sie ihm zuvorgekommen waren, rechnete damit, ihn in dem Safe zu finden.«

»Aber – aber er hatte eine Pistole. Er hätte Mr. Honeywood zwingen können, den Safe zu öffnen. Er brauchte ihn nicht zu töten!«

»Angenommen, Ihr Mr. Honeywood kannte den Kerl? Ich möchte doch zu gern wissen, was hier drin ist.« Lash wog den Umschlag gedankenverloren auf der Hand. »Ich bin mir nicht sicher, ob wir es uns nicht ansehen sollten.«

»Das können Sie nicht tun! Es ist Tysons Brief! Und er ist versiegelt. Sie können das Siegel nicht brechen.«

»So? Wie kommen Sie denn darauf? In dem Umschlag ist etwas, das ein Menschenleben wert war. Jemand war bereit, Honeywood kaltblütig zu ermorden, um es zu bekommen. Und es gibt nicht viele Leute, die ein Todesurteil für eine Handvoll Erdnüsse riskieren.«

»Es ist Tysons Brief«, erklärte Dany hartnäckig und streckte die Hand danach aus.

Lash zuckte die Schultern und gab ihn ihr. »Ich werde nicht sagen: ›Passen Sie nächstes Mal besser darauf auf‹, weil mir scheint, daß Sie es auf Ihre eigene schusselige Art gar nicht schlecht gemacht haben. Aber um Gottes willen, lassen Sie das Ding nicht herumliegen. Denn der Mann, der es haben will, weiß ganz genau, wer es hat.«

Dany erschrak. »Daran… daran habe ich noch gar nicht gedacht. Das bedeutet…« Die Stimme versagte ihr, und sie zitterte von neuem.

»Genau!« stellte Lash trocken fest. »Es ist jemand, der Ihnen von London gefolgt ist und mit uns im Flugzeug gewesen sein muß. Und noch schlimmer, es ist jemand, der genau weiß, daß Sie nicht Miss Ada Kitchell aus Milwaukee sind!«

8

Der Wecker verkündete gellend die Tatsache, daß es jetzt 5 Uhr früh war. Dany erwachte an diesem Morgen zum zweiten Mal und stellte fest, daß sie schreckliche Kopfschmerzen hatte und nicht nur die Hochzeitssuite, sondern auch das Hochzeitsbett mit Lash teilte.

Die Schicklichkeit war so gerade eben noch gewahrt, was allerdings nur die aufgeschlossensten Gemüter anerkannt hätten: Miss Ashton war in die Decke eingewickelt, während Mr. Lashmer J. Holden junior, der immer noch seinen Morgenmantel trug, sich malerisch außerhalb derselben drapiert hatte.

Dany blinzelte im blassen Licht des frühen Morgens und erinnerte sich mit schmerzhafter Deutlichkeit, daß ihre eigene hysterische und unmädchenhafte Aufdringlichkeit für diesen skandalösen Zustand verantwortlich waren. Sie hatte sich rundweg geweigert, allein gelassen zu werden. Eine Kombination aus Panik und Whisky hatte ihre Wertvorstellungen drastisch verändert, und eine Verletzung der Moralvorschriften hörte auf, irgendeine Bedeutung für sie zu haben, wenn sie sie mit der angsterregenden Aussicht verglich, von neuem in dem dunklen Schlafzimmer allein zu sein.

Lash gähnte, reckte sich und richtete sich auf einem Ellenbogen hoch. Er betrachtete ihre heißen Wangen und entsetzten Augen verständnisvoll und ein bißchen belustigt.

»Alles in allem, eine sehr gemütliche häusliche Szene«, bemerkte er liebenswürdig. »Ich weiß wirklich nicht, was der jüngeren Generation einfällt. So etwas Ähnliches würde Ihre liebe Tante Harriet doch sicher sagen, wenn sie Sie jetzt sehen könnte!«

»Oder Ihre liebe ›Elf‹!« fauchte Dany. Und sofort bereute sie die Retourkutsche.

»Kss, kss, kss!« machte Lash ungerührt und rollte sich aus dem Bett. Er gähnte ausgiebig und rieb sich sein unrasiertes Kinn. Dann verkündete er, Dany solle besser bleiben, wo sie sei, während er als erster ins Bad gehen und sich rasieren werde. »Und läuten Sie nicht nach dem Zimmerkellner, bevor ich aus dem Weg bin. Je weniger Publicity wir bekommen, desto besser.«

Dany benutzte die Zeit, um den versiegelten Umschlag in ein Chiffontuch einzuwickeln, das Päckchen so tief wie möglich wieder in die Manteltasche zu schieben und mit einer großen Sicherheitsnadel fest an das Futter zu stecken. Jetzt hatte sie zumindest die Gewähr, daß es ihr niemand aus der Tasche stehlen konnte, ohne daß sie es merkte.

Die Zeit wurde knapp. Sie benutzte das Badezimmer, während Lash sich anzog, und er ging, als ihre Aufmachung es ihr erlaubte, ein Klopfen an der Tür zu beantworten.

Dany packte und begab sich dann in den Speisesaal. Lash war mit Frühstücken bereits fertig und hinaus auf die Veranda gegangen. Sie sah durch eine offene Tür, daß er mit Mrs. Bingham, Millicent Bates und einem blassen, gertenschlanken Mann sprach, dessen Gesicht ihr vage bekannt vorkam. Amalfi, der Marchese, Larry Dowling und Salim Abeid, der Araber, befanden sich ebenfalls draußen. Sie standen in einer gelangweilten Gruppe zusammen, gähnten von Zeit zu Zeit und unterhielten sich verdrossen. Vermutlich warteten sie auf ein Taxi oder mehrere Taxis.

Der Anblick Salim Abeids war für Dany ein Schock. Sie hatte sich nicht klargemacht, daß auch er im Hotel übernachtet hatte, und gerade dachte sie über diese Tatsache und die sich daraus ergebenden Schlußfolgerungen nach, als Lash schnell in den Speisesaal zurück und an ihren Tisch kam.

»Der da draußen«, informierte Lash sie ohne lange Vorrede, »ist Ponting, der Sekretär Ihres lieben Stiefvaters. Also passen Sie auf, und halten Sie den Mund. Er mag aussehen, wie sich der kleine Moritz einen künstlerischen Innenarchitekten vorstellt – und er spricht auch so! –, aber mit seinen kleinen grauen Zellen ist alles in bester Ordnung, vergessen Sie das nicht!«

»Also das ist er«, meinte Dany erleichtert. »Ich wußte doch, daß ich ihn irgendwo gesehen habe.«

»Donnerwetter! Haben Sie nicht gesagt...«

»Oh, ich bin ihm noch nie begegnet«, berichtigte Dany sich hastig. »Ich habe nur Fotos von ihm gesehen. Er war auf Schnappschüssen, die Lorraine mir schickte.«

Lash stieß geräuschvoll den angehaltenen Atem aus. »Dafür sei Gott gedankt! Eben habe ich noch geglaubt, wir hätten ein neues Problem. Nun, wenn Sie Fotos von ihm gesehen haben, läßt sich darauf wetten, daß er eine Menge von Ihnen gesehen hat. Deshalb seien Sie um Gottes willen vorsichtig. Sein Hobby ist es, anderen Leuten Informationen aus der Nase zu ziehen und darüber zu klatschen, und auf dem Gebiet ist er jeder Frau auf der Welt überlegen! Er war gestern abend höllisch neugierig. Anscheinend hätte mit diesem Flugzeug eine

Miss Ashton ankommen sollen, und er kann sich nicht denken, warum sie nicht eingetroffen ist.«

»Ach du meine Güte!« rief Dany schuldbewußt. »Er hat doch deswegen nichts unternommen?«

»Was kann er denn schon unternehmen? Höchstens am Flughafen anrufen, und das hat er gestern getan. Dort erhielt er die Auskunft, Miss Ashton habe nur vierundzwanzig Stunden vor dem Flug auf ihren Platz verzichtet. Damit mußte er sich zufrieden geben. Aber er macht immer noch großen Wirbel deswegen, und hätte die Vorsehung ihn nicht mit Zahnschmerzen geschlagen, wäre er gestern, als ich nicht in der Verfassung war, der Situation gerecht zu werden, am Flughafen aufgekreuzt. Zu schade, daß sein Zahnarzt ihm keine Überdosis Lachgas gegeben hat, wenn er schon einmal dabei war. Dann wäre uns seine Gesellschaft auch heute morgen erspart geblieben. Nun ja, man kann nicht alles haben. Sitzen Sie nicht zu lange beim Kaffee. Wir fahren in zehn Minuten ab.«

In der Kühle des frühen Morgens fuhren sie durch Nairobi, und von neuem war die Tortur zu überstehen, den Paß vorzuzeigen und sich den Beamten zu stellen. Endlich waren sie in der Wartehalle, und das Schlimmste war vorbei. Die letzte Etappe –

Larry Dowling tauchte an Danys Seite auf, nahm ihr die Schreibmaschine ab und erkundigte sich etwas besorgt, ob sie sich gut fühle. Larrys Augen, dachte Dany, waren wie ein Forellenbach in Kent, auf den die Sonne scheint. Klar und kühl und freundlich. Wenn sie in diese Augen blickte, hatte sie wieder das Gefühl, er sei ein zuverlässiger Mensch – auf eine Weise, wie es Lash nicht war. Und trotzdem...

Gussie Bingham, elegant in einem Kostüm aus fliederfarbenem Leinen, das bewunderungswürdig mit ihrem blaugetönten Haar harmonierte, meinte munter: »Sie sehen müde aus, meine Liebe. Ich hoffe, Sie gestatten es Mr. Holden nicht, Sie abends zu lange arbeiten zu lassen. Ich selbst hatte eine ausgezeichnete Nacht. Aber ich kann voll Dankbarkeit sagen, daß ich immer gut schlafe, wo ich mich auch befinde. Das ist alles eine Sache der Selbstkontrolle. Wie ich glaube, haben Sie Mr. Ponting, den Sekretär meines Bruders, noch nicht kennengelernt? Mr. Ponting –!«

»Teure Dame?« Mr. Ponting beeilte sich, dem herrisch winkenden Zeigefinger zu gehorchen.

Dany drehte schnell den Rücken dem Licht zu und reichte Mr. Ponting die Hand. Seine Hand fühlte sich schlaff und knochenlos und so weich wie die einer Frau an. Seine Stimme war hoch und hell und affektiert.

»Ah!« sagte Nigel Ponting fröhlich. »Auch eine Lohnsklavin! Eine Genossin auf der Ruderbank der Galeere! Sie und ich, Miss Kitchell, nichts als getretene arme Sekretäre, schwer arbeitende Honigsammler unter diesem dekorativen Schwarm ferienmachender Drohnen. Sie arbeiten nicht, auch spinnen sie nicht, während wir verpflichtet sind, beides zu tun. Schreckliche Ungerechtigkeit, nicht wahr? Wir müssen gemeinsam eine Gewerkschaft gründen. Ah –! Eduardo. *Buon giorno!* Ich habe Sie im Hotel gar nicht gesehen. Wie geht es Ihnen? Sie sehen umwerfend fit aus. Ich nehme an, Sie kennen sich gegenseitig inzwischen sehr gut –? Nein? Oh, tut mir so leid. Miss Kitchell, dies ist Signor Marchese di Chiago, ebenfalls nach *Kivulimi* eingeladen. Miss Kitchell ist Holdens Privatsekretärin, Eduardo, deshalb sind wir von der gleichen Kategorie.«

Der Marchese beugte sich über Danys Hand und bedachte sie mit einem langen, musternden Blick. Er listete ihre bewundernswerten körperlichen Vorzüge auf, addierte die Brille, die Ponyfransen und die Löckchen und subtrahierte die Zahl, an die er zuerst gedacht hatte.

Er war schlank und dunkel und sah auf typisch italienische Art gut aus. Obwohl er nicht viel größer als Nigel Ponting war, erweckte er den Eindruck der doppelten Länge. Der gertenschlanke Mr. Ponting, dachte Dany, hätte ein recht hübsches Mädchen abgegeben. Und das dachte er möglicherweise selbst, denn er trug sein strohblondes Haar viel zu lang und erlaubte einer einzelnen künstlerischen Locke, zwanglos über seine weiße Stirn zu fallen – offenbar ein Vorwand für das häufige anmutige Kopfwerfen, mit der er sie vorübergehend wieder an ihren Platz schleuderte. Seine Augen waren von einem hellen und starren Blau wie die Porzellanaugen einer viktorianischen Puppe. Trotzdem vermittelten sie den beunruhigenden Eindruck, daß ihnen nur sehr wenig entging. Dany war mehr als erleichtert, als Ponting den Marchese vertraulich am Arm nahm und davonging, angeregt von gemeinsamen Freunden in Rom plaudernd.

Gussie Bingham rief Miss Bates zu sich und eilte davon, um irgendein Gepäckproblem zu lösen, und nahm auch Larry Dowling mit. Dany zog sich auf einen Sitz nahe dem Fenster zurück und kämpfte gegen einen neuen Anfall von Panik. Beamte kamen und gingen, erschienen plötzlich in Eingängen und hielten scharf Umschau im Raum. Jedes Mal war Dany überzeugt, man suche nach ihr. Jeder

Fremde war ein Kriminalbeamter in Zivil – oder konnte es doch sein –, und bei jedem müßigen Blick, der in ihre Richtung fiel, wurde ihr kalt vor bösen Vorahnungen. Sie durften sie jetzt nicht mehr aufhalten! Jetzt nicht mehr, wo sie fast schon in Sicherheit war. Ihr Kopf schmerzte, und ihr war übel, und sie litt unter der Anstrengung, nicht an die Ereignisse der letzten Tage zu denken oder an das Furchtbare, das Lash in der vergangenen Nacht gesagt hatte: »Es ist jemand, der mit uns im Flugzeug gewesen sein muß.«

Aber das war absurd und unmöglich. Es stand ganz außer Frage, daß es jemand sein konnte, der schon von London mit ihnen abgereist war. Dany drehte sich unruhig um und sah über das weite, dunkle, staubige Feld des Flughafens. Gerade da ging ein Mann am Fenster vorbei. Es war ein Araber, »Jembe« Salim Abeid, der mit in dem Flugzeug von London gewesen war. Sie sah, daß er nicht weit entfernt im Schatten des nächsten Gebäudes stehenblieb und mit einem Mann sprach, der dort gewartet zu haben schien. Ein olivenhäutiger Araber in einem gutgeschnittenen weißen Anzug.

Salim Abeid redete mit der gleichen Hitze, die er in Neapel gezeigt hatte. Dany fragte sich, ob die Unterhaltung immer noch um Politik ging. Seine Hände wedelten, seine Schultern zuckten und seine Augen blitzten. Doch sein Gefährte verriet wenig Interesse. Abgesehen von wiederholten Blicken auf seine Armbanduhr blieb er völlig passiv.

Salim Abeid drehte sich um und wies in die Richtung der Glasfront der Wartehalle. Dany war es, als sehe der Araber in dem weißen Anzug sie an, und von neuem fühlte sie sich von Panik gepackt. Vielleicht war er ein Polizist. Ein arabischer Polizist. Vielleicht erzählte dieser »Jembe« ihm von ihr: daß er sie im Foyer des *Airlane* in London gesehen habe. Oder schlimmer – viel schlimmer! – war *er* der Mann, der Mr. Honeywood ermordet und ihr Zimmer im *Airlane* durchsucht hatte – und sie letzte Nacht chloroformieren wollte?

Danys Herz begann rasend zu hämmern, und sie hielt verzweifelt Ausschau nach Lash – oder nach Larry. Aber Lash war an der anderen Seite des Raums von Amalfi Gordon mit Beschlag belegt worden, und Larry, der irgendwie resigniert wirkte, holte gerade eine Tasse Kaffee für Mrs. Bingham. Er lächelte Dany durch den überfüllten Saal zu, und seltsamerweise ließ ihre Panik nach. Sie phantasierte sich allerlei zurecht und benahm sich, wie Lash gesagt hatte, als sei sie die hysterische Heldin in einem kitschigen Fernsehspiel. Ihre Situation war heikel genug, ohne daß sie sich zusätzliche Sorgen machte, um sich selbst noch mehr zu ängstigen. Und trotzdem...

»Passagiere für Flug null drei vier nach Mombasa, Tanga, Pemba, Sansibar und Daressalam, bitte die Plätze in der Maschine einnehmen«, verkündete eine körperlose Grabesstimme.

Die orangefarbene Erde Afrikas glitt unter ihnen weg. Weit und breit nichts als ausgedörrter Boden, getupft mit breitkronigen Dornbäumen und sich langsam bewegenden Flecken, Giraffen und Zebras, Gnus, Löwen und grasenden Antilopen-Herden – sie befanden sich über dem Nairobi-Wildpark.

Eine einsame weiße Wolke, schwach rosa getönt, lag im kühlen Blau des Morgenhimmels, und als sie ihr näher kamen, sah Dany, daß es keine Wolke war, sondern ein Berg. Ein isolierter schneegekrönter Berg, der eine entfernte Ähnlichkeit mit einem japanischen Druck des Fujiyama hatte. Der Kilimandscharo, der »Berg der kalten Teufel«, erhob sich einsam über die weite, staubbraune Ebene, ein dürrer, ausgebrannter Vulkan, dessen Schnee der brennenden afrikanischen Sonne Trotz bot.

Von dem Sitz hinter Dany erklang eine Stimme. Es war die Stimme eines Mannes, flötend und hoch, und sie versuchte sich anscheinend in einer Parodie auf einen Sprecher des Dritten Programms der BBC. »Ja – wirklich ein spektakulärer Anblick, nicht wahr? Es heißt, in dem Krater liege der Kadaver eines Leoparden, eingefroren im Eis. Niemand weiß, wie er dorthin gekommen ist, oder warum. Köstlich aufregend, finden Sie nicht auch? Ich liebe Geheimnisse!«

Dany machte eine Bewegung, als wolle sie sich zu dem Sprecher umdrehen. Aber Lashs Hand schoß hervor und schloß sich warnend um ihr Handgelenk. »Ponting«, hauchte er, und Dany widmete sich eilends wieder der Aussicht.

Nigel Pontings Nachbarin mußte Mrs. Bingham sein. Mit dem Ziel, sie in ihrer Unwissenheit zu erleuchten – oder vielleicht auch, weil er den Klang seiner eigenen Stimme zu gern hörte –, nahm er sie auf eine ausführliche verbale Rundreise durch Kenia mit.

»Sie können sich einfach nicht vorstellen, wie primitiv diese Straßen im Oberland sind«, flötete Mr. Ponting. »Bloße Wagengleise, versichere ich Ihnen. Eine Tortur für die Reifen! Ganz zu schweigen natürlich vom eigenen Rückgrat! Allerdings, ist man einmal da, dann erfährt man eine köstliche Unmittelbarkeit. Die Eingeborenen – die Tiere – die Landschaft! Berauschend primitiv. Eine solche Verbesserung gegenüber dem Unterland von Kenia und dem Siedlergürtel, der so schmerzhaft in der Zeit vor dem Ersten Weltkrieg steckengeblieben ist, wie ich immer denke. Zu sehr wie Puna, finden Sie nicht auch? Aber die Nordgrenze...«

Seine Stimme tropfte weiter und weiter wie Wasser aus einem undichten Hahn. In Abständen kamen vage Laute von Gussie Bingham (die selbst nicht schlecht war im Monologehalten, doch in Ponting ihren Meister gefunden hatte). Es wäre ein beruhigendes Geräusch gewesen, hätte Ponting nicht angefangen, von Dany zu sprechen.

»Ich verstehe das einfach nicht«, sagte Nigel Ponting ärgerlich. »Ich kann es einfach nicht verstehen. Keine Nachricht im Hotel, und ihr Zimmer war nicht einmal abbestellt worden. Man hofft, daß die Frosts ein Telegramm bekommen haben, aber wirklich – man wußte nicht, ob man gehen oder bleiben sollte! Ich vermute, das böse Mädchen hat die Masern oder sonst eine Kinderkrankheit bekommen.«

Lash wandte den Kopf und grinste Dany boshaft an, aber sie teilte seine Belustigung nicht. Sie bekam es satt, von sich reden zu hören, als sei sie noch ein Schulmädchen, und auf keinen Fall fand sie es komisch, in ihrer augenblicklichen Situation dieser besonderen Unterhaltung zuhören zu müssen.

»Eigentlich«, berichtete Nigel, »war ich ja nur Miss Ashtons wegen hier. Ihr Bruder, Mrs. Bingham, hielt es für eine nette Geste, sie in Nairobi abholen zu lassen. Außerdem meinte er, es würde Ihnen wahrscheinlich Mühe ersparen, wenn ich mich um sie kümmern und ihr die Stadt zeigen könnte. Deshalb spendierte er mir freundlicherweise einen kleinen Urlaub, und jetzt ist das böse Mädchen nicht gekommen! Zu rücksichtslos von ihr, denn ich rechne damit, daß ich wieder hergeschickt werde, wenn sie schließlich doch eintrifft. Und ich hasse Flugreisen. Zwar lasse ich es mir nicht anmerken, doch ich stehe in einem Flugzeug immer Todesängste aus. Sie nicht?«

»Nein.« Gussie Bingham nahm geistesgegenwärtig ihre Chance wahr. »Das kann ich nicht sagen. Aber ich bin auch Fatalistin. Ich glaube, wenn das Schicksal die Absicht hat, mich bei einer Flugzeugkatastrophe sterben zu lassen, dann werde ich bei einer Flugzeugkatastrophe sterben, und daran läßt sich nichts ändern. Hat das Schicksal jedoch nicht die Absicht, dann gibt es nichts, worüber ich mich zu sorgen brauche. Alles, lieber Mr. Ponting, ist vorherbestimmt. Alles! So etwas wie Zufall gibt es nicht. Sobald man diese einfache, aber wesentliche Wahrheit erfaßt hat, wird das Leben viel unkomplizierter. Man hört auf, sich zu sorgen.«

Mr. Ponting stieß einen scharfen Schrei der Ablehnung aus. »O nein, nein, nein, Mrs. Bingham! Da kann ich Ihnen nicht beipflichten. Die Lehre der Vorherbestimmung muß falsch sein, selbst wenn sie sich als richtig erwiese. So rückgratlos. Man muß doch die Gelegenheit beim Schopf packen und sie nach dem eigenen Willen gestalten!«

»Genau das, was Millicent sagt. Darüber führen wir heftige Diskussionen. Aber es ist meine Überzeugung, daß wir, wenn wir glauben, eine Gelegenheit zu ergreifen, nur etwas tun, das uns vorherbestimmt war und das zu tun wir gar nicht vermeiden können. Zum Beispiel, als wir von Market-Lydon nach London fahren wollten und schon auf halbem Weg zum Bahnhof waren, erinnerte ich mich: Ich hatte meinen Paß aus Millicents Tasche genommen, um ihn einer Freundin zu zeigen (eine wirklich lachhafte Fotografie!), und dann hatte ich ihn auf dem Klavier liegengelassen. Nun mußten wir natürlich zurückeilen, und was glauben Sie? Wir stellten fest, daß eine glühende Kohle aus dem Kamin des Wohnzimmers gefallen war. Der Teppich schmorte schon! Vielleicht hätte Mrs. Hagby stundenlang keine Veranlassung gehabt hineinzugehen, und wären wir nicht umgekehrt, hätte das Haus niederbrennen können!«

»Das war Glück«, räumte Nigel Ponting ein.

»Glück? So etwas gibt es nicht. Es war uns *vorherbestimmt* umzukehren. Mir war es vorherbestimmt, den Paß liegenzulassen, und deshalb konnte ich nicht umhin, es zu tun.«

Nigel kicherte. »Und angenommen, Sie hätten Ihren Zug verpaßt und wären nicht mehr rechtzeitig nach London und zum Flughafen gekommen? Wäre das auch *vorherbestimmt* gewesen?«

»Oh, aber es war uns nicht *vorherbestimmt*, den Zug zu verpassen! Er hatte Verspätung. Und auch wenn das nicht der Fall gewesen wäre, hätten wir das Flugzeug nicht verpaßt, denn wir sind zwei Tage früher nach London gefahren, am Nachmittag des Zwölften, und haben im *Airlane* gewohnt. Millicent wollte noch einige Einkäufe erledigen und –«

Dany nahm eine kleine Bewegung neben sich wahr. Lashs Hände krampften sich plötzlich so um die Zeitung, die er las, daß die äußeren Spalten zerknüllt und unlesbar wurden. Aber er mußte doch gewußt haben, daß Mrs. Bingham und Miss Bates im *Airlane* abgestiegen waren? Und er konnte doch nicht glauben – *Jemand im Flugzeug*... Gussie Bingham... Nein, das war unvorstellbar!

Nigel sagte verdrießlich: »Also wirklich, Mrs. Bingham, man kann doch nicht im Ernst glauben, daß die Vorsehung sich für Dinge wie eine Kohle interessiert, die aus Ihrem Wohnzimmerkamin gefallen ist, oder einen Nebel, der Ihrem Zug Verspätung einbringt, oder die Tatsache, daß Leute auf Paßfotos immer so scheußlich unwahrscheinlich aussehen, was für Sie Grund war, eine Freundin an dem Spaß teilnehmen zu lassen. Ich persönlich gebe mehr auf die Psychologie, und es ist meine Überzeugung, daß Sie, als Sie den Paß auf dem Klavier liegenließen...«

Dany stand abrupt auf. Sie wollte nichts mehr über Pässe oder das Airlane-Hotel oder sonst etwas hören, das sie zwang, an angsterregende und gräßliche Dinge zu denken. Sie reichte Lash ihren zusammengelegten Mantel und sagte kurz: »Ich bin in einer Minute wieder da.«

»Geht es Ihnen nicht gut?« erkundigte sich Lash, der halb stand, um sie vorbeizulassen. »Sie sehen ein bißchen grün aus.«

»Doch, mir geht es gut, danke.«

Sie ging schnell den Mittelgang hinunter und suchte Zuflucht in der Damentoilette. Dort starrte sie aus dem Fenster auf den weiten blauen Himmel und die trägen Wölkchen. Aber ihre Gedanken waren mit ihr gekommen, und sie konnte sie nicht in Schach halten.

Gussie Bingham... Millicent Bates... Jembe... Mr. Honeywood. *Mord in Market-Lydon.*

Dany gab es auf und kehrte an ihren Platz zurück.

Der winzige Libellenschatten des Flugzeugs glitt über schlammiges grünes Wasser, Mangrovensümpfe und Palmwälder... Mombasa. »Darf ich um Ihre Aufmerksamkeit bitten? Die Anzeigen sagen Ihnen, wann Sie die Sicherheitsgurte schließen müssen. In ein paar Minuten landen wir in...«

Die Passagiere trotteten pflichtgetreu in hartes Sonnenlicht und salzigen Meeresgeruch hinaus. Dany bemerkte unter ihnen den schlanken Araber in dem weißen Anzug, auf den Salim Abeid heute morgen in Nairobi so aufgeregt eingeredet hatte.

Offenbar waren andere im Flugzeug, die ihn ebenfalls kannten, denn Nigel Ponting wich von Mrs. Binghams Seite, sobald er ihn erblickte, und eilte ihm nach. Sie schüttelten sich die Hände und standen ein paar Minuten im Gespräch auf dem heißen, sandigen Vorfeld. Dany hörte im Vorübergehen Tysons Sekretär sagen: »Ich hoffe so sehr, Sie hatten einen angenehmen Aufenthalt! Offen gesagt, Nairobi ist nicht mein Geschmack. Aber für Sie ist es natürlich etwas anderes, Sie haben dort Freunde. Also, ich war mit Bunny oben an der Nordgrenze, und...« Die Worte »köstliche Unmittelbarkeit« klangen Dany nach, als sie den Schatten des Eingangs erreichte.

Salim Abeid (»Jembe«) drängte sich an ihr vorbei. Er sah gar nicht gut aus. An der anderen Seite des Raums setzte er sich an einen kleinen Tisch, bestellte eine Tasse schwarzen Kaffee und begann eine arabische Zeitung zu lesen, die er in sichtbar zitternden Händen hielt.

Der Wartesaal des Flughafens war heiß und überfüllt, und Lash hatte sie sich selbst überlassen. Dany kaufte aufs Geratewohl eine Zeitschrift am Bücherstand und zog sich mit ihr auf einen verhältnismäßig geschützten Platz neben einer Säule zurück. Aber sie las nicht. Sie starrte blicklos auf die gedruckten Seiten und lauschte geistesabwesend auf den Sprachenwirrwarr rings um sich, bis ihre Aufmerksamkeit von einem großen gerahmten Werbeplakat für eine lokale Luftfahrtgesellschaft angezogen wurde, das auf einer Seite der Säule ein Stückchen links von ihr hing.

Die Anzeige, so entdeckte Dany, war auf Spiegelglas gemalt, und darin konnte sie Gussie Binghams blaue Locken, Millicent Bates Puddingschüssel-Hut und Amalfi Gordons blumenhaftes Gesicht erkennen.

Amalfi, dachte Dany, hatte heute nicht ihren besten Tag. Sie sah aus, als sei sie erhitzt und ziemlich schlechter Laune, und die Konversation Eduardo di Chiagos, dessen schönes Falkenprofil am äußersten Rand des Spiegels eben noch sichtbar war, schien sie zu langweilen. Sie antwortete einsilbig und ließ ihre Blicke schweifen. Mrs. Bingham andererseits schien sich zu amüsieren. Sie lachte über etwas, das irgendwer gesagt hatte. Plötzlich kam Dany der Gedanke einfach albern vor, Mrs. Bingham könne etwas mit dem Mord an Mr. Honeywood zu tun haben.

Vielleicht war es doch Jembe gewesen. Oder irgendein Fremder in der Londoner Maschine, auf den sie nicht geachtet hatte. Oder vielleicht sogar Sir Ambrose Yardley! Die Absurdität dieses Einfalls entlockte Dany ein schwaches Lächeln. Sie ließ ihre Phantasie mit sich davongaloppieren! Und auf jeden Fall war Sir Ambrose letzte Nacht nicht in Nairobi gewesen. Es *mußte* ein Fremder sein...

Die im Spiegel sichtbare Gruppe entfernte sich, und nun sah Dany niemanden mehr, den sie kannte. Passagiere für andere Flüge kamen an und gingen wieder, und der Warteraum wurde lauter und noch voller. Danys Kopfschmerzen steigerten sich zur Unerträglichkeit, und jeder einzelne Laut in dem Getöse ging ihr auf die Nerven. Da heulte ein mißgestimmtes indisches Kind mit gräßlicher Ausdauer, eine Tasse fiel klirrend um und die vergossene Flüssigkeit tröpfelte zu Boden, eine Schar arabischer Matronen kicherte schrill, und die jungen Pflanzer an der Bar lachten laut.

»Sie haben mir gar nicht erzählt, daß Sie Arabisch lesen können«, bemerkte Lashs Stimme hinter Dany.

Dany fuhr zusammen und biß sich auf die Zunge. Zum ersten Mal sah sie sich die Zeitschrift, die sie hielt, richtig an und entdeckte, daß sie tatsächlich in ihr völlig unbekannter Schrift gedruckt war.

Lash faßte über ihre Schulter, nahm ihr die Zeitschrift aus den Händen, drehte sie um und gab sie ihr zurück. Er sagte: »Verzeihen Sie mir, wenn ich es erwähne, Miss Kitchell, aber nichts ist so verdächtig, als wenn jemand vorgibt, eine Zeitung zu lesen, die er auf dem Kopf hält. Und dieser neue Freund von Ihnen, der Reporter, hat Ihr Spiegelbild in dieser Glasscheibe mit beträchtlichem Interesse beobachtet. Es ist ein Spiel, das zwei treiben können. Vielleicht liebt er einfach Rothaarige – aber er könnte auch etwas anderes im Sinn haben.«

Dany sagte atemlos: »Larry Dowling? Was sollte er im Sinn haben? Er kann doch gar nichts wissen. Und auf jeden Fall interessiert er sich nur für Leute wie Tyson. Und Politiker.«

»Das glauben Sie in Ihrer Unschuld«, stellte Lash trocken fest. »Ein Mord hat überall Neuigkeitswert. Also versuchen Sie, sich nicht so zu benehmen, als hätten Sie eine Tonnenlast an Schuld auf dem Gewissen. Es fällt auf.«

»Tut mir leid«, sagte Dany gepreßt.

»Nicht so schlimm. Es dauert nicht mehr lange. Wir sind beinahe da.«

»Aber noch nicht ganz«, sagte Dany mit schwankender Stimme.

»Wo ist Ihr Kampfgeist geblieben?«

»Ich habe keinen, nicht im Augenblick.«

»Armes Baby«, meinte Lash, doch ohne Ironie. Und dann schnitt wieder die quakende, körperlose Stimme aus dem Lautsprecher durch den Lärm des überfüllten Raums:

»Passagiere für Flug null drei vier nach Tanga, Pemba, Sansibar und Daressalam...«

9

Sie traten hinaus in das gleißende Licht. Die Meeresbrise sang in den Kasurinen und schleuderte heiße Sandkörnchen gegen ihre Beine. Dann nahmen sie ihre Plätze in der wartenden Maschine ein, schlossen die Sicherheitsgurte und drückten die Zigaretten aus. Larry Dowling, der auf der anderen Seite des Mittelgangs in der Reihe hinter Dany saß, rief: »He, Stewardeß! Es fehlt einer. Schließen Sie die Tür noch nicht. Mein Nachbar ist nicht da. Mr. Salim Abeid.«

Die Stewardeß lächelte auf die nachsichtige Art einer Lehrerin, die einen zurückgebliebenen Jungen vor sich hat, und erwiderte: »Danke. Ich habe die Liste. Sie brauchen sich keine Sorgen zu machen. Er wird in einer Minute da sein.«

Aber fünf Minuten vergingen, und dann zehn, und obwohl das Flugzeug unter dem Röhren der Motoren vibrierte, bewegte es sich doch nicht. Die Reisenden rückten nervös hin und her. Sie lugten über die Schulter nach der offenen Tür oder warfen ängstliche Blicke auf ihre Uhren.

»Was hält uns auf?« verlangte ein stämmiger Mann von einem Platz vorn zu wissen. Er erhob sich und blickte den Mittelgang hinunter. Sein ohnedies rotes Gesicht wurde purpurrot vor Entrüstung. »Wir bekommen Verspätung, und ich habe um 10.15 Uhr eine Konferenz in Tanga. He! Stewardeß... Miss!«

Die Stewardeß gönnte ihm ein strahlendes dienstliches Lächeln. »Nur einen Augenblick, Sir.« Sie beugte sich hinaus und sprach durch die offene Tür mit jemandem. Dann ging sie schnell den Mittelgang hinunter und verschwand im Cockpit. Zwei weitere Minuten vergingen. Dann tauchte sie wieder auf, begleitet von dem Kapitän und dem Ersten Offizier. Alle drei verließen die Maschine.

»Was wird das jetzt?« fragte der Gentleman, der eine Konferenz in Tanga hatte. »Das ist doch das Letzte! Wie lange will man uns noch hier herumhängen lassen?« Zornig stampfte er den Gang hinunter und spähte in den Sonnenschein hinaus. Die anderen hörten, wie er jemandem auf dem Vorfeld etwas zurief.

»Also wirklich«, hauchte Nigel Ponting mit ersterbender Stimme, »diese Manager-Typen und ihre Hektik! Als ob es auf eine halbe Stunde früher oder später ankäme!«

»Dem kann ich absolut nicht beipflichten«, erklärte Gussie Bingham streng. »Eine Verspätung ist immer ärgerlich. Und sie wird Tyson, der uns sicher abholen kommt, Ungelegenheiten machen. Was meinen Sie, warum hält man uns fest?«

»Was auch der Grund sein mag, teure Dame, sicher ist es ein Trost, zu wissen, daß es *vorherbestimmt* ist«, antwortete Nigel boshaft. »Aber hoffen wir, daß es kein Motorendefekt ist, denn dann will es unser Schicksal, daß wir hier Stunden warten.«

Mrs. Bingham blieb es erspart, auf diese hinterlistige Attacke eine angemessene Antwort zu finden, weil der Passagier nach Tanga zurückkam. »Anscheinend ist einer der Reisenden nach Sansibar krank geworden«, verkündete er und setzte sich wütend wieder auf seinen Platz. »Ich kann mir nicht vorstellen, warum wir alle deswegen aufgehalten werden. Erwartet man von uns, daß wir hierbleiben, bis es ihm besser geht?«

An diesem Punkt trat die Stewardeß ein, die erhitzt und mitgenommen aussah. Sie machte eine kurze Ankündigung. »Darf ich um Ihre Aufmerksamkeit bitten? Ich fürchte, wir werden noch für einige – äh – Minuten aufgehalten. Es tut uns leid, daß Sie warten müssen, aber wir hoffen, es dauert jetzt nicht mehr lange, bis wir – äh – starten. Sie können rauchen, wenn Sie wollen, doch bleiben Sie bitte auf Ihren Plätzen.«

Von neuem erhob sich das Brummen vieler Stimmen. Die Unterhaltung verstummte, als zwei Flughafen-Angestellte und ein junger europäischer Polizeibeamter in gestärkter Khaki-Uniform das Flugzeug betraten. Einer der Angestellten sprach knapp und höflich ins Mikrophon: »Entschuldigen Sie die Störung, aber wir müssen eine weitere Paßkontrolle durchführen. Wollen Sie bitte Ihre Pässe bereithalten?«

Dany warf Lash einen wilden, entsetzten Blick zu, doch er reagierte nicht darauf. Er zog seinen eigenen Paß hervor und streckte die Hand nach ihrem aus, ohne sie dabei anzusehen. Sein Gleichmut beruhigte Dany ein wenig. Sie hörte die Stimmen und Schritte und das Rascheln von Papier, als die Angestellten den Mittelgang heraufkamen. Sie prüften jeden Paß, verglichen ihn mit der Liste und schrieben kurze Anmerkungen in Notizblöcke.

Jetzt waren sie neben Lash angekommen. »Holden«, sagte er lakonisch und gab ihnen seinen Paß. »Meine Sekretärin, Miss Kitchell.«

Dany zwang sich, dem Blick des Mannes zu begegnen und ihm ruhig in die Augen zu sehen. Sie hatte den Eindruck, daß er entsetzlich lange stehenblieb. Doch tatsächlich war es in nicht einmal drei Minuten vorbei. Man hatte nur eine Frage gestellt, die gleiche, die auch allen anderen Anwesenden vorgelegt worden war: »Wo können Sie in den nächsten zehn Tagen erreicht werden?«

Sogar der junge Polizeibeamte hatte schon von Tyson Frost gehört und seine Bücher gelesen. »Noch ein Gast«, bemerkte er und notierte die Adresse. »Mr. Frost scheint eine richtige Gesellschaft zu geben. Er ist großartig, nicht wahr? Ich habe ihn gesehen, als er vor ein paar Monaten hier durchkam. Und ich habe ein Autogramm von ihm bekommen!«

Der junge Mann grinste und ging zum nächsten Passagier weiter. Dany entspannte sich. Also war es doch nur eine Routine-Kontrolle gewesen. Sie drehte den Kopf, um Lash erleichtert zuzulächeln, aber Lash lächelte nicht. Ganz im Gegenteil, er wirkte auffallend grimmig, und er hatte etwas von einer merkwürdigen Wachsamkeit an sich, als seien alle seine Nerven und Muskeln angespannt. Genauso hatte er in der vergangenen Nacht ausgesehen, und es ängstigte Dany.

Die drei Männer waren mit der Kontrolle fertig und kamen durch den Mittelgang zurück. Larry Dowling fragte den Polizeibeamten: »Wie geht es ihm – Mr. Abeid meine ich? Doch nichts Ansteckendes, wie ich hoffe? Als wir abfuhren, schien er noch ganz gesund zu sein. Ist es sehr schlimm?«

»Er ist tot«, antwortete der Polizist kurz und ging.

Ein kurzes, erschrockenes Schweigen trat ein, wie immer bei einer solchen Ankündigung. Ob es nun ein Freund oder ein Fremder ist, ein Leben ist zu Ende gegangen.

Die Stille wurde von Millicent Bates gebrochen, die sehr laut und ungläubig fragte: »Tot? Meinen Sie diesen Araber, der mit uns in dem Londoner Flugzeug war? Welch ein Unsinn! Denen muß ein Irrtum unterlaufen sein. Er hat doch auf dem ganzen Flug nach Nairobi ununterbrochen mit Mr. Dowling geplaudert! Ich habe ihn gehört. Er kann unmöglich tot sein!«

»Ein Herzanfall, vermute ich«, sagte Larry Dowling verlegen. »Er erzählte mir, er fühle sich immer schlecht in einem Flugzeug. Er sah auch ein bißchen grün aus. Ich denke, es waren nur seine Nerven.«

»Solange es nicht die Cholera oder eine dieser gräßlichen orientalischen Epidemien ist!« rief Millicent und schauderte hörbar. »Ich habe dir gesagt, wir würden es noch bereuen, hierher gereist zu sein, Gussie!«

Dany hörte, wie Mrs. Bingham sich ruckartig auf ihrem Sitz umdrehte. »Rede keinen Unsinn, Millicent! Es kann keine Infektionskrankheit gewesen sein. In dem Fall würde man uns alle nämlich in Quarantäne stecken.«

»Woher sollen wir wissen, daß das nicht passiert?« fragte Miss Bates. »Wir sind immer noch hier!«

Wieder verstummten alle und dachten darüber nach. Dann kehrten der Kapitän und der Erste Offizier zurück, und fünf Minuten später lag der Flughafen von Mombasa hinter ihnen, ein verschwindender Fleck zwischen Spielzeugbäumen.

Dany wandte sich von neuem Lash zu und fragte mit ängstlichem Unterton: »Wären wir wirklich in Quarantäne gekommen, wenn es etwas Ansteckendes gewesen wäre?«

»Auf jeden Fall hätte man uns dann niemals starten lassen.«

»Oh. Ja. Daran habe ich nicht gedacht. Dann muß es wohl doch ein Herzanfall gewesen sein. Oder ein Herzinfarkt.«

»Das bezweifele ich«, stellte Lash kurz fest.

»Warum?«

»Wenn es so einfach wäre, hätten sie sich nicht die Mühe gemacht, uns alle noch einmal zu überprüfen und sich zu vergewissern, daß sie sich von neuem mit uns in Verbindung setzen können. Sie glauben, es ist etwas anderes.«

Wieder einmal spürte Dany, daß ihr der Atem versagte. »Ich weiß nicht, was Sie meinen.«

»Das ist ein Glück für Sie«, antwortete Lash und vereitelte jede weitere Unterhaltung, indem er sich zurücklegte und die Augen schloß.

Wattige Wölkchen segelten durch die heiße blaue Luft und warfen ihren Schatten weit unten über ausgedehnte Ananas-Pflanzungen, aus denen Sisal und dicke, helle, blattlose Baobab-Bäume hervorragten.

Tanga und eine neue Wartezeit, diesmal kürzer. Eine qualvolle Wartezeit, aber es standen keine Polizisten zum Empfang des Flugzeugs bereit. Wieder die Stimme der Stewardeß: »Darf ich um Ihre Aufmerksamkeit bitten? Die Anzeigen werden Ihnen sagen, wann Sie die Sicherheitsgurte zu schließen haben...«

Jetzt waren sie über dem Meer. Eine glasige Wasserfläche, die mit einem glasigen Himmel verschmolz, ohne daß zu erkennen war, wo das eine endete und das andere begann: Blau und Grün, Violett und Amethyst, gestreift mit den hellen Bändern wandernder Strömungen. Die Farben änderten sich, je nachdem ob der Schatten des Flugzeugs über tiefes Wasser, Korallenriffe, felsigen Untergrund oder sandige Untiefen hinglitt.

Pemba: Die grüne Insel. Reich an Gewürznelken und dunkel von Sagen über Hexen, Dämonen und Zauberer. Eine lange, sandige Landebahn und der Seewind, der in den Palmblättern raschelte, aus denen Dach und Seitenmatten der kleinen Hütte bestanden, in der sich die Flughafen-Verwaltung und der Warteraum befanden. Amalfi Gordon, die wie eine Diamanten-Tiara mitten zwischen billigem Glasschmuck wirkte, starrte in ungläubigem Entsetzen auf einen riesigen Tausendfüßler, der langsam und in aller Gemütsruhe über den staubigen Fußboden kroch. Millicent Bates, die ihre schlimmsten Befürchtungen verwirklicht sah, zog ein Gesicht, von dem deutlich »Was habe ich dir gesagt?« abzulesen war. Gussie Bingham hockte auf der äußersten Kante einer Holzbank, über die sie sicherheitshalber zuerst ein sauberes Taschentuch gebreitet hatte. Auch sie beobachtete den Tausendfüßler wachsam. Eduardo di Chiago, Nigel Ponting und der Araber in dem weißen Anzug standen zusammen in dem offenen Eingang. Ihre Silhouetten hoben sich gegen die heiße Leere von Sand und Himmel ab. Sie unterhielten sich auf italienisch. Und Larry Dowling fächelte sich mit dem neuen Panama-Hut. Sein Blick ruhte geistesabwesend auf einem gerahmten Plakat, das potentielle Reisende drängte: »Fliegen Sie mit BOAC.«

Acht weitere Passagiere verschiedener Nationalität befanden sich in der heißen engen Hütte. Ein kräftiger deutscher Geschäftsmann, ein mit teuren Kameras behängter schwedischer Tourist, zwei britische Armee-Offiziere auf Urlaub, ein Parse, ein älteres indisches Ehepaar und ein Bürger der Vereinigten Staaten von Amerika, Mr. Lashmer J. Holden junior, der sich wieder einmal dem Schlummer hingegeben zu haben schien.

Wie kann er nur so einfach einschlafen, dachte Dany empört, wo wir in ganz kurzer Zeit in Sansibar ankommen und dort, falls irgendeine Nachricht hingelangt ist, vielleicht die Polizei schon auf uns wartet! Und wenn Mutter mich abholen kommt, wird sie mich sofort erkennen, auch mit der Brille und dieser scheußlichen Frisur. Und wenn sie nun vor den Leuten vom Zoll und von der Paßkontrolle etwas sagt, bevor wir sie daran hindern können, und ... Oh, ich wünschte, es wäre alles vorbei! Wie kann er einschlafen!

Lash öffnete ein Auge, blinzelte ihr feierlich zu und schloß es wieder. Dany errötete heiß, als habe er sie dabei ertappt, wie sie ihre Gedanken laut aussprach. Sie drehte ihm zornig den Rücken zu. Gerade schlenderte Nigel Ponting herein und stellte den Araber vor:

»Hier ist jemand, den Sie unbedingt kennenlernen müssen. Seyyid Omar-ben-Sultan. Er hat ein einfach himmlisches Haus in Sansibar. Eigentlich zwei, oder sind es drei? Jedenfalls, wenn Sie sich die Insel ansehen wollen, müssen Sie ihn dazu überreden, den Fremdenführer zu spielen. Niemand kann Ihnen so viel darüber erzählen wie er. Praktisch ist er Sansibar!«

Seyyid Omar lächelte und verbeugte sich. Sein Englisch war so fließend, wie sein Italienisch gewesen war, und er sprach es mit kaum einer Spur von einem Akzent. In keiner Weise ähnelte er seinem Landsmann, dem verstorbenen Mr. Salim Abeid. Sein Teint war nicht dunkler als der des Marchese di Chiago, und er war ein charmanter und unterhaltsamer Gesellschafter.

Lash öffnete die Augen nicht wieder, bis die Passagiere von neuem aufgerufen wurden, ihre Plätze in der Maschine einzunehmen. Aber als sie die kleine Hütte mit ihrem Palmblätterdach verließen, ergriff er Danys Arm und hielt sie zurück. Sie gingen langsam, bis die anderen einen ziemlichen Vorsprung hatten.

»Passen Sie gut auf«, befahl Lash, schnell und gedämpft sprechend. »Wenn wir ankommen, vertrödeln Sie so viel Zeit wie möglich, bevor Sie das Flugzeug verlassen. Befassen Sie sich mit Ihrem Gepäck, tun Sie irgend etwas. Aber sorgen Sie dafür, daß Sie die letzte sind. Ich muß Ihre Mutter zuerst sprechen, sofern Sie am Flughafen ist. Oder Ihren Stiefvater. Oder beide. Andernfalls finden wir uns im Kittchen wieder, ehe wir uns versehen haben. Verstanden?«

Dany nickte. Und dann saßen sie wieder auf ihren Plätzen, vor sich die Leuchtschrift: »No Smoking. Fasten Seat Belts.«

Nun schrumpfte Pemba zu einem kleinen dunklen Fleck in einem Übermaß an Blau, und vor ihnen lag etwas, das anfangs nicht mehr zu sein schien als der Schatten einer Wolke auf dem glitzernden Meer. Sansibar...

Das Blau der Tiefsee machte den herrlichen Grüntönen der Sandbänke und Untiefen Platz. Sie verloren an Höhe und schwenkten über Feldern von Gewürznelken-Bäumen und Palmenhainen ein. Es ging über Orangengärten und die sich zusammenscharenden Hausdächer.

Lashs Hand legte sich über die Danys und drückte sie fest und ermutigend. Dann gab es einen Ruck und ein Holpern, und sie rollten die Landebahn entlang, um schließlich vor einem weißen Gebäude anzuhalten, hinter dem sich zahllose Bäume erhoben.

Lash öffnete zum letzten Mal seinen Sicherheitsgurt. »Da wären wir!« sagte er und ging.

Dany erfuhr nie, was er zu ihrer Mutter und Tyson gesagt hatte, die beide zum Flughafen gekommen waren, um sie abzuholen. Er hatte dazu bestimmt nicht mehr als fünf Minuten Zeit gehabt, aber die hatte er offenbar gut zu nutzen gewußt.

»Meine Lieben!« begrüßte Lorraine ihre Gäste, als sie hinter der Schranke hervorquollen, wo sie sich angestellt hatten, um ihre Pässe und Genehmigungen inspizieren und stempeln zu lassen. »Wie schön, euch alle zu sehen. Elf –! Ich bin selig, daß du gekommen bist, Darling. Und Gussie! Gussie, du siehst wundervoll aus. Und wahnsinnig elegant. Hallo, Millicent. Eddie! – Es ist Jahre her, daß wir uns zuletzt gesehen haben! Nun ja, Monate, aber mir kommt es wie Jahre vor, und ist das nicht ein hübsches Kompliment?«

Lorraine veränderte sich nicht, dachte Dany und betrachtete ihre Mutter mit nachsichtiger Zuneigung. Sie war nicht schön in der Art Amalfi Gordons, und trotzdem gelang es ihr, den Eindruck von Schönheit zu vermitteln, und das hatte den gleichen Erfolg. Einen Teil ihres Reizes, dachte ihre Tochter leidenschaftslos, machten zweifellos der Mangel an Fettpölsterchen und die täuschende Zerbrechlichkeit aus. Auch zu klein geratene Männer fühlten sich neben ihr als große, starke Beschützer.

Lorraine trug weißes Leinen und Perlen, und sie sah gar nicht wie eine Mutter aus. Übrigens auch nicht wie die Frau dieses stämmigen, bärtigen Mannes mit der lauten Stimme, den salzfleckigen Fischerhosen und dem verwaschenen blauen T-Shirt. Er wirkte ein wenig überlebensgroß und konnte von jedem Leser der Presse sämtlicher Länder der Welt sofort als Tyson Frost, Autor von *Letzter Dienst für Lloyd*, *Kleide sie alle in Grün*, *Das heilige Schwein* und eines Dutzend anderer Romane erkannt werden. Alle diese Bücher waren verfilmt, für das Fernsehen bearbeitet, analysiert, angegriffen, nachgeahmt, von Buchclubs und literarischen Gesellschaften ausgewählt und zu Millionen verkauft worden.

Lash stellte kurz vor: »Meine Sekretärin, Miss Kitchell, Mrs. Frost.« Dany gab ihrer eigenen Mutter bescheiden die Hand und unterdrückte krampfhaft den Drang, in hilfloses Gekicher auszubrechen.

Lorraine zuckte nicht mit der Wimper, aber ihr Gesichtchen wurde ein bißchen blaß, und ihre Augen weiteten sich bestürzt. Sie sagte schwach: »Sehr erfreut –« Und dann in gequältem Flüsterton: »Darling – warum rot? Und diese scheußlichen Ponyfransen!«

Tysons große, sehnige Hand schlug Dany auf die Schulterblätter, daß sie taumelte. »Ja, Miss Kitchell – wir freuen uns, Sie kennenzulernen. Es macht doch Ihnen und Bates nichts aus, im Gepäckwagen zu fahren? Nein, Lorrie, du nimmst besser Elf und Eddie und Nigel mit. Hei, Eddie! Wieder zurück wie eine falsche Lira? Ich hätte nicht geglaubt, Sie hier unten noch einmal wiederzusehen, nachdem Sie sich das letzte Mal Sandflohfieber – oder was war es? – eingefangen haben. Nein, ich hab's – es war die Ruhr, nicht wahr? Gussie, ich nehme dich und den jungen Lash mit. Los, steigt ein.«

Er öffnete die Wagentür und erblickte plötzlich Seyyid Omar-bin-Sultan. »Hallo, du alter Wolf! Wußte gar nicht, daß du so schnell zurückkommen wolltest. Wie war das Nachtleben von Nairobi?«

Er nahm Seyyid Omar beim Arm. »Gussie, dies ist ein Freund von mir. Ich möchte dir Seyyid vorstellen. Oh, du hast ihn bereits kennengelernt? Gut. Dann steig nur ein. Wir wollen doch nicht den ganzen Tag hier herumhängen.«

Gussie stieg ein, gefolgt von Lash. »Komm bei uns vorbei, sobald du kannst!« brüllte Tyson Seyyid Omar nach, der auf einen großen weißen Wagen mit dem Nummernschild von Sansibar zuging. »Wer, zum Teufel, sind denn Sie?« Er funkelte Larry Dowling an. Larry zog den Hut und lächelte liebenswürdig.

»Nur ein Mitreisender – in streng unpolitischem Sinn«, antwortete Mr. Dowling. »Tatsächlich kam ich in der Hoffnung her, Sie kennenzulernen, Mr. Frost. Wenn ich irgendwann einmal vorsprechen...«

»In welcher Eigenschaft? Als Mitglied meiner Leserschaft oder der Presse?«

»Beides«, erklärte Mr. Dowling prompt.

»Dann lassen Sie es sich ein für allemal gesagt sein«, dröhnte Tyson, »daß ich meine Leser von Herzen verabscheue und daß ich niemals mit der Presse spreche. Guten Tag.«

Er tauchte in seinen Wagen ein, knallte die Tür zu und fuhr in einer Staubwolke davon. Seine Frau folgte in einem zweiten Wagen und Dany, Millicent und das Gepäck in einem dritten. Larry Dowling, dem derlei nicht ganz neu war, bedachte Dany mit einem kurzen, humorvollen Grinsen, zuckte philosophisch die Schultern und hielt ein Taxi an.

Zu jeder anderen Zeit und unter anderen Umständen hätte Dany den ersten Anblick Sansibars faszinierend und aufregend gefunden. Aber jetzt, wo sie endlich hier war, spürte sie nicht einmal so sehr Erleichterung, als nur eine überwältigende Erschöpfung. Sie hatte es, wie Lash gesagt hätte, geschafft. Nur schien es keine Rolle mehr zu spielen.

Der Kleinbus, vollgestopft mit einer Sammlung von Koffern, am Steuer ein lächelnder Afrikaner in schicker weißer Uniform und einem roten Tarbusch, sauste mit ihnen über weiße, von Schatten gesprenkelte Straßen, gesäumt von Palmen und anderen Bäumen. Vorbei an pastellfarbenen Häusern und plötzlichen Ausblicken auf das Meer, das so blau wie ein zerbrochener Saphir glitzerte.

Hibiskus, Oleander, Trompetenbaum und wilder Kaffee leuchteten am Wege, und Massen von Bougainvilleen ergossen sich in traumhaftem Farbenrausch über Gartenmauern. Und dann erreichten sie die Stadt und schlängelten sich im Schrittempo durch Straßen, die so eng waren, daß man dem gegenüber wohnenden Nachbarn bestimmt aus dem oberen Stockwerk die Hand reichen konnte. Die weißgekalkten Häuser waren so hoch, daß die Straßen wie tiefe Schluchten wirkten. Heiße weiße Mauern, heiße schwarze Schatten und weißgekleidete, schwarzgesichtige Männer. Mächtige Türen, reich verziert mit phantastischen Schnitzereien und großen Metalldornen. Der Geruch von fremden östlichen Gewürzen und heißem Staub, der Duft von Sandelholz, Jasmin und Gewürznelken. Wellen von Lachen und Musik und Trommeln...

Auf der anderen Seite der Stadt kamen sie durch einen Gürtel garstiger Slums: eine häßliche Hüttenstadt aus rostigen Konservendosen, Wellblech, zerbröckelnden Lehmwänden und faulem Stroh. Das gab Miss Bates Anlaß zu einer längeren Ausführung über orientalische Untüchtigkeit und die unentschuldbare Stupidität der östlichen Rassen, die die Wohltaten einer britischen Herrschaft nicht zu schätzen wußten.

Die Straße führte über einen stinkigen Bach und umging eine seichte Bucht voller schlammiger Inseln, wo die verrotteten Hüllen alter Dhaus außerhalb der Flutgrenze gestrandet lagen. Und dann waren sie wieder unter Bäumen: Wäldern aus Kokospalmen, dichte Haine von Mangos und ordentliche Anpflanzungen von Gewürznelkenbäumen.

»Wie weit es wohl noch bis zu diesem Haus ist?« fragte Millicent

Bates nervös. »Ich hätte Tyson so viel Verstand zugetraut, näher am Flughafen zu wohnen.«

»Vor hundert Jahren gab es noch keinen Flughafen«, bemerkte Dany.

»Wie bitte? Oh, ich verstehe. Trotzdem ist es sehr lästig. Ich gestehe Ihnen gern, daß ich eine starke Tasse Tee brauchen könnte. Gussie und ich trinken um elf Uhr immer eine, und das gehört zu den Dingen, die ich vermisse. Aber wenn das so weitergeht, wird es fast Zeit zum Lunch sein, bis wir Tysons schattiges Haus erreichen. Das Haus des Schattens...«

Millicent warf den Kopf in den Nacken und lachte schallend über ihren eigenen Witz. »Nicht schlecht, find' ich. Ich muß daran denken, es Gussie zu erzählen. Und ich wette, der Name paßt in mehr als einer Hinsicht! Nach allem, was man so über den alten Rory Frost hört, möchte ich sagen, es wird sich in diesem Haus so manche dunkle Sache abgespielt haben. Und Tyson traue ich auch nicht über den Weg. Er ist der Typ, der seine Großmutter zerstückeln ließe, wenn er für ein Kapitel in einem seiner Bücher zufällig eine Information aus erster Hand über das Sezieren brauchte. Alle Frosts sind Piraten gewesen, oder aber verrückt wie der alte Barclay. Ich kann mir nicht vorstellen, wie Gussie... Ah, wir scheinen endlich da zu sein.«

Der Wagen bog links von der Hauptstraße in einen engen Seitenweg ein, der kaum mehr als ein Pfad war, und dann fuhren sie an einer langen, hohen Mauer aus weißgekalktem Stein entlang. Bougainvilleen, blühender Jasmin und orangefarbene Trompetenblumen schmückten sie mit Duft und Farbe. Dahinter erhoben sich die Wipfel vieler Bäume.

»Ja, das muß es sein«, stellte Millicent erleichtert fest.

»Der Weg scheint hier zu enden. Da ist das Meer.«

Der Kleinbus hatte den Flughafen als letzter verlassen, und die beiden anderen Wagen, die schneller waren, standen schon wieder in der Garage. Die Straße war leer, als sie vor einer alten, eisenbeschlagenen Tür vorbeifuhren, die weit in die lange Mauer zurückgesetzt war. Ein stattlicher Somali-Diener in einem weißen Gewand erwartete ihre Ankunft mit breitem Willkommensgrinsen.

Und wieder wallte ihnen der Duft von Orangenblüten, Jasmin und warmer, feuchter Erde entgegen. Durch die offene Tür sah Dany einen Garten voller Blumen und gewundene Pfade und Schattenflecken und ein quadratisches, drei Stockwerke hohes Haus im arabischen Stil, dessen Fenster über das dichte Grün der Bäume und die flammenden Blüten auf das glitzernde Meer und den weiten blauen Horizont hinaussahen. *Kivulimi,* endlich!

10

»Und jetzt«, Tyson schloß die Tür des Gästehauses hinter sich und stellte eine Flasche sowie eine Handvoll Gläser auf den nächsten Tisch, »um der Liebe Allahs willen, erklärt mir die ganze Geschichte. Trink ein Glas, Junior, nein – trink mehrere. Du siehst aus, als brauchtest du das – und bei Gott, ich brauche bestimmt einen Schluck! Zum Teufel, was wird hier eigentlich gespielt?«

Lash war das kleine, dreizimmrige Gästehaus zugewiesen worden. Es war an die seewärts gelegene Gartenmauer angebaut. Von dort konnte man eine geschwungene Bucht, die zu dem Besitz gehörte, überblicken. Die Mauer war früher einmal Teil eines kleinen Forts gewesen und stammte aus der Zeit der portugiesischen Herrschaft. Ein halbes Dutzend Bewaffneter konnte nebeneinander entlang der mit Schießscharten versehenen Krone gehen. Tysons Vater Aubrey Frost hatte die bröckelnden Steine verstärkt und einen Ausguck und zwei Wachräume in ein kleines, aber sehr hübsches Gästehaus umgewandelt, beschattet von einem gigantischen Regenbaum und überhangen von einer Unmenge purpurner und roter Bougainvilleen.

Tyson hatte erst dafür gesorgt, daß seine anderen Gäste sicher in ihren verschiedenen Räumen untergebracht wurden, wo sie ihre Koffer auspacken und sich zum Lunch umziehen konnten, und dann den Zug zum Gästehaus angeführt. Ihm folgten seine Frau, seine Stieftochter und Lashmer Holden.

Lash nahm einen Drink entgegen und trank das Glas halb leer, bevor er antwortete.

»Kein Wunder, daß du das fragst«, sagte er. »Und die Antwort wird dir nicht gefallen. Wir sitzen, um es einmal allgemein auszudrücken, in einer scheußlichen Klemme.«

»Es war so –« begann Dany.

Lash unterbrach: »Sie halten sich da raus. Im Augenblick habe ich das Sprechen übernommen. Sie kommen dran, wenn ich fertig bin.«

Er wandte sich wieder an Tyson: »Ich möchte nur eine einzige Frage stellen, bevor ich zur Sache komme. Warum hast du dieses Kind hier über Land geschickt, um dir einen Brief von einem Kerl namens Honeywood zu besorgen, wenn deine Schwester fast auf seiner Türschwelle wohnt? Glaub nicht, daß ich neugierig bin, aber es interessiert mich. Warum hast du nicht Mrs. Bingham gebeten, den Brief für dich abzuholen?«

Tyson starrte ihn an. »Was, zum Teufel, hat das damit zu tun? Beziehungsweise, was geht es dich an?«

»Eine Menge«, antwortete Lash. »Warum nicht Mrs. Bingham?«

»Ich verstehe nicht, wieso dich das kümmert. Aber wenn du in der Gesellschaft meiner Schwester bis hier gereist bist, ohne festgestellt zu haben, daß sie geschwätzig, unzuverlässig und verdammt neugierig ist, mußt du eine Kunst aus dem Mangel an Beobachtungsgabe gemacht haben!«

»Tyson, Darling!« protestierte Lorraine schwach. »Gussie ist nicht...«

»Doch! Das weißt du selbst. Und unterbrich mich nicht. Jetzt habe ich deine Frage beantwortet, Junge, und möchte eine Antwort auf meine hören. Worum geht es bei dieser phantastischen Maskerade?«

Doch Lash stellte eine neue Frage. »Hast du durch Zufall gehört, daß Honeywood vor ein paar Tagen ermordet worden ist?«

»*Honeywood?* Großer Gott! Wann? Wie?« Tyson fuhr herum und sah seine Stieftochter an. »Dann hast du ihn gar nicht mehr gesehen? Soll das bedeuten, daß du diesen Brief nicht bekommen hast?«

»Sie hat den Brief«, fuhr Lash dazwischen. »Das ist ja das Problem. Und das zu erklären ist eine lange, verwickelte Geschichte.«

Er trank sein Glas aus, und nachdem er es wieder gefüllt hatte, setzte er sich auf den Fensterplatz und trug kurz und bündig die wesentlichen Punkte dieser Geschichte vor.

»Ist das alles?« fragte Tyson Frost gefährlich ruhig. Sein Atem ging schwer.

»Es wird als Handlungsgrundlage genügen«, stellte Lash lakonisch fest.

»Dann kann ich nur sagen«, brüllte Tyson, »es muß Wahnsinn in deiner Familie liegen! Und, zum Kuckuck, das habe ich immer gewußt! Hattest du den Verstand verloren?«

Lash wand sich. »Um offen zu sein, ja. Zufällig war ich zu dem Zeitpunkt sinnlos betrunken.«

»Mein Gott! Das hätte ich mir denken können! Warum? Es ist verrückt. Es ist kriminell. Es ist...«

»Ich weiß, ich weiß«, beschwichtigte Lash. »Du sagst mir nichts Neues. Ich erinnere mich dunkel, daß ich das alles zu mir selbst sagte, als ich gestern wieder zu mir kam. Und mehr! Du kannst mir nichts vorwerfen, was ich mir nicht schon selbst vorgeworfen habe, mit Nachdruck. Die Frage ist, was tun wir nun?«

»Wir schneiden ihr das Haar«, sagte Lorraine matt. »Und färben es wieder um. Darling, wirklich! Es ist ganz scheußlich. Nicht so sehr die Farbe, die könnte ich ertragen. Aber diese geschmacklosen Fransen! So etwas haben Filmstars in den grauenhaften zwanziger Jahren getragen. Zu fürchterlich. Und, Darling, diese Brille! Um Gottes willen, nimm sie sofort ab. Du siehst damit so abstoßend intelligent aus.«

»Das ist eine Illusion«, bemerkte Lash säuerlich.

Lorraine ignorierte ihn. »So ist es recht, Darling. Und setz sie bloß nicht wieder auf. Du siehst ohne Brille so viel hübscher aus.«

Tyson sagte: »Deine Mutter ist, dem Herrn sei's gedankt, völlig unfähig, einen intelligenten Gedanken zu fassen oder das Wesentliche einer Situation zu begreifen.«

»Das scheint in der Familie zu liegen«, kommentierte Lash beißend. Düster setzte er hinzu: »Und vielleicht ist das ein Vorteil. Im Augenblick wäre ich selbst nur zu gern unfähig, das Wesentliche dieser Situation zu begreifen. Und mit dieser Frisur haben Sie ganz recht. Sie tut den Augen weh. Ich hatte übrigens nie etwas für Rothaarige übrig.«

»Nein. Sie bevorzugen Blondinen, nicht wahr?« fragte Dany in einem plötzlichen Drang zu sticheln.

»Teufel, wer tut das nicht? Ist noch etwas von diesem Scotch da?«

Tyson schob ihm die Flasche zu und schimpfte: »Ihr seid alle verrückt! Ihr alle, wie ihr da seid! Zum Teufel, kommt es jetzt darauf an, wie Danys Haar aussieht? Ich habe den Eindruck, junger Lash, daß du das alles sehr auf die leichte Schulter nimmst. Welchen Vorschlag hast du denn zu machen?«

»Ich?« Lash blickte mild erstaunt drein. »Oh, das ist ganz einfach. Ich schlage vor, daß wir uns auf deine Kosten eine kräftige Mahlzeit einverleiben, und dann nehme ich die nächste Maschine, die mich von hier fortbringt. Und es ist mir verdammt egal, wohin sie fliegt! Von jetzt an kannst du dir die Kopfschmerzen machen, Sportsfreund.«

»Lash!« Danys Stimme drohte zu brechen.

Schnell stand Lash auf, ging zu ihr und nahm ihr Gesicht in beide

Hände. »Hören Sie zu, mein Kind. Ich weiß, ich habe Sie in diese Situation gebracht, aber jetzt kann Ihnen gar nichts mehr passieren. Sie brauchen nur noch Ihr Gewissen zu erleichtern. Die Karten auf den Tisch zu legen. Ich kann Ihnen nicht helfen. Das wissen Sie. Ich habe Sie in die falsche Richtung gesteuert und eine schlimme Sache noch verschlimmert. Ich...«

Dany flüsterte beschwörend: »Lash, bitte, gehen Sie nicht – bitte!«

»Hören Sie, Schätzchen, es wird Ihnen kein bißchen nützen, wenn ich... oh, verdammt!«

Er ließ seine Hände sinken und fuhr plötzlich auf Tyson Frost los. »Was ich wissen möchte«, sagte Lash wütend, »ist, warum du sie überhaupt in diese Sache verwickelt hast! Hast du keinen anderen gefunden, der die schmutzige Arbeit für dich tun konnte? Du mußt verdammt genau gewußt haben, daß dieser Brief Dynamit ist. Was ist darin?«

»Ja, Lieber.« Lorraine setzte sich aufrecht. »Was ist denn nun darin? Warum ist da ein Mörder hinter dem Brief her?«

Tyson sagte: »Warum will ein Mensch drei Millionen haben?«

»W-was!« Lorraine sprang auf die Füße. »Tyson, Darling! Wovon redest du? Du kannst doch nicht meinen...«

»Setzt euch«, befahl Tyson. »Ihr alle. So ist es besser.«

Er lief quer durch das Zimmer mit Schritten, die merkwürdig leicht für einen so großen Mann schienen. An der Tür angekommen, riß er sie auf und spähte hinaus. Er blickte an der breiten offenen Krone der Mauer entlang und hinunter in den grünen Schatten des Gartens, als wolle er sich vergewissern, daß sich niemand in Hörweite befand. Nach einer Minute schloß er die Tür sorgfältig, trat an das Fenster, beugte sich hinaus und betrachtete den sonnendurchglühten Felshang dreißig Fuß weiter unten. Endlich kehrte er, zufrieden mit seiner Erkundung, zu seinem Diwan zurück, der an einer Wand des Wohnzimmers stand. Als er sich setzte, ächzte das Holz protestierend unter seinem Gewicht.

»Ich muß ein Stück in die Vergangenheit zurückgehen.« Tyson Frost steckte sich eine Zigarette an und inhalierte tief. »Wie ihr wahrscheinlich wißt – es scheint Allgemeingut zu sein! –, hinterlegte mein verehrter Großvater Emory Frost, genannt Rory, der in den achtziger Jahren des vorigen Jahrhunderts starb, einen Haufen Papiere und Tagebücher bei den Familienanwälten Honeywood & Honeywood mit der Anweisung, sie dürften erst nach Ablauf von siebzig Jahren, was als die einem Menschen zugemessene Zeitspanne gilt, geöffnet und bekanntgemacht werden. Diese Frist war vor ein paar Monaten vorbei, und der ganze Kram traf ordnungsgemäß hier ein. Und er hat es in sich! Der alte Rory muß seinerzeit ein Teufelskerl gewesen sein, und... Aber darum geht es hier nicht. Der springende Punkt ist, daß es mich einige Zeit kostete, die Papiere durchzusehen, und erst vor ungefähr drei Wochen stieß ich auf ein gefaltetes Blatt Papier, das in den Rücken eines der Einbände geschoben worden war. Und ich hätte es niemals gefunden, wenn der Rücken nicht geplatzt wäre. Es war sehr interessant...«

Tyson griff nach dem Glas, das er auf den Fußboden gestellt hatte, und tat einen tiefen Zug.

»Wißt ihr«, meinte er nachdenklich, »es ist erstaunlich, wie oft das Leben spannender ist als ein Film. Kennt jemand von euch die Sage vom verschwundenen Schatz, der von Seyyid Saïd vergraben worden ist?«

»Ja!« rief Dany.

»Wirklich, Darling«, protestierte Lorraine. »Du kannst doch diese Geschichte nicht glauben! Ich finde sie zu lächerlich. Ich weiß, sie steht in den Fremdenführern, aber –«

»Kein ›aber‹«, winkte Tyson ungeduldig ab. »Auch ich habe einmal gedacht, ich sei zu alt, um so etwas ernst zu nehmen. An jenem Stückchen Papier war jedoch etwas mächtig Überzeugendes. Wenn sonst niemand an den Schatz glaubte, Großvater Emory tat es gewiß. Und aus einem sehr guten Grund.«

»Ich vermute, er hat geholfen, ihn zu vergraben«, warf Lash sarkastisch ein.

»Auf gewisse Weise«, erwiderte Tyson. »Und du kannst dir dies verdammt impertinente Grinsen vom Gesicht wischen, junger Holden!«

Tyson dachte eine Weile nach, erfrischte sich mit einem Schluck aus seinem Glas und fuhr fort: »Nein. Laut Rory hinterließ Seyyid Saïd bei seinem Tod das Geheimnis einem Hexendoktor von Pemba, der prompt und gemeinerweise den Schatz mit einem Fluch des Sinnes belegte, wer auch immer ihn finde, könne ihn nur dazu benutzen, Böses zu wirken. Die Absicht war wohl, die Leute vom Suchen abzuhalten. Aber Majid, Saïds Nachfolger, ließ sich von so etwas nicht schrecken. Wie Großvater Emory berichtet, folterte er den Hexer, entriß ihm die Information, grub das Zeug mit der enthusiastischen Hilfe meines sündigen Großvaters aus und machte großzügig halbe-halbe mit ihm. Emorys Anteil muß, wenn ich den heutigen Gegenwert richtig berechnet habe, nahe an drei Millionen Pfund Sterling herangekommen sein.«

Kurze Zeit herrschte Schweigen. Dann stand Lash auf, um sein Glas nachzufüllen. »Verzeih mir«, erklärte er, »das ist das beste Märchen, das mir in meinem übel verbrachten Leben je untergekommen ist. Ich glaube kein Wort davon! Aber es ist offenkundig, daß jemand anders es glaubt. Und damit meine ich weder dich noch deinen Großvater.«

Lorraines Augen waren riesengroß. Sie sprach abgerissen und keuchend. »Aber Tyson!... Aber Darling... drei *Millionen!* Er kann doch nicht... Was hat er damit gemacht?«

»Vergraben«, antwortet Tyson. »Wenigstens behauptet er das.«

»Aber wo?«

»Ah! Da liegt der Hase im Pfeffer. Das verrät er nicht. Er sagt nur, er habe den Schlüssel in einem versiegelten Umschlag bei dem alten Honeywood gelassen (wahrscheinlich war das der Großvater unseres Honeywoods oder vielleicht auch sein Großonkel). Dieser Umschlag werde nur dann ausgehändigt, wenn jemand nach ihm frage und eine Zahl und gewisse Initialen richtig angebe. Die Zahl sei sieben vier drei acht neun, die Initialen seine eigenen, E. T. F.«

»Hol mich der Teufel!« rief Lash verblüfft aus.

»Das bezweifle ich nicht«, kommentierte Tyson kaltschnäuzig. »Nicht, wenn dies deine übliche Verfassung ist. Jedenfalls, die Geschichte schien mir zu gut, um wahr zu sein, und ich glaubte kein Wort davon. So sehr gleicht das Leben dem Film nun doch wieder nicht. Aber eine Nachforschung war es schon wert. Als ersten Schritt schrieb ich dem alten Honeywood und fragte an, ob er einen solchen Brief in seinem Besitz habe. Er hatte ihn tatsächlich, was mich erschütterte. 1861 bei Honeywood & Honeywood hinterlegt. Ich dachte, man könne sich den Brief ja einmal ansehen, und der Post wollte ich ihn nicht anvertrauen. Und Gussie auch nicht. Ganz zwischen uns beiden, ich glaube... Ach, lassen wir das. Wesentlich ist: Da Dany sowieso herkam, schien es eine gute Idee zu sein, sie zu bitten, den Brief abzuholen und mitzubringen. Und mehr gibt es darüber nicht zu sagen.«

»Abgesehen davon, daß du Honeywood Tag und Zeit des Besuchs genannt hast«, erinnerte Lash.

»Und warum nicht? Es war so gut wie sicher, daß das Ding in irgendeinem Bankfach lag und er es erst holen mußte, damit er es übergeben konnte. Er würde es nicht in seinem Haus haben, und da ich immer noch mit ihm und nicht mit seinem Junior-Partner korrespondiere, teilte ich ihm mit, ich würde Dany zu ihm schicken, mit anderen Worten, in sein Haus schicken. Und wenn ich den alten Honeywood richtig einschätze, würde er den Brief nicht sehr lange vor dem Zeitpunkt, wo er ihn brauchte, in sein Haus bringen. Er ist vorsichtig. Oder vielmehr, er war es, der arme Kerl.«

»Also das war es«, brummte Lash. »Dann hatte ich recht.« Er stand auf und sah aus dem Fenster, die Hände in den Hosentaschen. »Irgendwer hat es gewußt und beabsichtigte, als erster hinzuzukommen. Aber Dany durchkreuzte seine Pläne, indem sie Honeywood am Vormittag statt am Nachmittag aufsuchte.«

Er drehte sich um. »Wer hat es außer dir gewußt?«

»Niemand«, antwortete Tyson kurz.

»Ach, Unsinn! Natürlich hat es irgend jemand gewußt.«

»Ich bitte um Entschuldigung«, fauchte Tyson. »Ich hätte sagen sollen: ›Ich habe niemandem etwas gesagt.‹ Nicht einmal meiner Frau.«

»Was ist mit Ponting?«

»Auch meinem Sekretär nicht!«

»Aber er hätte es herausfinden können.«

»O nein, das konnte er nicht. Dazu war ich viel zu vorsichtig. Neugier ist Nigels Hauptlaster, und es lag nicht in meiner Absicht, ihn einen Blick auf die Frost-Papiere werfen zu lassen – oder meine Briefe an Honeywood! Ich verwahre diese Papiere in einem verschlossenen Kasten, und den Schlüssel trage ich um den Hals. Einiges von dem Zeug könnte auch heute noch ein paar Explosionen auslösen, und ich gehe kein Risiko ein. Außerdem bedeutet es Geld.«

»Und Mord!« ergänzte Lash grimmig.

»Den Eindruck könnte man gewinnen. Trotzdem glaube ich nicht, daß ...«

»Es kommt nicht darauf an, was du glaubst«, fiel ihm Lash unwirsch ins Wort. »Würdest du es auf deinen Eid nehmen, daß weder dein Sekretär noch irgendein Dienstbote oder Gast in diesem Haus und nicht einmal deine Frau dies Papier Emorys gesehen haben kann?«

Lorraine schrie vor Entrüstung auf. »Wirklich, Lash! Warum denn ich? Ich meine, selbst wenn ich es gesehen hätte (und ich habe es nicht gesehen, ich hatte keine Ahnung), würde ich es dann irgendwem weitererzählen?«

»Ich weiß es nicht«, antwortete Lash. »Würden Sie es tun?«

Lorraine machte eine hilflose flatternde Geste mit ihren kleinen Händen und sah ihren Mann flehend an.

»Natürlich würde sie es weitererzählen«, stellte Tyson brutal fest. »Aus dem Grund habe ich ihr ja nichts gesagt. Ich teile nie einer Frau ein Geheimnis mit, falls ich nicht will, daß es in der kürzestmöglichen Zeit die weiteste Verbreitung erfährt.«

Lorraine stieß einen kleinen Seufzer aus. »Weißt du was, Tyson, Darling? Ich verstehe nicht, wie du so gut schreiben kannst, wo du doch beim Sprechen so oft Klischees benutzt. Schizophrenie, vermute ich. Auch wenn du in meinem Fall zufällig recht hast. Wenn mir irgendwer ein Geheimnis erzählt, denke ich immer: »Wem soll ich es nun als erstem weitererzählen?«

Tyson lachte kurz auf. »Ich weiß. Aber um auf deine Frage zurückzukommen, junger Lash, die Antwort lautet: nein. Der Schlüssel zu diesem Kasten ist immer in meinem Besitz gewesen, und für den Fall, daß du jetzt sagen willst, Lorraine habe ihn eines Nachts, als ich schlief, wegnehmen können, möchte ich hinzufügen, daß ich einen sehr leichten Schlaf habe. Und außerdem glaube ich nicht eine Sekunde lang, daß irgendwer im Haus von der Existenz des Papiers auch nur gewußt hat.«

»Und was ist mit den Briefen, die du Honeywood geschrieben hast? Sie müssen ein paar wichtige Einzelheiten enthalten haben. Genug jedenfalls, um Neugier auf den Inhalt des versiegelten Umschlags zu wecken! Die Zahl und die Buchstaben und das ungefähre Datum, zu dem er bei der Anwaltsfirma hinterlegt wurde. Wer bringt deine Briefe zur Post?«

»Abdurahman, wenn er in die Stadt geht. Und er kann Englisch weder lesen noch verstehen.«

»Aber vielleicht hat er die Briefe jemandem gezeigt, der es kann.«

»Warum? Schon meine persönliche Korrespondenz hat einen ziemlichen Umfang – ganz abgesehen von dem Kram, den Nigel für mich erledigt, und das ist eine Menge. Ein Hausdiener oder ein hier ansässiger Schnüffler, der das lesen wollte, würde monatelang nichts anderes zu tun haben, als in der Hoffnung, etwas Interessantes zu finden, Umschläge über Dampf zu öffnen. Die Idee gib nur gleich wieder auf.«

Aber Tyson vergaß, dachte Dany, daß es zumindest einen anderen Menschen gab, der seine Briefe nicht nur gelesen hatte, sondern wahrscheinlich auch etwas – vielleicht nicht viel, aber genug – über den Inhalt des vergilbten alten Umschlags wußte.

Sie sagte: »Mr. Honeywood hat eine Ahnung von der Bedeutung gehabt, glaube ich. Er schien es zu mißbilligen, daß ich den Brief mitnahm. Er sagte etwas darüber, man solle schlafende Hunde nicht wekken, und es werde nichts Gutes daraus entstehen. Vielleicht wußte er, was darin war. Sein Großvater mag es ihm erzählt haben.«

»Natürlich! Und er hat darüber gesprochen!« rief Lorraine.

Tyson brach von neuem in Gelächter aus. »Was, der alte Henry Honeywood? Diese ausgetrocknete Auster? Du hast ihn nicht so gut gekannt wie Gussie und ich!«

»Mag sein, aber ich weiß, daß nicht nur die Frauen tratschen«, gab Lorraine zurück. »Jeder ausgetrocknete alte Junggeselle übertrifft sie für gewöhnlich im Klatschen. Und er hatte eine Haushälterin, diese untersetzte alte Dame mit dem Hörgerät. Sie wurde wahrscheinlich von Neugier verzehrt. Das ist bei Haushälterinnen eine Berufskrankheit. Ich nehme an, sie hat alle seine Briefe gelesen und über den Inhalt mit allen ihren Freundinnen im Frauenclub gesprochen.«

»Nicht Mrs. Broughty.« Tyson blickte nachdenklich drein. »Sie ist auch eine Auster. Aber Mrs. Porson, seine Putzfrau, ist ein ganz anderer Typ. Sie hilft gelegentlich bei Gussie aus, und sie redet ohne Punkt und Komma. Einmal, als Elf dort unten war, erzählte sie ihr umwerfende Einzelheiten über einen Fall, der... Nun, das tut nichts zur Sache. Aber da sie diese Einzelheiten nur hatte erfahren können, indem sie sich unbefugt an Henrys Korrespondenz zu schaffen machte, müssen wir wohl akzeptieren, daß es eine undichte Stelle gegeben haben mag. Tatsächlich muß es eine gegeben haben! Meiner Meinung nach sollte deshalb unser nächster Schritt sein, daß wir Scotland Yard benachrichtigen. Ich werde den Brief gleich nach dem Lunch schreiben und dafür sorgen, daß er durch Vermittlung des Vertreters Großbritanniens befördert wird. Ich bringe ihn selbst zu ihm und bitte ihn, mir einen persönlichen Gefallen zu tun und ihn mit dem nächsten Diplomaten-Postsack abzusenden. Sie müssen einen haben. Gott sei Dank kenne ich den Londoner Polizeichef persönlich. Das mag uns von Nutzen sein. Wenn er die hiesigen Polizisten auf uns hetzen will, soll er es tun. Aber da es mindestens drei und möglicherweise vier Tage dauert, bis er den Brief erhält, haben wir Zeit genug festzustellen, ob etwas Wahres an diesem phantastischen Seemannsgarn über den verlorenen Schatz ist. Wo ist der Schlüssel, Dany? Gib ihn mir.«

»Es ist ja kein Schlüssel«, antwortete Dany. »Zumindest kein gewöhnlicher – kein metallener. Das hätte ich durch den Umschlag gefühlt. Ich glaube, es ist nur ein zusammengefaltetes Stück Papier.«

»Wahrscheinlich eine Landkarte«, meinte Tyson.

»Oder verschlüsselte Hinweise wie bei einem Kreuzworträtsel!« Lorraine errötete so bezaubernd wie ein aufgeregtes Kind.

Lash dämpfte die Begeisterung. »Viel eher ist es ein konfuses Abrakadabra in der Art: *Gehe von der Hintertür von Ali Babas Haus fünfzig Schritte genau nach Süden, und wenn du den dürren Feigenbaum erreichst, warte, bis die Sonne darüber steht, und grabe da, wo der Schatten des Feigenbaums auf den Graben trifft.* Ein faszinierendes Dokument, das nicht berücksichtigt, daß Ali Babas Haus inzwischen abgerissen und von einer Fischleim-Fabrik ersetzt worden ist, der dürre Feigenbaum schon vor siebzig Jahren von der Bildfläche verschwand und irgendwer den Graben im Zuge eines Entwässerungsprogramms trockengelegt hat! So etwas hat uns gerade noch gefehlt.«

Lorraines Begeisterung blieb ungeschwächt. »Der Schatz wäre trotzdem noch da – irgendwo! Oh, Tyson, denk doch nur, wenn die Geschichte sich als wahr herausstellen sollte! Es ist so spannend! Ob es Juwelen sind? Wahrscheinlich. Smaragdschnitzereien und Taubenblut-Rubine und Dolche mit diamantbesetzten Heften und viele, viele Stränge Perlen. Wundervoll!«

»Das hängt davon ab, wie Emory und sein fürstlicher Kumpel die Beute geteilt haben.« Tyson leerte sein Glas. »Aber da er ein Bürger war, auf dem sich anscheinend bemerkenswert wenige Fliegen ausgeruht haben, wette ich, daß er auf Nummer Sicher gesetzt und das Gold genommen hat. Vorausgesetzt natürlich, daß er überhaupt etwas genommen hat und das Ganze nicht ein Streich des alten Sünders ist, den er seinen Nachkommen spielt. So etwas würde ich ihm zutrauen.«

»O nein, Darling«, protestierte Lorraine. »Das will ich nicht glauben. Es muß wahr sein. Ich will, daß es wahr ist. Wir werden das Kreuzworträtsel lösen und uns des Nachts mit Spaten hinausschleichen und viele, viele Eimer Gold ausgraben.«

»Und uns im hiesigen Gefängnis wiederfinden, weil wir versucht haben, etwas zu stehlen, das zweifellos Eigentum des Sultans von Sansibar ist«, sagte Lash, der Spaßverderber.

»Ah, darin irrst du dich, Junge.« Tyson wuchtete sich aus seinem Sessel und holte sich noch einen Drink. »Großvater Emory ist schließlich nicht durch Betrug an den Schatz gekommen. Seine Hälfte war ein

Geschenk als Dank für geleistete Dienste. Und das wurde ordnungsgemäß attestiert. Es ist ein Dokument vorhanden, das es beweist. Es steckte hinten im Einband, und ein schöner deutlicher Daumenabdruck sowie Siegel und Unterschrift des Schenkers sind beigefügt. Noch heute würde ein Gerichtshof es anerkennen. Doch wir haben das Ding noch nicht. Wo ist Honeywoods Brief, Dany?«

»In meiner Manteltasche.« Dany lächelte schwach. »Es schien mir der sicherste Ort zu sein, und ich habe ihn festgesteckt, damit er nicht gestohlen werden konnte.«

Sie hatte den Kamelhaarmantel mit ins Gästehaus genommen und über eine Stuhllehne gehängt. Jetzt griff sie nach ihm, und nach kurzem Kampf mit der Sicherheitsnadel zog sie ein zusammengefaltetes Chiffontuch heraus, in das ein kleiner gelber Umschlag mit fünf Ziffern und drei Buchstaben, geschrieben in verblaßter Tinte, gewickelt war.

Danys Finger fühlten es. Mit aufgerissenen Augen starrte sie den Umschlag an. Entsetzen und Ungläubigkeit zeichneten sich auf ihrem Gesicht ab. Dann drehte sie ihn schnell um.

Das schwere Siegel, das die Klappe geschlossen hatte, war erbrochen, und der Umschlag war leer.

11

»Es ist widersinnig!« brüllte Tyson zum vierten, wenn nicht schon zum fünften Mal. »Es ist einfach unmöglich!«

»Oh, Darling«, jammerte Lorraine, »sag das nicht immer wieder und wieder. Außerdem ist es so dumm! Wie kann es unmöglich sein, wenn es geschehen ist?«

»Es kann nicht geschehen sein, darum! Jedenfalls nicht so, wie Dany sagt. Du kannst selbst sehen, wie dies Stückchen Stoff zusammengefaltet und festgesteckt war. Ich sage dir, es war keinem Menschen möglich – falls er nicht in einem Astralkörper steckte! –, das zu tun, wenn Dany den Mantel nicht wenigstens fünf Minuten lang ohne Aufsicht gelassen hat. Zum Donnerwetter noch mal, ich habe es versucht! Und du hast mir zugesehen. Niemand konnte das Päckchen von dem Futter lösen, es herausnehmen, den Umschlag öffnen, den

Brief entfernen und das ganze Ding genauso wieder anbringen, wie er es vorgefunden hat, ganz unten in einer tiefen Schubtasche. Nicht einmal Houdini! Dany muß den Mantel unbeaufsichtigt gelassen haben.«

»Habe ich aber nicht«, widersprach Dany, den Tränen nahe. »Der Umschlag hat für den Rest der Nacht unter meinem Kopfkissen gelegen, und er war völlig in Ordnung, als ich ihn heute morgen in das Tuch wickelte. Das Siegel war nicht berührt worden. Das weiß ich genau. Ich hätte es sofort gefühlt, wenn der Umschlag leer gewesen wäre. Wie ich es vorhin auch gleich gefühlt habe.«

Tyson fragte: »Hast du dich nicht gewaschen? Oder ein Bad genommen?«

»Natürlich, aber –«

»Und du hast den Umschlag mit dir genommen?«

»Nein, aber –«

»Da haben wir's! Es muß jemand ins Zimmer gekommen sein.«

Lorraine klagte: »Tyson, Darling, unterbrich das Kind doch nicht immer. Laß sie doch ihre Sätze zu Ende sprechen.«

»Lash war da«, gestand Dany. »Er hat sich angezogen, während ich ein Bad nahm.«

»Das hört sich alles sehr intim und häuslich an«, knurrte Tyson.

Lash erklärte liebenswürdig: »Das war es auch. Allerdings ging es nicht anders, wie ich bereits dargelegt habe. Aber wenn du noch weitere derartige Bemerkungen losläßt, wirst du feststellen, daß das Leben einem Film noch mehr gleicht, als du angenommen hast.«

»Soll das heißen, daß du mich niederschlagen willst?« erkundigte sich Tyson. »Das schaffst du nicht, Junge.«

»Ein Versuch wäre für mich das höchste Vergnügen«, fuhr Lash ihn an.

»Das glaube ich gern. Aber ich habe nicht die Absicht, den Söhnen meiner College-Freunde zu erlauben, mich als Punchingball zu benutzen, um ihren Spleen abzureagieren.«

»Dann hör auf, das Kind einzuschüchtern!« verlangte Lash.

»Siehst du denn nicht, daß sie am Ende ihrer Kraft ist? Laß sie in Frieden, ja?«

Tyson sah ihn mit schiefgelegtem Kopf an und meinte sinnend: »Ich erinnere mich noch gut, wie deine Tante Maimie dich einmal beschrieben hat, und zwar zweifellos richtig. Du seist ein Schurke, der eine durchschnittliche Frau so mühelos herumbekommt wie ein Heiratsschwindler, der sich bei einer frustrierten alten Jungfer aus einer

Kleinstadt an die Arbeit macht. Das war, als du Ärger wegen der van-Hoyden-Tochter hattest – oder waren es die Töchter? Also spiel uns nicht den Sir Galahad, Junge! Hast du dich tatsächlich die ganze Zeit, die Dany im Badezimmer war, in dieser Suite aufgehalten?«

»Ja.«

»Wußtest du, wo der Brief war?«

»Ja. Willst du vielleicht andeuten, daß ich ihn genommen haben könnte?«

»Bah! Du gehst mir auf die Nerven«, sagte Tyson wütend. »Bist du ganz sicher, daß niemand anders während dieser Zeitspanne ins Zimmer kam? Kein Hotelangestellter zum Beispiel?«

»Keiner. Ich wiederhole: keiner.«

Tyson wandte sich wieder Dany zu. »Wie ich annehme, ist er nicht im Zimmer geblieben, als du dich angezogen hast?«

Dany stieg das Blut ins Gesicht. »Nein. Er war unten beim Frühstück.«

»Und es ist niemand anders hereingekommen?«

»Nein. Ich hatte beide Türen abgeschlossen. Und als ich zum Frühstück ging, nahm ich den Mantel mit mir, und seitdem habe ich ihn niemals aus der Hand gelassen, bis ich hier eintrat und ihn über die Stuhllehne da legte. Niemand konnte den Brief wegnehmen. Niemand außer mir selbst und Lash. Es ist nicht möglich!«

»Hast du ihn genommen?«

Sofort trat Lash einen Schritt vor, und Tyson sagte: »Laß sie selbst antworten, Junge! Nun, Dany?«

Dany sah ihren Stiefvater an, die Wangen gerötet und die Augen groß und blitzend. »Du bist der widerlichste, eingebildetste, egoistischste, unmöglichste Mann, den ich je gesehen habe, und ich bereue, daß ich hergekommen bin!«

»Ja, das ist er.« Lorraine schenkte ihrem Mann einen zärtlichen Blick. »Ich erinnere mich, daß ich am ersten Tag unserer Bekanntschaft das gleiche zu ihm sagte. Und er wird immer schlimmer. Aber, Baby, du hast den Brief doch wirklich nicht genommen?«

Dany fuhr zu ihr herum. Ihr Zorn wich der Verzweiflung. »Mutter, du kannst doch nicht glauben –«

»Darling«, stöhnte Lorraine, »wie oft habe ich dich schon gebeten, mich nicht so zu nennen? Ich komme mir dabei vor, als sei ich hundert Jahre alt! Nein, natürlich glaube ich nicht, daß du den Brief gestohlen hast oder so etwas – und von Lash glaube ich es auch nicht. Du hättest aber denken können – wo doch der Mord passiert ist und alles so scheußlich für dich war –, am besten wäre es, wenn du ihn einfach zerreißen würdest und das gräßliche Ding loswärst.«

»Nicht im Traum ist mir so etwas eingefallen! Und jetzt hat ihn jemand anders.«

»Meinen Sie mich?« fragte Lash.

»Warum müssen Sie so etwas sagen?« beklagte sich Dany. »Sie wissen genau, daß ich nichts dergleichen gemeint habe!«

»Eben haben Sie noch gesagt, nur Sie und ich hätten eine Möglichkeit gehabt, den Brief zu nehmen. Und wenn Sie es nicht waren, bleibe ich allein übrig. Oder kann ich nicht mehr rechnen?«

»Schüchtere das Mädchen nicht ein!« dröhnte Tyson. »Siehst du nicht, daß sie am Ende ihrer Kraft ist? Laß sie in Ruhe, ja?«

Lash lachte und hob die Hand in der Geste eines Fechters, der zugibt, getroffen worden zu sein. »*Touché!* Entschuldigen Sie, Dany. Ja, und was tun wir jetzt?«

»Essen«, erklärte Lorraine fest und stand auf. »Es muß fast ein Uhr sein, und die anderen fragen sich bestimmt, was in aller Welt mit uns passiert ist, und dabei werden sie immer hungriger. Komm, Darling, sehen wir nach, was sie treiben. Und Dany wird sich waschen wollen.«

»Einen Augenblick«, hielt Tyson sie zurück. »Stellen wir das erst einmal ganz klar. Wenn wir die Theorie unterschreiben, daß die Person, die hinter dem Brief her war, sich in dem Flugzeug von London nach Nairobi befand, dann folgt daraus, daß derjenige, der den Brief jetzt besitzt, heute morgen die Maschine von Nairobi nach Sansibar bestiegen hat. Habe ich recht?«

Lash erwiderte: »Das könnte man tatsächlich glauben, wäre da nicht eine Kleinigkeit, die die ganze Sache *ad absurdum* führt.«

»Und das wäre?«

»Was, zum Teufel, nützen einem drei Millionen – oder auch dreihundert Millionen –, wenn man sie nicht von der Insel wegbringen kann? Das ist vielleicht für dich oder jemand anders, der hier lebt, okay. Aber wie soll ein anderer es anfangen, den Schatz zu transportieren? Stellen wir uns einmal vor, ich wäre es, ich, Lashmer J. Holden junior. Was tue ich mit ein paar Zentner Gold? Packe ich es in meine Koffer und schmuggele es durch den Zoll?«

»Denk mal nach, Junge!« ereiferte sich Tyson. »Meinst du wirklich, ein Mensch, der hinter soviel Geld her und bereit ist zu morden, um es zu bekommen, hat das nicht lange im voraus geregelt? Großer Gott, es gibt heutzutage Dutzende von Möglichkeiten, illegal ein- und auszureisen, wenn du Geld hinter dir hast – oder die Aussicht auf Geld. Und kläffe jetzt nicht: ›Das ist nicht möglich!‹ Natürlich ist es möglich! Was soll dich daran hindern, eines schönen Abends zum Segeln oder Fischen hinauszufahren und eine Meile vor der Küste in eine Dhau oder ein Motorboot umzusteigen? Oder eine Privat-Jacht? – Verdammt noch mal, dein eigener Vater besitzt eine! Es gibt Hunderte von Meilen leerer Küste und kleine Buchten und Strände, wo du in dunkler Nacht abgesetzt und von einem Flugzeug aufgenommen werden könntest. Herr des Himmels, dies ist das Zeitalter der Luftfahrt! Flugzeuge haben jede Menge Landefläche in Afrika! Du wärst nicht deines Vaters Sohn, wenn du nicht fähig wärst, einen Fluchtplan auszuarbeiten, und wir können sicher sein, daß irgend jemand einen ausgearbeitet hat. Die Frage ist, wer?«

Lash zuckte die Schultern. »Jemand, der auf beiden Flügen dabei war. Ich habe die Namen nachgeprüft. Abgesehen von deinen Gästen waren es nur noch zwei. Dieser Reporter, zu dem du vor dem Flughafen so charmant warst –«

»Was für ein Reporter?« unterbrach Tyson und setzte sich mit einem Ruck gerade. »Ich erinnere mich an keinen... Doch, natürlich! Irgendein blöder Kerl mit einem Panama-Hut, der fragte, ob er mich aufsuchen dürfe. War er in der Londoner Maschine?«

»Das habe ich dir gerade gesagt. Und er wohnte in Nairobi im gleichen Hotel wie wir.«

»Ach ja?« Tyson überlegte. »Vielleicht hätte ich ihn nicht so rasch abwimmeln sollen. Nun, das läßt sich wieder gutmachen. Da es nur ein Hotel in dieser schönen Stadt gibt, wissen wir, wo er ist. Lorraine, würdest du bitte im Hotel anrufen und nach..., wie war gleich sein verdammter Name?«

»Dowling«, informierte Dany ihn. »Larry Dowling.«

»– nach Mr. Dowling fragen? Und wenn du ihn am Apparat hast, sag ihm bitte, ich wäre entzückt, ihm ein Interview zu gewähren, und ob es ihm angenehm wäre, bei uns zu wohnen. Lauf, erledige es gleich.«

»Aber Tyson –!« Lorraine riß ihre enzianblauen Augen auf. »Das können wir nicht tun. Darling, ein Reporter!«

»Er ist kein Reporter«, sagte Dany, doch sie wurde ignoriert.

»Die ganze Geschichte wird in allen Zeitungen auf der Titelseite stehen, ehe wir wissen, wie uns geschieht«, jammerte Lorraine. »Denk an

Dany... und uns alle. Denk doch nach!«

»Ich denke«, knurrte Tyson ungeduldig. »Und ich scheine der einzige zu sein, der des Denkens fähig ist. Es ist viel sicherer, alle Verdächtigen unter einem Dach beisammen zu haben.«

»Natürlich mit einem Auge auf das teure Unterpfand«, bemerkte Lash.

»Wenn das sarkastisch gemeint war, Junge, mußt du dir etwas Besseres einfallen lassen. Natürlich mit einem Auge auf das teure Unterpfand. Für was hältst du mich?«

Lorraines Hände vollführten die typische flatternde Geste. »Ich verstehe das nicht. Ich verstehe überhaupt nichts.«

»Er meint«, übersetzte Lash, »daß einer aus einem ziemlich beschränkten Kreis von Verdächtigen sich kürzlich den Schlüssel zu Großpapas Bankgewölbe angeeignet hat. Deshalb ist es eine recht gute Idee, sie alle hier zu versammeln, wo er sie beobachten kann. Der erste, der dabei erwischt wird, wie er sich einen Spaten ausleiht und hinausschleicht, um ein bißchen zu graben, ist es gewesen. Kapiert?«

»Aber natürlich!« rief Lorraine glücklich aus. »Tyson, wie klug von dir! Ich will diesen Mr. Dowling sofort anrufen.«

»Tu das«, erwiderte Tyson. »Geh schon. Nein, warte einen Augenblick. Es waren zwei weitere Passagiere. Hast du nicht von zweien gesprochen?«

»›Waren‹ ist richtig«, erklärte Lash. »Jetzt gibt es nur noch einen.«

»Was willst du damit sagen?«

»Der andere war ein Araber. Ein helles Licht in der hiesigen Sansibar-für-Mutter-Rußland-Bewegung, glaube ich. Ein gewisser Salim Abeid.«

»Oh, Jembe – ›der dünne Mann‹.«

»Genau der ist es. Oder richtiger, der war es.«

»Was meinst du damit?« fragte Tyson scharf.

»Ich meine, daß er tot ist. Er starb ziemlich plötzlich heute morgen auf dem Flughafen von Mombasa, weswegen unser Flugzeug zurückgehalten wurde. Ich dachte, vielleicht habe man euch darüber informiert, denn ihr müßt eine ganze Weile auf uns gewartet haben.«

»*Tot?*« Tysons Donnerstimme war fast zum Flüstern geworden. »Da soll doch... Woran ist er gestorben?«

»Das hat man uns nicht gesagt. Er ging mit uns übrigen vom Flugzeug in den Warteraum und sah ganz gesund aus. Als wir zur Maschine zurückgeschickt wurden, tauchte er nicht wieder auf. Wir durften nicht starten, und es gab einige Aufregung. Erst erzählte uns die Stewardeß, er sei krank geworden. Dann erschien eine Gruppe aus Polizisten und Flughafen-Angestellten und sah sich unsere Pässe und Visa noch einmal an und, soviel ich weiß, bekamen sie dabei auch unsere Fingerabdrücke. Sie wollten unbedingt wissen, wo wir in den nächsten paar Tagen zu erreichen seien.«

»Welchen Zweck verfolgten sie deiner Meinung nach damit?«

»Das kannst du ebenso gut erraten wie ich«, sagte Lash trocken.

Lorraines Blick wanderte ängstlich von Lashs Gesicht zu dem ihres Mannes. Sie kam von der Tür zurück und umklammerte Tysons Arm. In ihrer hellen, schwebenden Stimme klang plötzlich eine Spur von Panik mit. »Was erraten, Tyson? Was meint er? Was deutet ihr beide an?«

»Nichts«, antwortete Tyson brüsk. »Nur daß Jembe eine Menge politischer Feinde hatte. Wir brauchen gar nicht erst damit anzufangen, uns Einbrecher unter jedem verdammten Bett der Insel vorzustellen. Und wahrscheinlich ist er sowieso an Herzversagen gestorben.«

»Das ist so gut wie sicher«, stellte Lash gemütlich fest. »Wenige von uns sterben an einer anderen Ursache.«

»Sei ruhig, Junge!« brüllte Tyson. »Kinder soll man sehen, aber nicht hören! Es ist alles in Ordnung, Lorraine. Du läufst jetzt und rufst diesen höllischen Reporter an. Und sei nett zu ihm.«

Lorraine seufzte. Ihre Muskeln entspannten sich. »Ich bin immer nett zu den Leuten, Darling.«

Sie wandte sich von ihm ab und richtete ein bittendes Lächeln auf Lash. »Ich hoffe sehr, es macht Ihnen nichts aus, ganz allein im Gästehaus zu wohnen, Lash?«

»Warum sollte mir das was ausmachen? Es ist bezaubernd.«

»Das ist nett von Ihnen! Ich fürchtete, Sie wären sauer deswegen. In so eine Art von Flitterwochen-Häuschen gesteckt zu werden, wenn...«

»Oh, nicht schon wieder!« ächzte Lash. »Einmal war genug. Ich nehme an, dies ist das traute kleine Versteck, das Sie für die Neuvermählten hergerichtet haben, nicht wahr? Nun, das war ein netter Einfall, und ich habe gar keine Skrupel, davon zu profitieren – vorausgesetzt, daß man mir erlaubt, es strikt solo zu tun. Sie brauchen sich keine Gedanken zu machen. Es war ja nicht Ihre Schuld.«

»Doch. Das ist ja das Schreckliche«, gestand Lorraine mit tragischem Ausdruck. »Meinem Empfinden nach ist es ganz und gar meine Schuld. Elf hat mir geschrieben, wissen Sie. Unglücklicherweise hatte ich Eddie – Eduardo – gebeten, bei Elf vorzusprechen, wenn er nach London komme, denn er hatte die Absicht geäußert, uns hier unten wieder einmal zu besuchen, und ich dachte, es wäre für beide recht nett, sich zu kennen. Natürlich hätte ich mir nie träumen lassen... Aber ich rechne nicht damit, daß etwas daraus wird. Elf fängt vieles an, aus dem nichts wird, wissen Sie. Sie ist so flatterhaft offenherzig und unverantwortlich, und sie meint es sicher nie böse. Sie ist wie ein süßes, verwöhntes Kind, das nach den Dingen greift und sie wieder fallenläßt.«

Lorraine illustrierte das mit einer anmutigen, ausdrucksvollen Geste, und Lash zuckte zusammen. »Ich verstehe.«

»Oh, aber ich habe nicht Sie gemeint, Lash!« Lorraine riß entsetzt die Augen auf. »Ich meinte Eddie. Er ist nichts als ein neues Spielzeug. Und eine Neuheit außerdem. Aber wenn das vorbei ist, wird alles wieder in Ordnung kommen, nicht wahr?«

»Sicher«, sagte Lash bitter. »Und könnten wir jetzt, wenn es Ihnen nichts ausmacht, die ganze Frage meines Liebeslebens von der Tagesordnung streichen? Ich ziehe Mord vor.«

»Ja, natürlich, mein Lieber«, pflichtete Lorraine ihm hastig bei. »Ich habe so viel Mitgefühl für Sie. Und ich bin überzeugt, es wird sich alles wieder zurechtlaufen. Komm, Dany, Darling, machen wir uns hübsch. Und du wirst doch diese schrecklichen Ponyfransen beseitigen, Süßes?«

»Nein, sie bleiben!« erklärte Tyson unerwartet. »Hier, Dany...« Er nahm die weggelegte Brille und setzte sie ihr fest auf die Nase. »Es tut mir leid, wenn es deiner Mutter Kummer macht und der Marine der Vereinigten Staaten nicht gefällt, aber mir scheint, du trägst die Verkleidung weiter und bleibst für die nächsten paar Tage Miss Kitchell. Es wird uns eine Menge Erklärungen sparen. Und je weniger wir erklären müssen, wenn dieser Schreiberling einmal im Haus ist, desto besser.«

»Willst du ihn tatsächlich hier einlogieren?« erkundigte sich Lash.

»Gewiß«, knurrte Tyson gereizt. »Hast du was dagegen?«

»Überhaupt nichts. Es ist deine Beerdigung. Doch mich dünkt, du hast etwas übersehen. Wenn du diesen Dowling importierst, kannst du zwar aufpassen, daß er Großpapas Dollars nicht ausgräbt. Aber wenn er statt dessen etwas von diesem Schmutz ausgräbt, wie willst du ihn daran hindern, daß er ihn in der gesamten Presse ausbreitet?«

»Ich werde ihn ermorden!« erklärte Tyson knapp. »Und jetzt wollen wir endlich ins Haus gehen und essen.«

12

Das Haus des Schattens erhob sich zwei Stockwerke hoch auf einer breiten Steinterrasse, zu der vom Garten her in regelmäßigen Abständen angebrachte kurze Treppen hinaufführten. Jedes der Stockwerke hatte eine andere Höhe, denn das Erdgeschoß hatte einmal als Kolonnade den offenen Innenhof begrenzt, um den das Haus gebaut war, und die Räume im ersten Stock waren groß und lang gewesen und jetzt noch ungewöhnlich hoch. Tysons Vater – der eine Manie für Verbesserungen hatte – war auf die Idee gekommen, sie in Schlaf-, Bade- und Ankleidezimmer zu teilen.

Im Verleich dazu erschien der oberste Stock ungewöhnlich niedrig, und in den Zimmern war es heißer als in den darunterliegenden, denn die Sonne bestrahlte das flache Dach, und der Schatten der Bäume erreichte sie nicht. Wohl aber der Wind, und bei Nacht waren sie kühl.

Im Hof war ein Seerosenteich, wo lethargische Goldfische sich im Schatten grüner Blätter hielten. Auf jedem Stock lagen vor den Zimmern Säulenveranden, die etwas an einen Patio in Sevilla erinnerten. Eigentümliche Wendeltreppen mit niedrigen, unproportioniert breiten Stufen stiegen aus allen vier Ecken des Hofs innerhalb der Veranden auf und führten von einem Stockwerk zum anderen. Ihre schweren Geländer aus Schmiedeeisen zeigten ein seltsames geometrisches Muster. Es wirkte gefährlich, daß die Treppen nur von Mauervorsprüngen getragen wurden, die in die dicken Wände eingebaut waren, ein Beweis dafür, daß ein längst toter arabischer Baumeister sein Handwerk ebenso gut beherrscht hatte wie Adams oder John Nash.

An der Ecke jeder Veranda standen Steinschalen, gefüllt mit süß duftenden Schlingpflanzen und Blütensträuchern, zwischen den hohen Stützpfeilern, und erweckten den bezaubernden Eindruck hängender Gärten. Von außen sah das Haus allerdings weit weniger dekorativ und ungewöhnlich aus. Da war es nur ein viereckiges, weißes, sehr hohes Gebäude mit flachem Dach, das eine Brüstung und Reihen grüngestrichener Fensterläden hatte.

Es geschah irgendwann am Nachmittag, kurze Zeit bevor Tyson wegging, um dem Vertreter Großbritanniens einen Brief zu bringen, daß Mr. Cardew, der Polizei-Superintendent der Sansibar-Division, im Haus des Schattens vorsprach.

Sein Wagen hatte bei der Ankunft wie bei der Abfahrt auf dem weißen Korallenstaub der palmengesäumten Zufahrt so wenig Geräusch gemacht, daß keiner der im Haus Anwesenden ihn hörte, und gesehen hatten ihn nur Tyson, ein Somali-Diener, ein verschlafener Gärtnerbursche und eine Katze, die auf der Mauer gegenüber dem Haupteingang döste.

Er war nicht einmal eine Viertelstunde geblieben, und erst viel später, als es schon dunkel geworden war und die Hausgäste bei Kerzenschein im Speisesaal um den Tsich saßen, erwähnte Tyson den Besuch des Superintendenten.

Das Eßzimmer in *Kivulimi* war ein langer, schmaler Raum mit einer Reihe von Bogen an der einen Längsseite. Sie waren früher offen gewesen, doch Tysons Vater Aubrey hatte sie in Fenstertüren umwandeln lassen. Heute abend standen sie weit offen. Sie ließen einen berauschenden Blütenduft ein und lockten Nachtfalter und andere Insekten in den Feuertod durch die Kerzenflammen. Von ihrem Platz zwischen Nigel Ponting und Larry Dowling konnte Dany in den Garten hinaussehen, wo Baumschatten und Mondlicht ein kompliziertes Mosaik bildeten, auf das Gold aus den erleuchteten Fenstern fiel.

Sie hatte viel Muße, den Anblick zu genießen, denn Lorraine hielt Larry Dowling der Sicherheit wegen in einer Unterhaltung fest, während Nigel leidenschaftlich ein Meisterwerk der modernen Kunst verteidigte, das kürzlich für die Nation angekauft worden war. Er ließ sich auch nicht von Gussie Bingham beirren, die das eine schockierende Verschwendung der Steuergelder nannte (womit sie ihr eigenes meinte). Man könne das Bild nicht von einer Pfütze vergossener Tinte und einer zerquetschten Tomate unterscheiden – was billiger gekommen wäre.

Larry Dowling war kurz nach dem Lunch in einem Taxi eingetroffen. Zu ihrer eigenen Überraschung hatte Dany festgestellt, daß sie sich nicht nur freute, ihn zu sehen, sondern auch mehr als nur ein bißchen erleichtert war. Sie wußte, das war dumm von ihr, denn Larrys Beruf machte ihn zu einer Gefahr für sie alle. Aber aus irgendeinem unbestimmten Grund fühlte sie sich sicherer und weniger angespannt, seit er in Reichweite war. Larry, dachte sie, würde einen nie im Stich lassen.

Lash Holden hatte Mr. Dowling mit deutlichem Mangel an Begeisterung begrüßt und das Taxi gleich beschlagnahmt, um damit zurück zum Flughafen zu fahren und sich dort zu erkundigen, ob er am morgigen Tag einen Platz in einer Maschine nach Nairobi bekommen könne. Er kam erst um halb fünf zurück. Lorraines Gäste hatten sich auf der schattigen Terrasse vor den Fenstern des Wohnzimmers zum Tee versammelt. Aber er gesellte sich erst später zu ihnen, als sie an den Strand hinuntergingen. Man erkundete die Meeresküste, stieß verwunderte Rufe über die merkwürdigen, vom Wind abgeschliffenen Formen der Korallenfelsen aus und sah zu, wie die Sonne in rosenfarbener Pracht unterging.

Mit Dany hatte Lash nicht gesprochen, ja, es hatte ganz so ausgesehen, als weiche er ihr aus. Nun saß er ihr an dem kerzengeschmückten Tisch gegenüber, und sie fragte sich, ob sie ihn jemals wiedersehen werde. Wahrscheinlich könnte ich jederzeit einen Job in Amerika bekommen, dachte sie. Tyson oder Lorraine würden es vermitteln; sie haben massenhaft Freunde dort, und Lashs Vater ist Tysons bester Freund. Dann sähe ich ihn wieder. Nur wenn Mrs. Gordon zu dem Schluß kommt, daß sie ihn doch lieber mag als Eduardo...

Danys Blick wanderte weiter zu Amalfi, die sich charmant mit Tyson unterhielt und mit Eduardo auf hübsche Art schmollte. Dany wurde das Herz schwer. Sie wußte, daß sie sich ihres Aussehens wegen nicht beklagen konnte, denn sie hatte es von ihrem Vater geerbt, der ein auffallend schöner Mann gewesen war. Aber Ada Kitchells unglückliche Frisur stand ihr nicht, und Ada Kitchells Brille auch nicht. Beides zusammen verwandelte sie von einer reizenden jungen Dame in ein unscheinbares Mädchen, und daran änderte nicht einmal das Kleid etwas, das sie sorgfältig ausgewählt hatte. Und dabei hatte sie es früher einmal hinreißend gefunden. Es war kurz und rauchgrau, der weite Rock mit zwei großen Taschen besetzt, die weiße Magnolien als Applikationen trugen. Ihre Taille erschien noch schlanker, als sie ohnehin schon war. Dany war von dem Kleid bezaubert gewesen, als sie es kaufte, doch jetzt wirkte es nichts weiter als schlicht und, wie Tante Harriet gesagt hätte, »passend für ein junges Mädchen«.

Amalfi, die alles andere als schlicht aussah, trug blaßgoldenen Chiffon, der genau zu ihrem blaßgoldenen Haar paßte, und als Schmuck eine antike Topas-Garnitur in Goldfiligran-Fassung. Die Farbe schmeichelte ihren meergrünen Nixenaugen, die sie gerade mit betäubender Wirkung auf Tyson richtete.

Ich verstehe nicht, wie Mutter das aushält! dachte Dany grollend. Sie sah zu Lorraine hin, und schon war ihre Frage beantwortet.

Lorraine war in einer zarten Schöpfung aus spinnwebfeiner schwarzer Spitze mit Diamanten, die eine funkelnde Erinnerung an die kurze Herrschaft von Dwight P. Cleethorpe waren, auf ihre eigene und völlig andere Art ebenso hinreißend wie Amalfi. Und sie goß ihren ganzen Charme über Larry Dowling aus, der ebenso betäubt wirkte wie Tyson.

Sie können einfach nicht anders, dachte Dany deprimiert und mit dem Gefühl, beklagenswert linkisch zu sein. Sie sind mit Charme geboren. Sie drehen ihn auf wie einen Wasserhahn, und meistens hat das überhaupt nichts zu bedeuten. Sie können nicht umhin, ihn zu benutzen, ebenso wie Millicent Bates nicht umhin kann, Millicent Bates zu sein.

Millicent saß ihr gegenüber zwischen Lash und Eduardo di Chiago. Für Miss Bates bedeutete »Umziehen fürs Dinner« ein langes Kleid, und sie trug eins. Ein zeitloses Kleidungsstück aus solidem, blauem Marocain, das der Frivolität keine Zugeständnisse machte und ihre flachbrüstige Figur mit den eckigen Schultern nicht verschönerte. Sie hielt Lash, in ihren Augen ein unwissender Bewohner einer britischen Kolonie, einen Vortrag über die Vorzüge eines nationalen Gesundheitssystems. Doch mittendrin wurde sie von Tyson unterbrochen, der endlich auf den nachmittäglichen Besuch des Superintendenten der Polizei von Sansibar zu sprechen kam. Seine Stimme dröhnte über die ganze Tafel hin und beendete erfolgreich eine Abhandlung über betrügerische Ausländer, die sich kostenlos falsche Zähne zu verschaffen trachteten.

»Übrigens, Lash, was deine Reservierung für die morgige Maschine betrifft, so fürchte ich, du wirst...«

Amalfi fuhr dazwischen: »Was für eine Reservierung? Lash, du reist doch nicht ab? Du bist ja gerade erst angekommen! Darling, sei nicht albern!«

Nigel gab sein kleines kicherndes Lachen von sich. »Das ist die amerikanische Hektik. Heute hier und morgen wieder fort! So richtig aufreibend.«

»Im Gegenteil«, erklärte Lash scharf. »Es ist ein gutausgebildeter Selbsterhaltungstrieb.«

»Darling, so gefährlich bin ich doch nicht«, flötete Amalfi. »Hast du Angst vor mir?«

»Schreckliche Angst!« gab Lash prompt zurück. »Aber abgesehen davon, die geschäftliche Seite dieser Reise kann in einer halben Stunde erledigt werden, vorausgesetzt, unser Gastgeber sitzt solange still. Deshalb fühle ich mich nicht berechtigt, zuviel Zeit mit Faulenzen zu verschwenden, so angenehm das auch sein mag. Ich habe eine Menge Verpflichtungen.«

Mrs. Bingham meinte: »Arme Miss Kitchell! Und ich bin sicher, Sie haben sich so darauf gefreut, etwas von Sansibar zu sehen. Was für ein Sklaventreiber Ihr Mr. Holden ist!«

Sie strahlte Dany mitfühlend an, und Lash verschlug es für einen Moment die Sprache. Daran hatte er überhaupt nicht gedacht! Wenn Dany weiterhin seine Sekretärin spielen sollte, konnte er nicht ohne sie abreisen. Und auch nicht mit ihr.

Verdammt! dachte Mr. Holden mit stiller, konzentrierter Bitterkeit. Und da kam ihm eine Erleuchtung. Er erhob sich halb und verbeugte sich vor Mrs. Bingham. »Madam, Sie beschämen mich. Sie haben vollkommen recht. Ich bin ein Sklaventreiber, und Miss Kitchell braucht unbedingt Erholung. Und sie wird sie bekommen, denn zufällig benötige ich sie die nächste Woche nicht, und sie wird hierbleiben, schöne lange Ferien genießen und später wieder mit mir zusammentreffen, wenn ich in die Staaten zurückkehre.«

Und jetzt, dachte Lash mit einiger Befriedigung, versucht einmal, dies Arrangement zu torpedieren!

Tyson torpedierte es.

»Es sieht ganz so aus«, stellte er fest, »als würdest du diese Ferien hier mit Miss Kitchell zusammen verbringen, mein Junge.«

»O nein, das werde ich nicht«, begann Lash entschlossen. »Ich beabsichtige...«

Tyson sagte ärgerlich: »Wollt ihr alle wohl die Güte haben, mich nicht dauernd zu unterbrechen, sobald ich den Mund aufmache? Dann kann ich ja wohl fortfahren... Danke! Wegen dieser Reservierung. Ich fürchte, du wirst sie annullieren müssen, Junge. Tatsächlich habe ich es in deinem Namen bereits getan. Die Polizei verlangt, daß alle Anwesenden einen oder zwei Tage lang an Ort und Stelle bleiben.«

»Die Polizei?« Amalfi ließ ihr Glas fallen. Es zersplitterte, und Rotwein ergoß sich über den Tisch. »Was für eine Polizei? Warum?«

»Josh Cardew. Er war heute nachmittag hier. Er sagt, es sei nur eine Routine-Angelegenheit, aber seine Dienststelle sei aufgefordert worden, jede Person zu überprüfen, die heute morgen mit der Maschine Nairobi-Sansibar eingetroffen ist, und besonders diejenigen, die zuvor von London nach Nairobi geflogen sind. Deshalb wäre es eine Hilfe, wenn alle ein bißchen bleiben würden. Es geht um diesen Jembe.«

»Salim Abeid?« erkundigte sich Larry Dowling. »Sie meinen den Mann, der heute morgen im Flughafen von Mombasa gestorben ist?«

»Ich meine den Mann, der heute morgen im Flughafen von Mombasa ermordet worden ist«, berichtigte Tyson. »Anscheinend hat jemand eine gehörige Dosis Zyanid in seinen Kaffee getan, und aus irgendeinem Grund glaubt man nicht, daß er es selbst gewesen ist.«

Gussie sah ihr Weinglas entsetzt an und stellte es eilends hin. »Wie schrecklich, Tyson! Ich erinnere mich recht gut an ihn. Er war ebenfalls in der Londoner Maschine. Aber warum in aller Welt möchte die Polizei uns befragen? Das ist doch lächerlich, wenn es jemand im Flughafen getan haben muß. Vermutlich der Barmann, der ihm den Kaffee gegeben hat.«

»Das wird alles nachgeprüft. Eine Suche nach der Nadel im Heuhaufen. Auf dem Flughafen ist es sicher sehr voll gewesen.«

»Und wie.« Gussie Bingham schüttelte sich. »Und dazu furchtbar heiß, trotz all dieser Ventilatoren.«

Larry Dowling überlegte: »Es kann gar nicht so leicht gewesen sein, einem Mann etwas in den Kaffee zu tun, ohne entdeckt zu werden, auch wenn der Raum überfüllt war, ein ziemliches Risiko. Sicher war es jemand, den er kannte.«

»Warum muß er ihn gekannt haben?« Nigel tupfte Rotwein mit einem sauberen Taschentuch auf. »Jeder – einfach jeder hätte ihn mit dem Ellbogen anstoßen oder sonstwie im Vorübergehen seine Aufmerksamkeit ablenken können. Zu einfach. Man fegt die Zeitung des Mannes auf den Boden oder stolpert über seine Aktentasche, und während er sie aufhebt und man sich entschuldigt – Plopp!«

Er ließ eine imaginäre Pille in ein imaginäres Glas fallen. Eduardo di Chiago sagte: »Brrr! Dies ist eine höchst unerfreuliche Konversation. Ich persönlich mag es gar nicht, über den Tod zu sprechen. Es bringt Unglück.«

»Oh, da bin ich mit Ihnen vollkommen einer Meinung«, versicherte Lorraine ernsthaft. »Es bringt ganz sicher Unglück. Und jetzt wird es einen dritten geben.«

»Was für einen dritten?« fragte Gussie Bingham verblüfft.

»Einen dritten Mord natürlich, Darling. Es geschieht immer alles dreifach. Ist dir das noch nicht aufgefallen?«

»Aber bisher hat es nur einen Mord gegeben«, wandte Millicent Bates ein.

»Meine Liebe – haben Sie denn nichts davon gehört? Ich dachte, nur wir hier hätten es so spät erfahren, weil wir die englischen Zeitungen erst nach Tagen bekommen. Doch Sie und Gussie müssen doch alles darüber gelesen haben.«

Tyson rollte die Augen gen Himmel. Doch dann erkannte er, daß es zu spät war, um noch einzugreifen, und so zuckte er die Schultern und gab die Portweinflasche weiter.

»Was sollen wir gelesen haben?« fragte Millicent scharf.

»Das über Mr. Honeywood, Tysons Anwalt. Er ist ermordet worden.«

»Honeywood – der alte Henry Honeywood?« Der dünne Stiel von Gussie Binghams Weinglas zerbrach zwischen ihren Fingern. Wieder ergoß sich im flackernden Kerzenlicht eine dunkle Pfütze. Aber Gussie schien das gar nicht zu merken. Sie beugte sich vor, starrte Lorraine über den Tisch hinweg an und fragte mit schneidender Stimme: »Woher hast du das erfahren?«

Lorraine schenkte ihr keine Aufmerksamkeit. Sie ergriff einen leeren Pokal, hob ihn hoch und ließ ihn absichtlich zu Boden fallen, wo er in Stücke zerbrach.

»Das ist das dritte«, erklärte sie zuversichtlich. »Und es war sowieso ein altes Glas, deshalb brauchen wir keine Angst mehr zu haben, noch eins aus dem Satz zu verlieren. Ich bitte um Entschuldigung, Gussie, Darling – was hast du gerade gesagt?«

Gussie fuhr so heftig zu ihrem Bruder herum, daß der fliederfarbene Satin raschelte und die Armbänder klirrten.

»Tyson, was ist das für ein Unsinn, von dem Lorraine erfahren haben will?«

»Es ist kein Unsinn.« Tyson schenkte sich eine großzügige Menge Port ein. »Ich habe auch erst heute davon erfahren. Der arme alte Knabe ist ermordet worden. Am Morgen des Tages, an dem ihr London verlassen habt, wurde er in seinem Arbeitszimmer erschossen. Euch werden die Zeitungsberichte wegen des bevorstehenden Fluges entgangen sein – Einkäufe in letzter Minute und so weiter. Und eine

Geschichte für die Titelseite war es sicher nicht.«

»Nein, ich habe das nicht gelesen. Und ich kann es immer noch nicht glauben. Aus welchem Grund sollte irgendwer den alten Henry ermorden wollen?«

Tyson zuckte die Schultern. »Frag mich was anderes. Diebstahl, nehme ich an. Der Safe war geöffnet. Von den Einzelheiten weiß ich nichts.«

»Und woher«, bohrte Millicent, »wissen Sie es überhaupt? Wenn Sie Zeitungen aus der Heimat haben, möchte ich sie sehen.«

Tyson geriet in Verlegenheit, und Lash dachte mit einer Spur von Bosheit: Das wird dich lehren, deine Zunge im Zaum zu halten!

»Sie müssen irgendwo herumliegen«, wich Tyson aus. »Aber ich habe es eigentlich aus einem Brief erfahren, der mit der Nachmittagspost kam. Möchtest du noch etwas Port, Gussie?«

»Von wem?« forschte Millicent Bates.

»Oh, von einem Mann, den Sie doch nicht kennen«, antwortete Tyson schnell.

»Was schreibt er? Wann ist es passiert? Wie...«

Tyson warf einen wilden Blick zu Lash hinüber, der sich dumm stellte, und wurde nun einem langen Verhör unterzogen, in dem er sich schlug, so gut er konnte.

»Warum interessiert Sie das so?« fragte er gereizt. »Er war schließlich nicht Ihr Familienanwalt.«

»Zufällig war er sowohl ehrenamtlicher Schatzmeister unserer Mittwoch-Frauengilde als auch Schatzmeister der Market-Lydon-Gruppe der Britischen Liga und als solcher ein persönlicher Freund von mir«, fuhr Millicent ihn an. »Was sagten Sie, wann ist es geschehen?«

»Um Gottes willen, wie soll ich das wissen? Es wird in den Zeitungen stehen.«

»Genau um elf Uhr achtundvierzig«, warf Larry Dowling liebenswürdig ein. »Man weiß die Zeit, weil der Mörder dem Opfer offenbar die Mündung der Waffe gegen den Körper gedrückt hat – das dämpfte den Schuß –, und dadurch blieb eine Repetieruhr stehen, die der alte Herr in der Brusttasche trug.«

»Großer Gott!« entfuhr es Tyson. »Die Presse! Ich hatte vergessen, daß wir einen Neuigkeitsjäger in unserer Mitte haben.« Er sah Larry Dowling so böse an, als habe er eine Schnecke in seinem Salat gefunden. »Berichten Sie zufällig über diesen Fall, Mr. Dowling? Sie scheinen verdammt viel darüber zu wissen.«

»Nein. Er liegt nicht auf meiner Linie. Aber ich habe die Zeitungen gelesen. Am 13. brachten es die meisten. Ich muß mindestens fünf Berichte darüber gesehen haben.«

»Hmm«, grunzte Tyson und widmete sich wieder seinem Portwein.

»Elf Uhr achtundvierzig«, sagte Millicent Bates und wiederholte langsam: »Elf – Uhr – acht – und – vierzig.«

»Und was hat das zu bedeuten?« fragte Nigel die gesamte Tischrunde. »Hört sich genau an wie das Mädchen mit der goldenen Stimme: *Beim dritten Ton ist es elf Uhr achtundvierzig Minuten und zwölf Sekunden.*«

Millicent Bates funkelte ihn zornig an. »Wenn Sie es wirklich wissen wollen«, erklärte sie empfindlich, »so habe ich am Morgen des 12. schnell noch bei einer Freundin von mir vorbeigeschaut. Ich hatte vergessen, ihr den Schlüssel zur Hütte der Wolfsjungen zu geben, und wir wollten am Nachmittag abreisen. Sie wohnt in derselben Straße wie Mr. Honeywood – es ist eine Sackgasse –, und ich fragte mich, ob ich nicht an dem Mörder vorübergegangen sein könnte. Er muß diese Straße hinuntergekommen sein.«

Nigel lächelte so nachsichtig, daß man ihn hätte ohrfeigen mögen. »Wissen Sie, das kann ich mir absolut nicht vorstellen, liebe Miss Bates.«

»Und warum nicht?« fragte Millicent Bates kriegerisch.

»Der gesunde Menschenverstand muß einem doch sagen, daß ein Mörder kaum eine öffentliche Straße entlangtanzt und bei hellem Tageslicht zur Haustür hineingeht! Viel wahrscheinlicher ist, das er sich durchs Gebüsch schleicht oder so etwas.«

»Was nur zeigt«, gab Miss Bates zurück, »daß Sie keine Ahnung haben, wovon Sie reden. Es kann einer möglicherweise aus Mr. Honeywoods Haus durch das Gebüsch hinausschleichen, wenn er die Tür zum Küchengarten benutzt. Aber sie hat ein Schnappschloß und kann von außen nicht geöffnet werden. Und da sich eine hohe Mauer um das Haus zieht, gibt es für jemanden, der sich nicht durch eine Klettertour verdächtig machen will, nur einen Weg hinein, und zwar durch die Vordertür. Und ich weiß, wovon ich rede, weil ich das Haus nun einmal gut kenne.«

»So gut«, bemerkte Nigel munter, »daß wir gleich alle anfangen zu zittern, weil wir uns fragen, ob Sie den Mord nicht selbst verübt haben könnten.«

Millicent Bates' wettergegerbtes Gesicht verfärbte sich zu einem häßlichen Braunrot, und Gussie eilte zornig zu ihrer Verteidigung herbei.

»Sie scheinen Mord als einen Spaß zu betrachten, Mr. Ponting. Aber der Tod eines alten Bekannten ist für uns keine Sache, über die man Witze macht.«

»O weh! O-weh-o-weh-o-weh!« jammerte Nigel. »Was kann ich sagen? Ich bitte vielmals um Entschuldigung. Liebe Miss Bates, Sie müssen doch wissen, daß ich es nicht so gemeint habe! Das ist mein schlimmer, verzerrter Sinn für Humor. Bitte, bitte, wollen Sie mir verzeihen?«

Millicent wedelte mit ihrer großen, zupackenden Hand, als verscheuche sie ein lästiges Insekt, und sagte schroff: »Reden Sie keinen Quatsch! Meine Schuld, daß ich von dem Thema nicht losgekommen bin. Ich kann allerdings nicht umhin, mich dafür zu interessieren – weil ich doch tatsächlich an dem Mann vorübergegangen sein könnte.«

»Oder an der Frau«, bemerkte Larry Dowling leise.

Millicent Bates drehte sich schnell zu ihm um. »Warum sagen Sie das?« fragte sie.

»Aus keinem besonderen Grund. Nur hätte es ja auch eine Frau sein können. Nichts weist darauf hin, daß es keine Frau war – wenn man sich auf die Zeitungsberichte verlassen kann. Sie haben sie nicht gelesen, sonst wüßten Sie, daß Honeywood an dem Tag eine Besucherin hatte. Sie traf sogar die Vorsichtsmaßnahme, ein Taschentuch zurückzulassen – komplett mit Monogramm.«

»Oh«, meinte Miss Bates zweifelnd. »Daran habe ich nicht gedacht. Ja, ich glaube... es könnte sein.«

»Irgendein Schmuckstück der Mittwoch-Frauengilde, das sich auf der Spur der Vereinskasse durch den Nebel pirscht«, kicherte Nigel. »Ach du meine Güte – ich bin schon wieder entgleist. Mein schlimmer Sinn für Humor. Ich werde kein Wort mehr sagen!«

Millicent maß ihn anstelle einer Antwort mit einem langen und bösartigen Blick. Aber ihr Gesichtsausdruck – das Stirnrunzeln und die zusammengekniffenen Augen – verriet außerdem, daß Nigels Worte sie an etwas erinnert hatten. Oder sie auf einen Gedanken gebracht hatten. Es war ganz und gar unwahrscheinlich, und doch...

Niemand sprach, und eine volle Minute lang herrschte ein merkwürdiges, angespanntes Schweigen im Raum. Dann nickte Millicent

Mr. Ponting zu. Es war das kurze, sichere Nicken eines Menschen, der von einem neuen Gesichtspunkt hört und ihn akzeptiert.

An der anderen Seite des Tisches beugte sich Larry Dowling mit einer knappen, schnellen Bewegung vor, als wolle er Millicent Bates anspringen. »Also Sie halten es für möglich, daß es eine Frau war – eine Frau, die er kannte!«

Wenn er damit gerechnet hatte, Miss Bates werde sich überrumpeln lassen, wurde er enttäuscht. Sie wandte ihm das Gesicht zu, und als sie sich davon überzeugt hatte, daß ihr nicht gefiel, was sie sah, fragte sie kühl: »Wie sagten Sie, Mr. Dowling?«

Larry Dowling wurde rot und wich zurück. »Äh, nichts.«

»Welche Erleichterung! Vielen Dank!« dröhnte Tyson. »Dieser Mord langweilt mich allmählich. Sprechen wir von etwas anderem.«

»Ja, tun wir das«, stimmte Nigel ein. »Morde sind eigentlich nicht ganz das, was man sich unter einem geistreichen Dinner-Gespräch vorstellt. So abstoßend proletarisch. Ich kann mir einfach nicht denken, warum irgendwer etwas über Morde hören möchte.«

Amalfi lachte ihr reizendes, kehliges Lachen. »Tun Sie nicht so affektiert, Nigel, Darling. Jeder schwärmt für einen guten Mord. Denken Sie doch daran, daß Morde immer in Schlagzeilen gemeldet werden und die Sonntagszeitungen füllen. Und haben Sie selbst nicht immerzu über diesen Mord geredet? Niemand sonst hatte eine Chance, ein Wort einzuwerfen!«

Sie wandte sich an den Gastgeber. »Tyson, Sie haben die Aufgabe, uns zu unterhalten. Wenn Sie Morde nicht mögen, sprechen Sie doch über etwas anderes. Über irgend etwas. Erzählen Sie uns von diesem Haus.«

»Was denn?« fragte Tyson. »Es soll vor rund hundertfünfzig Jahren von einem gepeinigten Ehemann gebaut worden sein, dessen zweite Frau sich mit der ersten nicht vertrug. Wenn Sie sich näher darüber informieren wollen: Mein verstorbener Onkel Barclay hat darüber ein außergewöhnlich langweiliges Buch geschrieben, das er Ende der neunziger Jahre auf eigene Kosten veröffentlichte und seinen Freunden aufdrängte. Wahrscheinlich haben Sie ein Exemplar bei Gussie gesehen – sie hat es in rotes Saffianleder binden lassen und stellt es auf dem Klavier zur Schau, eine Buße für die Tatsache, daß sie es nie gelesen hat. Auch hier liegen mehrere herum. Alle historischen und architektonischen Einzelheiten bis zum letzten tödlichen Detail. Als leichte Lektüre empfehle ich das Buch nicht. Doch lassen Sie sich davon nicht abhalten, wenn es Sie wirklich interessiert.«

»Es interessiert mich nicht«, antwortete Amalfi, »jedenfalls nicht in dem Maße. Ihr seid heute abend alle sehr langweilig, und ich möchte, daß man mich unterhält und mir Komplimente macht.«

Sie schenkte Eduardo ein schmelzendes Lächeln, und er nahm die Einladung hurtig an. Nicht lange danach hatten sie alle das Eßzimmer verlassen. Sie wollten draußen auf der Terrasse vor den Wohnzimmerfenstern den türkischen Kaffee trinken. Wieder fragte Gussie nach den englischen Zeitungen.

Tyson ging, angeblich um nach ihnen zu suchen, und dann kam er wieder und sagte, er könne sie nicht finden. Leider schlenderte ein paar Minuten später Nigel gemächlich über die Terrasse, in der Hand ein eingewickeltes Päckchen, das er seinem Arbeitgeber mit vielsagendem Heben der Augenbrauen überreichte. Zumindest einem Anwesenden entging das nicht.

Die Londoner Zeitungen waren mit dem gleichen Flugzeug angekommen, das die Gäste der Frosts heute morgen von Nairobi hergebracht hatte. In *Kivulimi* waren sie nicht vor dem späten Nachmittag abgeliefert worden. Die Verpackung war noch unberührt. »Hast du nicht gesagt, du hättest sie gelesen?« fragte Gussie Bingham anklagend.

Tyson tat, als habe er sie nicht gehört, und begab sich eilends auf die andere Seite der Terrasse. Dort lehnte Amalfi Gordon, im Augenblick verlassen, an der steinernen Balustrade und sah zwischen den Bäumen hindurch auf die ruhige See, über die der Mond einen schimmernden goldenen Teppich gebreitet hatte.

»Schön, nicht?« fragte Tyson und warf neben ihr Anker. »Und friedlich. Es können nicht mehr viele Orte wie dieser in der Welt übrig sein. Oder es werden bald keine mehr übrig sein. Der Fortschritt bringt Zerstörung mit sich.«

»Führen Sie keine so düsteren und feierlichen Reden, Darling«, schalt Amalfi. »Es gibt Tausende von Orten, die genauso schön sind wie dieser. Und so friedlich.«

»Darin irren Sie sich.« Tyson stützte seine Ellenbogen auf den warmen Stein. »Ich habe viel von der Welt gesehen. Aber an dieser Insel ist etwas Besonderes. Etwas, das ich nirgendwo anders gefunden habe. Wissen Sie, was auf Sansibar das vertrauteste Geräusch ist? – Lachen! Sie können zu beinahe jeder Tages- und Nachtzeit durch die Straßen der kleinen Stadt gehen, und Sie werden es hören. Menschen, die lachen. Bei ihrer Fröhlichkeit und guten Laune wird selbst mir warm um das viel strapazierte Herz. Auch ist dies der einzige Ort, den ich je kennengelernt habe, wo Schwarz und Weiß und sämtliche Zwischenschattierungen fähig sind, in Freundlichkeit und Harmonie und ohne Rassenschranke zusammenzuleben. Es ist ein schlagender Beweis und eine praktische Demonstration dafür, daß so etwas möglich ist. Sie alle sind, ganz gleich welcher Rasse oder Kaste oder Religion, treue Untertanen Seiner Hoheit des Sultans – möge er ewig leben! –, und sie kommen miteinander aus. Aber es wird nicht mehr lange so bleiben. Am Ende wird es einem von der Jembe-Art gelingen, das zu vernichten. Ja – es gibt Zeiten, wo ich bereit bin, diesem bigotten alten Langweiler, meinem seligen Onkel, beizupflichten: Fortschritt zerstört.«

Amalfi pflückte Jasminblüten ab und roch geistesabwesend daran. Sie zeigte das leere Lächeln eines Menschen, der an dem Gespräch nicht im mindesten interessiert ist. Doch der Name »Jembe« erregte ihre Aufmerksamkeit. Sie ließ die Blüten fallen und drehte sich schnell um.

»Tyson, Darling, jetzt haben Sie mich wieder daran erinnert. Es tut mir leid, daß ich noch einmal auf das Thema zurückkommen muß, aber haben Sie wirklich gemeint, keiner von uns dürfe das Haus verlassen, bis die Polizei herausgefunden hat, wer diesem nervtötenden kleinen arabischen Agitator in Mombasa Gift gegeben hat?«

»Gott behüte!« rief Tyson fromm. »Wenn dem so wäre, hätte ich euch alle unter Umständen für immer auf dem Hals, und ich bin mir nicht sicher, daß ich das verkraften würde. Oder daß Sie es verkraften würden! Nein, es handelt sich nur um einen oder zwei Tage, während ein paar Nachforschungen durchgeführt werden. Vielleicht will man euch fragen, ob ihr im Flughafen zufällig jemanden habt mit Jembe sprechen sehen. So etwas in der Art. Warum? Dachten Sie daran, Ihren Aufenthalt hier abzubrechen? Ich glaubte, Sie wollten mindestens drei Wochen bei uns bleiben?«

Amalfi lächelte ihn an und zupfte an seinem störrischen blonden Bart. »Sie wissen doch, daß ich nie tue, was man von mir erwartet, und ich kann nie im voraus sagen, wie lange ich irgendwo bleibe. Wenn ich mich wahnsinnig amüsiere, bleibe ich, und wenn nicht, ziehe ich weiter. So einfach ist das.«

»Das muß teuer kommen«, sagte Tyson.

»Oh, schrecklich teuer. Aber ich muß nicht immer für mich selbst bezahlen.«

Tyson brüllte vor Lachen. »Das gefällt mir so an Ihnen, Elf. Sie versuchen nie, jemanden zu täuschen.«

»Doch oft. Sie haben keine Ahnung, wie oft! Aber nicht auf diese Weise. Schließlich ist Geld sehr wichtig, meinen Sie nicht auch?«

»Ich arbeite für meins«, stellte Tyson trocken fest.

»Oh, aber ich auch. Man muß für sein Abendessen singen, wissen Sie, und ich singe bezaubernd.«

»Das glaube ich Ihnen gern.« Tyson grinste. »Aber ist es nicht manchmal etwas anstrengend gewesen? Bei Johnnie Leigh zum Beispiel.«

Amalfis Nixenaugen umwölkten sich. »Oh, aber Darling, wenn ich einen Mann heirate, kann ich einfach nicht an Geld denken. Es ist immer Liebe. Und erst später... wache ich auf und finde mich in der Wirklichkeit wieder.«

»Und in dem falschen Schlafzimmer, und Ihr Mann hat einen Privatdetektiv engagiert, der durch die Deckenbalken späht und sich Notizen macht«, sagte Tyson zynisch. »Trotzdem haben Sie in einer Weise Glück gehabt. Der Scheidungsgrund war immer bemerkenswert solvent und durchaus imstande – und mehr als willens! – Sie weiterhin in Nerz zu hüllen.«

»Darling!« sagte Amalfi vorwurfsvoll. »Sie reden, als hätte ich es aufs Geld abgesehen. Das habe ich aber nicht. Ich hätte Johnnie auch geheiratet, wenn er keinen Heller besessen hätte.«

»Und Robin Gratton? Und Chubby?«

»Aber natürlich! So bin ich eben. Plötzlich meine ich, ich muß etwas Bestimmtes haben. Dann ist es für mich das einzige in der Welt, das zu haben sich lohnt, und sobald ich es habe, werde ich bis an mein Lebensende glücklich sein. Und dann bin ich doch nicht glücklich. Aber ich habe Chubby angebetet. Mir ist das Herz gebrochen, als er umkam. Ehrlich, Tyson!«

»Unsinn! In eurem letzten Jahr habt ihr kaum noch miteinander gesprochen. Und ein Herz haben Sie überhaupt nicht, meine Liebe. Nur eine weiche Masse von Gefühlen. Allerdings bin ich mir nicht so sicher, was Ihren Kopf betrifft.«

»Ich fürchte, der ist ebenso weich«, seufzte Amalfi bedauernd.

»Ich weiß nicht recht. Immerhin, im Lauf des letzten Jahres oder der letzten zwei Jahre scheinen Sie Ihren wohlgemessenen Anteil an Romanzen gehabt zu haben, trotz des angeblich gebrochenen Herzens. Warum machen Sie nicht Nägel mit Köpfen und heiraten einen von ihnen?«

Amalfi lachte. »Was, schon wieder? Beim Heiraten scheine ich keine glückliche Hand zu haben.«

»Eines Tages wird der Richtige kommen.«

»So wie bei Lorraine? Vielleicht. Aber wie soll man das wissen? Ich meine immer, es zu wissen, und dann stellt sich heraus, daß ich mich geirrt habe.«

»Versuchen Sie zur Abwechslung einmal, einen armen Mann zu heiraten. Sie könnten es sich schließlich leisten.«

»Das glaube ich nicht. Geld kann man nie genug haben, stimmt's? Alle wirklich himmlischen Dinge kosten so viel. Diamanten und Dior-Kleider und Ferien auf den Bermudas.«

»Chubby muß Ihnen doch eine Menge hinterlassen haben.«

»Keine Menge, Darling. Unglücklicherweise stellte sich heraus, daß Regimenter von langweiligen Tanten und anderen Verwandten existierten. Ich hatte bis dahin nicht einmal von ihnen gehört! Und Chubby hatte sehr an seiner Familie gehangen – mein Pech. Außerdem war die Erbschaftssteuer enorm. Und auf jeden Fall, was Geld angeht, bin ich hoffnungslos. Immer gewesen. Es rinnt mir durch die Finger.«

»Das überrascht mich nicht angesichts der Diamanten und Dior-Modelle und Ferien auf den Bermudas.«

»Ja«, nickte Amalfi und seufzte tief. »Deshalb ist es einfacher, sich in einen reichen Mann zu verlieben. Aber ich möchte, daß er dazu noch gut aussieht und charmant ist. Leider gibt es von dieser Sorte nur eine begrenzte Zahl, und sie sind schrecklich verwöhnt. Sie wissen, wie begehrt sie sind, und sie können schwierig sein.«

»Was Sie meinen, ist, daß sie zurückbeißen und keine Frau für lange auf sich herumtrampeln lassen. Wissen Sie was, Elf? Ich möchte Ihnen einen weisen Rat geben. Sie werden nicht in alle Ewigkeit wie ein frischer Pfirsich aussehen, und es ist Zeit, daß Sie sich mit einem ganz anderen Typ häuslich niederlassen. Mit einem Typ, der Ihnen erlaubt, Ihr Lieblingsspiel zu betreiben: den Kuchen aufzuessen und ihn trotzdem zu behalten.«

»Ich weiß nicht recht, wie Sie das meinen, Darling.«

»Streichen Sie diese Playboys mit einer Menge Geld wie den jungen Lash oder diesen aalglatten Eddie aus Ihrem Leben. Sie mögen amüsant sein, aber für eine Frau wie Sie ist eine Ehe mit einem von ihnen die Hölle. Sie sind nicht gut darin, die andere Wange hinzuhalten –

oder beide Augen zuzudrücken! So viel sollten Sie inzwischen wirklich gelernt haben. Was Sie jetzt brauchen, ist ein netter, freundlicher Zucker-Daddy vom Fußabtreter-Typ, der Sie anbetet und Ihnen sogar einen Mord nachsehen würde.«

Amalfi erschauerte. »Huh! Darling! Wie können Sie nach all dem gräßlichen Gerede beim Dinner ein solches Bild wählen!«

»Nun, dann machen Sie durch Unverschämtheit einen Affen aus ihm, wenn Sie es lieber so ausdrücken wollen.«

»Ist es das, was Lorraine gemacht hat? Ich hätte Sie nicht gerade als Fußabtreter-Typ bezeichnet. Oder als Zucker-Daddy.«

»Lorraine«, erwiderte Tyson, »hat nicht die geringste Ähnlichkeit mit Ihnen. Oder höchstens an der Oberfläche. Sie ist nur unheilbar romantisch. Das ist ihr Problem. Sie würde mit jemandem, der ihr ein Reihenhaus und eine Tageshilfe bieten könnte, in vollkommen glücklicher Ehe leben – wenn sie ihn liebte. Sie nicht, Elf. Richtig?«

Amalfi schielte ihn unter ihren langen Wimpern hervor an, und ganz plötzlich zeigte sich eine Spur von Verachtung in ihrem süßen Gesicht und in ihrer Stimme. »Liebster Tyson. Sie lesen in uns allen wie in einem Buch. Wie klug Sie sind.«

»Sarkasmus steht Ihnen nicht, Elf. Haben Sie also wirklich vor, kurze Zeit die Marchesa zu spielen? Wenn ja, muß ich Sie warnen, daß Eddie noch unbeständiger ist als Sie. Es gibt nur einen einzigen Grund, warum er noch keine lange Liste von geschiedenen Ehefrauen aufzuweisen hat, die alle dicke Alimente beziehen. Seine Großmutter hat nämlich den Geldbeutel. Sie kann nicht nur den Nachschub abschneiden, sobald es ihr gefällt, sie tut es auch häufig. Das ist eine harte Prüfung für ihn, obwohl es ihn bis heute nicht auf die Idee gebracht hat, es einmal mit dem Arbeiten zu versuchen. Er –. Was ist los? Das müssen Sie doch gewußt haben!«

»Nein«, antwortete Amalfi kurz. »Ich dachte –« Sie brach ab und biß sich auf die Lippe. Tyson lachte.

»Sagen Sie später nur nicht, es hätte Sie niemand gewarnt! Wenn Sie wirklich das fatale Stadium erreicht haben, wo eine Frau Männer heiratet, die jünger als sie sind, sollten Sie besser Lash Holden nehmen. Amerikanische Männer lassen sich von ihren Frauen viel mehr gefallen als weniger idealistische Rassen. Und wenn es zum Bruch kommt, benehmen sie sich wie Kavaliere, lassen sich als der schuldige Teil verklagen und wie eine Kuh melken, ohne auch nur ›Muh‹ zu sagen. Aber wenn im Falle Eduardos überhaupt einer zahlen würde, wären Sie es.

Seine Familie hätte Chubbys Witwe vielleicht akzeptiert – obwohl ich in Anbetracht der Umstände meine Zweifel habe –, aber diese beiden Scheidungen schluckt sie niemals. Und was diese unglückliche Geschichte mit Douglas betrifft, also, Elf, hören Sie auf meinen Rat, verabschieden Sie Eddie und nehmen Sie den jungen Lash. Das heißt, wenn es nicht schon zu spät ist.«

Amalfi zog sich von ihm zurück und musterte ihn mit plötzlicher Feindseligkeit. »Ich glaube nicht«, sagte sie langsam, »daß mich das noch amüsiert. Tatsächlich bin ich sicher, daß es das nicht tut.«

»Weil ich Ihnen die Wahrheit über Sie selbst und zwei gutbetuchte Playboys gesagt habe?«

»Nein. Weil Sie anfangen, mich zu langweilen, Darling. Und ich ertrage es nicht, gelangweilt zu werden.«

Sie lächelte ihm süß zu, doch ihre Augen blickten kalt. Dann ging sie über die Terrasse zu den anderen zurück. Nigel war hineingegangen, hatte das Radio angestellt und den Teppich im Wohnzimmer zurückgeschlagen, und nun tanzten sie alle. Die einzigen Ausnahmen waren Tyson, der sich nichts daraus machte, und Millicent Bates, die nicht tanzen konnte.

Tyson und Millicent saßen Seite an Seite auf der steinernen Balustrade der Terrasse und beobachteten die Tanzenden durch die offenen Türen. Millicent meinte verstimmt: »Ich wünschte, Sie würden mir sagen, wo Sie diesen Sekretär gefunden und warum Sie ihn angestellt haben. Mir ist unverständlich, wie ein Mann Ihrer Art diese Affektiertheit und dies Gekicher aushält.«

»In seiner Arbeit ist er tüchtig«, antwortete Tyson friedlich, »und lassen Sie sich von dieser Affektiertheit nicht täuschen. Eine Menge abgebrühter Geschäftsleute aus dem Verlags- und Filmwesen hat deswegen schon geglaubt, sie könnten ihn übers Ohr hauen, und zum Schluß hatten sie Kopfschmerzen, weil sie mehr bezahlt hatten als ihr ursprüngliches Höchstangebot. Er handelt alle meine Verträge für mich aus, und hinter dieser kichernden Fassade hat er einen messerscharfen Verstand.«

»Das bezweifle ich nicht«, erklärte Millicent grimmig. »Ein ekelhafter Typ. In Market-Lydon hatten wir einen Hilfskassierer, der wie er war. Ein durch und durch verdorbener Mensch. Ich sagte immer, eines Tages werde es einen häßlichen Skandal geben, und natürlich gab es einen. Man kann solchen nicht über den Weg trauen.«

Tyson beschloß, das als Witz aufzufassen. Er ließ sein dröhnendes

Lachen erschallen und schlug Millicent mit seiner großen, haarigen Hand auf den Rücken.

»Bates, Sie sind perfekt! Sie sind ein Exemplar für einen Sammler. Aber das ist Nigel auch, und ich liebe Sammelstücke. Behüte mich, lieber Gott, vor allen blassen, dünnblütigen reinen Seelen!«

»Das ist Ihre Pose!« rügte Millicent Bates.

»Mag sein.« Tyson ließ sich nicht aus der Ruhe bringen. »Jeder von uns hat die seine. Nebel, um die Leute zu täuschen. Gussies Pose ist das gute Herz.«

Millicent wurde ganz steif vor Entrüstung. »Sie sind boshaft! Gussie ist das freundlichste Wesen der Welt!«

Tyson lachte von neuem und trank sein Glas leer. »Bates, meine hübsche braune Eule, ich applaudiere Ihrer Loyalität, während ich Ihre Unehrlichkeit beklage. Sie können nicht all die Jahre mit Gussie zusammengelebt haben, ohne zu merken, was ihr größtes Vergnügen ist. Sie schießt einen Pfeil mit Widerhaken in die Stelle, wo es, wie sie hofft, am meisten schmerzt, und dann versteckt sie sich hinter reizender Verwirrung und tut so, als sei es ihr nur unglücklicherweise herausgerutscht. Das ist ihr liebstes Gesellschaftsspiel. Sie müssen längst herausgefunden haben, daß Gussie nur sich selbst liebt. Und weil Sie jetzt gleich sagen werden: ›Sie sind auch nicht anders‹, beeile ich mich, es selbst zu bekennen: Ich bin auch nicht anders. Das mag egoistisch sein, aber es stimmt! Sehen wir den Tatsachen ins Auge, Bates. Wir Frosts sind keine sehr erfreulichen Menschen. Der einzige von uns, der keine Laster gehabt zu haben scheint, war der alte Onkel Barclay, und der war ein Spinner. Trinken wir auf seine Seele.«

Er stand auf und ging zu dem Tisch mit den Getränken hinüber. Millicent Bates folgte ihm, doch sie stellte ihr leeres Glas ab und schüttelte den Kopf. »Nein, danke. Für mich nichts mehr. Ich glaube, ich gehe zu Bett.«

Sie drehte sich um und blickte noch einmal zu den Tanzenden hin, die sich in dem erleuchteten Wohnzimmer drehten. Gussie und Nigel, Miss Kitchell und Larry Dowling, Amalfi und Lash Holden, Eduardo und Lorraine...

Sie stand vielleicht fünf Minuten da und beobachtete sie mit merkwürdiger Intensität.

»Es ist sehr seltsam«, sann Millicent Bates.

»Was denn?« wollte Tyson wissen.

»Alles!« sagte Millicent und ließ ihn allein.

13

Dany lehnte müde an der Fensterbank ihres Zimmers und sah über die Baumwipfel hinweg auf das silbern glänzende Meer.

Sie war vor mehr als einer Stunde heraufgekommen und hatte gleich zu Bett gehen wollen. Aber dann stellte sie fest, daß sie nicht schläfrig war. Nur zu müde, um sich die Arbeit des Ausziehens zu machen, und zu deprimiert, um die Schönheit der Nacht zu genießen. Denn es war weder ein netter noch ein friedlicher Abend gewesen.

Tyson und Millicent Bates waren beide kurz nach zehn verschwunden, und Gussie hatte sich mit Nigel gestritten, worauf dieser sich beleidigt zurückzog und Dany die Bedienung des Radios überließ. Nun hatte sich Gussie auf die Suche nach ihrem Bruder gemacht, wahrscheinlich, um sich zu beschweren. Dann ging Lash mit Amalfi, nachdem er einen besonders seelenvollen Walzer mit ihr getanzt hatte, hinunter in den Garten; angeblich, um die »Königin der Nacht« aufblühen zu sehen, die auf einem Beet ziemlich weit weg vom Haus in reicher Fülle wuchs.

Sie waren so lange weggeblieben, daß Eduardos südliches Blut offensichtlich gefährlich zu kochen begann, und obwohl sie getrennt zurückkehrten, war es ungeschickt, daß Lash als erster kam. Denn an seinem Kinn saß ein nicht zu verkennender Lippenstiftfleck.

Dem eifersüchtigen Auge des Marchese war er nicht entgangen. Seine Augen blitzten in einer Art auf, die in den Tagen des verblichenen Rudolph Valentino – dem er sehr ähnelte – zweifellos das Publikum bis zur Raserei begeistert hätte. Er zischte einen kurzen Satz auf italienisch, worauf Lash mit einem noch kürzeren, rein angelsächsischen Ursprungs, antwortete. Eine peinliche Szene wurde nur verhindert, weil Lorraine sich aufgeregt ins Zeug legte.

Amalfi war ziemlich lange nicht wieder aufgetaucht, und einen Teil der Zeit hatte sie sicher dazu verwendet, ihr Make-up zu reparieren. Sie hatte Lash demonstrativ ignoriert und sich ganz der Beschwichtigung von Eduardos verletzten Gefühlen gewidmet. Doch sie schien alles andere als guter Laune zu sein.

Der einzige Anwesende, der seine Nerven wie sein Temperament unter Kontrolle behielt, war Larry Dowling gewesen. Dany, deren eigene Nerven am Zerreißen waren, empfand nicht nur dafür Dankbarkeit, sondern mehr noch für den Impuls ihres Stiefvaters, auch Larry zu der Haus-Party einzuladen. Dabei lag etwas in Larrys emsig beobachtendem Blick, woraus sich schließen ließ, daß ihm sehr wenig entging. Dany hielt sich vor Augen, daß er Journalist war – ob nun Feature-Schreiber oder sonst etwas. Neuigkeiten waren sein Geschäft, und über die gegenwärtige komplizierte Situation würde ein sensationshungriges Publikum nur zu gern lesen. Aber das schien gar nichts zu bedeuten verglichen mit der Tatsache, daß sie sich sicherer fühlte, sobald Larry im Zimmer war, und unsicherer, wann immer er es verließ.

Dany wünschte, sie könnte sich zu dem vernünftigen Entschluß durchringen, ins Bett zu gehen. Nur ließ die frische Erinnerung an die Schrecken der vorigen Nacht sie vor Schlaf und Einsamkeit zurückschaudern, und die Lichter und die Musik und Larrys merkwürdig ermutigende Anwesenheit lieferten ihr wenigstens eine Illusion der Sicherheit. Doch dann machten sich die vielen im Flugzeug verbrachten Stunden bei allen bemerkbar. Gegen elf Uhr senkte sich lähmende Müdigkeit auf die Tanzenden herab und mit ihr ein Geist der Toleranz.

Nigel hörte auf zu schmollen und entschuldigte sich bei Gussie. Diese gähnte und versicherte ihm, natürlich sei sie nicht böse auf ihn. Sie sei niemals jemandem böse, nicht einmal auf Leute, die Kenntnis auf einem Gebiet vortäuschten, mit dem sie nur ganz oberflächlich bekannt seien, und... Ach du meine Güte! Aber natürlich hatte sie nicht Nigel gemeint...

Amalfi gab ihre Zurückhaltung auf und schenkte Lash ein verzeihendes Lächeln. Eduardos Wut war verraucht, und Lorraine, die matt und geistesabwesend dreingeblickt hatte, begann zu sprühen und zu lachen und ihren ureigenen, sehr wirksamen Charme einzusetzen. Sie erreichte das Ziel, daß ihre Gäste, ausgenommen nur ihre Tochter, sich schließlich in der besten Laune auf ihre Zimmer begaben.

Eine Fledermaus segelte an dem offenen Fenster vorbei. Dany zuckte zusammen. Sie fragte sich, warum etwas so Harmloses ihr Herz hämmern und ihren Atem stocken ließ. Vor allem, wo sie jetzt vor nichts mehr Angst zu haben brauchte, abgesehen von der Enthüllung ihrer wahren Identität, was so und so unvermeidlich war. Und trotzdem fürchtete sie sich immer noch...

Die Nacht war sehr ruhig und das Haus sehr still. Jetzt, wo die Lichter ausgelöscht waren, lag der Garten in Blau und Schwarz und Silber da. Nur der Wipfel eines Jacarandabaumes, auf den der warme Schein ihres eigenen Fensters fiel, zeigte Gold. Und ein kleines orangefarbenes Viereck, kaum sichtbar durch die dazwischenstehenden Bäume, verriet, daß auch Lash Holden in dem kleinen Gästehaus an der seewärts gelegenen Ecke der Umfassungsmauer noch wach war.

Der krächzende Schrei eines Ziegenmelkers erklang unten im Garten, und Dany erschrak fürchterlich. Ungeduldig wandte sie sich vom Fenster ab und sah sich in dem eigenartigen Zimmer mit den weißen Wänden um, dessen hohe Decke sich fast zwanzig Fuß über ihrem Kopf befand. Ein hoher, kühler Raum, bestimmt für irgendeine schöne Dame des Harems, bevor Sultan Saïd das Haus des Schattens seinem Freund Emory Frost schenkte – der Pirat, Abenteurer, das schwarze Schaf der Familie und Glücksritter gewesen war.

Was hatte das Haus in seinem langen Leben gesehen? Hatten sich hier, wie Millicent Bates meinte, »dunkle Sachen« abgespielt, und erinnerten sich die Zimmer daran? Dany ertappte sich dabei, daß sie einen schnellen Blick zurückwarf, wie sie es auch im Airlane-Hotel in London getan hatte. Aber es war nichts hinter ihr außer einem kleinen Schreibtisch in Cremefarben und Gold, auf das irgendwer Miss Ada Kitchells Reiseschreibmaschine und ein einsames Buch gelegt hatte. Es war ein Wälzer viktorianischer Prägung, der nicht so aussah, als sei er unterhaltend.

Dany nahm das Buch in die Hand. Hitze und viele Monsune hatten den muffigen Ledereinband mit Moderflecken überzogen. Der Titel war ungeachtet des Alters noch deutlich lesbar: *Das Haus des Schattens* von Barclay-Frost.

Dany lächelte. Sie dachte an Tysons Bemerkungen über den Stil des Autors, und als sie hier und da einen Satz las, stellte sie fest, daß die Kritik ihres Stiefvaters voll berechtigt war. Barclays Prosa war unerträglich pedantisch, und er hatte niemals nur ein Wort benutzt, wenn ein halbes Dutzend es auch taten. Trotzdem war es nett von Lorraine, das Buch in ihr Zimmer zu legen, und Dany wollte sich bestimmt die Zeit nehmen, einen Teil davon, wenn nicht alles, zu lesen.

Sie legte das Buch wieder hin und stellte fest, daß ein Dienstbote aus Neugier oder in der guten Absicht, gefällig zu sein, den Koffer der Reiseschreibmaschine geöffnet und dann nicht gewußt hatte, wie er wieder zu schließen war. Dany hob den Deckel ab, um die Verschlüsse richtig einzuhaken. Was war das? Die Maschine war auch benutzt worden, denn ein abgerissenes Stück cremefarbenes Papier, aus einem Fach über dem Schreibtisch genommen, steckte noch darin.

Sicher hatte einer der Diener von *Kivulimi* diesem neuen und faszinierenden Spielzeug nicht widerstehen können. Dany hoffte nur, daß es ihm nicht gelungen war, die Maschine zu beschädigen. Sie tippte eine Zeile zur Probe, und als sie feststellte, daß die Maschine noch funktionierte, zog sie den Papierfetzen heraus, warf ihn in den Papierkorb und schloß den Koffer.

Ihr Blick wanderte zu dem einladend aufgeschlagenen Bett, aber ihr war immer noch nicht nach Schlafen zumute. So setzte sie sich vor den Toilettentisch und betrachtete ihr Gesicht im Spiegel. Lorraine hatte recht. Es war eine unkleidsame Frisur, und ihr Teint hatte einen zu warmen Ton für rotes Haar.

Dany nahm die Brille ab, ergriff ihre Haarbürste und strich sich den Pony aus der Stirn. Dann bürstete sie die akkuraten Löckchenreihen aus, die zu beiden Seiten ihres Kopfes in Büscheln angeordnet waren, und drehte die weichen Haarmassen zu einem einfachen Nackenknoten. Bei Danys schöngeformtem Kopf – sie hatte ihn von ihrem Vater Daniel Ashton geerbt – verwies eine wirre und aufgedonnerte Haartracht sie in die Mittelmäßigkeit, während eine strenge ihr Vornehmheit und eine plötzliche, unerwartete Schönheit verlieh.

Ein riesiger grün-weißer Nachtfalter flog zum offenen Fenster herein und schloß sich dem Kreis geflügelter Insekten an, die das elektrische Licht umschwirrten. Dany stand auf, knipste das Licht aus und öffnete die Tür einen Spalt. Nun müßten die lästigen Viecher eigentlich hinaus ins Mondlicht fliegen. Sie wollte ihnen ein paar Minuten Zeit lassen und dann die Vorhänge zuziehen, bevor sie das Licht wieder einschaltete.

Jetzt, wo der Raum im Dunkeln lag, schien die Nacht draußen fast taghell zu sein. Dany kehrte ans Fenster zurück und sah sich von neuem den schattigen Garten und das weite, schimmernde Meer an.

Lashs Licht war verschwunden. Vermutlich schlief er. Aber nun merkte Dany, daß das Fenster direkt über ihrem noch nicht dunkel geworden war, denn immer noch fiel ein warmer Schein auf den Jacarandabaum. Also war Millicent Bates ebenfalls wach. Und außerdem hörte sie jemanden draußen im Garten…

Ein stecknadelkopfgroßes Licht bewegte sich durch die Schatten. Einen Augenblick lang dachte Dany, es sei ein Glühwürmchen. Da fing ihr Ohr das schwache Knirschen der zertretenen Muscheln und Korallen auf den sich schlängelnden Pfaden auf. Das Lichtpünktchen, das sie sah, mußte das glühende Ende einer Zigarette sein. Irgendwer wanderte durch den Garten auf das Haus zu.

Der winzige orangenfarbene Fleck geriet hinter einem Schirm aus Hibiskusbüschen außer Sicht und tauchte gleich wieder auf. Ein Mann in einem weißen Jackett stieg leise die Treppe zur Terrasse empor, ging am Haus entlang und verschwand um die Ecke.

Er hatte zu Danys Fenster hochgeblickt, als er am Kopf der Treppe angelangt war. Das Mondlicht fiel auf sein Gesicht, und sie hatte die besorgte Falte zwischen seinen Brauen erkannt. Fast hätte Dany dem Impuls nachgegeben, sich aus dem Fenster zu beugen und ihm zuzurufen, bei ihr sei alles in Ordnung. Doch wie sie zu der Annahme kam, Larry Dowling könne irgendwie an ihrer Sicherheit interessiert sein, wußte sie selbst nicht. Viel wahrscheinlicher hatte er zu dieser späten Stunde einen Spaziergang durch den Garten gemacht, weil er ebenso wie sie nicht schlafen konnte.

Irgendwo da unten zwischen den dunklen Bäumen rief wieder der Ziegenmelker. Aber diesmal fuhr Dany bei dem rauhen Schrei nicht zusammen, denn es war ihr ein tröstlicher Gedanke, daß Larry sich irgendwo in der Nähe befand und die Nacht unter demselben Dach mit ihr verbringen würde. Sie fühlte sich so beruhigt, daß Spannung und Nervosität von ihr abfielen. Ganz plötzlich überkam sie eine angenehme Schläfrigkeit. Jetzt konnte sie zu Bett gehen. Und schlafen.

Danys Zimmer war das letzte im ersten Stock. Es lag über dem Speisesaal und an einer der vier Treppen, die sich vom Hof nach oben schlängelten. Eine Tür ihres Schlafzimmers führte im rechten Winkel in ein kleines, nach Westen gehendes Bad. Dahinter lag ein weiteres, größeres Bad, das zu einem weiteren und größeren Schlafzimmer gehörte. Es war Gussie Bingham zugeteilt worden. Auf der anderen Seite von Danys Zimmer bot ein Frühstückszimmer die gleiche Ansicht, und dann kam wieder ein Schlafzimmer mit Bad wie ihr eigenes. Amalfi Gordon bewohnte es.

Alle übrigen Räume im ersten Stock – es waren die an den anderen beiden Seiten des Hofes – waren von Tyson und Lorraine besetzt. Nigel, Eduardo, Larry Dowling und Millicent Bates waren im obersten Stock untergebracht.

»Vielleicht nicht ganz schicklich, Bates zwischen all die Junggesellen zu stecken«, hatte Lorraine gesagt. »Aber jeder, der Millicent schon einmal im Nachtgewand gesehen hat – oder Millicent überhaupt gesehen hat! – muß sich klar darüber sein, daß kein Mann ihr jemals einen lüsternen Blick zuwerfen wird, dem armen Ding. Deshalb geht das wohl in Ordnung. Ich wollte erst Ada Kitchell dort einquartieren – die richtige. Nun kann dieser nette Larry Dowling das Zimmer haben. Er ist richtig süß, nicht wahr?«

Dany ertappte sich dabei, daß sie auf Larry Dowlings Schritte auf der Steintreppe vor ihrem Zimmer lauschte. Doch die Mauern von *Kivulimi* waren solide gebaut, um hohen Temperaturen, plündernden Piraten und tropischen Wirbelstürmen zu widerstehen, und die schweren Holztüren waren alt und mit Schnitzereien verziert und so gut wie schalldicht. Dany wußte nicht, ob Larry in sein eigenes Zimmer zurückgekehrt war oder nicht, kam jedoch zu dem Schluß, inzwischen müsse er es getan haben. Wahrscheinlich hatte er die Dienstbotentreppe am anderen Ende des Hauses benutzt.

Eine leichte Brise wehte vom Meer her und raschelte in den Blättern der Bäume. Zum ersten Mal vernahm Dany den Gesang der tropischen Inseln und Korallenküsten, ein Klang, der ebenso überwältigend und unvergeßlich ist wie das Seufzen des Windes in einem Nadelwald: das trockene Flüstern der Kokospalmen.

Es war ein beruhigendes, angenehmes Geräusch und eine willkommene Unterbrechung der bisherigen Stille. Dany beugte sich über das Fensterbrett und hörte ihm zu, bis ein neuer Laut sie aufschreckte. Ein merkwürdiges Scharren ertönte entweder auf der Veranda oder aus dem Zimmer über ihr. Vielleicht zerrte Millicent einen Koffer unter dem Bett hervor. Oder Larry Dowling putzte sich die Schuhe an einer Steinstufe ab. Der Wind fuhr kühl in das heiße Zimmer, blähte die Moskitonetze auf und brachte all die süßen Düfte einer tropischen Nacht mit sich. Dany hörte die Uhr die halbe Stunde schlagen. Halb eins. Es war wirklich Zeit, daß sie zu Bett ging.

Dany zog die Vorhänge zu, schloß das Mondlicht und die Nachtfalter aus und wollte sich gerade im Dunkeln zu dem Lichtschalter an der Tür vortasten, als sie einen seltsamen harten Aufschrei hörte. Ihm folgte ein dumpfer Schlag. Das schien direkt vor ihrer Tür zu sein.

Dany stand still und horchte. Ihre Schläfrigkeit war wie weggeblasen, und ihr Puls raste von neuem in panischer Angst. Dann fiel ihr eine naheliegende Erklärung ein, und sie entspannte sich. Das war nur ein Ziegenmelker im Hof gewesen, und der Wind mußte eine kopflastige, mit Schlingpflanzen gefüllte Schale in der Ecke der Veranda umgeworfen haben. Dany lächelte beschämt über ihre Furcht, setzte ihren Weg fort und tastete nach dem Schalter.

Das Licht ging an, und das Zimmer wurde hell und gemütlich, und

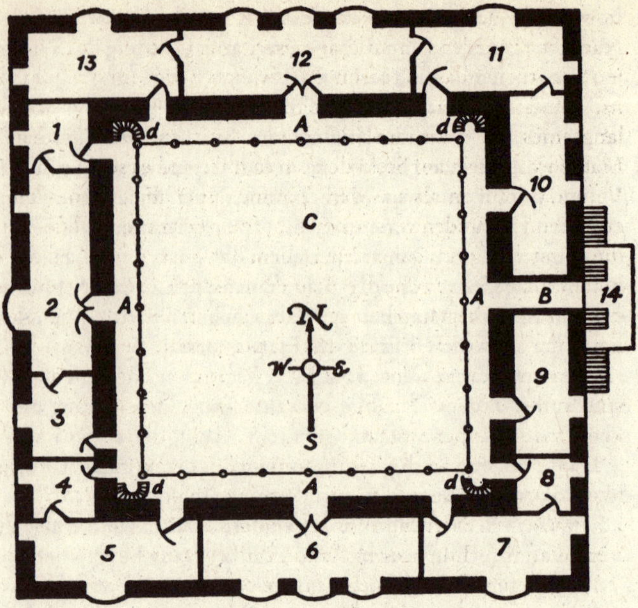

A. Veranda mit Blick auf den Innenhof
B. Durchgang zur Dienstbotentreppe
C. Innenhof
d. Treppe, die hinauf in das oberste Stockwerk und hinunter in den Innenhof führt
o. Säulen am Rand der Veranda

Gussie Binghams	1.	Ankleidezimmer
	2.	Schlafzimmer
	3.	Badezimmer
Danys	4.	Badezimmer
	5.	Schlafzimmer
	6.	Frühstückszimmer
Amalfis	7.	Schlafzimmer
	8.	Badezimmer
	9.	
	10.	von Tyson und
	11.	Lorraine be-
	12.	setzte Räume
	13.	
	14.	Dienstbotentreppe

es waren keine Schatten mehr da. Aber die Brise hatte sich gelegt, die Nacht war wieder still, und in dieser Stille hörte sie noch einmal und jetzt deutlicher das Geräusch, das sie kurz zuvor für das Scharren von Millicents Koffer auf dem Fußboden gehalten hatte. Es war ein leises, langsames, nicht zu identifizierendes Kratzen, bei dem man an das Mahlen von Stein auf Stein denken mußte, und es schien eher von der Veranda draußen als aus dem Zimmer über ihr zu kommen. Nach etwa zehn Sekunden verstummte es, aber diesmal erweckte es in Dany die Vorstellung von einem Menschen, der verletzt war und die Treppe hinaufzukriechen versuchte. Dieser Aufschrei, den sie gehört hatte – das war kein Ziegenmelker gewesen, und natürlich konnte der Wind keine der schweren Blumenschalen umwerfen! Ein Mensch hatte geschrien und war gefallen. Larry!... Wenn nun Larry sich auf Zehenspitzen die Treppe hinaufgeschlichen hatte, um sie nicht aufzuwekken, und gestolpert war...

Dany lauschte an der Tür, konnte jedoch keinen Ton mehr hören. Hatte Larry versucht, sich mit einem verrenkten Knöchel die Stufen hochzuziehen, oder lag er immer noch da draußen auf der dunklen Veranda, nach Luft ringend und in Schmerzen?

Dany vergaß jede Vorsicht, drehte den Schlüssel um und riß die Tür auf.

Der Mond stand nicht hoch genug, um die Schlucht des Innenhofs zu erhellen, und Dany sah nichts als Dunkelheit. Nur da, wo das Licht aus ihrer offenen Tür fiel, lief ein schmaler gelber Schein über den Kokosteppich und hob die Umrisse einer blumengefüllten Steinschale und eines einzelnen schlanken Pfeilers von der schwarzen Leere dahinter ab.

Unter keiner der vielen anderen Türen, die sich auf beiden Seiten des Innenhofes gegenüberlagen, schimmerte Licht hervor. Die Nacht war von neuem so still, daß das Zurückklatschen eines Goldfischs, der sich auf der Jagd nach einem Nachtfalter in dem Teich unten aufgeschwungen hatte, deutlich zu hören war.

Aus Angst, das schlafende Haus aufzuwecken, fragte Dany flüsternd: »Larry! – Larry, sind Sie da? Ist irgendwer da?«

Das Flüstern erzeugte ein leises, zischendes Echo unter dem hohen dunklen Dach der Veranda, aber niemand antwortete, und nichts regte sich. Nicht einmal die Fische im Teich.

Ein neuer Windstoß fuhr durch die Schlingpflanzen und Blütenbüsche in den Steinschalen. Danys Augen gewöhnten sich allmählich an die Dunkelheit, und nun wurden die Linien der hohen Säulen mit ihren Rundbögen, die Vierecke der Türen in den langen, weißgekalkten Mauern und die Umrisse der Steinschalen sichtbar wie ein Negativ im Entwicklerbad. Dany erkannte die leere Fläche der Veranda zu ihrer Rechten, aber zur Linken, wo es scharf um die Ecke ging, schuf die zum nächsten Stockwerk führende Treppe ein dunkles Nichts.

Dany öffnete die Tür ganz, trat zögernd einen Schritt vor und spähte in die Schatten. Da lag doch jemand...? Ja. Ein unordentlicher Haufen, hingeschleudert in die tiefe Finsternis unterhalb der Biegung der Steintreppe und der Farbe des Teppichbodens so ähnlich, daß er beinahe unsichtbar war.

Dany rannte zu ihm, bückte sich und berühte wirres Haar auf einem Kopf, der seltsam verdreht war. Aber es war nicht Larry Dowling. Wer dann? Sie faßte die schlaffen Schultern und zerrte den schweren Körper verzweifelt näher an die offene Tür und das Licht heran. Dann fiel ihr ein, daß sich die Schalter für die Lampen auf der Veranda an der Wand nahe der Treppe befanden, und sie lief hin.

Ein Schalter klickte unter ihren zitternden Fingern, und eine Sechzig-Watt-Birne in einer Hängelampe orientalischen Stils vertrieb die Schatten und warf ein Muster aus durchbrochenen Rhomben über die weiße Wand und den Kokosteppich. Und auf Millicent Bates, gekleidet in einen Pyjama und einen hafermehlfarbenen Morgenrock. Sie lag mit dem Gesicht nach unten und sehr still auf dem Boden der Veranda.

»Miss Bates!« flehte Dany, kniete neben ihr nieder und versuchte sie umzudrehen. »Miss Bates, sind Sie verletzt?«

Die dumme Frage hallte hohl von den schweigenden Veranden wider. Millicent Bates' Kopf rollte von Danys stützendem Arm hinunter. Der Wind ließ die Laterne schwanken, und die Lichtrhomben huschten hin und her und verliehen Millicents weit offenen, starrenden Augen eine Illusion von Bewegung. Aber ihr schwerer, schlaffer Körper bewegte sich nicht mehr. Es bewegte sich überhaupt nichts außer dem Licht und einem zerknüllten Stück Papier, das in der Brise flatterte. Wie ein großer heller Nachtfalter sah es auf der Kokosmatte aus.

Sie ist verletzt, dachte Dany, nicht begreifend. Schlimm verletzt... oder sie bekommt keine Luft mehr. Nein... nein, das allein ist es nicht... Gehirnerschütterung. Miss Bates war gefallen und hatte das Bewußtsein verloren. Diese flachen Stufen mit ihrem niedrigen, dekorativen, lächerlich unzureichenden Geländer! Sie mußte im Dunkeln hinuntergestiegen sein, um nachzusehen, ob Gussie für die Nacht gut versorgt war, und dann war sie ausgerutscht und gefallen.

Wie kann man etwas so Törichtes tun, dachte Dany aufgeregt. Im Dunkeln!

Das Papier flatterte von neuem. Bei dem Geräusch fuhr Dany zusammen. Sie hob es auf, steckte es in die Tasche, legte Millicent zurück auf den Teppich und stand auf. Sie zitterte, aber sie fürchtete sich nicht mehr. Sie mußte sofort Hilfe holen. Gussie Bingham, Tyson...

Dany rannte zu Gussies Tür und hämmerte dagegen. Als niemand antwortete, drückte sie auf die Klinke und stellte fest, daß auch Gussie die Vorsichtsmaßnahme getroffen hatte, sich in dieser Nacht einzuschließen. Dany schlug auf die Tür ein und rief ihren Namen, und der schweigende Hof griff die Laute auf und warf das Echo an den Bogen zurück: »Mrs. Bingham...! Mrs. Bingham... Mrs. Bingham...«

Eine Tür öffnete sich auf der benachbarten Veranda. In einem Viereck hellen Lichts erschien Tyson.

»Was, in Gottes Namen, hat dieser infernalische Krach zu bedeuten?« brüllte Tyson, kräftig selbst dazu beitragend. »Wer ist da? Was ist los?«

»Es ist Miss Bates!« rief Dany. »Tyson, komm bitte! Sie ist von der Treppe gefallen, und ich glaube, sie hat eine Gehirnerschütterung oder... oder so etwas. Und ich kann sie nicht heben. Sie ist zu schwer.«

Neben ihr ging eine Tür auf. In einem violetten Seidenkimono mit Blumenmuster, die Lockenwickler nur teilweise unter einem fliederfarbenen Tüll-Turban verborgen, trat Gussie Bingham heraus.

»Miss Kitchell! Wollten Sie zu mir? Um alles in der Welt, was ist denn geschehen? Wie, du bist auch da, Tyson?«

Tyson, der nichts als ein dürftiges Lendentuch aus einem fröhlich gemusterten Baumwollstoff trug, ging an ihr vorbei und schaltete dabei die Lampen ein.

Licht überflutete die Veranden des oberen Stocks. Köpfe tauchten auf und spähten nach unten: Nigel, Eduardo, Larry Dowling...

Lorraine kam schnell über die Veranda gerannt. Ihre kleinen bloßen Füße steckten in Pantöffelchen, die verrückt mit Federn geschmückt waren. Die Absätze klapperten laut, und das durchsichtige Nachtgewand wurde von einem ebenso durchsichtigen Negligé kaum verhüllt.

Aber niemand konnte mehr etwas tun. Millicent Bates war tot. Sie war von einer Stelle nahe dem Kopf der Treppe auf den Steinboden der Veranda gefallen und hatte sich den Hals gebrochen.

14

»Ich habe immer gesagt, die Treppen sind gefährlich.« Lorraine zitterte und war kreidebleich. »Diese dummen niedrigen Stangen, das sind doch keine Geländer! Trotzdem verstehe ich nicht, wie sie hat fallen können, auch wenn es dunkel war. Im Dunkeln ist doch jeder besonders vorsichtig, nicht wahr?«

»Vielleicht fürchtete sie, ohnmächtig zu werden«, meinte Tyson, »und wollte deshalb nach unten, um sich Aspirin oder so etwas von Gussie zu holen. Gussie hatte ihre gemeinsame Reiseapotheke in ihrem Zimmer.«

»Sollte man nicht annehmen, sie hätte Verstand genug gehabt, sich einfach hinzusetzen, wenn sie eine Ohnmacht nahen fühlte? Wirklich, manche Leute sind zu dumm!«

Lorraines Ton verriet deutlich, daß sie, so entsetzt sie war, Millicent Bates doch eines sehr rücksichtslosen Benehmens für schuldig hielt. Jetzt, wo der erste Schock der Entdeckung abgeklungen war, neigte sie mehr zu Zorn als zu Kummer.

Es war über eine Stunde her, daß Dany den schlafenden Haushalt geweckt hatte. Sie saßen alle im Wohnzimmer und warteten auf den Arzt, eine Ambulanz und die Polizei. Alle außer Gussie und Nigel Ponting. Gussie hatte einen hysterischen Anfall bekommen und lag jetzt im Bett. Man hatte ihr zwei Beruhigungstabletten und eine Wärmflasche verabreicht. Nigel war in die Stadt gefahren, um den Arzt zu holen und die Polizei zu informieren.

Man hatte Millicents Leiche in Danys Zimmer getragen, weil das zufällig das nächste war, und auf Danys Bett gelegt. Da lag sie nun allein, gekleidet in einen sittsamen Pyjama und einen ältlichen wollenen Morgenrock und starrte mit offenem Mund an die Decke.

Lash war davon wachgeworden, daß der Wagen aus der Garage gefahren wurde und die Scheinwerfer über die Wand seines Zimmers huschten. Als er das Haus hell erleuchtet sah, zog er sich einen Morgenmantel über und kam herüber, um sich zu erkundigen.

Amalfi hatte den anfänglichen Aufruhr verschlafen und war durch Gussies Kreischen hochgeschreckt. Sie schloß sich der entsetzten Gesellschaft an, gerade als Tyson und Larry Dowling Millicents reglosen Körper in Danys Zimmer trugen. Amalfi hatte mit bewundernswerter Ruhe reagiert, und ihr war es auch gelungen, Gussie durch ein einfaches Mittel zum Schweigen zu bringen. Sie ergriff den Krug mit Trinkwasser, der auf Danys Nachttisch stand, und schüttete seinen Inhalt in Mrs. Binghams scharlachrotes, schreiendes Gesicht.

Jetzt saß Amalfi auf dem Sofa. Die Kreation aus pfirsichfarbenem Satin und Spitze, die sie trug, stand ihr ausgezeichnet, und sie wirkte so gepflegt und beherrscht, als sei dies ein normales gesellschaftliches Zusammentreffen. Sie sprach mit Lash und trank schwarzen Kaffee, den Lorraine in der Maschine zubereitet hatte. Aber wenn ihre Gemütsruhe echt war, konnte sie sich ihrer als einzige im Raum rühmen.

Lash tat nicht einmal so, als höre er ihr zu. Er wirkte beunruhigt und mißgelaunt, und offenbar interessierte ihn nichts mehr als das Muster des Teppichs. Nur gelegentlich hob er den Kopf und sandte Tyson Frost einen gereizten Blick zu. Der Gastgeber stiefelte nervös im Zimmer auf und ab. Es sah aus, als habe sich ein Strandläufer vom Süd-Pazifik hierher verirrt.

Lash, der nur wünschte, Tyson würde stehenbleiben, dachte bei sich, Haare auf der Brust mochten zwar den echten Mann kennzeichnen, doch zuviel davon bringe einen nur auf den Gedanken, Darwin habe sehr recht mit seiner Behauptung, die menschliche Spezies stamme vom Affen ab. Es gab wenig Unterschied zwischen Tysons Oberkörper und einer Türmatte, und wenn er dazu noch hin und her lief wie ein Löwe im Käfig, ging das Lash schnell auf die Nerven. Konnte der Mann denn nicht fünf Minuten lang stillsitzen? Und Amalfi sollte endlich aufhören, für zehn zu reden. Lashs Blick wanderte kurz zu Dany, und er runzelte die Stirn.

Dany war als einzige im Zimmer vollständig angezogen, und diese Tatsache zu dieser Uhrzeit regte Lash unvernünftigerweise auf. Zwei Uhr morgens. Und alle hatten sich kurz vor halb zwölf auf ihre verschiedenen Zimmer begeben. Doch Dany allein war offensichtlich noch nicht im Bett gewesen, denn sie trug nicht nur das Kleid, das sie am Abend angehabt hatte, sondern auch ihre Strümpfe. Folglich war es unwahrscheinlich, daß sie das Kleid eilig übergestreift hatte, weil sie im Gegensatz zu allen anderen nicht in einem Bademantel herunterkommen wollte. Lash sah immer wieder prüfend zu Larry Dowling hin, und sein Gesicht verfinsterte sich zusehends.

Dany wiederum hatte sich in die Tiefen eines großen Sessels gekuschelt. Ihr war kalt, sie war sehr müde, und sie zerbrach sich den Kopf, wie Larry es geschafft hatte, früh genug zurück ins Haus und in sein Zimmer zu gelangen, um sich noch in den Pyjama und den Morgenmantel zu stürzen, was er jetzt trug. Dabei hatte sie ihn doch ganz kurze Zeit vor Millicents Fall in einem weißen Jackett auf der Terrasse unter ihrem Fenster gesehen! Oder war die Zeitspanne dazwischen länger gewesen, als ihr bewußt geworden war? Wie lange hatte sie am Fenster gestanden und in den Mondschein hinausgeblickt, nachdem er die Terrasse verlassen hatte? Höchstens zehn Minuten! Larry aber sah ganz wie ein Mann aus, der aus tiefem Schlaf geweckt worden ist. Sein Haar war zerzaust, und er gähnte in Abständen. Trotzdem war nichts Schläfriges an diesen ruhigen, beobachtenden Augen, und Dany glaubte ihm die gespielte Schlaftrunkenheit nicht.

Eduardo di Chiago, von dunkler Schönheit in einem roten Seidenpyjama und einem Morgenmantel, der spektakulär mit Monogramm und Krone geschmückt war, half Lorraine galant beim Servieren des Kaffees. Aber auch er war auffallend nervös und zuckte zusammen, wenn er angesprochen wurde, und man sah ihm an, daß ihn ebenso wie Lash das rastlose Herumlaufen seines Gastgebers reizte.

Lorraine merkte es und sagte bittend: »Tyson, Darling, setz dich doch! Du machst uns nervös. Warum gehen wir nicht alle wieder zu Bett?«

»Ich gehe nicht«, antwortete Tyson, »weil ich gleich wieder aufstehen müßte, wenn der Arzt und die Polizei eintreffen. Allerdings braucht ihr übrigen durchaus nicht hierzubleiben. Die Beamten werden nur mit mir und mit Miss – äh – Miss...«

»Kitchell«, half Lash ihm ärgerlich nach.

Tyson maß ihn mit einem bösen Blick. »Wenigstens hindert dich nichts daran, wieder ins Bett zu gehen. Deshalb laß dich von uns nicht aufhalten. Du warst nicht einmal hier, als es passierte, und ich habe keine Ahnung, was du überhaupt hier zu suchen hast.«

»Ich auch nicht«, erklärte Lash verdrießlich. Aber er machte keine Anstalten zu gehen und sah von neuem zu Dany hin. Es war ein langer, nachdenklicher und etwas beunruhigender Blick. Amalfi merkte es. Sie drehte sich um und folgte der Richtung seines Blickes. Ihre Augen verengten sich, und ihre bezaubernden, geschwungenen Lippen waren mit einem Mal weniger bezaubernd, da sie sie zu einer beinahe harten Linie zusammenpreßte. Sie hatte Dany während der letzten Stunde nicht direkt angesehen, und das holte sie jetzt nach.

Dany saß in einer zusammengekrümmten, kindlichen Haltung, die ungraziös hätte wirken müssen, es aber nicht war, denn sie enthüllte die Tatsache, daß sie eine schlanke Figur und lange, schöne Beine besaß. Auch mit ihrem Haar hatte sie etwas angestellt, es zurückgebürstet und sich dieser scheußlichen Locken entledigt. Und sie hatte die Brille abgenommen. Ohne sie sah sie schrecklich jung aus. Jung genug, um Amalfi zu ihrem Unbehagen ihr eigenes Alter in Erinnerung zu rufen. Eine Falte erschien auf Amalfis weißer Stirn. Sie wandte sich zurück und musterte Lash. Aber Lash studierte wieder den Teppich und schien ganz in seine eigenen Gedanken versunken zu sein, die, nach seinem Gesichtsausdruck zu schließen, nicht erfreulich waren.

Auch Eduardo hatte zu Dany – und von Dany zu Amalfi Gordon hingesehen. Seine dunklen Augen wurden plötzlich lebendig und merkwürdig wach. Er erklärte abrupt, als antworte er auf Tysons Frage:

»Ja, dann gehe ich wieder hinauf. Sie haben recht. Kein Mensch wird mir Fragen stellen wollen, und vielleicht störe ich nur. Diese Miss Bates – Sie haben sie wohl seit vielen Jahren gekannt? *Allora* – es ist sehr traurig für Sie. Meine Teilnahme. Sie entschuldigen mich, Lorraine?«

Er küßte ihr die Hand und dann Amalfi, allerdings nicht mit der bei ihm sonst üblichen Glut. Nachdem er Tyson seine Sympathie durch einen beredten Blick ausgedrückt hatte, zog er sich in sein eigenes Zimmer zurück. Doch sonst schien niemand geneigt zu sein, seinem Beispiel zu folgen, nicht einmal Larry Dowling, der sich bestimmt nicht als alten Freund der Familie betrachten konnte. Es waren immer noch alle da, als endlich Nigel mit dem Arzt und dem indischen Chefinspektor zurückkehrte.

Danach ging gnädigerweise alles schnell. Der Arzt bestätigte, was sie schon wußten, und es war ganz offensichtlich, wie der Unfall sich abgespielt hatte.

Miss Bates hatte, als sie im Dunkeln die Treppe hinunterstieg, entweder einen Schwindelanfall gehabt oder war auf einer Stufe fehlgetreten. Dann war sie über den Rand der Balustrade auf die Veranda gefallen und hatte sich den Hals gebrochen. So einfach und so erschreckend war das.

Tyson übernahm den größten Teil des Redens und zeigte, wo die

Leiche gelegen hatte. Dany brauchte nicht viel beizutragen. Der Arzt sah sich Gussie an und verordnete Ruhe und, wenn nötig, eine weitere Beruhigungstablette. Er und der Inspektor halfen, Millicents Leiche in den wartenden Krankenwagen zu tragen, drückten ihr Mitgefühl aus und fuhren davon.

Der Mond war untergegangen, und im Osten zeigte der Himmel bereits die ersten Spuren der Morgendämmerung, als Dany endlich unter ihr Moskitonetz kletterte. Ihr Bettzeug war zerknüllt, und ihr Kissen trug noch den Abdruck von Millicent Bates' Kopf. Niemand hatte daran gedacht zu fragen, ob sie woanders schlafen wolle, und sie war zu müde, um sich sonderlich daran zu stoßen, daß sie sich dahin legen mußte, wo die tote Millicent gelegen hatte. Zu müde, um sich noch über irgend etwas viel Gedanken zu machen...

Dany schlief tief und fest. Sie hörte weder das leise Klopfen des Hausdieners, der ihr um acht ein Teetablett bringen wollte, noch eine Stunde später Lorraines Stimme vor ihrer verschlossenen Tür, die fragte, ob sie schon wach sei. Schließlich war es Lash, der sie weckte.

Er klopfte an ihre Tür, mit zunehmender Lautstärke, bis Dany öffnete. Als sie schlaftrunken und verdutzt vor ihm stand, rief er mit unerklärlichem Nachdruck: »Danken Sie Gott dafür!«

»Wofür?« fragte Dany blinzelnd. »Ist irgend etwas los?«

»Offensichtlich nicht«, antwortete Lash, der seltsam blaß und erschöpft wirkte. »Aber als Sie nicht herunterkamen und Lorraine sagte, Ihre Tür sei verschlossen und sie habe keine Antwort von Ihnen bekommen, dachte ich, vielleicht sollte ich besser hinaufgehen und mich überzeugen.«

»Wovon?« fragte Dany verwirrt.

»Daß Sie wirklich nur schliefen. Möglich, daß diese scheußliche Geschichte heute nacht nichts als ein Unfall war, aber trotzdem...«

»Miss Bates –!« keuchte Dany. Die Erinnerung traf sie wie ein Schlag ins Gesicht. »Das – das hatte ich vergessen. Sie... oh, Lash! Oh, die arme Miss Bates. Arme Mrs. Bingham... Wie geht es ihr?«

»Mrs. Bingham? Ich glaube, gut. Sie scheint sich genügend erholt zu haben, um ein recht kräftiges Frühstück zu sich zu nehmen, wie das Tablett zeigte, das ihr hinaufgetragen wurde. Und wie steht es mit Ihnen? Denken Sie daran, irgendwann nach unten zu kommen?«

»Natürlich. Ist es schon spät?«

»Kurz nach zehn.«

»Zehn! Gütiger Himmel!«

Die Tür knallte ihm vor der Nase zu, und eine silberhelle Stimme auf halber Treppe zur Veranda fragte: »Bringst du deiner Sekretärin ein Ständchen, Lash, Darling?«

Amalfi kam auf ihn zu und lächelte süß zu ihm hoch. Aber die grünen Augen über dem liebreizend lachenden Mund waren kalt und hart und zeigten keine Spur von Fröhlichkeit. Lash blickte in diese Augen und empfand einen plötzlichen Schreck, als sei er im Dunkeln gegen einen festen Gegenstand gerannt.

Er hatte nicht gewußt, daß Amalfi so aussehen konnte, wenn sie so lächelte, und das schuf ihm ein Gefühl des Unbehagens und der Unsicherheit. »Das war rein geschäftlich«, verteidigte er sich.

»Ach ja?« Amalfis Stimme war so warm und süß wie ihr Lächeln. »Und ist eine Umhüllung aus Spitze und Nylon ihre normale Arbeitsbekleidung? Wieviel Spaß ihr Geschäftsleute haben müßt!«

Ihr reizendes Lachen perlte, und Lash stellte verblüfft fest, daß es ihn auf eine Weise zornig machte, wie er noch nie zuvor zornig gewesen war.

Er sah Amalfi lange an und hatte den Eindruck, daß er sie überhaupt nicht kannte. Vieles fiel ihm auf, was er bisher nie bemerkt hatte: die Jahre, die so geschickt in Schach gehalten wurden, das Eis, das in diesen kühlen Nixenaugen glitzerten und die Bosheit, die aus dieser warmen, schmeichelnden Stimme klang. Der Stahl, der sich hinter ihrer bezaubernden, verantwortungslosen, kindlichen Süße verbarg...

Amalfis lange Wimpern flatterten und senkten sich. Als sie sie wieder hob, stand in ihren Augen ein leises Flehen. »Ich bin schrecklich eifersüchtig, Darling«, flüsterte sie entschuldigend.

»Wirklich?« fragte Lash barsch. »Das muß eine nette Abwechslung sein.« Er wandte sich von ihr ab und stieg die Wendeltreppe zum Hof hinunter, ohne sich umzusehen, ob sie ihm folgte oder nicht.

Mr. Cardew von der Polizei, dessen friedlicher Sabbath rauh unterbrochen worden war, sprach an diesem Vormittag erneut im *Haus des Schattens* vor. Tyson führte ihn hinauf, damit er sich den Ort des Unfalls ansehen konnte.

Mr. Cardew sprach sich rügend über das völlig unzureichende Geländer aus, erklärte die Treppen für gefährlich und regte an, so bald wie möglich sollten eiserne Handläufe in vernünftiger Höhe angebracht werden. Er nahm Tyson, Dany und Gussie Bingham mit sich in die Stadt zurück, wo im Zusammenhang mit Millicent Bates' Tod verschiedene deprimierende Formalitäten zu erledigen waren.

Mr. Cardews Büro befand sich in einem vier Stockwerke hohen, quadratischen Gebäude mit Blick auf das Meer, herrlich geschnitzten Türen und einem Uhrturm. Das *Bet-el-Ajaib*, das *Haus der Wunder*, war früher ein von dem berühmten Sultan Seyyid Barghash-bin-Said erbauter Palast gewesen und tat jetzt Dienst als Verwaltungsgebäude.

Das *Haus der Wunder* war viele Jahre später als das *Haus des Schattens* gebaut worden, doch die Anlage war, wenn auch viel größer, ähnlich: mit Veranden versehene Zimmer um einen Innenhof. Nur war hier der Hof zum Himmel nicht offen, sondern wie ein Bahnhof mit einem Glasdach gedeckt.

Dany ließ Tyson und seine Schwester im Gespräch mit Mr. Cardew zurück, trat hinaus auf die Treppe und sah zum Hafen hinüber, wo das Gewürznelken-Schiff nach Pemba vor Anker lag. Drei alte Kanonen, die vor dem *Bet-el-Ajaib* standen, erregten ihre Aufmerksamkeit. Sie trugen das Wappen Portugals und waren ein Teil der Beute, den die Perser beim Fall von Hormuz gemacht hatten.

Sie hatte gerade die verwischten Inschriften auf dem alten, sonnendurchglühten Metall entdeckt, als ein Schatten über die Kanone fiel. Dany hob den Kopf und erkannte den Araber, der am Vortag mit ihnen in der Maschine von Nairobi gewesen war. Nigel hatte ihn als Seyyid Omar-bin-Sultan vorgestellt.

Seyyid Omars prachtvolle Zähne blitzten weiß in seinem olivfarbenen Gesicht. Er verbeugte sich. »Guten Morgen, Miss Kitchell. Wie nett, Sie so bald wiederzusehen. Sie haben wohl schon mit der Stadtbesichtigung begonnen und bewundern unsere Kanonen? Sie sind sehr alt. Vielleicht vierhundert Jahre oder mehr.«

»Ja, ich weiß«, antwortete Dany. »Ich habe von ihnen gelesen, bevor ich hierherkam. Wie lautet diese Inschrift? Das ist Arabisch, nicht wahr?«

»Persisch.« Seyyid Omar fuhr mit einem schlanken braunen Finger die anmutigen Zeichen nach.

Im Namen Gottes und durch die Gnade Mohammeds und Alis übergeben den Rechtgläubigen, die sich zum Krieg versammelt haben, um zu Ruhm und Sieg zu eilen... Während der Regierung von Schah Abbas, Sajawi, König der Erde und der Zeit, dessen Macht ständig wächst...

Sein Finger wurde langsamer und hielt an. Seyyid Omar las den Rest der langen Inschrift nicht mehr vor. Statt dessen blickte er darauf nieder und wiederholte mit leiser Stimme, in der eine merkwürdige Ehrfurcht (oder war es Neid?) mitschwang, diesen herrlichen, arroganten Titel: »König der Erde und der Zeit…«

»Das ist wundervoll«, sagte Dany, verzaubert vom Klang der Worte. »Ich danke Ihnen.«

Seyyid Omar ließ seine Hand schnell fallen und lächelte ihr zu, und seine Stimme klang wieder normal und höflich.

»Ja, das ist ein schöner Titel, nicht wahr? Aber es gibt niemanden mehr, der ihn trägt. Unsere große Zeit ist vorbei – und unsere Hofpoeten sind verschwunden. Wer weiß, wann sie wiederkehren werden? Doch was tun Sie allein hier, Miss Kitchell? Machen Sie eine Besichtigung auf eigene Faust?«

»Nein, leider nicht. Wir, das heißt Mr. Frost, Mrs. Bingham und ich, hatten, äh, eine behördliche Angelegenheit in der Stadt zu erledigen.«

»Oh?« Seyyid Omars ausdrucksvolle Augenbrauen hoben sich. »Das klingt langweilig. Ich hätte gehofft, Ihr erster Tag in Sansibar sei unterhaltsamer. Zu gern würde ich mich erbieten, Ihnen etwas von der Stadt zu zeigen, aber ich selbst bin auch nicht zum Vergnügen hier. Ich wollte zur Polizei.«

»Zur Polizei?« Dany erschrak. »Also, wir… wir auch. Mr. Cardew wollte uns sprechen.«

»Ah! Sie auch. Es ist wegen des Todes eines Bekannten von mir, nehme ich an? Salim Abeid, der gestern auf dem Flughafen von Mombasa starb. Nun, Sie werden der Polizei bestimmt nicht mehr helfen können als ich.«

Salim Abeid… Es erschütterte Dany, diesen Namen zu hören, denn Millicents Tod hatte die andere Tragödie in den Hintergrund ihrer Gedanken gedrängt. Doch jetzt wurde sie wieder daran erinnert, auch an die Tatsache, daß sie Salim Abeid knapp eine Stunde vor seinem Tod gesehen hatte, wie er mit diesem Mann im Schatten eines Seitengebäudes auf dem Flughafen Nairobi West sprach.

»Wahrscheinlich ein politischer Mord«, hatte Tyson behauptet. Jembe hatte sich viele Feinde unter den Aristokraten und den reichen Landbesitzern gemacht – solchen Leuten wie Seyyid Omar-bin-Sultan. Und Seyyid Omar war in der gleichen Maschine gewesen…

Die Mittagssonne brannte heiß auf den Eingang zum *Haus der Wunder* nieder, aber Dany lief ein kleiner kalter Schauer das Rückgrat hinunter. Unzählige Geschichten über die Grausamkeit des Ostens fielen ihr ein, von »Tausendundeine Nacht« bis zu den jüngsten Greueltaten des Mau-Mau.

Auf der Gewürznelken-Insel waren Gewalttat und Grausamkeit nicht unbekannt, wie ihre Geschichte zeigte, und die Ermordung eines Unruhestifters würde heutzutage wahrscheinlich ebenso wenig zählen wie früher der Tod Dutzender von Sklaven. Damals hatten die Dhaus der Sklavenhändler da angelegt, wo jetzt der kleine Dampfer nach Pemba Anker geworfen hatte, und ihre Mannschaften hatten unter ihrer menschlichen Fracht die Leichen aussortiert und auf diesen gleichen Strand geworfen.

Dany erschauerte. Seyyid Omar merkte es und meinte besorgt: »Für Sie war das ein böses Erlebnis. Es tut mir leid, daß Ihr erster Morgen auf unserer Insel durch den Tod dieses Mannes verdorben wird. Wahrscheinlich haben Sie ihn nicht einmal kennengelernt. Doch ich glaube, er war ein Mitreisender von Ihnen ab London, oder?«

Die Frage wurde ganz beiläufig gestellt und als sei die Sache gar nicht wichtig, aber Seyyid Omar wartete auf Antwort.

Dany sagte: »Ja. Aber kennengelernt habe ich ihn eigentlich nicht.«

»Mr. Dowling schon«, stellte Seyyid Omar freundlich fest. »Und natürlich war Mr. Ponting, der Sekretär Ihres Gastgebers, ihm früher schon begegnet. Es überrascht mich, daß Mr. Cardew Sie und Mrs. Bingham statt dieser beiden Herren hat sprechen wollen.«

»Oh, aber wir sind nicht deswegen hier«, klärte Dany ihn eilends auf. »Es hat heute nacht einen schrecklichen Unglücksfall in *Kivulimi* gegeben. Mrs. Binghams Gesellschafterin Miss Bates ist im Dunkeln eine der Treppen hinuntergefallen und hat sich den Hals gebrochen.«

»Sie meinen, sie ist tot?« fragte Seyyid Omar scharf.

»Ja.«

Diese eine Silbe hatte eine durchschlagende Endgültigkeit, und plötzlich war Millicent tot. Wirklich tot. Bis dahin war es unwirklich gewesen, eine Geschichte, die ihr irgendwer erzählt hatte, und die sie nicht ganz hatte glauben können. Jetzt war es die Wahrheit...

Dany hörte Seyyid Omar mit leisem Zischen durch die Zähne Atem holen. »Das ist furchtbar! Es tut mir leid. Es tut mir sehr leid. In der Tat, das war für Sie eine traurige Ankunft. Eine Ankunft, die unter einem schlechten Stern stand. Ich kann nur hoffen, es flößt Ihnen keinen Abscheu vor unserer Insel ein und erregt nicht den Wunsch in Ihnen, abzureisen.«

Dany hatte keine Zeit zur Antwort, denn in diesem Augenblick traten Tyson und seine Schwester zu ihnen, und Seyyid Omar sprach ihnen seine Teilnahme und sein Mitgefühl aus.

Sie standen im weißen Sonnenglanz vor einem tropischen Hintergrund aus blühenden Bäumen, harten Schatten und vorüberschlendernden weißgekleideten Männern mit ebenholzschwarzen Gesichtern, und sie sprachen von Millicent: Tyson, stämmig, bärtig und spürbar ungeduldig – Gussie, plötzlich zehn Jahre älter aussehend, ein faltiger, erschrockener Schatten der selbstsicheren und gesprächigen Dame von gestern – Dany mit ihrem gefärbten Haar und ihrer Brille – und Seyyid Omar-bin-Sultan, schicklich betroffen und voll ernster Teilnahme, *Requiem für eine britische alte Jungfer*...

Seyyid Omar lehnte die Einladung ab, sie zum Lunch in den Englischen Club zu begleiten. Tyson, Gussie und Dany kehrten zu dem Wagen zurück und wurden durch die engen Straßen zu einem hohen alten Gebäude am Strand gefahren. Es war ein Sinnbild alles dessen, was in den Worten »Vorposten des Imperiums« enthalten ist.

»Die Türen von all diesen Häusern sind so schön«, sagte Dany und blieb stehen, um auf die von weißen Mauern eingefaßte Straße zurückzublicken. »Diese Schnitzereien und diese mächtigen Messingspitzen.«

»Die sollten die Kriegselefanten daran hindern, die Türen einzurennen«, erklärte Tyson. »Ebenso nützlich wie schmückend.«

»Elefanten? Was für ein Unsinn! Man könnte doch nie einen Elefanten in eine dieser Straßen quetschen und erst recht nicht wenden und auf eine Tür richten!«

»Ja, das stimmt«, gab Tyson zu. »Trotzdem ist es eine hübsche Geschichte. Und es ist tatsächlich der Grund dafür, daß die Türen arabischer Häuser früher mit Spitzen versehen wurden. Die Zeit der Kriegselefanten ist vorbei, aber das Design hat sich erhalten. Und wegen der Straßen haben Sie recht, Miss Kitchell. Es ist die Hölle, ein Auto hindurchzusteuern. Wenn ein Auto von der einen und eine Katze von der anderen Richtung kommt, muß einer von beiden anhalten. Und da dies hier Sansibar ist, hält für gewöhnlich das Auto an. Ein liebenswertes Volk.«

Im Club gesellte sich Nigel zu ihnen. Sie saßen in einem riesigen, widerhallenden, spärlich besuchten Speisesaal unter dem unaufhörlichen Schwirren der elektrischen Ventilatoren und nahmen eine kräftige britische Mahlzeit zu sich, die keine Zugeständnisse an das Klima machte.

Weder Gussie noch Tyson hatten viel zu sagen, und so fiel Nigel und Dany die Aufgabe zu, eine Art von Gespräch in Gang zu halten.

Aber da Nigel so geschwätzig wie immer war, beschränkte sich Danys Anteil glücklicherweise auf ein gelegentliches, in passenden Abständen eingeworfenes Ja oder Nein.

Ihre Gedanken waren bei anderen Dingen als den Skandalen in der römischen Gesellschaft. Sie merkte gar nicht, wohin Nigels Anekdoten steuerten, bis er plötzlich sagte: »– die alte Marchesa, das ist Eduardos Großmutter, hat alle Fäden innerhalb ihrer Reichweite fest im Griff – und sie hat vielleicht eine Reichweite! Damit hatte es sich dann natürlich, soweit der arme Eddie betroffen war. Eine schreckliche Enttäuschung für ihn. Als nächstes bittet ihn die liebe Lorraine, Elf in London aufzusuchen, und das Spiel beginnt von neuem. Eine weitere *Grande Passion*, deren Schicksal es ist, an den gleichen alten Felsen zu zerschellen. Zu traurig für sie beide, wenn man es sich recht überlegt.«

»Warum?« fragte Dany gleichgültig.

»Oh, aber meine Liebe! Das liegt doch auf der Hand. Arme, arme Elf – so romantisch und unpraktisch! Da wirft sie eine solide Sache für einen bloßen Schatten weg – wüßte sie es nur! Eben noch war sie drauf und dran, eine Brücke über die Dollar-Lücke zu schlagen, indem sie Holden junior zum nächsten Standesamt schleppte. Wer taucht da auf? Eduardo! Ganz italienischer Charme, ein Marquis vom Scheitel bis zur Sohle und scheinbar ausgestopft mit Lire. Natürlich fiel die arme Süße um. Nun, ich meine, es hat schon etwas für sich, wenn man Krönchen in seine Unterwäsche sticken darf, und der Name ›Mrs. Holden‹ hat nicht ganz den gleichen Zauber wie ›Signora Marchesa di Chiago‹. Vorausgesetzt natürlich, die Lire und die hübschen Dollar-Scheinchen halten sich das Gleichgewicht. Und das tun sie nicht. Wirklich, irgendwer sollte die liebe Elf aufklären.«

»Irgendwer hat sie aufgeklärt«, sagte Tyson kurz und beteiligte sich damit zum ersten Mal an der Unterhaltung.

Nigel zeigte sich überrascht. »Sie? Also, das ist eine Erleichterung! Allerdings fragte ich mich schon gestern abend, ob nicht jemand vielleicht eine ganz kleine Andeutung habe fallen lassen. Ich hoffe, Sie werden dasselbe für den armen Eddie tun. Einen Hauch von einer Warnung?«

»Eddie«, erklärte Tyson, »kann für sich selbst sorgen.«

Gussie nahm sich ein großes Stück Kuchen und erkundigte sich: »Worüber redet ihr beiden? Wer soll weswegen gewarnt werden?«

»Eduardo«, antwortete Nigel, »wegen unserer lieben Amalfi. Daß sie erregend zahlungsfähig aussehen mag, aber sie täuscht. Sie trägt nichts als ausgezeichnete Imitationen – sie hat sie in Paris anfertigen lassen. Ich weiß zufällig, daß sie die Diamanten und Smaragde von Chubby abgestoßen hat. Die Familie war wütend – ach du meine Güte, sie schäumte vor Wut! Nur konnten sie natürlich nichts dagegen unternehmen. Und schließlich und endlich sympathisiert man mit der armen Süßen. Sie hatte jeden Grund zu glauben, daß sie eine sehr reiche Witwe sein würde, und es muß sie an den Rand des Wahnsinns gebracht haben, als sie sich einem ganzen Regiment von Verwandten aller Art gegenüber sah, die um ihren Anteil Schlange standen – und ihn auch bekamen! Dabei kann einem ja das Herz brechen. Man fragt sich: War es das wert? – Nein, danke, ich kann diesen Kuchen nicht riechen. Ich glaube, ich werde den Käse versuchen.«

Die Beerdigung Millicents fand am späten Nachmittag statt. Alle Hausbewohner nahmen daran teil, ausgenommen Amalfi, die über Kopfschmerzen klagte und hinzufügte, sie sei auf jeden Fall gegen Beerdigungen allergisch.

Die Zeremonie war kurz, und zumindest Dany überkam dabei ein Gefühl der Panik. Nicht weil sie eine besondere Zuneigung zu Miss Bates entwickelt hatte, die für sie fast eine Fremde gewesen war, sondern weil sie Millicent Bates' Abscheu vor allem Orientalischen nicht vergessen konnte. Und jetzt würde sie diesen Ort nie mehr verlassen. Einsam und allein mußte sie bis zum Tag des Jüngsten Gerichts in dieser heißen fremden Erde liegen, in Hörweite der Brandung und der Passatwinde und der raschelnden Palmen. Arme Miss Bates, die im Leben einer englischen Kleinstadt so fest verwurzelt gewesen war und gar nicht nach Sansibar hatte kommen wollen.

15

An diesem Abend versammelte sich eine stille und niedergeschlagene Gesellschaft zum Dinner. Nach dem Essen setzte man sich auf die Terrasse und machte verdrossen Konversation. Niemand schlug vor zu tanzen.

Amalfi schien sich von ihren Kopfschmerzen erholt zu haben. Aus Rücksicht auf den Tod von Miss Bates trug sie ein täuschend einfaches Gewand aus schwarzem Chiffon, das ihr ein zartes und sehnsüchtiges Aussehen verlieh und ihre weiße Haut durch den Kontrast noch weißer schimmern ließ.

Auch Lorraine und Gussie trugen Schwarz. Vermutlich aus dem gleichen Grund. Aber da Dany kein schwarzes Kleid besaß (Tante Harriet hatte sehr entschiedene Ansichten darüber, daß Schwarz für junge Mädchen unpassend sei), hatte sie dasselbe graue mit den Magnolien-Applikationen angezogen wie am Abend zuvor. Als Abdurahman, der Erste Hausboy, die Kaffeetassen und Likörgläser abräumte, und Nigel matt fragte, ob sonst noch jemand Lust auf eine Partie Bridge habe, steckte Dany zufällig die Hand in eine der weiten Taschen, die den Rock schmückten, und berührte ein zusammengeknülltes Stück Papier.

Dany zog es hervor und betrachtete es erstaunt. Wie mochte es in die Tasche geraten sein? Es war ein halber Bogen Schreibpapier, an der einen Seite ohne große Sorgfalt abgerissen. Dany glättete es, hielt es hoch, daß das Mondlicht voll darauf schien, und las die wenigen maschinegeschriebenen Worte, ohne ihre Bedeutung gleich zu verstehen.

Kann ich Sie bitte sprechen? Ich habe ein großes Problem und brauche Rat. Bitte, seien Sie doch so lieb und kommen Sie nach halb eins zu mir, da es sich um eine ziemlich private Sache handelt und ich nicht möchte, daß andere Leute davon erfahren. Mein Zimmer liegt unter Ihrem, und ich werde auf Sie warten. Bitte, kommen Sie. A. K.

Was in aller Welt...? dachte Dany und betrachtete den Brief mit zusammengezogenen Brauen. Sie drehte ihn um, aber mehr stand nicht da. Vermutlich hatte der Schreiber noch etwas hinzufügen wollen, es sich dann aber anders überlegt und den Rest weggeworfen. Doch wie war der Zettel in ihre Tasche gekommen, und wann?

Und dann erinnerte sie sich plötzlich. Es war ein Schock, als habe jemand Amalfis Methode angewandt, mit der sie Gussie aus ihrer Hysterie gerissen hatte, und ihr einen Liter eiskaltes Wasser ins Gesicht geschüttet.

Es war das Stück Papier, das gegen ihren Rock geflattert war, als sie vorige Nacht neben Millicents Leiche kniete. Sie hatte es, ohne nachzudenken, ergriffen und in die Tasche gestopft. Aber es war mehr als ein Stück Papier. Es war der Beweis für einen Mord.

Ein Bruchstück der gestrigen Unterhaltung hallte immer wieder und wieder durch ihr Gehirn wie eine gesprungene Grammophonplatte. *Ein dritter was? Mord natürlich, Darling. Alles geschieht dreifach*... Es war dreifach geschehen. Es hatte einen dritten Mord gegeben. Und den Versuch zu einem vierten... an ihr selbst. Denn der Brief war weder unbeendet noch unsigniert. Er war auf ihrer Schreibmaschine – Miss Kitchells Schreibmaschine – geschrieben und mit ihren Anfangsbuchstaben – Miss Kitchells Anfangsbuchstaben – unterzeichnet worden. Und wenn er gefunden worden wäre...?

Dany wurde eiskalt. Furcht und Übelkeit schüttelten sie, löschten den Mondschein und die sich müßig unterhaltenden Stimmen aus. Sie war in einem grausigen, klebrigen Spinnennetz gefangen, und so sehr sie sich auch drehte und wendete, sie konnte nicht entrinnen. Immer wieder würde sich ein neuer Faden um sie wickeln, bis sie endlich gebunden und hilflos war.

Hysterie drohte sie zu überwältigen. Sie wollte aufspringen und schreien und schreien, wie Gussie es getan hatte. Sie wollte über die Terrasse und durch das Mondlicht und hinaus auf die weiße staubige Straße laufen und weiterrennen, bis sie umfiel. Sie kämpfte den Anfall nieder, drückte sich die Fingernägel in die Handflächen und biß sich auf die Unterlippe, daß sie blutete. Und dann kam eine Hand aus dem Nebel und schloß sich über ihrer. Eine Hand aus Fleisch und Blut, fest und wirklich inmitten von bösem Dunst und Unwirklichkeit hielt die kreisende Welt an und brachte die Vernunft zurück.

Der Nebel lichtete sich, und der Mond schien wieder hell, und Lash stand vor ihr. Sein Körper bildete eine Barriere zwischen ihr und den sieben anderen Leuten auf der Terrasse.

Er sagte: »Kommen Sie, machen wir einen Spaziergang zum Strand. Ich habe den ganzen Tag noch keine Gelegenheit gehabt, ein Wort mit Ihnen zu wechseln, und es gibt da ein oder zwei Dinge, die ich gern durchgehen möchte. Sie entschuldigen uns, Lorraine?«

Er wartete nicht auf Erlaubnis, sondern riß Dany auf die Füße, zog ihren Arm durch seinen und drückte ihn fest an sich. So stieg er mit ihr über die Stufen der Terrasse in die tintenschwarzen Schatten des baumbestandenen Gartens. Dort begann er, von geschäftlichen Angelegenheiten und Namen zu sprechen, die ihr nichts bedeuteten, und fuhr damit fort, während sie die dunklen, von Blütendüften erfüllten Pfade entlanggingen. Sie verließen den Garten durch eine Tür in der seewärts gelegenen Mauer und kletterten über steile Felsen zum Strand hinunter.

Der Strand lag verlassen da. Nichts bewegte sich außer der ruhig auflaufenden Flut und einer Schar geisterhafter kleiner Sandkrabben, die so still wie Nachtfalter hin und her huschten. Zu beiden Seiten hoben sich von Wind und Wasser ausgesägte Korallenklippen dunkel vor dem mondhellen Himmel ab und warfen scharfrandige Schatten auf den weißen Sand. Lash mied sie und hielt auf den offenen Strand zu. Kurz vor dem Wasser blieb er stehen. Hier konnte sich ihnen niemand nähern, ohne gesehen zu werden, und niemand konnte sie belauschen.

Lash lockerte den Griff um Danys Arm und drehte sie so, daß sie ihn ansah. Aber er senkte die Stimme nicht und machte auch keinen Versuch, die Klangfarbe zu ändern. Jeder, der ihn aus dem Dunkel heraus beobachtete, hätte angenommen, daß er das im Garten begonnene Gespräch fortsetzte.

»Was ist passiert, Schätzchen? Was stand auf dem Stück Papier? Hat Ihnen jemand einen anonymen Brief geschrieben?«

Dany hielt ihm den Zettel wortlos hin. Sein Gesicht nahm vor ihren Augen ganz fremde, harte Züge an, als er ihn las.

Nach ein oder zwei Sekunden fragte er leise: »Hat Ihnen das jemand in die Tasche gesteckt?«

»Nein«, flüsterte Dany. »Ich habe es letzte Nacht gefunden. Es lag auf der Veranda... neben Miss Bates. Sie muß es in der Hand gehabt haben, als... Ich steckte es in die Tasche, und ich dachte nicht wieder daran, bis... bis eben, als ich es berührte und hervorzog und... las.«

Lash schwieg lange Zeit, die Augen auf das Stück Papier in seiner Hand gerichtet. Schließlich sagte Dany: »Es bedeutet, was ich vermute, nicht wahr?«

»Ja.« Lash sprach immer noch leise und tat nicht so, als verstehe er sie nicht. Seine Stimme stand in merkwürdigem Gegensatz zu der häßlichen Härte seines Gesichts und seinen verkrampften Händen.

»Was sollen wir tun? Werden Sie – werden Sie es der Polizei sagen?«

»Ich weiß es nicht. Ich muß erst darüber nachdenken. Was haben

Sie mit der Schreibmaschine gemacht? Wo ist sie?«

»In meinem Zimmer.«

»Dann ist der Brief wahrscheinlich nicht auf dieser Maschine geschrieben, was uns helfen mag.«

»Doch.« Dany schluckte schwer. »Ich dachte, einer der Diener müsse damit herumgespielt haben, der Deckel lag nicht richtig auf, und es steckte ein Fetzen Papier hinter der Walze, die andere Hälfte zu diesem Stück.«

»Wann war das?« fragte Lash scharf.

»Gestern abend, als ich nach oben ging.«

»Haben Sie die Maschine angefaßt?«

»Ja. Ich probierte aus, ob sie noch funktionierte, und das tat sie, und ich nahm das Stück Papier heraus. Es liegt im Papierkorb.«

Lash stieß den Atem in einem leisen Seufzer aus. »Also sind Ihre Fingerabdrücke drauf. Und auf diesem Brief ebenfalls. Ein sauberer, narrensicherer Trick! Lieber Gott, in was habe ich Sie hineingezogen?«

Er zerknüllte den Brief wild in einer geballten Faust, drehte sich um und starrte stur auf das schimmernde Meer hinaus. Dany sah, wie die Muskeln an seinem Unterkiefer sich anspannten und zuckten. Er sagte halblaut und wie zu sich selbst: »Ich hätte Sie direkt und unverzüglich zur Polizei bringen sollen... damals in London. Es hätte ein bißchen unangenehm werden können, mehr aber auch nicht. Statt dessen habe ich die Wahnsinnsidee eines Betrunkenen in die Tat umgesetzt und Sie...«

Er machte eine heftige, verzweifelte Handbewegung, und Dany fiel rasch ein: »Nicht, Lash! Es war nicht Ihre Schuld. Es war meine, weil ich mir nicht klargemacht habe, daß Sie... Oh, was kommt es darauf an? Wir können auch jetzt noch zur Polizei gehen.«

Lash fuhr zu ihr herum, die Augen leer vor Bitterkeit. »Nein, das können wir nicht. Das ist ja das Teuflische daran. Wir müssen es zulassen, daß der Tod von Miss Bates in den Akten weiterhin ein Unfall bleibt. Einen anderen Ausweg gibt es nicht.«

»Aber, Lash...«

»Da gibt es kein ›aber‹!« unterbrach Lash sie wild. »Ich mag mich in letzter Zeit wie ein Vollidiot benommen haben, doch ich kann immer noch zwei und zwei zusammenzählen. Diese Frau wurde umgebracht, weil sie zuviel redete, und wäre das Schicksal nicht gnädig gewesen, hätte man dies Stück Papier in ihrer Hand oder neben ihrer Leiche gefunden. Man hätte Sie nach einer Erklärung gefragt und auch nach ein paar Dingen! Zum Beispiel, wie die andere Hälfte des Bogens in Ihr Zimmer gekommen ist, wenn Sie den Brief nicht geschrieben haben, und warum, zum Henker, Sie mindestens eine Stunde, nachdem alle anderen in ihren Betten lagen, vollständig angezogen waren. Übrigens, was haben Sie denn nun gemacht? Haben Sie auf Miss Bates gewartet?«

»Lash!« Dany wich zurück, als habe er sie geschlagen.

»Ich habe nicht gemeint: ›Haben Sie sie getötet?‹« ergänzte Lash ungeduldig. »Nicht einmal: ›Haben Sie den Brief geschrieben?‹ Natürlich haben Sie das nicht getan. Aber hat Miss Bates irgend etwas darüber gesagt, sie werde später zu Ihnen kommen?«

»Nein.«

»Warum sind Sie dann nicht im Bett gewesen? Was haben Sie gemacht?«

»Nichts. Mir war nur nicht nach Schlafen zumute, das ist alles. Vielleicht fürchtete ich mich auch, das Licht auszuschalten, und deshalb schob ich das Schlafengehen hinaus. Und dann hörte ich den Ziegenmelker wieder, aber es war kein Ziegenmelker.«

Dany erschauerte bei der Erinnerung an diesen Laut. Mühsam stieß sie hervor: »Es war Miss Bates. Sie muß aufgeschrien haben, als sie fiel. Und dann hörte ich den Aufprall...«

Sie erzählte ihm, wie sie Millicents Leiche und das Stück Papier gefunden hatte und daß Larry Dowling kurze Zeit vorher durch den Garten gegangen war.

»Dowling«, sagte Lash kurz.

Er überlegte einige Zeit. Dann schüttelte er den Kopf und kam nicht mehr auf Larry Dowling zurück. »Haben Sie gar kein anderes Geräusch gehört? Keine Schritte! Nichts? Wenn jemand darauf lauerte, daß Miss Bates die Treppe herunterkam, um sie über das Geländer zu stoßen, müssen Sie doch Schritte gehört haben.«

»Nein, ich habe sonst nichts gehört. Nur einen Schrei und einen Aufprall, wie ich Ihnen gesagt habe. Ein anderes Geräusch hat es nicht... Nein. Nein, ich irre mich. Da war ein anderes Geräusch. Ein komisches leises Kratzen wie...« Sie zog die Brauen zusammen, versuchte, sich zu erinnern und die Erinnerung in Worte zu fassen. Schließlich gab sie es auf. »Ich weiß es nicht. Schritte waren es auf keinen Fall.«

Lash tat die Sache mit einem Schulterzucken ab. »Lassen wir das im

Augenblick. Doch die Tatsache bleibt, daß Sie wach und angezogen waren. Es hätte gar nicht gut ausgesehen, wäre der Brief gefunden worden. Er hätte die Theorie gestützt, daß Sie ihn geschrieben haben. Natürlich ist so etwas kein Verbrechen, und es wäre nichts weiter daraus hervorgegangen, als daß Sie Miss Bates um einen Besuch gebeten hatten und daß sie auf dem Weg nach unten ausrutschte und fiel. Aber sobald Sie geleugnet hätten, die Absenderin zu sein, wäre es problematisch geworden. Höchstwahrscheinlich hätte man Ihnen nicht geglaubt. Man hätte Sie gefragt, warum Sie es abstritten, wo doch der Beweis auf der Hand liege. Und als nächstes hätte man entdeckt, daß Sie ebensowenig Miss Kitchell sind wie ich und daß Sie England mit einem falschen Paß verlassen haben, um einer Anklage wegen Mordes zu entgehen. Es hätte sich gar nicht gut angehört. Vielleicht hätten sie sich aus der Sache mit Millicent oder aus der Sache mit Honeywood herausreden können, nur bestimmt nicht aus beiden. Und aus diesem Grund muß der Unfall der letzten Nacht genau das bleiben – ein Unfall. Alles andere ist zu gefährlich. Und jetzt: Je eher wir dieses Papier loswerden, um so besser.«

Er zog ein Feuerzeug aus der Tasche, knipste es an und hielt eine Ecke des zerknüllten Briefes in die Flamme. Dany keuchte: »Lash, das können Sie nicht tun! Es ist ein Beweisstück!«

»Sicher. Doch in einer Minute nicht mehr. Und ohne dieses hat das andere Stück Papier in Ihrem Zimmer überhaupt keine Bedeutung, und es gibt nichts, was Sie mit Miss Bates verbindet.«

Er sah zu, wie der Fetzen Papier, der Millicent in den Tod gelockt hatte, schwarz wurde, sich rollte und aufflammte. Als er ihn nicht mehr halten konnte, ließ er ihn fallen und grub die verbrannten Reste mit dem Absatz in den Sand. Er schwieg ein paar Sekunden lang und blickte finster auf die kleine dunkle Vertiefung nieder. Dann erklärte er bedächtig: »Ich wünschte, ich könnte Sie von hier wegbringen, aber das kann ich nicht. Wenn wir fliehen, machen wir es nur noch schlimmer. Und trotzdem ist es auch ein Risiko zu bleiben. Hören Sie zu, Dany, Sie müssen mir etwas versprechen.«

»Was?« fragte Dany mit unsicherer Stimme.

»Daß Sie nachts niemals und aus gar keinem Grund Ihr Zimmer verlassen werden. Daß Sie sich einschließen. Und wenn jemand an Ihre Tür klopft oder einen Zettel hineinschiebt, der Sie auffordert, irgendwohin zu gehen, dürfen Sie ihn nicht einmal berühren, auch wenn er von Ihrer Mutter unterschrieben ist und Sie ihre Handschrift erkennen. Geben Sie ihn mir am Morgen. Und machen Sie mit niemandem nächtliche Spaziergänge – außer mit mir! Verstanden?«

Er lächelte sie an. Es war jedoch ein Lächeln, das seine Augen nicht erreichte. Dany sagte mit einem Kloß im Hals: »Warum nur will mir irgendwer etwas tun? Oder warum versucht er, mir etwas in die Schuhe zu schieben? Als ich diese Karte oder diesen Schlüssel oder was es war noch hatte, war es etwas anderes. Aber das Dokument ist mir gestohlen worden. Die Person, die es haben wollte, hat es jetzt. Warum hört damit nicht alles auf? Warum mußte Miss Bates ermordet werden?«

Lash erwiderte: »Weil sie immer wieder davon anfing, sie sei in der Nähe von Honeywoods Haus gewesen, als der Mörder unterwegs zu seiner Tat gewesen sein muß. Das waren Sie ebenfalls, und dieser Kerl weiß es. Er hat sie nun eindringlich gewarnt: Wenn Sie reden, wird es Ihnen schlecht ergehen. Entweder das, oder er hält Sie als Sündenbock für den Fall bereit, daß er einen braucht. Viele Männer würden für drei Millionen jedes Verbrechen begehen, das können Sie mir glauben. Deshalb müssen Sie von jetzt an sehr vorsichtig sein. Das ist mein voller Ernst. In einem oder zwei Tagen wird sich die Polizei der Sache annehmen, und dann soll sie sich Kopfzerbrechen machen.«

Dany rang die Hände und schluchzte auf: »Lash – ich habe Angst.«

»Da sind Sie nicht die einzige!« gab Lash mit Nachdruck zurück. »In meinem ganzen Leben habe ich noch nie solche Angst gehabt. Mir graust bei dem Gedanken, daß einer von den Leuten da hinten auf der Terrasse Mord als Hobby betreibt, und ich wünschte, ich hätte eine Waffe.«

»Aber es kann keiner von uns sein! Unmöglich!«

»Seien Sie nicht töricht, Dany. Es kann niemand anders sein. Es ist einer von sechs Leuten. Sie, ich, Amalfi, Gussie Bingham, der italienische Playboy und Larry Dowling. Suchen Sie sich einen aus.«

Dany erschauerte, und plötzlich zog Lash sie in seine Arme, drückte sie an sich und fuhr ihr mit der freien Hand durch die scheußlichen roten Locken. Er sagte: »Tut mir leid, Schätzchen. Aber diese Tatsache steht nun einmal felsenfest.«

Dany schluchzte an seiner Schulter eine unverständliche Bemerkung. Er legte ihr die Hand unter das Kinn und hob es hoch. »Was haben Sie gesagt? Ich habe es nicht verstanden.«

»Ich habe gesagt: ›Vorsicht, meine Brille.‹«

»Die hat mir sowieso noch nie gefallen.« Lash nahm ihr die Brille ab und gab Dany einen flüchtigen Kuß. Wenigstens war das seine Absicht gewesen, doch es entwickelte sich ganz anders, und als er endlich den Kopf hob, war er atemlos und erschüttert.

»War das dein erster Kuß?« fragte er und hielt sie ein Stück von sich ab.

»Ja«, flüsterte Dany benommen. Ihr Gesicht war im weißen Mondlicht verwirrt und schön. »Woher weißt du das?«

»Ich habe meine Erfahrungen«, stellte Lash trocken fest. »Für heute abend soll es auch der letzte sein, denn wenn ich das noch einmal tue, kann ich für nichts mehr garantieren.«

Er bückte sich und hob die Brille hoch, die unbeschädigt auf dem Boden lag. Nachdem er den Sand abgewischt hatte, setzte er sie Dany sorgfältig wieder auf.

»Das wäre dann alles für heute, Miss Kitchell. Ich halte es für besser, wenn wir ins Haus zurückgehen und Sie für die Nacht sicher einschließen. Und bezüglich dieses letzten Punktes der Tagesordnung könnten Sie sich überlegen, ob Sie mir morgen nicht eine Kopie davon geben wollen – in dreifacher Ausfertigung.«

Er führte sie über den weißen Strand und durch die Tür in den Garten. Dort entdeckten sie Larry Dowling, der am Rand eines kleinen Teichs, umstanden von Steinvögeln und Spinnenlilien, herumschlenderte. Vielleicht wären sie vorbeigegangen, ohne etwas zu merken, hätte sich nicht eine Widerspiegelung leicht im Wasser bewegt und wäre nicht ein schwacher Zigarettenrauch wahrzunehmen gewesen.

Lash blieb stehen und fragte: »Sind Sie's Chiago?« Da trat Larry ins Mondlicht hinaus und sagte: »Nein. Aber das war clever von Ihnen. Ich rauche eine von seinen Zigaretten. Ich mag sie eigentlich nicht; muß immer danach husten. War's schön am Strand?«

»Ja, danke«, antwortete Lash kurz. »Sind Sie dahin unterwegs?«

»Nein. Ich spaziere ziellos umher«, sagte Larry.

»Dann lassen Sie sich von uns nicht aufhalten.« Lash wandte sich dem Pfad zu, der zur Terrasse führte.

Es waren nur noch zwei Personen da, Amalfi und Eduardo, und sie schienen sich zu streiten. Als sie Schritte hörten, brachen sie ab. Amalfis Stimme klang nervös. »Ach, ihr seid es. Ich hoffe, ihr habt alle eure geschäftlichen Angelegenheiten zufriedenstellend erledigt.«

»Haben wir«, antwortete Lash liebenswürdig. »Danke der Nachfrage.«

Amalfi lachte. »Gussie hat recht. Du bist nichts weiter als ein alter

Sklaventreiber. Ich glaube wirklich, dein Motto ist: ›Zuerst das Geschäft.‹«

»Diese Amerikaner«, meinte Eduardo. »So leistungsfähig, so hart, und immer am Ball. Es ist wundervoll.«

Amalfi fiel hastig ein: »Ich soll dir von Lorraine gute Nacht sagen, Lash. Sie und Gussie dachten, es täte ihnen gut, früh zu Bett zu gehen. Lorraine möchte wissen, ob du Lust hättest, morgen früh den Fischmarkt zu besichtigen. Gussie sähe ihn gern. Sie sagt, wenn sie hier bloß herumsitzt, wird sie noch wahnsinnig, und Lorraine sagt, wenn du dich ihnen anschließen willst, mußt du dich um acht zum Frühstück einfinden. Gleich danach wird ein Wagen in die Stadt fahren. Ich habe ihr jedoch gleich gesagt, daß ich nicht glaube, so etwas sei nach deinem Geschmack.«

»Dann hast du falsch gedacht«, antwortete Lash, immer noch liebenswürdig. »Ich liebe Fische. Wo ist Tyson? Ist auch er früh zu Bett gegangen?«

»Nein. Er und Nigel sind wie du. Sie arbeiten zur Abwechslung ein bißchen.«

»Es wird Ihnen nicht schaden.« Lash wandte sich Dany zu. »Das erinnert mich, ich selbst habe auch noch ein paar Dinge zu erledigen. Am besten leihe ich mir Ihre Schreibmaschine aus, Ada. Ich gehe gleich mit Ihnen nach oben und hole sie mir. Ist Ihnen das recht?«

»Ja, natürlich«, antwortete Dany.

Sie ging zur Tür und Lash folgte ihr, als Amalfi mit leiser Stimme und ohne jemanden Bestimmtes anzusprechen fragte: »Wie ich hoffe, bedeutet das, daß Adas Mumps besser ist?«

16

»Ich habe immer geglaubt«, Nigel führte ein zart parfümiertes Taschentuch an seine Nase, »daß der Stapelplatz eines Fischhändlers im Rang nur wenig über einer Leichenhalle und knapp unter einem Metzgerladen und einem Schlachthaus steht. All diese schlüpfrigen weißen Bäuche und kalten glotzenden Augen, die einen anstarren. Zum Erbrechen! Aber sehen Sie sich nur diese Farben an! Bester Speisefisch. Kaufen wir doch ein paar von diesen türkisblauen Fischen mit den korallenroten Tupfen – oder wie wäre es mit diesen da in dem himmlischen Rosa? Wissen Sie, das hier könnte einen fast dazu verleiten, für eine ganze Woche Fisch zu kaufen.«

»Kann man denn die Dinger wirklich essen?« Gussie beäugte die zur Debatte stehenden Fische argwöhnisch. »Lorraine, du wirst doch diese rosafarbenen Kreaturen nicht kaufen?«

»Das ist *Changu,* Gussie. Schmeckt köstlich. Warte, bis du sie gekostet hast.«

»Na ja, wenn du es sagst«, meinte Gussie mit schwacher Stimme.

Der Fischmarkt war eine Orgie von Lärm und Farben. Hausfrauen verschiedener Nationalitäten kauften ein, und die Ware, um die sie feilschten, wetteiferte in Farbe und Muster mit ihren bunten Kleidern. Es war, als habe man den exotischen Inhalt eines tropischen Aquariums über die primitiven Brettertische, auf den Fußboden und in die Holzfässer und -wannen geschüttet: Fische jeder vorstellbaren Form und Farbe, Schönheit neben garstig anzuschauenden Dingen – Stachelrochen, Hammerhaie, Tintenfische und Kraken.

Ebenso farbenprächtig und dabei von viel bessserem Geruch waren die Stände des offenen Marktes, wo Obst und Getreide und Gemüse verkauft wurden. Eine glühende, aromatische Mischung von Orangen, Limonen, Bananen, Kokosnüssen, Gewürznelken und Cayennepfefferschoten, Papayas, Süßkartoffeln, eine Unmenge grüner Gemüse und flache Körbe mit verschiedenen Getreidearten.

»Was haben Sie denn da gekauft?« erkundigte sich Lash und drängte sich zu Dany durch. Sie stand vor einem Obsttisch und hatte die Hände voll mit grünlichgelben Früchten.

»Mango. Ich sagte, ich wolle nur eine – um sie zu probieren. Aber anscheinend werden sie nicht stückweise verkauft. Nur korbweise, und so viele konnte ich unmöglich wegtragen. Glücklicherweise kam Seyyid Omar vorbei, und er... Sie kennen sich noch nicht, glaube ich? Das ist Seyyid Omar-bin-Sultan; er ist mit uns geflogen.«

»Ja, ich erinnere mich.« Lash schüttelte dem Araber die Hand. »Sehr erfreut, Sie kennenzulernen. Ich bin Lash Holden.«

»Sie sind Amerikaner?« fragte Seyyid Omar.

»Richtig. Aus dem Land der Zukunft.«

»Sicher doch das Land der Gegenwart?« korrigierte Seyyid Omar lächelnd und mit leiser Betonung des Wortes *Gegenwart.*

»Mag sein«, antwortete Lash leichthin und richtete seinen argwöhnischen Blick auf Dany. »Sagen Sie, Sie wollen diese Dinger doch nicht gleich hier an Ort und Stelle essen?«

»Wo denn sonst?«

»Nun, in der Badewanne, schlage ich vor. Sie werden sich sonst schön bekleckern. Und sechs Mangofrüchte auf einmal können Sie sowieso nicht verputzen.«

»Warten Sie's nur ab!«

»Ich denke nicht daran.« Damit konfiszierte Lash die Beute.

Seyyid Omar lachte. »Offenbar hat Miss Kitchell noch nie versucht, eine Mango zu essen. Ein Teller und ein Messer sind eine Hilfe. Wollen Sie mir erlauben, Ihnen beides zu leihen? Mein Haus steht nicht weit von hier, und ich weiß, daß meine Frau sich sehr freuen würde, Sie kennenzulernen. Wenn Sie mit mir kommen, können Sie Ihre Mangofrüchte in aller Bequemlichkeit essen.«

Dany warf Lash einen schnellen Blick zu. Seyyid Omar fing ihn auf und machte vor Lash lächelnd eine kleine Verbeugung, die ihn in die Einladung einschloß.

»Natürlich«, sagte Lash langsam. »Wir kommen sehr gern mit. Hier, würde es Ihnen etwas ausmachen, dies eine Minute lang zu halten?«

Er lud die Früchte auf Seyyid Omar ab und ging zwischen den Ständen zu der Stelle hin, wo Nigel Lorraine bei der Auswahl von Ananas half. Eine oder zwei Minuten später kam er zurück und meldete, es gehe in Ordnung, und die anderen würden später in den Englischen Club gehen und dort auf sie warten.

»Ich fahre Sie dann hin«, versprach Seyyid Omar und führte sie vom Markt weg auf den Hafen zu.

Seyyid Omars Haus stand in einer engen Straße. Sie war eine Höhle kühlen Schattens, in die gelegentlich ein Sonnenstrahl wie eine heiße, harte Lanze einbrach. Das große arabische Haus hatte vier Stockwerke und war in Safrangelb und Blau getüncht.

Eine herrliche messingbeschlagene Tür mit kunstvoll geschnitzten Fensterstürzen und Balken öffnete sich in eine steingeflieste Halle und einen Innenhof, um den sich Reihen von säulengeschmückten Veranden erhoben. Es war fast ein Duplikat von Tysons Haus, nur größer.

Seyyid Omar stieg vor ihnen die Treppe bis zu einem Zimmer im zweiten Stock hoch, dessen vergitterte Fenster jenseits der alten, aus Stein erbauten Stadt Sansibar den Anblick des im morgendlichen Sonnenschein gleißenden weiten blauen Meeres boten.

Ein weißgekleideter Diener brachte Sorbet, Obst und Zigaretten, und die hübsche Frau ihres Gastgebers unterwies Dany darin, wie man eine Mango auf die beste, beziehungsweise ungefährlichste Art ißt.

Seyyide Zuhra-binti-Salem glich auf den ersten Blick einer Gestalt aus Tausendundeiner Nacht – Scheherazade selbst oder eine von Blaubarts schönen Frauen. Eine schlanke, reizende, dunkelhäutige junge Frau mit blauschwarzem Haar und einem Teint wie helles Elfenbein. Man bekam eine Art Schock, wenn man entdeckte, daß dies bezaubernde Geschöpf nicht nur sechs Fremdsprachen beherrschte, sondern auch einen akademischen Titel trug.

Es warf alle vorgefaßten Meinungen Danys über »Haremsdamen« über den Haufen, daß die junge Frau eines Arabers in Sansibar unendlich viel gebildeter war als sie selbst oder, was das anging, als die Mehrheit europäischer Frauen, mit denen sie bisher in Kontakt gekommen war.

Der Besuch erwies sich in mehr als einer Beziehung als unterhaltend, anregend und erstaunlich. Die Zeit verflog im Nu. Zuhra lachte und plauderte von Oxford und Paris und der Sorbonne, und ihr Mann erzählte spannende Geschichten über die Insel. Er erbot sich, ihnen am Nachmittag, wenn es kühler geworden war, die unterirdischen Brunnen und die Ruinen des Spukpalastes von Dunga zu zeigen.

Die Unterhaltung verlief unbeschwert und lebhaft, bis die beiden Tragödien, die einen Schatten auf die Ankunft von Lorraines Gästen geworfen hatten, zur Sprache kamen. Lash war es, der das Thema anschnitt. Auf seine Frage, ob es etwas Neues im Zusammenhang mit dem Tod Salim Abeids gebe, folgte eine merkwürdige kleine Pause. Sie dauerte nicht so lange, daß sie Verlegenheit hervorgerufen hätte, aber doch lange genug, um das Wohlbehagen der letzten eineinhalb Stunden zu zerstören.

»Ah«, sagte Seyyid Omar nachdenklich. »Jembe, der dünne Mann.«

Er antwortete nicht auf Lashs Frage, sondern stellte selbst eine. »Haben Sie ihn gekannt?«

»Nein«, erwiderte Lash. »Aber er war mit uns im Flugzeug ab London. Wie ich hörte, war er auf Ihrer Insel ziemlich bekannt. Ein Mann des öffentlichen Interesses.«

»Das wäre er gern gewesen«, stellte Seyyid Omar trocken fest. »Und das ist nicht ganz dasselbe.«

»Sie kannten ihn also?«

»Ja. Flüchtig.«

Seyyid Omars ausdrucksvolle braune Hände vollführten eine Geste, als bitte er um Verständnis, daß er es vorzöge, dies Gespräch zu beenden. Doch Lash ging auf den Wink nicht ein. Er bat: »Erzählen Sie uns von ihm. War er Ihrer Meinung nach ein Mann, der sich Feinde geschaffen hat?«

»Er war ein Agent Moskaus – und Ägyptens«, bemerkte Zuhra leise.

Sie schenkte einem zweiten Abwinken ihres Gatten keine Beachtung, sondern fuhr fort: »Oh, nicht daß er sich selbst so nannte. Er nannte sich einen Demokraten – was der sowjetische Tarnausdruck für den gleichen Sachverhalt ist. Er wollte eine Einheitspartei auf Sansibar gründen. Mit anderen Worten, eine Diktatur. Mit sich selbst als dem Diktator natürlich. Es war sehr einfach. Er hatte eine gewisse Gefolgschaft, denn überall gibt es unzufriedene, verbitterte oder neidische Menschen, denen es Vergnügen bereitet niederzureißen, was sie nicht aufbauen können. Und auch Arme und Unglückliche und Unwissende. Man sollte ihnen helfen, nicht sie ausnutzen – aber sie sind so leicht auszunutzen. Hier auf Sansibar haben wir von ihnen vielleicht weniger als anderswo, doch genug für jemanden, der Unruhe stiften will. Der Tod Salim Abeids ist kein Verlust.«

Lash sah dem Rauch seiner Zigarette nach und bemerkte beiläufig: »Ich vermute, es war ein politischer Mord. Es hat ganz den Anschein.«

Seyyid Omar zuckte die Schultern. »Mag sein. Das ist immer eine Möglichkeit.«

»Aber Sie glauben es nicht«, sagte Lash. »Und ich frage mich: Warum nicht?«

»Das habe ich nicht gesagt.«

Lash streifte ihn mit einem Blick aus den Augenwinkeln. »Nicht mit Worten. Warum glauben Sie es nicht?«

Seyyid Omar lachte und warf die Hände hoch. »Sie sind sehr hartnäckig, Mr. Holden. Warum interessiert Jembes Tod Sie so?«

»Vielleicht, weil er Ihre hiesige Polizei in einem solchen Ausmaß interessiert, daß ich aufgefordert worden bin, ein paar Tage in Sansibar zu bleiben. So lange, wie Nachforschungen durchgeführt werden. Ich weiß nicht, auf was für Ideen Sie das bringt, aber mich bringt es auf einige.«

Seyyid Omar stand auf, um Danys Glas nachzufüllen. »Ja, davon habe ich gehört. Auch ich hatte gestern eine Unterredung mit Mr. Cardew. Man scheint anzunehmen, daß sich jemand auf dem Flughafen mit Jembe unterhalten hat, und ihm dabei das Gift in den Kaffee warf. Ich persönlich glaube, daß dazu entweder ein mutiger oder ein außerordentlich unbedachter oder aber ein sehr dummer Zeitgenosse gehört. Denken Sie an die Gefahr, dabei beobachtet zu werden! Ich kann mir nicht vorstellen, daß es so primitiv durchgeführt worden ist.« Er machte eine Pause, drückte seine Zigarette aus und setzte hinzu: »Mr. Cardew erzählte mir auch von dem tragischen Vorfall, der sich am Abend Ihrer Ankunft ereignete. Das muß für Sie alle sehr deprimierend gewesen sein.«

Sein Gesicht drückte nichts anderes als höfliche Teilnahme aus, aber der Ton seiner Stimme erweckte in Dany den Verdacht, daß er die beiden Todesfälle absichtlich miteinander in Verbindung gebracht habe. Ein Gefühl des Unbehagens beschlich sie, als habe ihr jemand eine Warnung zugeflüstert, die sie nicht verstand.

»Nigel Ponting sagte mir heute vormittag auf dem Markt«, berichtete Seyyid Omar, »daß sie viele Jahre lang mit Mr. Frosts Schwester zusammengelebt habe, diese Miss Bates. Es ist traurig für Mrs. Bingham, eine Freundin und Vertraute zu verlieren. Nigel ist noch nicht so lange bei Mr. Frost, erst ein paar Jahre, glaube ich. Trotzdem könnte er Ihnen wohl mehr über Jembe erzählen als ich. Sie sollten ihn darum bitten. Wenn er nichts weiß, wird er zumindest etwas Interessantes erfinden.«

Lash grinste. »Ja. Damit haben Sie wahrscheinlich recht. Nigel ist eine Fundgrube des Klatsches. Er müßte der Allgemeinheit zur Verfügung gestellt werden. Aber mich interessiert Ihre Meinung, nicht seine. Sie gehören hierher.«

»Haben Sie nicht ein Sprichwort, daß der Zuschauer am meisten vom Spiel sieht?« fragte Seyyid Omar mit leichtem Lächeln.

»Damit meinen Sie, daß Sie selbst mit der Mannschaft auf dem Feld sind?« gab Lash zurück.

Seyyid Omar lachte und nahm sich eine neue Zigarette. Er streckte die Hand nach der Streichholzschachtel aus. Seine Antwort klang bedächtig. »Wenn Sie wirklich meine Meinung zu hören wünschen, so glaube ich nicht, daß Jembes Gruppe groß oder bedeutend genug war, daß irgendeine andere Partei das Risiko auf sich genommen hätte, ihn zu vergiften. Er leitete nur eine Splitterpartei, und wenn sie auch viel Lärm vollführte, hatte sie doch kein Gewicht.«

»Und wenn nun jemand die Sache im Keim ersticken wollte?« regte Lash an. »Menschen mit althergebrachten Privilegien, Großgrundbesitzer und die herrschenden Klassen sehen die Saat der Revolution gar nicht gern aufgehen.«

»Das stimmt natürlich. Andererseits glauben sie nie daran, diese Saat könne gedeihen. Niemals. Und so machen sie sich nicht einmal die Mühe, nach dem Unkrautvernichtungsmittel zu greifen.«

»Da mögen Sie recht haben«, gab Lash zu. »Und was bleibt jetzt noch übrig?«

»Als mögliches Motiv für den Mord an einem Mann wie Jembe?« Seyyid Omar riß ein Streichholz an. »Wer kann das sagen? Es muß ein starkes Motiv gewesen sein, weil ein so großes Risiko eingegangen worden ist. Haß vielleicht, wenn er tief und heftig genug war. Oder Geld, wenn die Summe hoch genug war.«

»Sagen wir drei Millionen?« schlug Lash vor.

Seyyid Omar war plötzlich ganz still. Er schien nicht einmal zu atmen oder sich bewußt zu sein, daß er immer noch ein brennendes Streichholz in den Fingern hielt.

Es brannte weiter, und er ließ es mit einem schnellen, schmerzlichen Luftholen fallen und stellte seinen Fuß auf das winzige glühende Stückchen. Dany stand rasch auf und sagte ein bißchen atemlos: »Es muß schon sehr spät sein. Wir müssen sicher gehen. Wieviel Uhr ist es?«

»Gleich zwölf.« Auch Lash erhob sich. »Ja, wir sollten an den Aufbruch denken. Vielen Dank Ihnen beiden für einen sehr unterhaltsamen Vormittag. Es war uns ein Vergnügen, Sie kennenzulernen, und ich hoffe, wir werden Sie häufig wiedersehen.«

»Ich hole Sie heute nachmittag ab«, Seyyid Omar hatte sich wieder gefangen, »um Ihnen die Brunnenhöhle zu zeigen. Wenn Sie jetzt wirklich gehen müssen, wartet mein Wagen unten auf Sie, und der Chauffeur wird Sie zum Club bringen. Verzeihen Sie mir, wenn ich Sie nicht selbst hinfahre, aber ich muß einige dringende Angelegenheiten erledigen.«

Sie verabschiedeten sich von Zuhra, versprachen, wiederzukommen, traten hinaus auf die hohe, schattige Veranda und machten die Tür hinter sich zu. Hier standen keine Steinschalen mit Sträuchern und Schlingpflanzen, aber den Hof unten zierten ein Tulpenbaum und ein Springbrunnen. Dany blickte über das Geländer der Veranda hinab und fragte: »Sind alle großen Häuser in Sansibar so gebaut?«

»Nach diesem Plan? Nein, nur sehr wenige«, antwortete Seyyid Omar. »Es wundert mich allerdings nicht, daß Sie das fragen, denn dies Haus und das, in dem Sie augenblicklich wohnen, sind von dem gleichen Mann und fast sicher von dem gleichen Baumeister errichtet worden. Wahrscheinlich sind es die ältesten Häuser in Sansibar. Er war ein schlechter Mensch, dieser alte Gentleman, aber mit zahlreichen Ehefrauen geschlagen, deshalb mag ihm vieles verziehen sein. Er fand ein böses Ende, das er reichlich verdient hatte. Wer andern eine Grube gräbt, fällt selbst hinein.«

»Wie ist das geschehen?« erkundigte Dany sich interessiert. »Was ist ihm zugestoßen?«

»Ich will es Ihnen zeigen. Aber Sie dürfen es nicht weitererzählen, denn es ist ein Geheimnis, das nur wenige kennen. Versprechen Sie mir das?«

»Ja, natürlich. Es hört sich sehr aufregend an.«

»Ich hoffe, Sie werden es auch aufregend finden. Und lehrreich.«

Seyyid Omar drehte sich um und suchte mit seinen Blicken die ganze Veranda ab. Dann spähte er auch noch über die Balustrade zu dem unteren Stockwerk hinunter. Es waren zwar Stimmen und Gelächter zu hören, doch im Augenblick war niemand in Sicht. »Schnell, solange keiner hier ist«, forderte Seyyid Omar sie auf.

Er eilte an den Kopf der Wendeltreppe, die zu der unteren Veranda führte – ein Duplikat der Treppe im *Haus des Schattens* –, bat sie, gut aufzupassen, trat an die nächste Säule, bückte sich und bewegte etwas an der Basis.

Ein langsames, leises Kratzen ertönte, das Geräusch von Stein, der auf Stein mahlt. Zwei der breiten, flachen Stufen zogen sich in die Mauer zurück und schufen eine klaffende Lücke unterhalb der ersten Stufe, so daß sie auf den Steinfußboden der Veranda sechzehn Fuß unter ihnen blickten.

Dany entfuhr ein Stöhnen, das schon fast ein Aufschrei war. Lash packte sie am Arm und riß sie zurück, als fürchte er, sie werde vortreten.

Seyyid Omar bückte sich von neuem, und wieder hörten sie das leise Kratzen. Der gähnende Abgrund schloß sich so leicht, wie er sich geöffnet hatte. Die Stufen waren wieder an Ort und Stelle, fest und scheinbar sicher, und nichts unterschied sie von den anderen.

»Genial, nicht wahr?« fragte Seyyid Omar mit gedämpfter Stimme. »Und es steckt noch mehr Erfindungsgeist darin, als Sie sehen. Ich kann es Ihnen natürlich nicht zeigen, weil es zu gefährlich ist. Aber wenn die Lücke offensteht, kippt die erste Stufe, sobald ein Fuß darauf gesetzt wird. Damit ist gewährleistet, daß das Opfer mit dem Kopf voran fällt, Sie verstehen. Ist es passiert, gleiten die Stufen von selbst zurück – das ist alles eine ausgeklügelte Sache von Gewichten und Balancen –, und wenn nicht, kann man sie von Hand bewegen, wie ich es eben getan habe. Ich war überzeugt, daß es Sie interessieren würde.«

Lash fuhr herum und starrte ihn an. Sein Mund war eine gerade Linie, seine grauen Augen blitzten gefährlich. Seyyid Omar jedoch gab den Blick gelassen zurück. Er war nichts als der gefällige Gastgeber, der eine Merkwürdigkeit seines Hauses als Attraktion für seine Gäste vorführt.

»Sie werden verstehen«, sagte er mit einem Lächeln und einem Schulterzucken, »warum ich das hier nur ganz wenigen Leuten zeige. Es ist immer sehr viel sicherer, seine Gedanken für sich zu behalten, nicht wahr? Sollen wir hinuntergehen? Sie brauchen keine Angst zu haben; die Treppe ist jetzt ungefährlich.«

Über höfliche Nichtigkeiten plaudernd, ging er voran, die Wendeltreppe hinunter bis zum Erdgeschoß und hinaus auf die Straße, wo ein riesiger weißer Wagen und ein ebenholzschwarzer Chauffeur darauf warteten, Lash und Dany in den Englischen Club zu fahren.

Es war eine kurze Fahrt, während der Lash und Dany weder miteinander sprachen noch sich ansahen. Erst als sie in dem kühlen, verlassenen Foyer des Clubs standen, fragte Lash nur: »Hast du sie bewegt?«

»Ja. Ich habe bisher nicht daran gedacht, aber als ich sie fand, muß sie unter der Treppe gelegen haben. Es war dunkel, und ich versuchte, sie näher an mein Zimmer heranzuziehen. Darum sah es so aus, als sei sie…«

»Als sei sie über das Geländer gefallen«, beendete Lash. »Nun, da hätten wir den Beweis, wenn wir ihn brauchten. Aber wenigstens hätte man es dir nicht in die Schuhe schieben können. Du hattest ja keine Ahnung von dieser teuflischen Falle.«

»Doch.« Danys Stimme war nichts als ein heiseres Flüstern. »Denn ich bin Tyson Frosts Stieftochter, und es würde mir schwerfallen zu beweisen, daß ich es nicht gewußt habe. Siehst du, es steht ganz bestimmt in dem Buch.«

»In welchem Buch?«

»*Das Haus des Schattens.* Das Buch, das Tysons Onkel geschrieben hat. Tyson sprach an jenem Abend beim Dinner darüber, und er sagte, es befänden sich mehrere Exemplare im Haus. Eins liegt in meinem Zimmer. Es ist vielleicht absichtlich hingelegt worden, damit es so aussieht, als ob...«

»Geht es schon wieder ums Geschäft?« fragte eine bezaubernde Stimme von der Treppe her. Dort stand Amalfi. Sie trug einen total verrückten Hut aus regenbogenfarbenem Stroh mit Fransen, den sie in einem Laden auf der Portugiesischen Straße gekauft hatte. Auf Amalfis goldenem Kopf wirkte er so dekorativ und bezaubernd wie irgendein modischer Knüller, der gerade aus Paris gekommen ist.

»Nein«, antwortete Lash kurz. »Ums Vergnügen. Ich hoffe, wir haben euch nicht warten lassen?«

»Stunden, Darling! Wir alle haben einen Cocktail nach dem anderen getrunken. Ausgenommen Larry, der, was lauwarmes Bier angeht, britisch bis auf die Knochen ist. Hat dein faszinierender arabischer Freund dich allen üppigen Schönheiten seines Harems vorgestellt? Oder gibt es das heute nicht mehr? Nigel sagt, er habe eine ganz reizende Frau, und Eddie lechzt förmlich danach, sie kennenzulernen. Aber da sie, wie ich hörte, einen akademischen Titel hat, halte ich es für besser, wenn er ihr fernbleibt und seine Illusionen behält.«

Amalfi drehte sich um und ging ihnen voraus zu einem hohen Raum, wo die übrigen Hausbewohner von *Kivulimi* unter schwirrenden elektrischen Ventilatoren saßen, mißmutig Bier tranken und keinen Versuch zu einer Unterhaltung machten.

Gussie begrüßte sie mit einem ernsten Blick und Lorraine mit einem vagen Lächeln. Nigel sagte ärgerlich: »Hätte ich gewußt, daß Sie vorhatten, den ganzen Vormittag auf die ›Fraternisierung mit Eingeborenen‹ zu verschwenden, wie es bei Ihren Landsleuten ja wohl heißt, wäre ich nach Hause gefahren und hätte Ihnen den Wagen zurückgeschickt. Zufällig habe *ich* Pflichten, auch wenn andere Leute anscheinend keine haben. Ich hoffe, wir können jetzt gehen?«

Er nahm es auf dem ganzen Heimweg übel, doch Dany und Lash hatten zuviel zum Nachdenken, um es zu bemerken. Larry Dowling, der als vierter in ihrem Wagen mitfuhr, richtete einen langen, nachdenklichen Blick auf Dany und versank dann ebenfalls in Schweigen.

Sie trafen Tyson in guter Laune an. Nur war er so abgeneigt wie eh und je, über berufliche Dinge zu sprechen. Als er hörte, Lash und Dany würden am Nachmittag Seyyid Omar auf einer Besichtigungstour begleiten, verkündete er sofort, das sei eine verdammt gute Idee und sie könnten alle mitgehen. Dann hätte er ein paar schöne Stunden in Ruhe und Frieden.

»Willst du arbeiten, Darling?« erkundigte sich Lorraine teilnehmend.

»Nein. Schlafen! Und das wird mir sehr viel besser gelingen, wenn nicht im ganzen Haus geschnattert und gegackert wird. Als Gussie das letzte Mal zum Brunnen mitgenommen wurde, war sie acht und schrie die ganze Höhle zusammen, wenn ich mich recht erinnere. Höchste Zeit, daß sie ihn ein zweites Mal besichtigt.«

So waren sie alle gegangen, Lash, Dany und Gussie Bingham in Seyyid Omars großem weißen Wagen und Nigel, Amalfi und Larry Dowling in einem der Autos von *Kivulimi*, das Eduardo fuhr.

Sie hielten in einem Palmenwald, um Kokosmilch von den reifen Nüssen zu trinken, erkundeten eine Kopra-Fabrik und sahen sich eine Gewürznelken-Plantage an. Dann ließen sie die Wagen auf einer kleinen, staubigen Nebenstraße zurück und folgten einem sich windenden Pfad durch ein Niemandsland aus Büschen und Steinen und trokkenem Gras. Plötzlich gelangten sie an ein Loch im Boden. Ausgetretene Steinstufen führten hinunter ins Dunkel.

»Das gefällt mir gar nicht«, erschauerte Gussie und packte nervös Danys Arm. »Wenn wir nun ins Wasser fallen und im Dunkeln ertrinken? Hat niemand eine Taschenlampe dabei?«

Keiner hatte eine Taschenlampe. Es waren jedoch Steichhölzer und Feuerzeuge vorhanden, und Seyyid Omar versicherte, es bestehe nicht die mindeste Gefahr, daß man ertrinken könne. Frauen aus dem Dörfchen, wo sie die Wagen zurückgelassen hatten, kämen täglich zum Wasserholen her.

Die Stufen führten in eine große Höhle, in die kaum Licht drang. Vom Wasser geglättete Felsen fielen steil nach unten ab. Doch da war kein Brunnen, sondern eine Quelle oder ein unterirdischer Bach, der aus der Finsternis auftauchte und in einem schwarzen Felstunnel wieder verschwand.

Sie hielten sich vorsichtig aneinander fest, um auf den Steinen nicht auszugleiten und zu fallen, und wagten sich bis an den Rand der Quelle hinunter. Ihre Stimmen riefen seltsame Echos in dem düsteren Gewölbe hervor. Wie Seyyid Omar erzählte, sollte das Wasser die Fortsetzung eines Flusses sein, der aus einem der großen afrikanischen Seen abfließe, tief unter dem Meeresboden weiterlaufe, hier in Sansibar kurz an die Oberfläche dringe und dann wieder im Fels und im Indischen Ozean verschwinde.

»Ich bin überzeugt, das ist schrecklich interessant«, bemerkte

Amalfi, »aber gehen wir, ja? Ich finde es hier unheimlich und im ganzen ziemlich scheußlich, und ich persönlich möchte je eher desto lieber wieder ans Tageslicht. Was passiert, wenn die Decke einfällt?«

Ihre Stimme klang überraschend schrill, und sofort richteten alle die Augen nach oben auf die dunkle Felskuppel und rückten näher zusammen.

Eduardo beruhigte: »Die Decke wird nicht einfallen, *Cara*. Das ist nur eine große Höhle. Es gibt davon Tausende auf der Welt. Aber wenn es dir hier nicht gefällt, wollen wir sofort gehen.«

»Ja, tun wir das.« Gussie schüttelte sich. »Ich bekomme Platzangst.«

Innerhalb weniger Minuten waren sie wieder im Freien. Aber erst zwei Stunden später, als die Wagen am *Haus des Schattens* vorfuhren, entdeckte Dany, daß ihre weiße Wildledertasche mit einem scharfen Messer oder einer Rasierklinge sauber aufgeschlitzt und der ganze Inhalt gestohlen war.

17

»Ich werde dafür sorgen, daß das sofort der Polizei gemeldet wird«, sagte Seyyid Omar.

Er hatte Dany, Lash und Gussie eingeladen, das Dinner mit ihm in einem Restaurant einzunehmen. Doch Gussie entschuldigte sich, sie sei zu müde. Deshalb setzten sie sie am *Haus des Schattens* ab und fuhren unter einem grün und lavendelfarbenen Himmel, der bereits mit blassen Sternen gesprenkelt war, in die Stadt zurück.

»O bitte, tun Sie das nicht!« fiel Dany schnell ein. »Die Polizei hat von uns genug gehabt. Außerdem ist es der Mühe nicht wert. In der Tasche waren nur Kleinigkeiten wie ein Taschentuch, eine Sonnenbrille, eine Puderdose und ein Lippenstift. Und vielleicht acht Pence in englischen Pennies.«

»Da muß einer dieser malerischen Typen aus dem Dorf in der Nähe des Brunnens am Werk gewesen sein«, meinte Lash. »Eine böse Enttäuschung für ihn! Allerdings nehme ich an, seine Freundinnen werden viel Spaß daran haben, sich mit Lippenstift zu beschmieren. Nur um die Tasche ist es schade. Ich werde Ihnen morgen eine neue kaufen.

Als Andenken an Sansibar.«

Die Stadt bei Nacht unterschied sich sehr von dem, was sie in der Tageshitze gewesen war, denn die kühlere Luft lockte ganz Sansibar aus den Häusern. Vergnügte Menschenmengen schlenderten unter den Bäumen der Stadtparks und am Meeresufer dahin, und auf jedem Dach und in jeder *baraza* schien eine Familienfeier stattzufinden.

Musik und Lachen, die melodischen Rufe des Kokosnuß-Verkäufers und das unausgesetzte Tam-teram-tam von Trommeln vermischten sich zu einem fröhlichen Klang, dem sich noch all die anderen Geräusche einer orientalischen Stadt beimengten.

»Ist heute ein besonderer Tag?« erkundigte sich Dany. »Ein Festtag oder so etwas?«

»Nein. Wie kommen Sie darauf?«

»Die Menschen sind alle so guter Laune. Hören Sie, merken Sie es nicht auch? Sie machen einen so glücklichen Eindruck.«

»Es ist eine glückliche Insel«, erklärte Seyyid Omar lächelnd. »Und wenn wir fröhlich sind, lachen wir, oder wir singen oder spielen die *kinanda,* die Mandoline. Oder schlagen eine Trommel. Und wir sind, wie Sie hören, sehr oft fröhlich. Das ist etwas, das meiner Meinung nach wert ist, erhalten zu werden. Ja, man sollte es erhalten. Aber es gibt Zeiten, wo ich Angst bekomme.«

Lash drehte den Kopf und sah ihn scharf an. »Angst wovor?«

Seyyid Omar hielt den Wagen unter dem duftenden Schirm eines indischen Korkbaums an, der sich über eine hohe, weißgetünchte Mauer lehnte. Er ließ sich zurücksinken. Seine schlanken braunen Hände ruhten auf dem Lenkrad. Sein Gesicht war von den Lichtern des Armaturenbretts schwach beleuchtet.

Langsam sagte er: »Ich will offen mit Ihnen sein, Mr. Holden. Ich denke, daß Sie etwas über eine bestimmte Summe Geldes wissen, eine sehr hohe Summe Geldes, das viele Leute seit sehr vielen Jahren gesucht haben, wenn auch nur wenige an seine Existenz glaubten. Jener ungeheure legendäre Schatz, den Seyyid Saïd, der erste Sultan, bei Bet-el-Ras vergraben haben soll.«

Weder Lash noch Dany gaben eine Antwort. Seyyid Omar legte ihr Schweigen wohl als Eingeständnis aus, denn nach einer kurzen Pause fuhr er fort: »Ich selbst habe nicht geglaubt, daß es diesen Schatz je gegeben hat. Ich habe die Sache für eine Sage oder Legende gehalten. Aber vor kurzem erhob sich ein Gerücht. Man flüsterte, es sei kein Märchen, sondern eine Tatsache.«

Er verlagerte ein wenig sein Gewicht. Es war eine kleine Bewegung, die Unbehagen verriet, und seine Hände faßten das Lenkrad fester. »Bestimmte Leute auf dieser Insel brauchen Geld, viel Geld, um sich bei der nächsten Wahl Macht ›zu kaufen‹. Wir haben ein altes Sprichwort, das lautet: Ich will meine Religion und die Farbe meines Mantels wechseln, aber du mußt zahlen. Und leider gibt es immer Stimmen – zu viele Stimmen! – die um Geld käuflich sind, wo die Überzeugung nichts ausrichtet. Denn Geld wird immer mit lauterer Stimme sprechen als jeder Politiker. Einer von jenen, die Macht zu kaufen wünschten, reiste mit Ihnen von London ab und ist jetzt tot. Jembe. Aber da sind andere, und sie brauchen immer noch Geld.«

Er schwieg eine oder zwei Sekunden lang. Dann zuckte er kurz die Schultern und zog ein Zigaretten-Etui aus der Tasche.

»Ich glaube, Sie rauchen nicht, Miss Kitchell? Aber Sie haben nichts dagegen, wenn wir rauchen?«

Er bot Lash das Etui mit einem liebenswürdigen Lächeln an. Der Wagen füllte sich mit dem Duft türkischen Tabaks. Seyyid Omar lehnte sich zurück, als sei das Gespräch beendet und er habe nichts mehr zu sagen.

Lash meinte: »Dann werden die Jungens in die Röhre gucken. Warum erzählen Sie uns das alles?«

Seyyid Omar lachte. »Sie sind wirklich nicht dumm, Mr. Holden.«

Es war eine Feststellung, keine Frage, und Lash erwiderte: »Jedenfalls nicht ganz dumm. Nur verstehe ich nicht, was das mit mir oder mit Miss Kitchell zu tun hat.«

»Wirklich nicht? Nun, vielleicht haben Sie recht. Trotzdem, es ist ganz gut, wenn man gewarnt ist.«

»Gewarnt?« Lashs Stimme klang plötzlich scharf, und Dany spürte, daß er ungeachtet seiner lässigen Haltung erstarrte. »Das ist da, wo ich herkomme, häufig ein Kampfwort. Wovor genau warnen Sie uns? Oder habe ich Sie mißverstanden, und dies ist eine Drohung?«

»Ah, nein!« Seyyid Omar hob abwehrend die Hand. »Sie mißverstehen mich. Warum sollte ich drohen? Ich biete nur meinen Rat an.«

»Okay, lassen Sie ihn hören.«

»Sollte ein Körnchen Wahrheit an dieser Legende von dem vergrabenen Schatz stecken und sollte irgend jemand etwas über den Ort wissen, wo er gefunden werden könnte, dann hielte ich es für klug, wenn diese Person ihr Wissen Seiner Hoheit dem Sultan, den Gott erhalte, mitteilte. Oder der Polizei.«

»Warum? Weil dieses Wissen gefährlich sein könnte?«

»Das natürlich auch. Solches Wissen mag sich in der Tat als äußerst gefährlich erweisen. Es gibt da aber noch einen sehr viel wichtigeren, wenn auch weniger persönlichen Grund, solche Kenntnisse nicht für sich zu behalten. Es muß verhütet werden, daß der Schatz in die falschen Hände fällt. Ein so hoher Betrag kann zu einer zerstörenden Waffe werden, wenn er zum Schaden anderer genutzt wird. Und dazu würde er benutzt werden. Davon können Sie überzeugt sein. Es liegt ein Fluch darauf.«

Lash sagte ungeduldig: »Sie wollen mir doch nicht erzählen, daß Sie dies Altweibermärchen glauben?«

Seyyid Omar sah ihn an und lachte. »Sie haben also davon gehört? Ja, ich glaube daran, auch wenn Sie es nicht tun. Aber Sie sind auch ein junger Mann, Mr. Holden, und sie stammen aus einem sehr jungen Land. Sie haben immer noch sehr viele Dinge zu lernen, insbesondere über dieses Land.«

Er wandte sich mit entschuldigendem Lächeln an Dany. »Es tut mir leid, Miss Kitchell. Dies kann Sie nicht interessieren. Wir wollen in meinen Club gehen, uns unterhalten und ein Gläschen trinken. Sie werden meine Freunde kennenlernen, und sie werden viel unterhaltsamer sein als ich.«

Er weigerte sich, über dieses Thema noch ein weiteres Wort zu verlieren oder auch nur eine Frage zu beantworten, und brachte sie in den Arabischen Club, wo sie draußen unter dem Sternenhimmel saßen und eine angenehme Stunde verbrachten. Danach aßen sie in einem kleinen Restaurant, das in einer ruhigen Hintergasse lag. Und dann fuhren sie an den Strand vor dem Sultanspalast und hörten in Gesellschaft einer vergnügten Auswahl der Untertanen Seiner Hoheit der Kapelle des Sultans zu, die – ausgerechnet! – Stücke von Gilbert und Sullivan und Auszüge aus *The Belle of New York* spielte.

Die Lampen brannten, und die Hausbewohner waren noch auf, als sie wieder im *Haus des Schattens* eintrafen, denn es war kaum halb zehn vorüber. Seyyid Omar wollte nicht mehr mit ihnen hineingehen. Lash sah den verschwindenden Schlußlichtern des Wagens nach und meinte versonnen: »Der Junge weiß mehr, als er zugibt. Verdammt viel mehr! Die Frage ist, was hat er wirklich vor? Steht er auf der Seite der Engel, wie er behauptet, oder ist das nur ein Bluff? Er wäre nicht der erste gutbetuchte Aristokrat, der seine eigene Klasse verrät und sich den Revolutionären anschließt.«

Dany teilte ihm leise mit: »Er hat mit diesem Jembe auf dem Flughafen in Nairobi gesprochen. Ich habe sie gesehen.«

»Wann? Wo? Davon hast du mir nichts erzählt.«

»Ich habe nicht daran gedacht. Es ist inzwischen so viel geschehen. Und Schlimmeres.«

Sie berichtete ihm nun genau, und Lash überlegte: »Hmm... Das hört sich äußerst merkwürdig an. Ob er die Arbeit persönlich getan und diesem Jembe ein Stück Zyanid in die Tasse geworfen hat, weil er selbst Diktator werden möchte? Nicht ausgeschlossen, daß er sich als den hiesigen Hitler sieht. Den Führer von Sansibar.«

»König der Erde und der Zeit«, zitierte Dany halblaut.

»Was heißt das?«

Dany errötete und entschuldigte sich. »Tut mir leid. Ich mußte an etwas denken. Eine persische Inschrift, die er gestern für mich übersetzte. Ich könnte mir vorstellen, daß er von so etwas träumt. Und von der Wiederherstellung eines Königreichs dieser Art.«

»Und er will die Kohlen haben, damit er anfangen kann. Möglich ist es.«

»Aber er kann es nicht sein! Wenigstens kann er nicht der Mann sein, der mir den Brief oder die Landkarte oder was es sein mag gestohlen hat, denn dann wüßte er jetzt, wo der Schatz ist, und er weiß es nicht. Vielleicht glaubt er, daß ich das Zeug immer noch habe. Vielleicht hat er sogar angenommen, daß ich es bei mir trage. Darauf bin ich noch gar nicht gekommen!«

»Worauf? Wovon redest du?«

»Von meiner Handtasche. Du sagtest, das habe sicher einer der Araber im Dorf getan, aber so kann es nicht passiert sein. Ich habe darüber nachgedacht. Keiner ist bis auf einen Meter an mich herangekommen.«

Lash lachte kurz auf. »Hör mal, Schätzchen. Wenn du meinst, jemand bringe es fertig, einen Wagen mit einer Hand und mit der Geschwindigkeit wie heute Seyyid Omar zu fahren und währenddessen mit der anderen die Handtasche einer Mitfahrerin aufzuschlitzen und den Inhalt herauszuholen, dann spinnst du! Und dabei hast du heute nachmittag nicht einmal neben ihm gesessen. Den Platz hatte Gussie.«

»Ich denke ja nicht, daß es im Wagen geschehen ist«, erwiderte Dany ungeduldig. »Ich sage doch, ich habe darüber nachgedacht. Die Tasche war heil, als wir in die Höhle hinunterstiegen, denn ich habe meine Sonnenbrille hineingesteckt, und ich erinnere mich, daß ich sie neben das Taschentuch stopfte.«

»Na und?«

»Deshalb kann die Tasche nur an einem bestimmten Ort aufgeschlitzt worden sein, ohne daß ich es merkte. In der Höhle. Es war dunkel darin, und wir drängten uns alle zusammen und hielten uns aneinander fest, um nicht zu fallen. Und es war niemand dort unten außer uns.«

Lash blieb abrupt in einem Fleck hellen Mondlichts stehen. »Bist du sicher? Daß es nirgendwo anders geschehen sein kann?«

»Ja. Ganz sicher. Deshalb habe ich nicht weiter darüber gesprochen. Ich bereute schon, überhaupt etwas gesagt zu haben. Ich war nur so überrascht, als ich es sah, daß es mir herausrutschte. Aber als ich ein bißchen nachgedacht hatte, wurde mir klar, daß es nur geschehen sein konnte, während wir in der Höhle waren, und daß niemand, der sich bei uns befand, so etwas tun würde, nur um eine Puderdose und einen Lippenstift und vielleicht etwas Kleingeld zu stehlen. Deshalb muß der Dieb etwas Besonderes gewollt und geglaubt haben, daß ich es bei mir trage. So *muß* es gewesen sein!«

»Ja«, antwortete Lash bedächtig. »Es war wieder die gleiche Gesellschaft. Sechs von uns, die den Flug London-Nairobi mitgemacht haben, und zwei, die auf der letzten Etappe nach Sansibar dabei waren. Gussie und Elf und Larry Dowling, Nigel und Eduardo und unser gewandter arabischer Freund. Keinem ist auch nur entfernt zuzutrauen, daß er Lippenstifte und Kleingeld klaut. Ich vermute, du hast recht. Irgendwer glaubt, du hättest den Brief immer noch.«

Diese Vermutung sollte eine schnelle Bestätigung erhalten.

Die übrigen Hausbewohner spielten im Speisesaal Karten. Lash entschuldigte sich und ging ins Gästehaus hinüber. Dany zog sich in ihr Zimmer zurück und stellte fest, daß es in ihrer Abwesenheit ebenso gründlich, aber unter Hinterlassung von viel weniger Unordnung durchsucht worden war wie ihr Zimmer im Airlane-Hotel.

In jedem Schrank, jeder Schublade war gestöbert worden. Decke und Laken hatte man vom Bett genommen und wieder zurückgelegt, doch nicht ganz ordentlich. Der Eindringling hatte in einer Schachtel Gesichtspuder mit einer Nagelschere herumgestochert und in einem Töpfchen Reinigungscreme mit einer Feile. Er hatte Papiertaschentücher aus ihrem Behälter gerissen und oberflächlich wieder hineingestopft. Strümpfe waren auseinandergerollt und ein verschlossener Koffer mit Gewalt geöffnet worden.

»Aber ich habe es doch nicht!« sagte Dany laut in die Stille hinein, als spreche sie mit dem unbekannten Täter. Der Klang ihrer eigenen Stimme erschreckte sie mehr als der Anblick ihres durchwühlten Zimmers. Sie drehte sich um und rannte hinaus.

Auf jeder Veranda und im Hof brannte Licht, und auf die Treppe fiel kein Schatten. Aber Dany prüfte jede Stufe, die Hand gegen die Wand gepreßt. Das Herz schlug ihr bis zum Hals. Hinter der geschlossenen Tür des Speisesaals hörte sie Stimmen und Gelächter. Auf Zehenspitzen schlicht sie daran vorbei und hinaus in den stillen Garten.

Der Mondschein und die schwarzen Schatten waren nicht so furchterregend, wie das Haus es gewesen war. Dany lief leichtfüßig über die gewundenen Pfade zwischen den Blumenbeeten, den duftenden Rosen und Jasminbüschen und den »Königinnen der Nacht« hindurch. Sie lief um den flachen Teich mit seinen Steinvögeln und erreichte die steile, enge Treppe, die zu dem Gästehaus auf der Mauer hinaufführte.

Die Lampen brannten, aber Lash antwortete nicht auf ihr Klopfen. So öffnete sie die Tür und trat ein. Das kleine Wohnzimmer war leer. Dany nahm an, Lash sei im Schlafzimmer, und wollte gerade rufen, als ein Geräusch sie blitzartig herumfahren ließ.

Lash stand auf dem schmalen steinernen Fenstersims und hielt sich am Rahmen fest. Sie konnte nur seine Beine und einen Teil seines Körpers sehen. Der Rest von ihm befand sich außerhalb des Fensters. Es sah so aus, als versuche er, einen Trieb der purpurnen Bougainvilleen abzupflücken, die über die Mauer hingen.

Lash schwang sich ins Innere, sprang auf den Fußboden hinunter und kämmte sich mit den Fingern welke Blätter aus dem Haar. Er sagte: »Um Gottes willen! Was tust du denn hier?«

Dany, die fast die gleiche Frage hatte stellen wollen, verzichtete zugunsten dringenderer Angelegenheiten darauf. Atemlos berichtete sie: »Mein Zimmer ist wieder durchsucht worden. Jeder Winkel. Wie letztes Mal, nur daß...«

»Hier ebenso«, antwortete Lash kurz. »Sieh dich nur um.«

Dany sah sich um und entdeckte die gleiche leichte Unordnung wie in ihrem eigenen Zimmer. Mit einem bedauernden Ausruf bückte sie sich und hob das weiße flaumige Wrack auf, das halb unter den Diwan geschoben war. Asbestos, diese waschbare und nicht brennbare Katze! Das Füllmaterial war ruchlos herausgerissen. Die grünen Glasaugen enthielten einen steinernen Vorwurf.

»Alles Fleisch ist Gras«, sagte Lash. »Und alle Katzen sind Gras, so wie das da aussieht. Ja, irgendwer hat diese Behausung sehr gewissenhaft durchsucht.«

»Ist er zum Fenster eingestiegen?«

»Das weiß ich nicht. Ich weiß nur, daß ihm nicht viel entgangen ist. Sogar meine Seife hat er in zwei Stücke gebrochen, um nachzusehen, ob darin etwas verborgen war. Die meisten Gegenstände sind wieder aufgeräumt worden, aber, wie du siehst, nicht sehr sorgfältig. Hier, genehmige dir einen Schluck von deines Stiefvaters Scotch. Den wenigstens hat man in Ruhe gelassen, so hoffe ich!«

Er goß etwas Whisky aus der Flasche, die Tyson am Morgen ihrer Ankunft im Gästehaus zurückgelassen hatte, in ein Glas, roch daran und kostete mit äußerster Vorsicht.

»Scheint in Ordnung zu sein. Kein Zyanid. Jedenfalls keine bemerkbaren Spuren davon. Ich stelle am besten erst einmal fest, welche Wirkung es hat. Auf den verstorbenen Hexendoktor, der den Schatz mit einem Flucht belegte! Er hat sein Handwerk wahrscheinlich verstanden.«

Er trank, stellte das Glas ab, blickte einen Augenblick zum offenen Fenster hinaus und erklärte dann: »Nun, damit ist einer der Verdächtigen aus dem Rennen. Freund Omar war dazu nicht imstande. Er war den ganzen Abend mit uns zusammen. Es war einer von den anderen. Wenn wir nur herausfänden, wer den Trick mit der Treppe kannte, würde es uns sehr helfen. Nur scheinen mindestens vier Exemplare von diesem verdammten Buch im Haus herumzuliegen, und du hattest recht: Es steht alles drin, versteckt in einem verschimmelten Durcheinander von Architektur-Zeichnungen. Ich habe ziemlich danach suchen müssen, aber gefunden habe ich es. Jeder hätte zufällig darauf stoßen und seinen Nutzen daraus ziehen können.«

Er setzte sich auf den Fensterplatz, den nachdenklichen Blick immer noch auf das mondbeschienene Meer gerichtet. »Ich wüßte gern mehr über diesen Larry Dowling. Eine Menge mehr. Und ich bin bereit zu wetten, daß sich auch die Polizei für ihn interessieren wird, sobald Tysons Brief bei Scotland Yard eintrifft und man uns auf den Pelz rückt.«

Dany sagte tonlos: »Es ist nicht Larry. Es kann unmöglich Larry sein.«

»Warum nicht? Mit dem Jungen stimmt irgend etwas nicht. Ich habe zu meiner Zeit eine ganze Reihe von Journalisten kennengelernt, und er scheint mir nicht ganz echt zu sein.«

»Er ist ja kein Journalist! Er ist ein Feature-Schreiber. Und…«

»Was hat das damit zu tun? Er ist hinter einer Story her – Tysons Story. Warum macht er nicht voran damit? Wenn er seit seiner Ankunft hier auch nur eine Zeile geschrieben hat, bin ich Ernest Hemingway! Dann ist da Gussie…«

Dany ließ sich auf den Diwan niedersinken und streichelte die Überreste von Asbestos. Müde sagte sie: »Ja. Ich habe ebenfalls an sie gedacht. Weil sie so vieles weiß, was der Betreffende wissen muß. Aber ich glaube es nicht. Ich kann sie mir einfach nicht vorstellen, wie sie Feuerleitern hochklettert und so. Und sie hatte Millicent gern.«

»Woher weiß du das? Niemand von uns weiß im Grunde viel über einen der anderen. Wir können nur danach urteilen, was wir sehen. Ich bildete mir ein, Elf genau zu kennen. Ich wollte sie heiraten, so wahr ich hier bin! Und ich habe die Einstellung meiner hochgeehrten schottischen Vorfahren geerbt, wenn es um das Ja vor dem Altar geht. Für mich heißt das nicht ›bis die Alimente und der andere Mann uns scheiden‹. Nein, ich dachte, Elf besser zu kennen als die Männer vor mir, ich dachte, niemand habe sie so verstanden wie ich – all der alte Quatsch. Das sollte dir als Beweis genügen!«

Sein Lachen enthielt mehr als nur eine Spur von Bitterkeit. Er wandte dem Fenster und dem Mondlicht den Rücken und fuhr fort: »Millicent Bates mag ausgelöscht worden sein, weil sie der aktive Partner bei einem kleinen Plan Gussies war. Vielleicht hat sie die Arbeit in London getan und kalte Füße bekommen, als sie erfuhr, daß Gussie den Familienanwalt erschossen hat. Und dann ist da der italienische Liebhaber…«

Lash stand auf, goß sich von neuem ein und bemerkte im Konversationston: »Dein Stiefvater ist wirklich ein aufmerksamer Gastgeber. Er denkt an alles. Gin, Sodawasser-Syphon, Bitters, Scotch. Sieh dir das alles an! Wofür hält er mich? Das ist ja schon beleidigend! Willst du auch einen?«

Dany schüttelte den Kopf. Jetzt setzte sich Lash in den Sessel ihr gegenüber. Er hielt sein Glas zwischen beiden Händen und blickte angespannt in die goldene Flüssigkeit, als sei sie eine Kristallkugel, in der er die Zukunft – oder die Vergangenheit zu erkennen hoffte.

»Der Signore Marchese di Chiago«, sagte Lash leise. »Abgesehen von seiner Tätigkeit als Rennfahrer hat er auch sonst den Ruf, schnell zu sein. Und eine Schwäche für Blondinen zu haben. Er kennt Tyson und deine Mutter seit einer Reihe von Jahren, und dies ist nicht sein erster Besuch in Sansibar. Er hat früher schon in diesem Haus gewohnt. Und wenn man dem Klatsch, der hauptsächlich von Nigel stammt, wie ich zugebe, Glauben schenken will, hat er verschiedene Affären gehabt, denen seine Familie kurz vor der Heirat den Garaus machte. Sie wird es auch wieder tun, wenn sie kann. Aber vielleicht geht es bei ihm diesmal tiefer. Vielleicht muß er Elf haben, und wenn die Hölle platzt. Sie hat diese Wirkung auf manche Leute. Da hat es einen Mann gegeben, Douglas Soundso, der einen Kopfsprung aus einem hochgelegenen Fenster vollführte, als Elf mit ihm brach. Eduardo hingegen ist nicht der Typ, der ein ›Nein‹ als Antwort hinnimmt. Er kommt aus einem Land, wo einem Mann mit einem Titel alles durchgeht. Wenn er sich etwas mit Leidenschaft wünscht, wird er kaum Skrupel haben, es sich zu verschaffen. Bei Elf jedoch heißt es, mit Bargeld locken. Keine Lire – keine Elf. Vielleicht haben wir Eduardo und seinem feurigen Südländerblut nicht genug Aufmerksamkeit geschenkt.«

Lash betrachtete von neuem den Inhalt seines Glases. Dann steckte er sich eine Zigarette an. Dany beobachtete ihn ängstlich. Sie wünschte, ihre Furcht wäre nicht gar so groß und sie könnte das Ganze so betrachten, wie Lash es anscheinend tat: als ein interessantes Problem, als eine Art Gesellschaftsspiel. Aber wenn sie sich in dem kleinen Raum mit seinen stummen Hinweisen auf einen unbekannten Sucher umsah, empfand sie nichts als die drohende Gefahr.

Dies war weder ein Spiel noch ein Alptraum, aus dem sie erwachen würde. Es war die Wirklichkeit. Hier schnappte eine Falle zu, aufgestellt vor über neunzig Jahren, und sie war darin gefangen worden, als sie einen strengblickenden, ältlichen Anwalt besuchte und einen Brief abholte, den ein im vorigen Jahrhundert gestorbener Mann geschrieben hatte.

Lash meinte nachdenklich: »Es könnte Tyson sein«, und das riß Dany in die Gegenwart zurück.

»Tyson? Wovon redest du?«

»Über das hier.« Lash wies mit seiner Zigarette auf die nur oberflächlich beseitigte Unordnung im Zimmer. »Das...« Er zeigte auf die traurigen Überreste von Asbestos. »Und auch dein Zimmer. Er wollte sich vielleicht überzeugen, daß keiner von uns beiden ihn hereingelegt hat. Wie du dich erinnern wirst, deutete Tyson an, vielleicht hättest du selbst den Inhalt des Umschlags an dich genommen. Es könnte Tyson sein. Oder Ponting. Ja, warum nicht Ponting? Er war in Nairobi.

Weißt du, das ist eine Idee! Allerdings glaube ich, er hätte Ordentlicheres geleistet, wenn dies seine Arbeit wäre! Er könnte natürlich unter Zeitdruck gestanden haben, aber irgendwie kann ich mir nicht denken, daß diese elegante, geschmeidige Tulpe einen solchen Saustall zurücklassen würde. Wäre die ›Operation Haussuchung‹ von dem lieben Nigel durchgeführt worden, hätten wir bestimmt nie gemerkt, daß etwas angefaßt worden ist. Und trotzdem muß es jemand aus dem Haus sein, der wußte, daß wir eine ganze Weile nicht zurückkommen würden, und... halt! Einen Augenblick!«

Er stellte sein Glas hin und sprang auf. »Warum ist mir das nicht eingefallen!«

»Was?« fragte Dany mit schwankender Stimme.

»Seyyid Omar! Er wußte verdammt genau, wie lange wir wegbleiben würden. Er könnte sogar der ursprüngliche Wurm im Gebälk sein. Ja... warum nicht? Er ist ein großer Mann auf dieser Insel. Er ist der einzige, der mühelos seine Diener und sogar seine Verwandtschaft ins Haus einschleusen könnte. Niemand hätte auch nur den geringsten Verdacht!«

Lash machte eine schnelle Runde durchs Zimmer und stellte sich vor Dany hin.

»Paß auf! Nehmen wir einmal an, er hat alle seine Informationen von einem Diener in diesem Haus bekommen, von diesem auf geräuschlosen Pantoffeln umherschleichenden Burschen, der mit dem Kaffee ein- und ausgeht und die Briefe zur Post bringt. Nehmen wir weiter an, der Boy kann doch Englisch lesen und hat Tysons Briefe an Honeywood gelesen und vielleicht auch Lorraines Briefe an dich und die Information weitergegeben. Omar begibt sich nicht selbst auf die Jagd nach Emorys Brief. Er schickt Jembe als seinen Stellvertreter. Jembe tötet Honeywood, gelangt jedoch nicht in den Besitz der Ware. Er macht einen neuen Versuch, indem er dein Zimmer im *Airlane* filzt, und dabei...«

»Stiehlt er meinen Paß«, fiel Dany ein. »Aber das kann nicht richtig sein! Warum hätte er mich daran hindern sollen, das Land zu verlassen?«

»Ah, das habe ich mir auch überlegt. Ich bin schon vor einer Weile auf den Gedanken gekommen. Du solltest Emorys Brief mit der Post schicken. Ebenso wie im Haus mögen sie auch auf dem Postamt einen Verbündeten sitzen haben. Das wäre nicht schwierig, wenn man Seyyid Omar heißt. Für jeden anderen wohl. Nicht für ihn.«

»Ich glaube nicht...«, begann Dany zweifelnd.

»Dich hat niemand gefragt! Ich entwickle eine Theorie. Also, dieser Jembe stellt fest, daß du doch im Flugzeug bist – mit gefärbtem Haar und einer Brille oberflächlich verkleidet. Was tut er nun? Er probiert noch einmal, das Ding zu stehlen, und zwar in Nairobi, versaut die Sache und muß sein Versagen dem Boß melden – unserm Freund Omar, der ihn in Nairobi-West erwartet. Du hast selbst gesehen, wie die beiden miteinander sprachen.«

Dany sagte: »Ja. Aber warum sollte Seyyid Omar ihn vergiften? Das ist doch unlogisch?«

»Da bin ich mir nicht so sicher. Schließlich warst du angekommen und immer noch im Besitz der Ware. Jembe hatte seinen Pfeil verschossen und war nicht mehr von Nutzen und wahrscheinlich wußte er ohnehin zuviel! Deshalb war es das beste, ihn loszuwerden und den Rest einem dieser pokergesichtigen Kerle in weißen Nachthemden zu überlassen, die überall im Haus herumwimmeln und wahrscheinlich ihrer Großmutter für zehn Dollar auf die Hand und zehn danach bei lebendigem Leibe die Haut abziehen würden. Soviel wir wissen, kann jeder von ihnen den Doktor in modernen Sprachen gemacht und sich noch ein paar Titel auf die Seite geschafft haben. Wie sollte man das herauskriegen?«

»Ja...«, stimmte Dany zu, »unmöglich ist es nicht. Trotzdem hast du etwas vergessen. In dieser Angelegenheit sind zwei verschiedene Gruppen tätig. Die eine versucht immer noch, den Brief zu finden, und glaubt, ich hätte ihn in meinem Besitz. Die andere hat den Brief. Wenn Seyyid Omar ihn nicht hat, wer dann?«

Lashs Gesicht veränderte sich und wurde völlig ausdruckslos. Er blickte auf die Zigarette in seiner Hand, und dann warf er sie durch das offene Fenster. Er bemerkte leichthin:

»Ja, wer? Bestimmt nicht unser Freund Seyyid, wenn er es war, der in der Höhle deine Tasche ausräumte und uns so wirkungsvoll vom Haus fernhielt, während einer seiner komischen Helfer unsere Zimmer durchsuchte.«

Dany sagte: »Aber wenn du wirklich glaubst, daß er hinter allem steckt, warum hat er uns dann gezeigt, wie Miss Bates getötet worden ist?«

»Um uns Angst einzujagen, nehme ich an. Wir sollen die Nerven verlieren und den Kopf.«

Lash trank aus, warf das leere Glas auf das Sofa und erklärte: »Ich halte eine kurze Unterredung mit deinem Stiefvater für angezeigt. Er hat sicher keine Ahnung, in welches Hornissennest er gestochen hat, und ich beabsichtige, es ihm klarzumachen, und wenn ich dazu einen Vorschlaghammer benutzen muß!«

Er blickte auf Danys weißes Gesicht nieder und lächelte schief. »Das ist eine abscheuliche Situation, Schätzchen, aber kein Grund für dich, die Nerven zu verlieren.«

»Ich habe gar keine mehr, die ich verlieren könnte«, gestand Dany kläglich. »Nicht ein Atom!«

Lash lachte, ergriff ihre Hände und zog sie auf die Füße.

»Blödsinn, Miss Kitchell! Vielleicht im Augenblick verlegt, aber nicht verloren. Und ich weiß zwar nicht, ob deine Tante dich jemals davor gewarnt hat, einen Junggesellen zu dieser nächtlichen Stunde in seiner Wohnung zu besuchen, aber ich glaube, in den prüderen Kreisen der Gesellschaft betrachtet man so etwas mit Stirnrunzeln. Deshalb werde ich dich in etwa zwei Minuten in dein Zimmer zurückbringen.«

Fünf Minuten später flüsterte er: »Weißt du was? Es sieht ganz so aus, als könnte das zur Gewohnheit werden.«

Tatsächlich war es nicht viel mehr als eine Viertelstunde später geworden, als er Dany schließlich zurück zum Haus geleitete.

18

Am nächsten Tag ergab sich keine Gelegenheit zu einem privaten Gespräch mit Tyson, denn er hatte lange geschlafen und erhielt dann durch Boten die Nachricht, ein alter Freund sei am Morgen unerwartet mit seiner Privat-Jacht eingetroffen und bitte ihn, mit ihm zum Tiefseefischen zu fahren. Tyson folgte der Einladung.

»Das ist wirklich nervenzerfetzend!« beklagte sich Nigel. »Die Arbeit häuft sich zu Bergen, aber macht er sich vielleicht ans Werk? Pustekuchen! Vom Verleger kommen die gröbsten Telegramme; man kann nur hoffen, daß der Beamte kein Englisch kann. Außerdem hat er geschworen, heute vormittag mit Larry zu sprechen. Ist es Ihnen schon gelungen, ihn auf irgend etwas festzunageln, Holden?«

»Nein«, antwortete Lash träge und drehte sich auf den Bauch.

Sie hatten alle gebadet und schmorten jetzt auf dem Strand unterhalb des Hauses im heißen weißen Sand, wobei sie sich etwas erwarben, das sich, wie sie hofften, zu einer ebenmäßigen Bräune und nicht zu einem schlimmen Sonnenbrand auswachsen würde.

»Wer hat grobe Telegramme geschickt?« erkundigte sich Lash. »Hört sich nach meinem verehrten Papa an.«

»Nein. Unser britischer Verleger. So empfindlich«, antwortete Nigel.

Gussie, die sich die Beine mit Sonnenöl einrieb, blickte hoch. »Ich dachte, Sie sollten mit Tyson irgendein Abkommen wegen der Emroy-Frost-Papiere schließen, Mr. Holden. Eine kombinierte Geschäfts- und Vergnügungsreise. Obwohl ich fürchte, es ist kein großes Vergnügen gewesen, zu... Ach du meine Güte, ich wollte nicht taktlos sein.«

»Das waren Sie auch nicht«, versicherte Lash ihr. »Und wegen dieser Papiere haben Sie vollkommen recht. Ich hoffe, Ihren Bruder überreden zu können, daß er auf der gepunkteten Linie unterschreibt. Wenn ich ihn dazu bringen kann, solange stillzusitzen. Aber es ist schwierig, ihn festzuhalten, und im Augenblick bin ich zu faul, um ihm hinterherzujagen.«

»Wo ist Ihre amerikanische Hektik geblieben?« fragte Gussie mit strahlendem Lächeln.

Lash gähnte. »Die habe ich irgendwo hinter Neapel weggeworfen zusammen mit meinem Regenmantel. Jetzt ziehe ich ein Sonnenbad dem Geschäft vor. Aber keine Bange, irgendwann komme ich darauf zurück. Im Ernst. Was fangen wir mit dem Rest des Tages an?«

»Nichts«, erklärte Nigel bestimmt.

»Prima. Das ist ganz nach meinem Geschmack.«

»Kommt nicht in Frage!« fuhr Gussie unternehmungslustig dazwischen. »Wir machen alle einen Einkaufs- und Besichtigungsbummel durch die Stadt. Das ist schon arrangiert. Zum Tee gehen wir ins Hotel, und Lorraine erwähnte etwas von einem Mondschein-Picknick irgendwo am Strand.«

»Heiliger Strohsack!« murmelte Lash inbrünstig.

»So war es doch, Lorraine, nicht wahr?« Gussie ignorierte die Unterbrechung.

»Ja, liebe Gussie. Aber nur für solche, die gern mitmachen. Keiner muß mit, weißt du.«

»Ich halte es für dumm, einen Ort wie Sansibar zu besuchen, wenn man dann den ganzen Tag herumliegt und schläft. Das kann man auch zu Hause.«

»Aber nicht auf einem so schönen weißen Strand in der Sonne«, meinte Amalfi. »Nigel, warum ist dieser Sand weiß statt gelb?«

»Korallen, Sie reizender Ignorant. Und Bimsstein, vermute ich. Übrigens, ich habe neulich etwas höchst Faszinierendes herausgefunden. Wissen Sie, woher die niedlichen kleinen Bimssteine kommen, die man überall am Strand findet? Aus dem Krakatau!«

»Und wo«, fragte Eduardo, »liegt der Krakatau?«

Nigel legte schaudernd die Hand über die Augen. »Wie bescheiden ist unter den trinkenden Klassen doch der Anspruch auf Bildung! Der Krakatau, mein dekadenter Barbar, war ein Vulkan in der Sundastraße – einer Meerenge zwischen Java und Sumatra, falls Sie es nicht wissen –, der sich 1883 mit einem Knall selbst in die Luft jagte, wie ihn keine Atombombe je erzeugen wird. Und das sind die Überreste. Sie wurden von den Strömungen fortgetragen und hier angeschwemmt. Ich kann nicht behaupten, daß ich früher schon Bimsstein benutzt hätte, aber jetzt tue ich es. Mich berauscht der Gedanke, daß ich mir die Tintenflecken mit dem Krakatau abkratze.«

Eduardo spöttelte: »Sie sollten einen Fremdenführer schreiben, Sie kluges Kerlchen. Ich persönlich lese sie nie.«

»Sie lesen überhaupt nie etwas, wenn es sich irgendwie umgehen läßt!« stellte Nigel verärgert fest.

»Also, das ist sehr ungerecht von Ihnen, Mr. Ponting«, warf Gussie ein und bewegte strafend den Zeigefinger. »Und der Marchese hat ja nur gescherzt. Er hat doch wirklich schon an unserm ersten Nachmittag hier alles über das Haus gelesen. Das Buch meines Onkels: *Das Haus des Schattens.* So ist es doch, nicht wahr?«

»Habe ich es gelesen?« Eduardo zuckte die bronzenen Schultern. »Ich erinnere mich nicht mehr. Vielleicht habe ich es in die Hand genommen und einen Blick darauf geworfen. Und wenn, dann muß ich es sehr, sehr schnell wieder hingelegt haben.«

»Ganz und gar nicht! Sie sind zu bescheiden. Sie waren von dem Buch so gefesselt, daß Sie nicht einmal hörten, wie ich in die Bibliothek kam. Und ich versichere Ihnen, niemand braucht sich zu schämen, ein Bücherwurm zu sein. Ich selbst lese gern ein gutes Buch.«

»Der springende Punkt ist«, bemerkte Nigel, »daß *Das Haus des Schattens* wahrscheinlich das schlechteste je geschriebene Buch und bestimmt das langweiligste ist. Man kann bezweifeln, daß ein Buchliebhaber, sei er ein Wurm oder sonst etwas, sich über Seite zwei hinausquälen wird.«

»Warum bohren wir dann jetzt darin herum?« fragte Amalfi schmollend. »Werden zufällig Sie heute nachmittag bei diesem Einkaufs- und Besichtigungsbummel den Fremdenführer machen, Nigel?«

»Ich preise mich glücklich, daß ich darauf eine eindeutige Antwort geben kann«, gab Nigel zurück. »Nein! Warum? Haben Sie die Absicht, sich anzuschließen?«

»Ich denke schon. Vorausgesetzt, wir brechen nicht vor halb vier, vier Uhr auf. In der Portugisischen Straße habe ich einen Laden mit himmlischem indischem Schmuck gesehen, und der Mann sagte, er bekäme noch mehr herein, das er uns heute zeigen könne. Deshalb waren Eddie und ich so gut wie entschlossen, noch einmal hinzugehen.«

»Vergessen Sie Eddies Scheckbuch nicht«, riet Nigel gehässig.

»Nigel, Darling, Sie sind heute sehr böse«, warf Lorraine ihm vor. »Was ist denn los? Es ist ein so schöner Tag, aber alle scheinen nervös zu sein, statt sich friedlich zu entspannen.«

»Wir entspannen uns doch friedlich«, bemerkte Lash mit geschlossenen Augen. »Sehen Sie uns nur an.«

»Nein, das tun Sie nicht. Sie mögen so aussehen, aber ich spüre, daß die Atmosphäre schwirrt vor gereizten Nervenenden. Vermutlich liegt es an dieser Geschichte mit Honeywood und Jembe. Und dann die arme Millicent...«

Gussie Bingham stand abrupt auf, griff sich ihr Handtuch, ihr Sonnenöl und ihren Sonnenschirm und marschierte über den Strand davon. Sie verschwand auf dem kurzen steinigen Pfad, der zu der Tür in den Garten führte.

Amalfi setzte sich hoch und nahm ihre Sonnenbrille ab. »Jetzt hast du deine liebe Schwägerin verärgert. Zu schade. Lorraine, Darling, sei lieb und laß uns nicht mehr auf das Thema zurückkommen.«

»Aber warum sollen wir den Vogel Strauß spielen?« fragte Lorraine gekränkt.

»Und warum nicht? Ich habe nichts gegen Sträuße. Tatsächlich stehe ich völlig auf ihrer Seite, wenn sie lieber den Kopf in den Sand stecken, als mit dem Schnabel in scheußlich deprimierenden Themen herumzustochern. Willst du uns heute nachmittag wirklich durch Sansibar führen?«

»Ja, wenn du möchtest. Eigentlich ist es Gussies Idee. Sie will immerzu etwas unternehmen, ich nehme an, damit sie nicht über Millicent nachdenken muß. Gussie haßt es, aus der Fassung zu geraten. Wenn wir in die Stadt fahren, könnt ihr euch alle im Besucherbuch des Palastes und des Vertreters von Großbritannien einschreiben. Das gehört sich so.«

»Sie haben meine Erlaubnis, meinen Namenszug zu fälschen«, warf Lash ein.

»Ich werde nichts dergleichen tun. Sie werden Ihren Namen selbst schreiben, und zwar mit Vergnügen!«

»Okay, okay«, gab Lash friedlich nach. »Alles, was Sie wollen. Ich komme mit.«

Sie kamen alle mit, abgesehen von Nigel, der dabei blieb, er habe zu arbeiten, und von Dany, die in einer Hängematte im Garten eingeschlafen war.

»Lassen Sie sie schlafen.« Lorraine hielt Lash zurück, der sie aufwecken wollte. »Das ist besser für sie, als wenn sie in dieser Hitze durch ganz Sansibar läuft, und sie sieht aus, als habe sie in letzter Zeit nicht viel Schlaf bekommen. Nigel kann ein Auge auf sie haben. Ihr wird schon nichts passieren. Nein, Lash! Ich will nicht, daß sie geweckt wird.«

Sie hatte mit unerwarteter Entschiedenheit gesprochen, Lashs Arm ergriffen und ihn hinaus zum Wagen gezogen.

Lorraine hatte seit dem Ankunftstag keine Gelegenheit mehr gehabt, vertraulich mit ihrer Tochter zu sprechen, denn Tyson hatte sie davor gewarnt, Dany mit mehr Intimität zu behandeln, als der Sekretärin eines Gastes zustand. Aber sie hatte sie am frühen Nachmittag allein im Garten angetroffen. Dany hatte sich nach dem Lunch in die Hängematte gesetzt, und Lorraine erblickte sie, als sie hinausging, um als Friedensangebot für Gussie ein paar Rosen abzuschneiden.

»Darling, wie schön, daß ich dich einmal ein Weilchen für mich haben kann«, sagte Lorraine, vergaß die Rosen und nahm neben ihrer Tochter auf der Hängematte Platz. »Es ist so anstrengend, daß ich nie mit dir reden kann, ohne dabei über die Schulter zu spähen. Ich fürchte, all das ist für dich einfach scheußlich, Baby. Tyson sagt, nur noch einen oder zwei Tage, und dann hat die Polizei alles aufgeklärt und wir brauchen nicht mehr vorzugeben, du seist diese Kitchell. Gott sei Dank!«

Sie seufzte und brachte die Hängematte mit einem Fuß zum Schaukeln. Nach einer Pause begann sie ein wenig gehemmt: »Darling...

wegen Lash.« Und dann schien sie nicht weiter zu wissen.

Dany fragte erschrocken: »Was ist mit ihm?«

»Du magst ihn gern, nicht wahr, Darling?«

Dany errötete bis zu den Wurzeln des so gräßlich gefärbten Haars. Lorraine bemerkte die unglückliche Farbwirkung und meinte gedankenverloren: »Nein, das ist die falsche Farbe für dich. So ein Jammer.«

»Mutter, wovon redest du?« fragte Dany.

Lorraine warf einen gehetzten Blick über die Schulter. »Darling, nicht! Wenn dich nun einer hört?«

»Es ist kein Mensch in der Nähe«, erwiderte Dany. »Was wolltest du über Lash sagen?«

»Nun, ich dachte, ich sollte etwas sagen, denn ich habe den Eindruck, daß du ihn mehr schätzt als... sagen wir, als es einer Sekretärin zusteht. Und er ist ja auch ein sehr anziehender Mann, und...«

Sie machte eine hilflose Geste mit einer Hand, und wieder beendete sie den Satz nicht.

»Und was?« fragte Dany, in die Verteidigung gedrängt.

»Nun, Darling, zufällig ging ich gestern abend auf die Terrasse, um eine Zeitschrift zu holen, die ich dort liegengelassen hatte, und ich sah euch beide zum Haus zurückkehren. Ihr wirktet sehr freundschaftlich.«

Dany schwieg, und Lorraine gab einen kleinen, unglücklichen Seufzer von sich. »Ich fürchte, ich bin eine nutzlose Mutter«, gestand sie. »Mein Problem ist, daß ich nicht weiß, wie ich mich als Mutter zu benehmen habe. Aber ich habe das Gefühl, als Mutter sollte ich etwas sagen. Über Lash, meine ich. Du weißt doch, daß er Elf – Mrs. Gordon – heiraten wollte?«

»Ja. Das hast du mir in deinem Brief geschrieben. Und er hat es mir erzählt.«

»Oh, das ist etwas anderes.« Das klang erleichert. »Aber, Darling, du wirst ein bißchen vorsichtig sein, nicht wahr? Siehst du, du hast bisher so wenige Männer kennengelernt. Das ist meine Schuld, nehme ich an. Ich bin schrecklich selbstsüchtig gewesen und habe nicht daran gedacht, wie schnell die Zeit vergeht. Immer hatte ich vor, eines Tages eine gute Mutter zu werden, aber du schienst immer noch ein Baby zu sein. Und jetzt bist du plötzlich erwachsen. Du wirst doch nicht dein Herz an den ersten attraktiven Mann verlieren wollen, der dir über den Weg läuft. Das ist wirklich der größte Fehler, den ein Mädchen machen kann. Nicht etwa, daß ich etwas gegen Lash hätte, aber...«

»Was bedeutet, daß du doch etwas gegen ihn hast«, stellte Dany kühl fest.

»Nein, wirklich nicht, Baby. Glaub mir. Es ist nur so, daß Tyson sagt, Lash habe eine Menge Mädchen gehabt, und er hat Elf angebetet, und enttäuschte Männer tun oft etwas so Törichtes: Sie greifen nach dem ersten besten Mädchen, das ihnen das Schicksal über den Weg laufen läßt, nur um Trost für ihre verwundete Seele zu bekommen. Das hat überhaupt nichts zu bedeuten. Ich mag Lash, aber er ist so ungehalten, und ich bin mir nicht sicher, ob ich ihm sehr weit trauen kann. Elf wird mit solchen Typen fertig. Wenn man jedoch jung und romantisch und naiv ist, neigt man dazu, Dinge – und Menschen – nach dem äußeren Schein zu beurteilen. Deshalb wirst du ein bißchen nachdenken müssen, Darling. Ich meine, du brauchst nicht alles zu glauben, was er sagt, nur weil er fröhlich ist und gut aussieht und etwas Charme besitzt. Nimm das alles...«

»Etwas gelassener«, unterbrach Dany bitter. »Ich weiß!«

»Ich wollte sagen ›mit etwas mehr Vorsicht‹«, fuhr Lorraine vorwurfsvoll fort. »Oh, da kommt Larry. Er ist richtig nett, finde ich, und ich bin froh, daß wir ihn eingeladen haben, wenn auch Tyson seinetwegen ein bißchen sauer ist. Er sagt, wir sollten aufpassen, weil Larry der Typ ist, der bei allen weiblichen Wesen Vertrauen erweckt, was damit endet, daß sie sich in ihn verlieben, und alle erfolgreichen Bigamisten und Trickbetrüger seien Männer dieser Art. Weißt du, es ist erstaunlich, wie gehässig Männer gegeneinander sein können, wenn... Hallo, Larry. Suchen Sie jemanden?«

»Nein«, lächelte Larry. »Ich sehe mir nur Ihr Besitztum an, Mrs. Frost. Eine so alte und faszinierende Anlage! Die Mauer am Ende des Gartens ist gut drei Meter dick. Früher müssen sich Wachräume oder Ställe darin befunden haben. Sind sie zugemauert worden?«

»Das nehme ich an«, antwortete Lorraine unsicher. »Wenn es Sie interessiert, werden Sie bestimmt alles in Barclays Buch finden. Fahren Sie nachher mit uns in die Stadt?«

»Selbstverständlich, wenn Sie mich mitnehmen. Besteht eine Chance, daß Ihr Gatte sich uns anschließt?«

»Er wird sich mit uns im Hotel zum Tee treffen.« Lorraine stand auf. Lächelnd wandte sie sich zu Dany zurück. »Ich lasse Sie im Besitz der Hängematte, Miss Kitchell. Legen Sie doch die Füße hoch und ruhen Sie sich aus. Wir fahren frühestens in einer halben Stunde ab.«

Sie verschwand mit Larry Dowling auf dem gewundenen Pfad zwischen den Orangenbäumen und Rosen. Dany sah ihnen nach und dachte an Lash und an das, was er erst gestern abend über Amalfi Gordon gesagt hatte. Es hatte sich nicht angehört, als liebe er sie immer noch. Aber war es nichts als Bitterkeit gewesen?

Du brauchst nicht alles zu glauben, was er sagt...

War sie selbst »jung und romantisch und naiv«? Ein unerfahrenes Schulmädchen, das Dinge und Menschen nach dem äußeren Schein beurteilt? Wie sollte einer das wissen? Auf welche Weise lernte man dazu? Durch bittere Erfahrungen? Hatte Lash sie nur aus Egoismus geküßt. Wollte er Amalfi zeigen, daß er kein Interesse mehr für sie hatte?

Fast eine Stunde lang lag Dany in der Hängematte und blickte zu dem blauen Stückchen Himmel auf, das der duftende Baldachin aus Blättern und Blüten über ihr durchschimmern ließ. Ihr Kopf war so voll von persönlichen Problemen, daß sie nicht einmal an Mr. Honeywood oder Jembe oder Millicent Bates denken konnte oder an Mord. Und dann hüllte der Schlaf sie ohne Vorwarnung ein, so daß sie Lorraine und Lash, die sie holen wollten, nicht einmal hörte.

Es war kurz vor fünf, als sie erwachte. Die Schatten im Garten waren länger geworden, und die größte Tageshitze war vorbei. Das Haus war sehr ruhig, aber Dany fand Nigel im Wohnzimmer, wo er chinesischen Tee trank und eine sieben Tage alte Londoner Zeitung las.

Er bemerkte Dany, ließ die Zeitung zu Boden gleiten und stand auf. Dany warf einen Blick nach unten, und sofort sprangen ihr die bekannten Worte ins Auge: *Mann in Market-Lydon ermordet.*

Nigel folgte der Richtung ihres Blickes und lachte. »Sie haben mich auf frischer Tat ertappt, Miss Kitchell. Ich ergötze mich an einem Mordbericht. Um Ihnen die Wahrheit zu gestehen, nach all dem abstoßenden Gerede neulich war mein Interesse erwacht. Diese Bates hörte einfach nicht auf, über den Mord zu sprechen, bis man nicht umhin konnte, sich zu fragen, was sie damit bezweckte – vorausgesetzt, daß sie überhaupt etwas bezweckte. Man hatte einfach das Gefühl, irgend etwas steckte dahinter... Setzen Sie sich doch und trinken Sie eine Tasse indischen oder chinesischen Tee. Der chinesische ist himmlisch. Tyson läßt ihn sich direkt von seinem Freund, einem alten Mandarin in Kanton, schicken.«

Dany nahm eine Tasse blasser, gelblichgrüner Flüssigkeit an, die nach getrockneten Blumen schmeckte, und lauschte ziemlich geistesabwesend auf Nigels helle, melodische Stimme, die in einem Nonstop-Monolog dahinplätscherte. Es war ziemlich leicht, stellte sie fest, Nigel zuzuhören und dabei an etwas anderes zu denken. Und dann wurde sie erschreckend jäh aus ihrer Versunkenheit gerissen.

»Und nun verraten Sie mir einmal«, sagte Nigel, »wer Sie wirklich sind! Ich werde es keiner Menschenseele weitersagen. Natürlich kann ich raten. Aber ich fühle mich die ganze Zeit auf die Folter gespannt. Eine köstliche Mystifizierung!«

Dany sah ihn mit offenem Mund an und ließ ihre Tasse fallen.

»Tiens! Tiens!« Mr. Ponting sprang graziös auf und machte den Schaden wieder gut. »Tut mir das leid. Ganz und gar meine Schuld. Aber ehrlich, liebe Miss Wie-auch-immer, sie können einfach nicht Ada Kitchell sein – und wenn man die Phantasie noch so sehr anstrengt. Und Sie haben keine Ahnung, wieviel Phantasie ich habe.«

Dany fragte tonlos: »Wer könnte ich sein?«

»Oh, Darling, Ihre Stimme! Ganz Nancy Mitford. Kein Hauch der Neuen Welt darin. Und welche Frau hat jemals eine Brille getragen, wenn sie sie nicht brauchte? Das ist doch einfaches Fensterglas! Und, um nicht allzu indiskret zu werden: Ein kleines blondes Vögelchen hat mir ins Ohr gezwitschert, es gehe das Gerücht, die arme Ada liege im Augenblick mit Mumps im Islington Isolation Hospital.«

»Mrs. Gordon!« entfuhr es Dany. »Das hätte ich wissen müssen!«

»Offen gesagt, Darling, das finde ich auch. Doch lassen Sie sich davon nicht betrüben. Wahrscheinlich ist es nicht wahr, und ich werde auf keinen Fall auch nur eine Silbe verraten. Jetzt erzählen Sie es mir, ich sterbe vor Neugier. Wer sind Sie? Verraten Sie es mir, obwohl ich es ziemlich genau erraten kann, nicht wahr?«

»Ich weiß es nicht. Können Sie das?«

»Nun, selbstverständlich! Unsere süße Lorraine hat absolut nichts Subtiles an sich, und wenn sie im Haus herumläuft und jede einzelne Fotografie ihrer geliebten Tochter entfernt, neigt man dazu, sich selbst ein paar schüchterne kleine Fragen zu stellen. Nicht daß es viele Fotos gegeben hätte. Lorraine ist nicht das, was man wahnsinnig mütterlich nennen würde. Aber eine oder zwei waren da. Und wo sind sie jetzt? Vom Winde verweht, der durch Georgia blies? Lorraine vergaß allerdings, daß ein mit vielen Illustrationen geschmückter Band über Forschungsreisen herumliegt, und darin findet sich auch ein Bild ihres ersten Gatten. Ich muß gestehen, ich war neugierig genug, es nachzuschlagen. Sie sind Ihrem Vater wirklich sehr ähnlich, wissen Sie. Das mußte einem sofort auffallen, als sie neulich ohne diese Brille und ohne diesen scheußlichen Pony auftauchten. Sie hatten vergessen, sich zu maskieren.«

Dany stand auf und ging zum Fenster. Sie stellte sich mit dem Rükken zum Fenster, zupfte nervös am Saum des Vorhangs und starrte in den Garten hinaus. Die erste Woge der Panik war verebbt, und jetzt empfand sie nur noch ein Nachlassen der Anspannung und eine gewisse Erleichterung. Es war anstrengend, Miss Kitchell zu spielen, und es würde eine Erholung sein, sich wieder in Dany Ashton zu verwandeln, sich nicht mehr verstellen und nicht mehr ängstigen zu müssen. Aber sie wünschte, Lorraine wäre hier. Oder Tyson. Oder Lash. Irgend jemand, der ihr raten könnte, was sie jetzt sagen sollte und wieviel sie sagen durfte.

Hatten alle sie durchschaut? Hatten sie es alle erraten? Die Paßkontrolleure nicht! Und sie waren die einzigen, auf die es wirklich ankam und Larry Dowling, dem es unbedingt verborgen bleiben mußte.

Dany fragte: »Hat Mrs. Gordon es allen erzählt?«

»Das mit Ada? Oh, das glaube ich nicht. Vielleicht hat sie Eduardo etwas in das schöngeformte braune Ohr geflüstert, aber ihn hätte das nicht im geringsten interessiert. Und ich bin sicher, sie würde es niemand anderem verraten. Bestimmt nicht Gussie. Und ganz bestimmt nicht unserem aufdringlichen Mr. Dowling.«

Dany fuhr schnell herum. »Warum sind Sie davon überzeugt?«

»Daß Sie Larry gegenüber nichts ausgeplaudert hat? Aber meine Liebe, natürlich nicht! Der Mann schreibt für Zeitungen, und wenn er seine raubgierige Feder daran wetzte, würden Tyson und Ihre schöne Mama sehr empfindlich reagieren. Amalfi jedoch legt gar keinen Wert darauf, daß man ihr die Tür weist. Sie sind hier ganz, ganz sicher. Wenigstens für den Augenblick. Vermutlich muß es früher oder später herauskommen, aber mit etwas Glück erst dann, wenn unser kleiner Schreiberling sein Interview mit Tyson – und genug Material, um uns andere zu verleumden – bekommen hat und abgereist ist.«

Der Gedanke an Mr. Larry Dowling schien Nigels Interesse in andere Kanäle zu lenken, denn er runzelte die Stirn und sagte: »Ich kann einfach nicht verstehen, was Tyson im Sinn hat. Warum gibt er dem Mann nicht sein Interview und einen Korb voll Tatsachen und schickt ihn weg? Warum lädt er ihn ins Haus ein und hält ihn hier fest, indem er das Gespräch von Tag zu Tag verschiebt? Wirklich sehr irritierend. Ich wünschte, Sie würden mir sagen, was er vorhat. Sie wissen es doch?«

»Ich weiß gar nichts über Mr. Dowling«, versicherte Dany hastig, der Frage ausweichend.

»Und wieviel wissen Sie über Mr. Holden, frage ich mich?« Nigel gab ein boshaftes, wissendes kleines Kichern von sich. Sein Ausdruck war gleichzeitig spöttisch und verschlagen. Dany fuhr ihn hitzig an: »Was meinen Sie?«

Nigel musterte sie mit schiefgelegtem Kopf wie ein großer, glatter, wachsamer Vogel. Dann legte er den Finger an die Lippen, erhob sich schnell und geräuschlos, schlich an die Tür, die in den Flur führte, und riß sie auf.

Das ganze Manöver trug den Stempel so übertriebener Geheimnistuerei, daß Dany schon erwartete, eine geduckte Gestalt mit dem Ohr am Schlüsselloch entlarvt zu sehen. Aber der Flur war leer. Als Nigel sich überzeugt hatte, daß sich auch im Hof niemand aufhielt, kehrte er zu seinem Sessel zurück und blickte ein wenig verlegen drein.

»Verzeihen Sie das Amateur-Theater, aber mir wäre es sehr lieb, wenn wir nicht belauscht würden. Ich setze voraus, daß Sie im Grunde nicht viel über den munteren Mr. Holden wissen, abgesehen von dem Üblichen, der Tatsache, daß er wegen der bezaubernden Amalfi völlig den Kopf verloren hatte und zugunsten Eduardos den Laufpaß erhielt. Es müßte ein Gesetz gegen diese Italiener geben, finden Sie nicht auch? Aber andererseits, hat er Ihnen reinen Wein eingeschenkt? Sind Sie voll informiert?«

Dany antwortete unsicher: »Ich weiß nicht, was Sie meinen.«

»Ach nein? Sind Sie nie auf die Idee gekommen, an Lash Holden sei etwas ein wenig merkwürdig?«

»Nein. Warum ›merkwürdig‹?«

»Nun, dann ›eigentümlich‹, wenn Sie das Wort vorziehen. Und bitte, springen Sie mir jetzt nicht ins Gesicht! Wie Sie sehen, besitze ich genügend Taktgefühl und habe mich jeder Frage enthalten, warum Sie es für notwendig halten, sich als seine Sekretärin zu verkleiden. Aber ist Ihnen denn nie aufgefallen, mit welcher tödlichen Sicherheit er immer im richtigen Moment auftaucht? Es sieht alles so selbstverständlich und einfach aus. *He presto!* – und da ist das Pik-As; ja, wo in aller Welt kommt es her? Welch ein erstaunliches Glück! Aber ist es Glück?«

Dany kam zu ihrem Sessel zurück, doch sie setzte sich nicht. Sie hielt sich an der Lehne fest und starrte Nigel mit blassem Gesicht an.

»Was versuchen Sie, mir beizubringen?«

»Nichts, Darling. Ich versuche, nur, etwas anzudeuten. Das mindert die Gefahr, meinen Sie nicht auch? Sehen Sie, Lashmer Holden senior ist ein sehr alter Freund von Tyson – ein intimer Freund, könnte man sagen. Es gibt nichts in bezug auf Tyson oder sein Haus oder seine Angelegenheiten, was er nicht weiß, und außerdem hat er den Ruf, einer dieser aufrechten Typen zu sein, deren Motto ist: Wer rastet, der rostet.«

Er sah Dany zusammenzucken und fragte: »Was überrascht Sie daran so? Was habe ich denn gesagt?«

»Nichts«, stotterte Dany. »Es war nur, daß... Was sagten Sie soeben über Lashs Vater?«

»Nur, daß Papa Holden das ist, was man gemeinhin einen zähen Brocken nennt. Er macht sich aus nichts ein Gewissen, und kürzlich hat er einen seltsamen Kurs eingeschlagen.«

»Einen was?«

»Einen seltsamen Kurs, Darling. Seien Sie nicht ganz so naiv. Ich glaube, er ist haarscharf daran vorbeigekommen, wegen Hochverrat vor einen Untersuchungsausschuß zitiert zu werden. Er hat mit den Kommunisten paktiert. Nichts konnte bewiesen werden, verstehen Sie, deshalb ist man schon gefährlich nahe an einer Verleumdung, wenn man bloß davon flüstert. Aber wissen tun es alle, und ich glaube, es hat ihn Tausende von Dollar an Bestechungsgeldern und so weiter gekostet, damit die Sache nicht vor Gericht kam. Wir waren gerade drüben, als das Faß am Überlaufen war, und ich habe den Verdacht, er hat versucht, Tyson anzupumpen. Äußerst peinlich! Da drängt sich einem doch die Frage auf, ob Tyson so ungezogen war, nicht mitspielen zu wollen, und ob Holden junior sich entschlossen hat, ihm die Daumenschrauben anzulegen. Er will quasi wie ein treuer Sohn handeln, wenn dem so ist.«

Dany runzelte die Stirn und blickte bestürzt drein. »Ich weiß wirklich nicht, wovon Sie reden, Nigel, und ich glaube, Sie sollten besser damit aufhören.«

»Von Erpressung, Darling«, erklärte Nigel, ihre Bitte ignorierend. »Ich frage mich, ob da nicht ein abgekartetes Spiel im Gange ist. Hat er die Tochter des Hauses mit Absicht in eine ebenso verwickelte wie peinliche Situation gebracht und verlangt von Stiefpapa nun, daß er zahlt, andernfalls werde er die Sache an die Presse weitergeben? Tyson ist wirklich sehr gut mit Aktien und Anteilen und Bargeld ausstaffiert, und er ist Ihrer charmanten Mama völlig ergeben. Wahrscheinlich würde er Ihretwegen zahlen und zahlen. Ich frage mich, könnte es das sein?«

»Nein!« protestierte Dany stürmisch. »Ich habe noch nie etwas so Lächerliches gehört! Nicht ein wahres Wort ist daran!«

»Langsam, langsam, Darling! Regen Sie sich nicht so auf. Sie sind ja so schlimm wie Eduardo. Schon gut. Es war nur so eine Idee. Aber ich werde den Verdacht einfach nicht los, daß er irgend etwas im Schilde führt. Natürlich kann man Mitleid für ihn empfinden. Der Ruf der Familie ist ruiniert, das Familienvermögen ist verschleudert, und die schicke Freundin, die, unter uns gesagt, Wind von dem bedauerlichen Kassenstand bekommen haben muß, verläßt das sinkende Schiff und besteigt einen mit Gold beladenen italienischen Kutter. Aber zu welchem Zweck ist Holden hier? Was hat er vor? Das möchte ich gern wissen. Nennen Sie mich neugierig, wenn Sie wollen. Sie hätten ganz recht.«

Dany erklärte steif: »Sie wissen genau, warum er hier ist.«

»Oh, aber Sie irren sich! Schnüffelt er hier rum? Die Amerikaner sind heutzutage plötzlich so auffallend interessiert an den Geschehnissen im Orient. Sie können an nichts anderes mehr denken als an Einflußsphären und Raketenbasen. (Und natürlich an Frauen – es geht einfach nichts über eine Dame! Besonders, wenn sie wie Elf aussieht.) Oder verfolgt er seine eigenen Interessen, und wenn ja, welche?«

Danys Hände klammerten sich an die Sessellehne. Sie sagte wütend: »Sie wissen genau, warum er hergekommen ist! Wegen eines Gesprächs über die Veröffentlichung der Emory-Frost-Papiere... und... und um in Sansibar seine Flitterwochen zu verleben.«

»Das sagt er. Allerdings sind die Frost-Papiere vor weniger als sechs Monaten mit seinem lieben Papa in den Staaten bis zum Erbrechen diskutiert worden. Natürlich waren sie damals noch unter Verschluß, und es mag sich herausgestellt haben, daß sie eine Veröffentlichung nicht wert sind. Aber ein paar Briefe hätten die Angelegenheit regeln können. Lash ist nicht hierher eingeladen worden. Wußten Sie das schon? Er schlug es selbst vor. Und wer hat schon einmal von einem Mann gehört, der seine Flitterwochen mit einer Geschäftsreise kombiniert? Davor würde der eifrigste Dollar-Jäger unter den Yankees zurückscheuen. Sie mögen das Geld lieben (und wer liebt es nicht!), aber sie fließen einfach über vor Gefühlen wegen solcher Sachen wie Mama und Heiratsglocken. Dadurch wird alles ja so spannend. Sicher können auch Sie diesen Gesichtspunkt würdigen.«

»Nein!« fuhr Dany ihn an. »Das kann ich nicht! Sie haben nichts weiter als eine fruchtbare Phantasie.«

»Meine Liebe, sehr richtig! Und wie fruchtbar sie im Augenblick ist! Die wildesten Mutmaßungen schossen aus dem Boden, als der liebe Junge hier auftauchte und verkündete, daß er seine Flitterwochen abgeblasen hat, und Sie noch zu allem Übel uns als seine Sekretärin präsentierte. Sofort wurde man an *Crippen* erinnert.«

»*Crippen?* Warum? Wieso...?« Dany entdeckte plötzlich, daß die Sessellehne eine ungenügende Stütze war. Sie bekam langsam immer weichere Knie und beschloß deshalb, sich zu setzen.

»Sie haben doch sicher von Dr. Crippen gehört, meine Liebe? Er brachte einen sehr sauberen kleinen Mord zustande, und dann verlor er den Kopf und entfloh mit seiner Sekretärin, die unzulänglich als Junge verkleidet war, außer Landes. Das schoß mir in dem Augenblick, als ich Sie erblickte, durch den Kopf. Nun, vielleicht nicht im ersten Augenblick, aber sobald mich die Neugierde zu plagen begann. Ich gestehe, das Rätsel faszinierte mich. Köstliche Schauer gingen mir über den Rücken! Ich sagte zu mir selbst: Jetzt flieht er vor dem Gesetz, und wo hat er die Leiche der armen Ada vergraben... der richtigen? Das war natürlich, bevor ich die Zeitungen gelesen hatte.«

Mit spröder, atemloser Stimme fragte Dany: »Was meinen Sie damit?«

Nigel ließ sein kleines, kicherndes Lachen hören. Er blickte auf die Zeitung nieder, die auf dem Fußboden neben seinem Sessel lag, und dann wieder zu Dany hoch:

»Wollen Sie mir nicht wenigstens das erzählen?«

Dany stieß hervor: »Ich brauchte es Ihnen nicht zu sagen, aber ich will es dennoch tun. Wenn Sie es unbedingt wissen müssen, Mr. Holden wohnte in London zufällig mit mir im gleichen Hotel.«

»Welch glücklicher Zufall«, murmelte Nigel.

»Möchten Sie, daß ich weiterspreche?«

»Aber natürlich, Darling. Ich bin ja so gespannt! Und ich verspreche, ich werde Sie nicht wieder unterbrechen.«

»Miss Kitchell, seine Sekretärin, hatte Mumps bekommen, und ich hatte meinen Paß verloren und keine Zeit mehr, mir vor Abflug der Maschine einen neuen zu besorgen. Da schlug er vor, ich solle Miss Kitchells Paß benutzen. Zum Jux!«

»Ha, ha!« machte Nigel. »Ist der Junge schlau! Er muß viel mit diesen Universitätsstudenten gemeinsam haben, die sich die geistreichsten Streiche ausdenken, um die Ernennung eines neuen Rektors durchzusetzen. Aber im Ernst, Darling, hatte sie Mumps? Oder war das nur ein Trick?«

»Ich bin nicht...«, begann Dany wieder.

»Das Pik-As«, erklärte Mr. Ponting mit einer Spur von Ungeduld. »*He presto* – nein, ist das ein Glück! Diese Art von Trick. Im Grunde ganz einfach, wenn man weiß, wie es gemacht wird.«

»Aber es war gar kein Trick dabei«, widersprach Dany. »Natürlich hatte sie Mumps.«

»Woher wissen Sie das? Weil sie ein nettes, unerfahrenes, unschuldiges Mädchen sind, das alles glaubt, was man ihm erzählt?«

Die Worte waren ein Echo dessen, was Dany heute schon einmal gehört hatte. Lorraine hatte sich fast genauso ausgedrückt. Und auch sie hatte über Lash so gesprochen.

Nigel fuhr fort: »Es ist so leicht, das zu sagen. Und fast ebenso leicht, kann man sich vorstellen, dafür zu sorgen, daß Sie Ihren Paß verlieren! Sie sagten doch, Sie hätten ihn verloren, nicht wahr? Wie, wenn ich eine weitere neugierige kleine Frage stellen darf? Ein Paß ist ja kein Gegenstand, den man auf einem Ladentisch aus der Hand legt oder auf dem Klo liegenläßt.«

»Ja, das war so. Ich meine, ich...«

Nigel kicherte von neuem. »Sie scheinen verwirrt zu sein. Vermutlich war es ganz einfach. Wie der Kartentrick. Man hält einen Paß in der Hand, und *he presto!* Da ist ein zweiter. Welch ein glücklicher Zufall! Sie verstehen?«

»Nein! Und ich glaube kein Wort davon. Und überhaupt, warum sollte Lash – Mr. Holden – so etwas tun? Warum sollte er sich die Mühe machen, mich nach Sansibar zu bringen, wo ich auch sowieso hinfliegen wollte?«

Nigel zuckte die Schultern und warf in einer affektierten Geste die Hände hoch. »Nun, Darling, zu dem Punkt habe ich ja bereits eine kleine Theorie entwickelt. Doch da Sie sehr heftig reagiert haben, wage ich es nicht, darauf zurückzukommen. Vielleicht wollte er Sie nur im Auge behalten. Und tatsächlich, warum auch nicht? Obwohl ich gestehen muß, daß es, als die Flitterwochen abgeblasen wurden, vielleicht ein bißchen taktlos war, hinter seiner Ex-Liebe und dem neuen italienischen Liebhaber herzureisen. Man hätte vielmehr erwartet, daß er den Flug annuliert. O ja, ich nehme an, in wenigen Tagen wird alles so klar wie Vichy-Wasser sein und genauso harmlos. Es macht viel mehr Spaß, sich darüber den Kopf zu zerbrechen, nicht wahr? Ich liebe Geheimnisse! Möchten Sie noch eine Tasse Tee?«

Nigel lugte in die Teekanne, schnalzte bedauernd mit der Zunge und verkündete, es sei keiner mehr da, und das heiße Wasser sei kalt geworden. »Das macht aber nichts, denn es ist beinahe Zeit für einen Cocktail. Ich hatte keine Ahnung, daß es schon so spät ist. Heute abend diniere ich auswärts mit ein paar reizenden Parsen. Sie setzen einem die köstlichsten Curry-Gerichte vor, denen man nicht widerstehen kann, obwohl sie die Magensäfte total durcheinanderbringen. Doch das ist immer noch besser als ein Picknick im Mondschein, das für mich die reine Hölle ist. Sandige Würstchen und das Moskito-Schutzmittel in jedem Glas. Ich bemitleide Sie alle.«

Er erhob sich graziös. »Wollen Sie mir verzeihen, wenn ich Sie sich selbst überlasse, während ich mich schnell umziehe? Und machen Sie sich keine Sorgen, liebe Miss Kitchell. Ihr schuldhaftes Geheimnis ist ganz sicher bei mir. Ich verspreche, ich werde niemandem auch nur die winzigste Andeutung machen. Hand aufs Herz!«

Er nahm die am Boden liegende Zeitung auf, faltete sie akkurat zusammen, steckte sie unter den Arm und schwebte davon. Dany blieb in dem leeren Wohnzimmer mit den Teetassen und einigen sehr unerfreulichen Gedanken zurück.

19

Lash. Nein... es ist nicht möglich! Aber es war möglich. Unvorstellbar, aber nicht unmöglich.

Lash... Sie mußte mit ihm reden. Sie wollte ihn fragen...

Du brauchst nicht alles zu glauben, was er sagt.

Aber sie hatte alles geglaubt. Warum?... Weil er Lash war und sie sich in ihn verliebt hatte. Weil er fast der erste attraktive Mann war, den sie je kennengelernt hatte, und jedes Mädchen, das sich zum ersten Mal verliebt, ist überzeugt, daß das die wahre Liebe ist – und für ewig. Und dann stellt sie fest, daß beides nicht stimmt.

»War das dein erster Kuß?« – »Ja, woher weißt du das?« – »Ich habe meine Erfahrungen.«

Ihr war die Bedeutung dieser Antwort damals nicht aufgegangen, aber jetzt. Es hieß, daß er schon viele andere Mädchen geküßt hatte. Er wußte, wie man Frauen behandelt. Wie man sie herumbekommt.

Dany wurde bewußt, daß sie bereit gewesen war, in jedem anderen einen Mörder zu sehen: Gussie, Seyyid Omar, Eduardo di Chiago, Amalfi Gordon und vielleicht sogar Larry. Aber nicht in Lash.

Sie hatte im Fall der anderen Verdächtigen Mittel und Wege und Theorien ausgearbeitet und Lash zugehört, wenn er es tat. Aber nicht den Bruchteil einer Sekunde war sie auf die Idee gekommen, Lash zu verdächtigen. Und doch hatte er sich am meisten verdächtig gemacht. Er hatte sogar selbst darauf hingewiesen, und sie hatte den Gedanken verworfen, ihn sofort und voller Ungeduld beiseitegefegt.

Hatte er die Bemerkung deshalb gemacht? Um sich zu vergewissern, daß sie volles Vertrauen zu ihm hatte? War es ein Bluff gewesen? Jetzt sah Dany ein, daß Lash sehr wohl alles hätte tun können...

Sie ließ den Kopf in die Hände sinken, drückte die Finger auf die Augen und versuchte, sich zu erinnern und scharf nachzudenken.

Sein Vater kannte Tyson wahrscheinlich besser als sonst irgendwer, und Tyson konnte ihm durchaus über die Entdeckung geschrieben haben, die er unter den Frost-Papieren gemacht hatte. Vielleicht hatte er ihm auch mitgeteilt, was er beabsichtigte. Lash konnte Mr. Honeywood aufgesucht haben und von Millicent gesehen worden sein, die ihn in dem Augenblick nicht erkannte, aber später.

Er hatte sich ein Zimmer im gleichen Hotel wie Dany genommen, und alles übrige wäre für ihn sehr einfach gewesen. Er mochte sogar auf der Feuerleiter oder dem Balkon vor ihrem Zimmer gewesen sein und gesehen haben, wie sie es verließ. Dann hatte er sich durch den Raum geschlichen und die Tür hinter ihr zugeknallt und ihren eigenen Schlüssel vom Toilettentisch genommen. Er mochte das Zimmer durch das Fenster verlassen haben und über die Treppe wieder nach oben gekommen sein, den Betrunkenen spielend.

Zeit, ihr Zimmer zu durchsuchen, und als er den Umschlag nicht fand, ihren Paß zu stehlen und die Pistole einzuschmuggeln, hätte er genug gehabt, während sie in seinem Zimmer wartete. Und als Dany jetzt darüber nachdachte, fiel ihr auf, daß er tatsächlich wie auf ein Stichwort hin erschienen war, als sie die Pistole fand.... Und es war Lashs Idee gewesen, sie solle anstelle von Miss Kitchell mit ihm kommen.

War Miss Kitchell tatsächlich an Mumps erkrankt? Oder war sie nur in letzter Minute informiert worden, ihre Anwesenheit sei nicht erforderlich, weil ihr Paß benötigt wurde?

Aber da war diese Nacht in Nairobi gewesen und der Mann, der sie hatte chloroformieren wollen. Das konnte Lash nicht gewesen sein. Er hatte auf dem Sofa gelegen und fest geschlafen. Nein, das alles war Unsinn! Eine wilde Erfindung von Nigels blühender Phantasie, die einer nüchternen Prüfung nicht einen Augenblick standhielt.

Aber es gab zwei Personen, die diesen Brief haben wollten. Oder zwei Gruppen von Personen. Eine davon suchte immer noch danach, und eine hatte ihn. Der versiegelte Umschlag mit Emory Frosts Initialen war aus ihrer Manteltasche genommen, das Siegel war erbrochen und der Brief entfernt worden. Und das hatte nur ein einziger Mensch fertigbringen können – Lash Holden.

»Nein – nein – nein!« sagte Dany laut und verzweifelt. »Das würde er nicht tun. Das hat er nicht getan. Ich glaube es nicht, und ich will es nicht glauben!«

Wer anders? wisperte eine leise, erbarmungslose Stimme in ihrem Gehirn. Wie anders? *Du brauchst nicht alles zu glauben, was er sagt...*

Dany sprang auf. Mit sich selbst ringend, lief sie im Zimmer auf und ab. Sie versuchte, sich einzureden, jemand anderes habe den Umschlag stehlen können. Aber da war kein Ausweg. Kein Schlupfloch. Es mußte Lash gewesen sein.

Man konnte sich gerade eben noch vorstellen, daß ein geschickter Taschendieb das ganze Päckchen mitsamt dem Chiffontuch stahl. Aber den Umschlag auszuwickeln, den Brief herauszuholen und das Ganze zurückzustecken, das war einfach unmöglich. Nur Lash hätte es in aller Ruhe bewerkstelligen können. Entweder während sie an jenem Morgen im Bad war oder als sie ihm im Flugzeug den Mantel zum Halten gegeben hatte.

»Nein!« sprach Dany noch einmal das leere Zimmer an. Doch trotz ihres Leugnens wußte sie, daß die Antwort »ja« lauten mußte, denn ihr war soeben etwas anderes eingefallen.

Lash hatte gestern abend auf dem Fenstersims seines Zimmers gestanden und nach oben in die Bougainvilleen gegriffen, die dort wuchsen. Lashs Züge hatten sich verändert, als sie fragte: »Wenn Seyyid Omar den Umschlag nicht hat, wer dann?« Sein Gesicht war leer und ausdruckslos geworden, und er hatte den Kopf gedreht, als wolle er ihrem Blick nicht begegnen. Ja, Lash hatte den Brief. Davon war Dany plötzlich überzeugt. Wahrscheinlich hatte er ihn in der Tasche mit sich herumgetragen. Dann hatte er sich beim Anblick ihrer aufgeschlitzten Handtasche gesagt, daß das zu gefährlich sei, und sich entschlossen, ein besseres Versteck zu suchen.

Wozu wollte er den Brief verwenden? Wenn es, wie Seyyid Omar gesagt hatte, auf Sansibar Männer gab, deren oberstes Ziel eine Diktatur unter sowjetischer Oberherrschaft war, mochte Lash ein Mann vom Geheimdienst sein, dessen Aufgabe war, das zu verhindern. Oder wollte er Seyyid Saïds Schatz für sich selbst?

Jembe... Millicent Bates... Es hätte Jembe gewesen sein können, der in ihr Zimmer in Nairobi eingedrungen war, und Lash konnte es gewußt oder erraten haben. Millicent hatte behauptet, sie vergesse niemals ein Gesicht, und Lash hatte gemeint, sie sei ermordet worden, weil sie zuviel geredet hatte. Es war fast sicher, daß Lashs Vater ein Exemplar von dem Buch *Das Haus des Schattens* besaß, und die Nachricht, die Millicent in den Tod lockte, war auf Ada Kitchells Maschine geschrieben worden.

»Ein Schurke, der ein junges Mädchen so mühelos herumbekommt wie ein Heiratsschwindler, der sich bei einer frustrierten Kleinstadt-Jungfer an die Arbeit macht...« Irgendwer hatte das über Lash gesagt. War sie, Dany, eine frustrierte Kleinstadt-Jungfer? Auch Lorraine hatte sie für zu jung und unerfahren gehalten – und zu romantisch! Und Nigel hatte sie angefleht, nicht so naiv zu sein. Vielleicht war sie das alles wirklich.

Eine Träne sickerte über Danys blasse Wange. Sie wischte sie ärgerlich ab. Weinen half ihr nichts, aber es gab wenigstens etwas, das sie tun konnte. Sie konnte sich vergewissern, ins Gästehaus gehen und nach Emory Frosts Brief suchen. Nicht sofort, weil es spät wurde und die anderen bald zurückkommen würden. Aber sobald sich ihr eine Gelegenheit bot und sie genau wußte, daß Lash aus dem Weg war, wollte sie es tun.

Die Wagen fuhren fünf Minuten später vor. Da Dany keine Lust hatte, jetzt mir irgend jemandem zu sprechen, rannte sie in ihr Zimmer hoch und verschloß die Tür. Sie öffnete sie erst wieder, als Lorraine klopfte und fragte, wie es ihr gehe und ob sie gut geschlafen habe.

»Weißt du, Darling«, Lorraine betrachtete ihre Tochter mit einiger Sorge, »du siehst sehr blaß aus. Vielleicht ist es auch dieses Haar. Ich finde wirklich, wir sollten...«

»Mutter«, unterbrach Dany sie nervös, »hat Tyson Lashs Vater jemals etwas über diesen Brief von Emory Frost geschrieben? Den Brief, den ich bei Mr. Honeywood abgeholt habe?«

»Darling, ich habe keine Ahnung. Möglich ist es, sie sind immer sehr gute Freunde gewesen. Warum?«

»Ach, nichts«, sagte Dany schnell. »Ich habe nur darüber nachgedacht, ob sonst noch jemand davon gewußt haben kann.«

»Das glaube ich nicht. Das heißt, natürlich muß jemand anders davon gewußt haben. Oh, das ist alles so verworren und widerwärtig, und ich wünsche mir oft – nun ja – reden wir nicht mehr davon.«

Lorraine setzte sich auf den Hocker vor dem Toilettentisch, betrachtete ihr bezauberndes Spiegelbild und sagte: »Ich sehe schauderhaft aus. Ob ich noch Zeit genug zum Baden habe, bevor wir zu diesem Picknick aufbrechen? Nein, wohl nicht mehr. Wir hatten nicht die Absicht, so spät zurückzukommen, aber Tyson brachte einen Freund von Elf mit ins Hotel. Er ist nur einen Tag später als du nach Mombasa geflogen und an Bord von George Wallingbornes Jacht gegangen, und gestern abend spät kamen sie hier an. Tyson ist mit ihnen zum Angeln draußen gewesen. Ein Mann namens Yardley, Sir Ambrose Yardley. Und wenn du mich fragst, er ist nur Elfs wegen hier. Er hätte in Khartum irgend etwas zu erledigen gehabt, aber er ist dort nur einen und einen halben Tag geblieben und ihr dann nach hier gefolgt. Ich hätte ihn vielleicht einladen müssen, bei uns zu wohnen; er lechzte danach. Aber Eduardo reagierte ziemlich albern und unhöflich auf die ganze Sache, und ich halte ein weiteres Drama nicht mehr aus. Jedenfalls treffen wir uns alle morgen mit ihnen zum Mittagessen.«

Lorraine betupfte ihr Gesicht geistesabwesend mit Danys Puder, rieb ihn wieder ab und stand seufzend auf.

»Zieh nichts zu Hübsches an, Darling, weil das Picknick am Strand stattfindet. Tysons Idee. Er ist ganz zum Pfadfinder geworden und möchte ein Feuer aus Treibholz machen und Würstchen braten. Puh! Ich kann mir nichts weniger Verlockendes vorstellen, aber er platzt vor Tatendrang und Sehnsucht nach frischer Luft. Komm nicht so spät hinunter, ja, Baby?«

Die Sonne ging unter, der Himmel war rosen- und aprikosenfarben und das Haus voller Schatten, als Dany ins Wohnzimmer kam. Sie hatte erwartet, alle Hausbewohner dort versammelt zu finden, aber es waren nur zwei anwesend. Sie standen so dicht zusammen, daß sie in dem trüben Licht für einen Augenblick wie eine Person aussahen.

Sie traten schnell auseinander, als sie die leichten Schritte von Danys Sandalen auf den dünnen Orientteppichen hörten. Amalfi Gordon kam auf sie zu, das Gesicht und die schlanke Gestalt dunkel vor den Sonnenuntergangsfarben, die draußen vor den Fenstertüren brannten.

Ohne ein Wort zu sprechen, ging sie an Dany vorbei und hinaus in den dunklen Flur. Ihre hohen Absätze klapperten auf dem gebohnerten Stein.

Lash sagte: »Warum der altmodische Blick, Bambina? Hast du gedacht, du seist in eine große Versöhnungsszene hineingeplatzt? Wenn ja, dann hast du das falsch verstanden. Ich bin nicht so polygam, wie ich aussehe.«

Dany erwiderte kalt: »Es hat absolut nichts mit mir zu tun, wenn Ihnen danach ist, Mrs. Gordon zu umarmen.«

»Nun warte mal! Ich habe sie nicht umarmt!«

»Nicht? Für mich sah es ganz so aus. Wo sind die anderen hin?«

»Das weiß ich nicht, und ich kann auch nicht behaupten, daß es mich interessiert. Erzähl mir, was du den ganzen Nachmittag mit dir angefangen hast. Mir gefiel es gar nicht, dich allein zurückzulassen. Aber Lorraine sagte, ich solle dich schlafen lassen und Nigel werde schon auf dich aufpassen. Hat er das getan?«

»Ja«, antwortete Dany kurz.

Sie wandte sich zum Gehen. Lash kam ihr schnell nach und faßte sie am Arm. »Was ist los, Schätzchen? Du bist doch nicht böse auf mich? Sieh mal, ich kann es dir erklären.«

»Ach ja? Aber ich brauche deine Erklärungen nicht zu glauben, oder?«

Lashs Finger gruben sich schmerzhaft in ihren Arm. Er riß sie zu sich herum, und dann ließ er sie plötzlich los, da jemand leise durch die offene Tür hinter ihnen trat.

»Hallo«, grüßte Larry Dowling. Seine ruhige, angenehme Stimme stand in scharfem Widerspruch zu der Geräuschlosigkeit, mit der er sich bewegt hatte. »Komme ich zu spät? Wo sind die anderen?«

»Im Garten, nehme ich an. Warum gehen Sie nicht hinaus und suchen nach ihnen?« fauchte Lash.

»Ja, das wollen wir tun«, fiel Dany dankbar ein. »Ich komme mit Ihnen, Larry.«

Sie nahm seinen Arm. Zusammen gingen sie an Lash vorbei durch die Fenstertür auf die Terrasse, wo sich ihnen ein paar Minuten später Gussie und Tyson zugesellten.

Dany hatte gehofft, eine Gelegenheit zu finden, mit ihrem Stiefvater unter vier Augen zu sprechen. Aber offenbar sollte es heute abend nicht mehr dazu kommen. Tyson hatte einen anstrengenden Tag beim Fischen hinter sich, schien jedoch seine Energie noch lange nicht erschöpft zu haben. Er führte seine Gäste beim letzten Glühen des Abendrots zum Strand hinunter und durch den feuchten Sand bis zu einer passenden Stelle in einer kleinen Bucht, keine Viertelmeile vom *Kivulimi*-Strand entfernt. Dann schickte er sie los, Treibholz für das Feuer zu sammeln.

»Er bekommt diese Sucht nach frischer Luft von Zeit zu Zeit«, erklärte Lorraine mit resignierendem Lächeln. »Sehr anstrengend, solange sie dauert, aber glücklicherweise dauert sie nie sehr lange. Zur Entschädigung sollt ihr morgen alle ein feines Essen mit geräuchertem Lachs und Kaviar haben. Aber die Aussicht hier ist himmlisch, findet ihr nicht auch? Seht euch diese phantastischen Felsen an. Und die Dhau da draußen – ist sie nicht hinreißend? Wohin sie fahren mag? Nach Hejaz oder Samarkand…«

Gussie bemerkte gereizt: »Es würde schwierig sein, sie dahin zu steuern, falls sie kein Amphibienfahrzeug ist.«

»Oh, ich habe das nicht wörtlich gemeint. Ihre Fracht vielleicht. Das sind nur so hübsche Namen.«

Als das Abendrot verblaßte und der Himmel von Rosa in Flieder, Lavendel und Grün überging, gewann der Feuerschein an Kraft und beleuchtete die verrückten Formen der Korallenfelsen und der Pandanus-Wedel, daß die Umgebung wie ein Bühnenbild aussah. Und dann ging der Mond auf. Er hob sich wie eine verzauberte chinesische Laterne in den Himmel und erfüllte die Nacht mit Magie.

Die Würstchen waren, wie Nigel prophezeit hatte, sowohl sandig als auch nicht ganz gar, aber als der Ehre und Tyson Genüge getan war, präsentierte Lorraine eine exzellente Auswahl kalter Speisen, die einer der Hausdiener zum Strand gebracht hatte. Und später, als die Überreste wieder abgeholt waren, spielten sie auf einem tragbaren Grammophon »passende Mondschein-Musik«, wie Lorraine es nannte, und erkundeten die Küste.

Tyson und Lash wanderten, bewaffnet mit Taschenlampen und Fischspeeren, davon, um ihr Glück in den Felstümpeln weiter unten am Strand zu versuchen. Dany sah sie gehen und sagte sich, daß jetzt der richtige Augenblick gekommen sei, sich ins Gästehaus zu schleichen. Sicher würden sie für mindestens eine halbe Stunde beschäftigt sein, und sie brauchte nicht viel mehr als zehn Minuten, um zum Haus zurückzukehren. Dort hielten sich nur die Dienstboten auf, die sich zu dieser Stunde schon in ihre Betten zurückgezogen haben würden. Dany konnte wieder hier sein, bevor irgend jemand merkte, daß sie fort gewesen war, und sie ertrug den Gedanken nicht, noch eine Nacht – oder auch nur noch eine Stunde – in dieser Ungewißheit zu verbringen.

Gussie sprach mit Lorraine über Kochrezepte, während Larry Dowling auf dem Bauch im Sand lag und Schallplatten auflegte. Amalfi und Eduardo waren auf Lashs und Tysons Spuren am Strand davongeschlendert. Es würde ganz leicht sein.

Dany stand auf, klopfte sich den Sand ab, ging zu ihrer Mutter und murmelte ihr etwas ins Ohr. Lorraine meinte nur: »Ja, natürlich. Aber warum nicht einfach hinter einem Felsen, Darling? Es stehen genug herum.«

Errötend und indigniert zog sich Dany zurück. Sobald sie von dem Schein des erlöschenden Feuers nicht mehr erreicht wurde, ging sie schnell, ohne gerade in Laufschritt zu verfallen, bis zu den Felsen, die das eine Ende des Strandes begrenzten. Dort blieb sie kurz stehen und sah zurück. Sie konnte das Glühen des Treibholzfeuers und die Picknick-Teilnehmer nicht mehr erkennen, und nichts bewegte sich im Mondschein als die geisterhaften kleinen Krabben, die träge ans Ufer schwappenden Flutwellen, die sanfte Brise und das Segel einer langsamen Dhau.

Nun lag der Strand auf der anderen Seite der Felsen vor ihr, still und leer. Dany rannte über die weiße, offene Fläche und den kurzen Felspfad bis zur Tür in der Gartenmauer hinauf.

Die schwere Holztür mit der abblätternden Farbe und den dicken Eisennägeln kreischte beim Öffnen, und Dany erschrak fürchterlich. Sie blieb unter dem Steinbogen stehen und horchte angestrengt, doch sie vernahm nichts anderes als das leise Atmen der Brise, die in den Blättern des Gartens flüsterte und die Palmwedel rascheln ließ.

Im Haus brannte kein Licht, aber die weißgetünchten Mauern und die Fensterscheiben fingen den Mondschein ein und warfen ihn zurück, so daß es aussah, als sei das Haus hell erleuchtet, wach und aufmerksam. Der Eindruck war so stark, daß Dany sich fragte, ob es immer noch wie in einem vergangenen Jahrhundert aufs Meer hinausblickte und Ausschau nach den Segeln von Kaufleuten, Piraten, Walfängern, Schiffen aus Oman und den Dhaus der Sklavenhändler hielt. *Aufs weite Meer ich fahr' – bis hin nach Sansibar...*

Dany schluchzte leise auf. Dann wandte sie den Blick entschlossen ab und folgte einem Pfad zwischen den Orangenbäumen. Sie ging um den Teich und hielt sich parallel zur Mauer, bis sie die Treppe erreichte, die zum Gästehaus hinaufführte.

Die Mauerkrone lag im hellen Mondlicht, die Stufen jedoch in schwarzem Schatten. Dany war mitten auf der Treppe, als sie das Gartentor von neuem quietschen hörte.

Sie erstarrte und horchte gespannt. Kam jetzt das leise Knirschen der zerstampften Muscheln und Korallen und verriet ihr, daß ihr jemand gefolgt war? Doch es blieb still, und als die Brise ihr durchs Haar fuhr, fiel ihr ein, daß sie das Tor offengelassen hatte. Sicher bewegte der Wind es in seinen Angeln. Sie sprang die restlichen Stufen hoch. Jetzt kam es nicht auf Geräuschlosigkeit, sondern nur noch auf Schnelligkeit an.

Auch das Gästehaus lag im Dunkeln. Dany drehte den Türknopf, drückte die Tür auf und tastete nach dem Lichtschalter.

Das Licht war erschreckend grell nach der kühlen, weißen Nacht draußen, und sie schaltete es wieder aus. Es war überflüssig, denn sie wollte ja nicht im Inneren suchen. Sie sah sich in dem kleinen Wohnzimmer nicht einmal um, sondern ging geradewegs zum Fenster und spähte an der Außenmauer nach oben.

Die Bougainvilleen hingen von der Dachkante in einer Blütenmasse nieder, die im Mondlicht ihre Farbe fast verloren hatte. Es sah nicht ganz so einfach aus, wie Dany es sich gedacht hatte, auf dem schmalen Fenstersims zu stehen und nach oben zu greifen.

Die Mauer selbst war auf einer kleinen Klippe erbaut, und von dem Fenstersims ging es mindestens dreißig Fuß tief hinunter auf weiteres Felsgestein. Dany sah in den Abgrund und wurde von kaltem Schwindel erfaßt. Aber jetzt war es für einen Rückzug zu spät, und eine zweite Chance wie diese bekam sie vielleicht nie wieder.

Dany biß die Zähne zusammen und stieg vorsichtig auf den schmalen Sims, wobei sie sich krampfhaft an dem Holzrahmen festhielt. Nun stellte sie fest, daß der schwierigste Teil war, sich mit dem Gesicht zur Mauer umzudrehen. Auch das schaffte sie und hatte das Schlimmste hinter sich. Da der furchterregende Abgrund sich nun in ihrem Rücken befand, konnte sie fast ruhig hinauf in die dichten Schlingpflanzen blicken.

Sie schob eine Hand zwischen die Blätter, fand jedoch nichts. Und dann berührte ihr Handgelenk eine abgerundete Steinkante. Ein Stück über dem Fenster befand sich eine Traufe, eine enge Steinrinne, vollgestopft mit Dreck und welken Blättern. Sie stand, verdeckt von den Bougainvilleen, ein paar Zoll über die Hauswand vor.

Dany konnte gerade eben hineingreifen. Ihre Finger, die vor Schlangen und Spinnen zurückbeben wollten, spürten etwas, das kein welkes Blatt war. Die Erkenntnis, daß sie recht gehabt hatte, überfiel sie mit überwältigender Verzweiflung. Es war also doch Lash, der den Brief gestohlen hatte.

Sie zog das kostbare Schriftstück aus seinem Versteck und betrachtete es im Mondschein. Ein weißes Herrentaschentuch war sorgfältig um etwas gewickelt, das nichts anderes als ein kleines, zusammengefaltetes Stück Papier sein konnte.

Dany wurde ein bißchen übel und schwindelig. Sie taumelte gegen die Mauer, drückte ihre Wange gegen den rauhen Stein und fürchtete zu fallen. Ihre linke Hand, die den Fensterrahmen umfaßte, war verkrampft und taub. Dany sagte sich, daß sie sich zusammennehmen und ins Zimmer zurücksteigen mußte, solange sie noch die Kraft dazu hatte. Sie konnte hier nicht stehenbleiben, als scharfer Schattenriß vor dem Lampenlicht deutlich sichtbar für jeden, der am Strand vorüberkam und zufällig nach oben blickte.

Sie zog den Kopf ein, beugte die Knie, ließ ihre Hand am Rahmen entlanggleiten und trat auf den niedrigen Fenstersims.

Erst als sie ihre roten Leinensandalen auf dem lustig-bunten Bezug der Fensterbank stehen sah, erinnerte sich Dany, daß sie vor ein paar Minuten das Licht ausgeschaltet hatte. Doch jetzt brannte es.

Dany stand ganz still, nicht fähig, zu atmen oder sich zu bewegen. Nicht einmal fähig, den Kopf zu heben.

Denn irgendwer hatte sie weggehen sehen und war ihr gefolgt. Irgendwer war die Treppe herauf und ins Gästehaus gekommen. Sie hatte ihn nicht gehört, weil draußen auf dem Fenstersims die Blätter der Schlingpflanzen geraschelt hatten. Und vor Schreck über die Entdeckung des Gegenstandes, den Lash versteckt hatte, war ihr nicht einmal bewußt geworden, daß das Licht jetzt brannte. Sie hatte nichts davon gemerkt, daß ein Mann auf der Schwelle stand und sie beobachtete...

Ganz langsam und steif hob Dany den Kopf, als habe die Furcht ihre Muskeln gelähmt. Sie sah in die kalten Augen, die sie von der anderen Seite des Zimmers her musterten.

20

»Wußte ich's doch«, sagte Nigel Ponting in sich selbst beglückwünschendem Ton, »daß Sie mich zu dem Versteck führen würden, wenn ich Ihnen nur Gelegenheit dazu gäbe. Wirklich zu einfach.«

Er schwebte durchs Zimmer und streckte die schlanke, elegante Hand aus. Eine Hand, so gekrümmt und so gierig wie die Klaue eines Raubvogels.

»So ist's brav.«

Er zupfte das Taschentuch aus Danys kraftlosen Fingern und wikkelte es auf. Darin befand sich ein vergilbtes Papier, im Quadrat zusammengefaltet. Er öffnete es und bedachte es mit einem lächelnden, verstehenden Blick. »In der Tat – die Ware, wie angekündigt. Wie außerordentlich zufriedenstellend! Und jetzt, Darling, wenn Sie da stehenbleiben wollen, wo Sie sind...«

Er machte mehrere Schritte auf sie zu. Dany wich zurück und klammerte sich an den Fensterrahmen. »Nigel, was haben Sie vor? Sie dürfen es niemand sagen! Noch nicht. Er kann... es muß eine Erklärung dafür geben. Er ist sicher beim FBI oder so etwas. Das haben Sie selbst gesagt! Er kann kein Mörder sein. Unmöglich! Sagen Sie es niemandem. Geben Sie ihm erst eine Chance, es zu erklären. Oder zu fliehen...«

»Was plappern Sie da, liebes Mädchen?« fragte Nigel. »Wem soll ich was nicht erzählen? Wem soll ich eine Chance für eine Erklärung geben?«

»Lash. Oh, ich weiß, er hat den Brief genommen, und ich weiß, das sieht nach Diebstahl aus, aber das kann es nicht sein. Und selbst wenn, dann möchte ich nicht, daß die Polizei ihn kriegt, ganz gleich, was er getan hat! Nigel, bitte!«

Nigel starrte sie lange an, und dann brach er in Gelächter aus. »Mein liebes Mädchen! Oh, das ist zu köstlich! Wollen Sie damit sagen, daß Sie es immer noch nicht begriffen haben? Aber, aber! Lernt ihr in diesen teuren Schulen überhaupt nichts mehr? Vielleicht ist es ein Jammer, daß ich Ihnen die Illusionen nehmen muß. Doch sei's drum. Nicht Ihrem amerikanischen Traumboot wird die Polizei Fragen stellen wollen. O nein, der Täter bin ich, Nigel Ponting.«

»Sie? Aber das ist unmöglich, das kann nicht...«

»O doch. Ich war es! Ich habe das Dokument Emory Frosts gelesen.

Ihr verehrter Stiefvater weiß nicht, daß ich einen Zweitschlüssel zu seinem verschlossenen Safe besitze! Und ebenso kenne ich alle Briefe an Honeywood. Sogar, ich schäme mich dafür, den Brief Ihrer Mutter an Sie. Es war alles lächerlich einfach. Denn ich brauchte nur um einen freien Tag zu bitten, nach Kenia hinüberzuschlüpfen und einen lieben Freund zu veranlassen, mich nach Ägypten zu bringen, wo es Dutzende von bösen Buben gibt, die alles tun, um den Großen Weißen Radschah zu ärgern.«

»Ägypten?« flüsterte Dany benommen. »Aber Mr. Honeywood wurde nicht...«

»Tsch, tsch!« machte Nigel vorwurfsvoll. »Sie nehmen doch wohl nicht an, daß ich dort geblieben bin? Nein, dort ließ ich mich lediglich mit den notwendigen Papieren ausstatten. Ich nahm das Flugzeug nach Neapel, wo mich ein faszinierender Typ abholte, völlig skrupellos und wahnsinnig talentiert. Vor dem Krieg war er Chef-Maskenbildner bei einer Filmgesellschaft – ein schrecklicher Verlust für die Branche. Sie hätten mich niemals wiedererkannt, als ich zwei Stunden später an Bord der Maschine nach London ging. Ich spielte eine hinreißende Dame. Und so schick! Auf dem Rückflug war ich bei weitem nicht so verführerisch. Das war vielleicht ganz gut, weil wir ein paar für weibliche Reize sehr empfängliche orientalische Potentaten an Bord hatten. Diesmal ging's direkt nach Kairo und natürlich mit einer anderen Linie. Sie können gar nicht ermessen, wie raffiniert der Plan war! Die Stabsarbeit war über alles Lob erhaben. Funktionierte wie ein Sputnik. Ich war äußerst beeindruckt.«

Eine Welle hysterischer Erleichterung überflutete Dany und löschte alle anderen Gedanken aus. »Dann war es Lash gar nicht! Sie waren es, Sie waren es!«

Ihre Knie gaben nach. Sie brach auf der Fensterbank zusammen, schwach vor Tränen und Lachen.

»Natürlich war ich es«, erwiderte Nigel mit einer Spur Ungeduld. »Wer sonst hätte alles wissen können, was in diesem Haus vorging? Und alles wäre glattgegangen, hätten Sie nur getan, was Ihnen gesagt worden war. Wirklich, sehr rücksichtslos von Ihnen! Ich hatte es genau ausgearbeitet. Honeywood kannte mich, und er hätte das Päckchen zur Hand gehabt und mir wie ein Lämmchen übergeben, wenn ich ihm erklärte, Tyson schicke mich, weil Sie nicht kommen konnten. Aber Sie mußten den Termin ändern und den alten Trottel schon am Vormittag aufsuchen und damit alles durcheinanderbringen. So ärgerlich und so unnötig.«

Die Erinnerung rief ein Stirnrunzeln auf seinem Gesicht hervor, und dann erhellte sich seine Miene. Er lachte. »Macht nichts! Ende gut, alles gut. Und jetzt, Darling, da wir nicht die ganze Nacht Zeit haben...«

Dany rieb sich die Augen mit den Handrücken und sah auf. Und dann war das Entsetzen plötzlich wieder da. Ein kriechendes, eisiges Entsetzen, das ihre Augen aufriß, bis sie dunkle Teiche in ihrem weißen Gesicht waren.

Schreck und Erleichterung hatten sie so betäubt, daß sie nur einen Bruchteil von Nigels Erklärungen verstanden hatte. Jetzt, als sie zu ihm hochstarrte, wurde ihr bewußt, daß er all das nie gesagt haben würde, wenn er nicht...

Ihr Mund war so trocken, daß es sie Mühe kostete, überhaupt zu sprechen, und die Worte kamen in einem heiseren Flüstern heraus.

»Was... haben... Sie vor?«

»Ich werde Ihnen nur einen einzigen kleinen Schubs geben«, erklärte Nigel fröhlich. »Es geht zehn Meter tief nach unten und auf Felsen, so daß es noch sicherer ist als mein schlauer kleiner Trick mit der Treppe. Und Holden wird imstande sein, genau zu erklären, wie es passiert sein muß. Sie standen auf dem Sims, um in sein Geheimversteck zu langen, und sie sind ausgerutscht und gefallen. So...«

Seine Hände packten sie, drückten sie nach hinten über die niedrige Fensterbank. Da fiel die fürchterliche Starre von ihr ab, und sie begann, sich zu wehren, sich zu winden und nach ihm zu kratzen. Aber der Sims war niedrig, und sie lag mit dem Rücken gegen das vorhanglose Fenster und konnte sich an nichts festhalten als an Holz und Stein.

Ihre Fingernägel brachen daran ab, und ihre Schreie waren nichts als harte, keuchende Atemzüge. Sie war Nigels Kraft nicht gewachsen, und diese dünnen weißen Hände, die sich immer so schlaff angefühlt hatten, waren erstaunlich stark und merkwürdig glatt, als seien sie von Seide umhüllt. Sie packten ihre Schultern, rissen sie nach vorn und schlugen ihren Kopf heftig gegen die Fenstereinfassung, um sie außer Gefecht zu setzen.

Ein wilder Schmerz stach durch Danys Schädel. Farbige Lichter blitzten vor ihren Augen, und sie verlor alle Kraft. Sie hörte Nigels kicherndes kleines Lachen, aber es schien von weither zu kommen, und es brach plötzlich und scharf ab. Und dann lockerte sich der Griff um ihre Schultern, und sie fiel... fiel durch Meilen widerhallender Dunkelheit aus dem Fenster... Nein, nicht aus dem Fenster... In einen Brunnen. Einen unterirdischen Brunnen. Tief und kalt und schwarz, und in dem schwarzen Wasser da unten würde sie ertrinken...

Das Wasser füllte ihr Augen, Nase und Mund und erstickte sie, und etwas verbrannte ihre Kehle und erstickte sie von neuem. Dany schlug wild um sich, versuchte zu schwimmen und den Kopf über Wasser zu halten. Ihre Hand berührte etwas, und sie klammerte sich verzweifelt daran fest.

Eine Stimme, die ihrem Kopf schrecklich weh tat, sagte: »He! Passen Sie auf! Lassen Sie mein Ohr los!« Sie öffnete die Augen unter unglaublichen Schwierigkeiten und erkannte das Gesicht Larry Dowlings über sich.

Mr. Dowling, der ebenfalls im Wasser geschwommen sein mußte, rieb vorsichtig seine eine Kopfseite. Er hielt einen tropfenden Wasserkrug, dessen Inhalt er offensichtlich verschwenderisch über Dany ausgegossen hatte.

Sie starrte ihn an, blinzelte das Wasser aus den Augen und fragte sich, warum er da war und wo sie war. Nichts ergab einen Sinn, außer daß er sie irgendwie vor dem Ertrinken gerettet hatte.

»Alles in Ordnung?« fragte Larry Dowling besorgt.

Dany versuchte, darüber nachzudenken, und nach einer Weile erklärte sie kindlich: »Ich bin naß.«

»Das kann man wohl sagen!« rief Mr. Dowling ungalant. »Sind Sie denn verrückt geworden? Da gehen Sie auf eigene Faust los, wenn...«

»Sie sind auch naß. Sind Sie mit allen Sachen ins Wasser gesprungen?«

»Ich bin in das verdammte Vogelbad gefallen, deshalb war ich nicht früher hier. Das bedauere ich sehr. Aber wenigstens sind Sie nicht tot. Es war allerdings nahe daran – puh!«

Er zog ein durchtränktes Taschentuch hervor und wischte damit über seine nasse Stirn. Dany sagte: »Ich glaube, ich muß mich übergeben.«

»Langsam! Tun Sie das nicht«, meinte Mr. Dowling beunruhigt. »Nehmen Sie noch einen Schluck hiervon.«

Er langte nach einer Flasche, die auf dem Fußboden neben ihm stand, hob Danys Kopf und goß ihr eine reichliche Menge von einer feurigen Flüssigkeit in die Kehle.

Dany würgte und hustete, aber das Zeug wärmte ihren Magen und dämpfte ein wenig die furchtbaren Schmerzen in ihrem Kopf. Larry

Dowling legte sie wieder auf den Boden, tat selbst einen tiefen Schluck aus der Flasche und erklärte: »Das habe ich gebraucht!«

Er stellte die Flasche hin, hob Dany hoch, trug sie zum Diwan und ließ sie vorsichtig darauf nieder. »Fühlen Sie sich ein bißchen besser?«

»Ich weiß nicht. Was ist passiert? War ich am Ertrinken?«

»Ertrinken? Nein. Er war dabei, Sie durch das Fenster zu zwängen, und eine Minute später... Doch daran wollen wir nicht denken. Können Sie aufstehen?«

»Wer hat mich durch ein Fenster gezwängt? Ich weiß gar nicht, was... Nigel!«

Dany versuchte aufzustehen, und wieder überfielen sie Schmerz und Übelkeit, daß ihr schwarz vor den Augen wurde.

»Immer mit der Ruhe«, redete Larry Dowling ihr zu. Er setzte sich neben sie und stützte sie mit einem triefenden Arm.

Dany lehnte sich an seine nasse Schulter und fragte, ohne die Augen zu öffnen: »Wo ist er?«

»Da drüben«, antwortete Larry kurz. »Keine Bange, er wird sich noch stundenlang nicht rühren, wenn überhaupt noch einmal. Ich habe ihm eine Ginflasche auf den Kopf gehauen.«

Dany zwang sich, ihre Augen zu öffnen und sah jetzt erst, daß Nigels schlaffer Körper mit dem Gesicht nach unten auf dem Fußboden vor dem Fenster lag. Sie konnte sein Gesicht nicht erkennen, aber an seinem Hinterkopf prangte eine Beule von der Größe einer gesunden Orange, und seine Hände waren auf dem Rücken mit Handschellen gefesselt.

Langsam und töricht sagte Dany: »Handschellen. Wo haben Sie die her?«

Larry Dowling blickte ein wenig verlegen drein. »Um die Wahrheit zu gestehen, eine Zeitlang habe ich geglaubt, ich müßte sie Ihnen anlegen.«

»Mir?«

»Ja. Ich habe Sie tagelang beschattet, junge Dame. Und was haben Sie mir für Mühe gemacht! In London hätten Sie mich doch tatsächlich einmal beinahe umgerannt, als Sie aus dem Speisesaal des *Airlane* stürzten. Ich fürchtete, Sie würden mich am nächsten Tag wiedererkennen, aber das taten Sie nicht.«

»Sie haben mich beschattet? Um eine Story zu bekommen? Aber Sie sind...«

»Nur ein einfacher Polizist, fürchte ich. Es tut mir leid, wenn das eine Enttäuschung für Sie ist. Wir wollten Sie schon in London festnehmen, doch dann sprach verschiedenes dafür, Ihnen zu folgen und zu sehen, wohin Sie uns führen würden. Die Jungens von M.I.5 hatten ihre eigenen Ideen über die ganze Situation und wünschten, daß wir bei ihrem Spiel mitmachten. Deshalb wiesen wir die zuständigen Stellen mit Funkspruch an, Sie mit diesem entliehenen Paß durchzulassen, und ich wurde ausgesandt herauszufinden, was ich konnte.«

»Oh«, sagte Dany. Sie dachte nach und setzte dann hinzu: »Das wird Lash gar nicht gefallen.«

»Lash wird selbst eine Menge zu erklären haben«, erwiderte Larry Dowling.

»So? Also ich habe etwas zu erklären?« fragte eine aufgebrachte Stimme vom Eingang her. »Dann lassen Sie sich von mir sagen, daß das gar nichts ist im Vergleich zu dem, was Sie werden erklären müssen!«

Dany rief: »Lash, o Lash!«

»Mit dir befasse ich mich später«, wütete Lash. »Wenn ich mit deinem hinterlistigen Romeo hier fertig bin!«

Er ging mit zwei schnellen Schritten durch das Zimmer, und bevor dem verblüfften Mr. Dowling noch aufgegangen war, was diese Bemerkung zu bedeuten hatte, schleuderte Lash Dany zur Seite, faßte ihren Lebensretter beim Kragen, riß ihn auf die Füße und verpaßte ihm einen gezielten Kinnhaken.

Mr. Dowling lag k. o. am Boden, und Dany begann zu lachen, brach in Tränen aus, rutschte von dem Diwan und wurde ohnmächtig. Da waren es drei.

Lorraine sagte: »... rohes Beefsteak, das ist das einzig Richtige. Ich habe das an Tyson ausprobiert, als er einmal in San Franzisco mit ein paar Männern in Streit geriet, und es hat Wunder gewirkt. Nicht wahr, Darling?«

»Ja«, antwortete eine volltönende Stimme. »Ich habe es aufgegessen. Und jetzt möchte ich nur wissen, wo du zu dieser nächtlichen Stunde rohes Beefsteak herbekommen willst?«

Dany zuckte zusammen und öffnete die Augen. Sie lag in ihrem eigenen Schlafzimmer, und es schien eine Menge von Leuten da zu sein. Lorraine, Tyson, Gussie Bingham ... Sie versuchte, den Kopf zu drehen, doch es erwies sich als zu schmerzhaft. Da gab sie es auf und lag still.

Wenigstens war sie nicht mehr naß. Irgendwer hatte ihr die feuchten Kleider ausgezogen und sie in ein Nachthemd gesteckt. Ob man auch

Larry ausgezogen hatte, der sehr viel nasser gewesen war als sie? Sie mußte einen Versuch gemacht haben, sich danach zu erkundigen, denn plötzlich beugten sich alle über sie und sahen sie ängstlich an, und Lorraine fragte: »Darling, wie geht es dir?«

Tyson riet: »Nicht aufsetzen! Es bekommt dir viel besser, wenn du liegenbleibst. Flößen wir ihr etwas Brandy ein.«

»Ich glaube, Mr. Holden hat ihr welchen gegeben«, bemerkte Gussie.

»Unsinn! Wie hätte er das tun können? Sie war nicht bei Bewußtsein. Hier, Dany.«

Dany protestierte schwach, doch vergeblich. Tyson entledigte sich seiner Aufgabe sehr geschickt, ließ Dany zurück auf die Kissen sinken und meinte ermutigend: »Jetzt wirst du dich gleich besser fühlen!«

»Fühlst du dich besser, Baby?« fragte Lorraine besorgt und faßte ihre beiden Hände. »Lash hat einen der Wagen genommen, um einen Arzt und die Polizei und Medizin zu holen. Sie werden bald da sein, und dann kommst du wieder ganz auf die Beine.«

Dany sagte: »Mir geht es schon wieder ganz gut. Wo ist Larry? Er hat mich gerettet.«

»Ich weiß, Darling, Gott segne ihn! Wenn er nicht gewesen wäre! Oh, denken wir nicht mehr daran. Es ist zu gräßlich!«

»Nigel war es.«

»Ja, Darling. Das wissen wir.«

»Wir hätten es uns von Anfang an denken sollen«, brummte Tyson und setzte sich mit düsterem Gesicht auf das Fußende des Bettes. »Niemand sonst hätte jede verdammte Einzelheit wissen können, die der Täter wissen mußte. Vermutlich hat er Abdurahman die Briefe abgenommen und gesagt, er werde sie zur Post bringen. Und der alte Honeywood kannte ihn, deshalb stellte er es sich ganz leicht vor. Er wollte kurz vor dir aufkreuzen, den Brief an sich nehmen und Honeywood erschießen. Und während man dich festgehalten und vernommen hätte, wäre er entkommen.«

»Aber wie?« fragte Gussie. »Wie konnte er in England sein? Er war doch in Kenia!«

Tyson erklärte: »Offenbar ist er nach England geflogen. Wenn einer zu diesem Lager gehört, ist nichts zu schwierig.«

»Zu welchem Lager?«

»Zu den Roten natürlich. Dowling ist in diesem Punkt ziemlich verschlossen, aber die Polizei oder der Geheimdienst muß schon längst

Verdacht gegen ihn geschöpft haben. Und gegen diese Sansibar-Sache.«

»Was für eine Sansibar-Sache?«

»Eine revolutionäre Untergrundbewegung, die vor kurzem auf dieser Insel aktiv geworden ist. Dowling sagt, Nigel stecke bis zum Hals drin. Er ist einer von der fanatischen Sorte, und solche sind immer gefährlicher als diejenigen, denen es nur um den Profit geht. Er stand hinter Jembes Partei, die die Insel in eine hübsche kleine Sowjet-Festung zu verwandeln gedachte. Sie wollten erst den britischen Einfluß loswerden, dann den Sultan, eine »demokraktische« Republik ausrufen und die rote Flagge aufziehen! Der nächste Schritt wäre ein eiserner Vorhang rings um die Insel gewesen, und fortan hätte sie als Sprungbrett für alle Arten von lustigem Russischem Ballett gedient. Aber sie brauchten Geld, um Stimmen und Unterstützung zu kaufen, und als dies Dokument des alten Emory auftauchte, meinten sie, es geschafft zu haben.«

»Sie hatten das Dokument doch nicht!« protestierte Gussie.

»Sei nicht dumm, Gussie! Sie waren entschlossen, es sich anzueignen. Und das stellten sie sich ganz einfach vor. Sie brauchten Honeywood nur diesen Umschlag abzunehmen. Und da Nigel die geeignetste Person dafür war, wurden Vorkehrungen getroffen, ihn nach England und zurück zu befördern – vermutlich mit Hilfe einer sehr gut funktionierenden Untergrund-Organisation. Und dann verdarb Dany ihnen alles, als sie die Pistole entdeckte.«

Gussie klagte: »Das ist alles sehr verwirrend. Und ich verstehe immer noch nicht, was Jembe in England zu tun hatte.«

»Die Roten trauen einander doch nicht über den Weg! Wahrscheinlich wurde er ausgeschickt, ein Auge auf Nigel zu halten. Aber Nigel gelang es nicht, den Umschlag in seinen Besitz zu bekommen, deshalb beauftragte er Jembe damit, ihn zu suchen – so stelle ich es mir jedenfalls vor –, die Pistole in Danys Zimmer zu schmuggeln und auch noch ihren Paß zu stehlen. Die Polizei sollte sich eine Weile mit ihrem Verdacht gegen Dany beschäftigen, und am Ende würde Dany Emorys Umschlag mit der Post schicken.«

»Zu dumm«, sagte Lorraine. »Als er wußte, daß Dany den Umschlag hatte, brauchte er doch nur abzuwarten, bis sie hier ankam. Dann hätte er einen Weg finden müssen, ihn ihr abzunehmen.«

»Ah, nur konnte *er* nicht zusammen mit ihr reisen – Jembe aber wohl! Nigel mußte zurück nach Kenia, um Dany in Nairobi vom

Flugzeug abzuholen, und bestimmt hat er Jembe nicht getraut. Vielleicht hat er gedacht, wenn Jembe allein arbeitete und den Umschlag in die Finger bekam, würde er ihn für sich behalten und die Revolution sich selbst überlassen. Dowling sagt, offensichtlich habe auch Jembe Dany beschattet. Er wußte also sehr genau, wer sie war. Anscheinend haben dann er oder Nigel in Nairobi einen neuen Versuch gemacht, den Brief an sich zu bringen. Das Ergebnis war, daß Lash, dieser verdammte junge Idiot, es mit der Angst bekam und das Ding einsteckte.«

»Warum?« krächzte Dany.

»Oh, hallo, Kleines. Geht es dir besser? Nimm noch einen Schluck Brandy«, sagte Tyson. »Der tut dir gut.«

»Meinst du wirklich, sie sollte das trinken?« fragte Lorraine ängstlich.«

»Warum nicht? Sieh doch, wie sie sich schon erholt hat. Trink aus, Kind.«

Dany trank, blinzelte und fragte: »Warum hat Lash den Brief genommen?«

»Weil er ein impertinenter, naseweiser junger Bock... Na, lassen wir das. Er glaubte, du seist in Gefahr. Ohne den Brief seist du sicherer.«

»Warum hat... er ihn... dir... nicht gegeben?« Dany sprach langsam und sorgfältig.

»Wie er sagt, wollte er zuvor noch eine Menge aufklären. Bei einer so hohen Summe, die auf dem Spiel stand, traute er weder mir noch sonst jemandem. Verdammt sei seine Unverschämtheit!«

Gussies Stimme klang hart. »Und Millicent? Was glaubt Mr. Dowling, warum Nigel das getan hat?«

»Wahrscheinlich, weil er fürchtete, daß sie ihn tatsächlich erkannt hatte. Offiziell hielt er sich in Kenia auf; also was hatte er sich in Kent herumzutreiben? Er hat *Das Haus des Schattens* tatsächlich gelesen, was mehr ist, als ich fertiggebracht habe. Ich habe mich nie über Seite sechs hinausgekämpft. Deshalb war es für ihn eine Kleinigkeit, Millicent loszuwerden.«

»Und vermutlich hat er auch Jembe getötet«, sagte Gussie erschauernd.

»Sicher. Falls er redet, werden wir es erfahren. Dowling scheint ihm jedoch einen solchen Schlag verpaßt zu haben, daß er möglicherweise nie mehr den Mund auftut. Ich weiß wirklich nicht, warum Dowling nicht den Siphon benutzt hat. Reine Gin-Verschwendung.«

»Tyson, wie kannst du!« Lorraine ließ die Hände ihrer Tochter los und richtete sich empört auf. »Die Flasche hat Dany das Leben gerettet!«

»Sie wäre ebenso wirkungsvoll von Sodawasser gerettet worden«, stellte Tyson fest. »Oder noch besser von einer Kugel! Warum hat er bloß nicht geschossen?«

»Wegen Dany natürlich! Er fürchtete, sie zu treffen. Das hat er dir doch erklärt.«

»Das stimmt. Nun, nur gut, daß er zur Stelle war. Es war ein großes Glück, daß er sah, wie Dany sich verkrümelte.«

»Wußte er die ganze Zeit, daß es Nigel war?« erkundigte sich Gussie.

»Das glaube ich nicht. Aber er hatte einen bestimmten Verdacht. An dem Vormittag, als Honeywood ermordet wurde, war es in jenen Teilen Kents sehr neblig, und deshalb hatten zwei oder drei Züge Verspätung. Dowling sagt, Nigel habe den Nebel zweimal erwähnt, als sei er nur eine lokale Erscheinung gewesen. In den Zeitungen war nichts davon erwähnt worden. Wie konnte er so etwas also wissen – falls er nicht dort gewesen war? Dowling wußte allerdings nicht, daß Nigel hoffte, er könne Dany dazu anstacheln, ihn zu Emorys Brief zu führen, und beinahe wäre er nicht mehr rechtzeitig ins Gästehaus gekommen, weil... Oh, da sind Sie ja, Dowling. Wie geht's dem Kinn?«

»Prima«, antwortete Larry Dowling bitter, »wenn ich mir von dem Spender einen amerikanischen Ausdruck entleihen darf. Morgen um diese Zeit werde ich nicht einmal mehr sprechen können.«

»Und Ihr linkes Auge wird sich auch geschlossen haben«, ergänzte Tyson. »Der Junge muß eine kräftige Linke haben. Aber ich verstehe immer noch nicht, warum er geglaubt hat...«

»Ich auch nicht«, sagte Larry. »Zumal ich ein liebender Gatte und treusorgender Vater bin. Wie geht es Ihnen, Miss Ashton?«

»Ich bin betrunken«, erklärte Dany. »Ihr alle hört nicht auf, mir Brandy und Whisky und so etwas zu geben.«

Sie streckte ihm die Hände entgegen. »Das mit Ihrem Gesicht tut mir leid, Larry. Und ich danke Ihnen von Herzen. Für alles.«

Ihre Stimme brach, und ihre Augen füllten sich mit Tränen. Larry setzte sich auf die Bettkante und ergriff ihre Hände.

»Sie brauchen mir nicht zu danken. Wenn ich Verstand genug gehabt hätte aufzupassen, wohin ich trete, hätte ich diesen Roten gefaßt, bevor er gewalttätig werden konnte. Aber da ich nicht aufpaßte, tut Ihnen Ihr Kopf jetzt sicher weher als mir mein Kinn. Deshalb haben Sie bei mir immer noch etwas gut.«

Gussie, die am Fenster stand, meldete: »Da kommen die Wagen. Das wird die Polizei sein. Oder der Arzt.«

»Und Holden.« Larry Dowling ließ Danys Hände eilends los und stand auf. »Zeit, daß ich verschwinde. Ich gehe das Risiko nicht noch einmal ein, daß ich dabei erwischt werde, wie ich Ihre Hände halte, und einen zweiten Kinnhaken bekomme. Der Junge ist zu impulsiv. Dann bis morgen.«

Er ging hinaus und ließ die Tür halb offen. Man hörte jemanden die Treppe heraufeilen und dann Lashs Stimme auf der Veranda draußen: »Sind Sie schon wieder hier?«

»Ich und ein ganzes Aufgebot an Anstandsdamen«, erwiderte Larry. »Deshalb können Sie die Hände in den Taschen behalten! Haben Sie den Arzt mitgebracht?«

»Natürlich. Ich habe ihm auch Ihren Brief gegeben.«

»Danke. Wo steckt er jetzt?«

»Er kümmert sich um diese mörderische Laus, die wieder zu Bewußtsein gekommen ist, so ein Pech!«

»Gut. Ich werde den Arzt nach oben zu Miss Ashton schicken, sobald er unten fertig ist.«

Larrys Schritte entfernten sich. Dany setzte sich benommen auf, als die Tür sich öffnete und Lash eintrat.

Er schenkte weder Lorraine noch Gussie oder Tyson irgendwelche Aufmerksamkeit, sondern kam gleich ans Bett und nahm Dany in seine Arme.

»Laß dich von uns nicht stören«, bemerkte Tyson ironisch.

»Tue ich auch nicht«, sagte Lash. »Nicht sehr.«

Er drehte den Kopf und wandte sich über die Schulter weg an Lorraine. »Der Arzt wird gleich kommen, sobald er Ponting behandelt hat. Dann wird er, wie ich die Ärzte kenne, mich beim Ohr packen und hinauswerfen. Deshalb wäre ich euch allen tief verbunden, wenn ihr euch verziehen würdet.«

»Natürlich, mein Lieber«, sagte Lorraine. »Komm, Gussie. Tyson.« Die Tür schloß sich hinter ihnen.

Dany flüsterte: »Lash, du bist doch nicht vom Geheimdienst, oder? Oder ein Mörder? Weil du den Brief genommen hattest, und Nigel sagte... Und mir war klar, ich müßte dich hassen, wenn du ein Mörder wärst, aber das konnte ich nicht, und ich bin so froh, daß du nicht vom Geheimdienst bist! Ich wollte nicht... Es tut mir so leid, Lash. Es tut mir so leid...«

Lash beruhigte sie: »Ist ja gut, Schätzchen, ist ja gut. Es tut mir leid. Um Himmels willen, wieviel Brandy hat man dir gegeben?«

»Eine Menge«, gestand Dany. »Und immer noch etwas und noch etwas. Erst Larry, dann du, dann Tyson... Das tut dir gut. Ich hätte nicht auf Nigel hören sollen. Lash, du wirst mir verzeihen, nicht wahr? Denn ich könnte es nicht ertragen, wenn du mir nicht verzeihen würdest... ich könnte es nicht ertragen.«

»Jetzt sind wir wieder am Anfang angekommen«, meinte Lash. »Nur war ich es damals. Es ist mein Verhängnis! Darling, du bist betrunken! Gut, gut, ich verzeihe dir, aber wenn ich dich jemals dabei ertappe, daß du etwas Stärkeres als eine Cola trinkst, werde ich dich übers Knie legen! Darling – mein Darling – mein Darling...«

Der afrikanische Konstable auf Wache salutierte zackig und führte Mr. Dowling in ein kleines Zimmer, das zu ebener Erde vom Innenhof abging. Die Fensterläden waren hier durch eiserne Gitterstäbe verstärkt, und die Türen waren massiv. Ein seltsames Zusammentreffen, daß dies derselbe Raum war, in dem Rory Frost, Tysons Großvater, vor fünfundneunzig Jahren in einer wilden, regnerischen Nacht seinen Anteil an Sultan Saïds Schatz vorübergehend in Sicherheit gebracht hatte. Keiner der heute Lebenden wußte es, und trotzdem hatte der Aberglaube überlebt, das Zimmer sei aus irgendeinem obskuren Grund ein unter einem schlechten Omen stehender Ort. Vielleicht war das der Grund, warum es bis vor etwa einer Stunde verschlossen und unmöbliert gewesen war.

Jetzt jedoch hatte man es hastig von Staub und unzähligen Spinnweben befreit und mit einer schweren Messing-Bettstelle, zwei mit verblaßtem Chintz bezogenen Rohrsesseln, einem Nachttisch und einem reichverzierten viktorianischen Waschtisch mit Marmorplatte und einer imposanten, blumengeschmückten Porzellan-Garnitur ausgestattet. Das Zimmer beherbergte nun den Arzt, Nigel Ponting und Mr. Cardew. Nigel Ponting lag auf dem Bett, die rechte Hand mit einer Handschelle an den Bettpfosten aus Messing gefesselt, während Mr. Cardew auf einem der Rohrsessel saß, Notizblock und Bleistift in Händen. Er war auf einen dringenden Telefonanruf von Larry Dowling hin im *Haus des Schattens* erschienen.

Mr. Dowling stellte anerkennend fest, daß der Arzt keine Zeit verschwendet hatte. Das nasse Handtuch, das irgendeine Laienhand in Form eines unordentlichen Turbans hastig um den Kopf des Sekretärs gewickelt hatte, war zusammen mit dem Jackett entfernt worden, und ein aufgerollter Hemdärmel zeigte die Spur einer Injektion auf Nigels bloßem Arm. Eine leere Spritze lag auf dem Nachttisch. Nigels Augen standen offen. Er murmelte vor sich hin und beobachtete jemanden, den nur er, die anderen aber nicht, im Zimmer umhergehen sah.

»Wird es klappen, Doktor?« erkundigte sich Superintendent Cardew leise.

»Das weiß ich nicht«, gab der Arzt kurz zurück. »Ich habe noch nie Gelegenheit gehabt, das Zeug anzuwenden. Und wenn es klappt, garantiere ich nicht, daß Sie die Wahrheit hören werden. Viel eher ist anzunehmen, daß es ein Haufen alter Quatsch oder reine Phantastereien sind. Und vor allem bin ich mir gar nicht sicher, ob die Geschichte nicht illegal ist und für mich die Folge hat, daß man mich dafür belangt!«

»Unsinn. Außerdem, falls irgendwer davon hört – und es wird niemand davon hören –, können Sie immer sagen, Sie hätten nur auf polizeilichen Befehl gehandelt. Schieben Sie uns die Schuld zu. Wir sind daran gewöhnt.«

»Und wie!« bekräftigte Larry nachdrücklich. Er setzte ein wenig ängstlich hinzu, daß er hoffe, Qualität und Stärke des Tons würden sich noch verbessern, denn im Augenblick verstehe er kein Wort von dem, was der Gefangene sage.

»Lassen Sie ihm Zeit«, murrte der Arzt, der den entfernten Turban durch eine verwickelte und sehr professionelle Bandage ersetzte. »Sie dürfen nicht erwarten, daß die Droge mit Lichtgeschwindigkeit wirkt.«

Larry seufzte, zog sich den leeren Sessel heran, ließ sich vorsichtig in dessen quietschende Tiefen sinken, griff nach seinem eigenen Notizblock und Bleistift und hielt sich bereit, alles Wichtige mitzuschreiben, was der Gefangene sagen mochte.

Mr. Ponting fuhr fort, Unverständliches zu murmeln. Der Arzt beendete die Bandage zu seiner Zufriedenheit, fühlte dem Patienten den Puls, nahm die Spritze und wickelte sie in ein Stück Chirurgengaze ein. Er verstaute sie demonstrativ in seiner Tasche, als wolle er die Hüter des Gesetzes darauf aufmerksam machen, daß er dem Gefangenen auf keinen Fall eine zweite Injektion geben werde. In diesem Augenblick begann Nigel Ponting zu sprechen, laut und deutlich...

»... Es gibt keinen Beweis«, sagte Nigel Ponting zu der unsichtbaren Person, deren Bewegungen er im Auge behalten hatte und die jetzt offenbar am Fuß des Bettes stand. »Ich bin zu schlau für sie gewesen. Es gibt kein Atom von einem Beweis, und sie werden nie auf den Gedanken kommen, unter den Fußbodenbrettern in Tysons Zimmer nach dem Zweitschlüssel zu suchen... Direkt unter seiner Nase! Und natürlich habe ich immer, wenn es ernst wurde, vorsichtshalber Handschuhe getragen – das Paar Seidenhandschuhe im Ton meiner Haut, die Don eigens für mich in Kairo hat machen lassen. Sie haben sich als unschätzbar erwiesen. Weder auf dem Mechanismus der Treppe noch sonstwo sind Fingerabdrücke. Sie bringen einem bei, seine Spuren zu verwischen, wissen Sie. Darin sind sie besonders genau. Der alte Honeywood bemerkte die Handschuhe überhaupt nicht, obwohl es heller Tag war. Das heißt, natürlich war es ein grauer Tag, und ich muß gestehen, daß mir der Nebel zupaß kam – man könnte ihn beinahe von der Vorsehung geschickt nennen – wenn man an die Vorsehung glaubte, was ich glücklicherweise nicht tue. Nur schade, daß er nicht dichter war... Denn dann hätte die Bates mich nie erkannt, die dumme Ziege! *Ich vergesse nie ein Gesicht!* Das war wirklich Pech. Ihr Pech, nicht meines. Diese wichtigtuerische, knopfäugige alte Nervensäge! Ich erinnerte mich absolut nicht an ihr Gesicht. Aber natürlich mußte ich sie danach so schnell wie möglich loswerden... Das muß ich Ihnen erzählen. Es war lächerlich einfach, und ich bin wirklich stolz darauf... Ein Geniestreich. Ich brauchte nur auf der Schreibmaschine des Ashton-Mädchens eine dringende kleine Nachricht zu schreiben, sie unter Bates' Tür durchzuschieben, die Stufenfalle zu öffnen und darauf zu warten, daß sie hineinfiel. Was sie natürlich tat – Plumps!

...Ja. Schrecklich, das mit Jembe – ich weiß nicht, wie ich ohne ihn zurechtkommen soll. Wer mag das wohl getan haben? Wir müssen es herausfinden. Vermutlich hat die Polizei sein Gepäck durchsucht. Hoffen wir, daß er vorsichtig war. Leute seiner Art sind so oft zu sehr von sich eingenommen. Das ist unser schwächstes Glied. Nun ja, ich werde Ersatz für ihn finden müssen. Es sollte nicht zu schwierig sein, mit drei Millionen kann man beinahe alles kaufen!... Mit einem Bruchteil dieser Summe konnten wir die Wahl zu unseren Gunsten entscheiden. Problematisch wird es erst danach. Ich weiß, wir brauchen Inseln, und die hier ist eine der besten, um zu beginnen... aber der Haken sind die Bewohner. Sie sind so verdammt gemütlich. Sie müssen geschult werden... sie müssen lernen zu töten. Und zu hassen. Das ist das Wichtigste. Zu hassen... zu hassen... zu hassen. Und danach...«

Die harte, unvertraute Stimme sprach weiter und weiter. Sie enthielt keine Spur mehr von den hohen, kultivierten und flötenden Tönen, die so lange Zeit einen wesentlichen Teil seiner erfolgreichen Tarnung ausgemacht hatten. Der entsetzte Arzt (der bis jetzt nicht hatte glauben können, was man ihm über Ponting berichtet hatte) runzelte die Stirn und kramte nervös herum und murmelte Flüche. Die Herren Cardew und Dowling kritzelten eilfertig und füllten Seite um Seite ihrer amtlichen Notizbücher. Sie hielten Namen fest, deren Eigentümer später identifiziert und aufgespürt werden würden, dazu Daten und Einzelheiten, die Schuldsprüche bedeuteten. Als die heisere Stimme endlich innehielt, erklärte der Arzt, die Vorstellung sei beendet und der Gefangene werde jetzt mehrere Stunden lang schlafen. Er ging nach oben, um zu sehen, was er für Miss Ashton tun konnte. Mr. Cardew wischte sich die Stirn mit einem Taschentuch und versicherte, ihm ständen die Haare zu Berge.

»Wenn Sie mir das erzählt hätten und ich hätte es nicht mit eigenen Ohren gehört, würde ich kein Wort davon glauben«, gestand Mr. Cardew. »Und ganz gleich, welche Einwände der Doktor gegen den Gebrauch dieser Droge hatte, funktioniert hat sie! Wenn ich jemals einen Menschen die reine Wahrheit sprechen gehört habe, dann eben. Aber die Sache mit den drei Millionen, die Jembes Partei den Wahlsieg verschaffen und Sansibar in ein kommunistisches Paradies und eine Basis für russische Spionraketen und Atom-U-Boote und all das übrige verwandeln sollten, die habe ich nicht verstanden. Wessen drei Millionen?«

»Die von Tysons Großvater natürlich«, antwortete Larry. »Der alte Sünder soll ungefähr diese Summe als seinen Anteil an Sultan Saïds Schatz vergraben haben, den er und ein späterer Sultan namens Majid irgendwie in die Finger bekommen hatten. Und all diese Morde und Untaten wurden offenbar von einer Karte inspiriert, die das Versteck zeigt. Hier scheint sich ein beliebtes Kinderspiel zu einer scheußlichen Version für Erwachsene umgewandelt zu haben. Bis heute sind drei Menschen – wenn man den ›dünnen Mann‹ mitrechnet – wegen dieser Karte ermordet worden.«

»Und wer hat sie jetzt?«

»Mr. Frost, nehme ich an. Falls sie nicht noch auf dem Fußboden im Gästehaus liegt, das der junge Holden bewohnt. Ich habe vergessen, danach zu fragen.«

»Glauben Sie, sie werden die Beute finden?«

»Das denke ich doch. Das heißt, wenn sie noch an Ort und Stelle ist. Das braucht nicht zu sein. Aber wenn ja, dann wird das Geld wenigstens nicht die Taschen eines hiesigen Diktators und seiner Helfer füllen.«

»Nein, Gott sei Dank! Ja, Dowling, wo wir das jetzt hinter uns haben, werde ich den Vertreter Großbritanniens aus dem Bett holen. Wir müssen sehen, was getan werden kann, um diesen mordenden Mitreisenden unter Bewachung zurückzuschicken, damit er seinen Prozeß im *Old Bailey* bekommt. Ich wünsche Ihnen eine gute Nacht!« Die Tür knallte hinter ihm zu.

»Das wird ein frommer Wunsch bleiben«, seufzte Larry traurig. Er mußte sich damit abfinden, den Rest der Nacht in einem quietschenden und alles andere als bequemen Rohrsessel zu verbringen.

Postscriptum aus Kivulimi

... das scheint mir für Flitterwochen ein sehr langweiliger Ort zu sein, Baby, obwohl ich verstehe, daß Ihr beide von romantischen Plätzen vorerst genug habt. Zu schade, daß wir Dir keinen Regenmantel und ein Paar Sportschuhe gekauft haben. Aber ich nehme an, das kannst du dort bekommen, und sicher wird es für Euch beide eine wunderbare Zeit, auch wenn Du nur auf Ehrenwort oder gegen Kaution oder so etwas in Freiheit bist. Und übrigens, Larry sagt, ich soll Dich erinnern, wenn Du nicht am richtigen Tag und zur richtigen Uhrzeit in London aufkreuzt, wird er Euch beide verhaften lassen und nie wieder mit Euch sprechen. Deshalb werdet Ihr nicht gar zu sternenäugig werden und daran denken, nicht wahr, Darling? (Tyson sagt, wenn ich Deinen Mann damit meine, sei pfannkuchenäugig der richtige Ausdruck, aber das ist natürlich nicht meine Ansicht.)

Ich glaube, die Polizei sind wir endlich los, was ein Segen ist (abgesehen von dem lieben Larry. Ich wünschte, er hätte bleiben können). Mit Elf haben wir ein kleines Drama erlebt. Wahrscheinlich hast Du eine Anzeige in der Zeitung gesehen. Sie wird Sir Ambrose Yardley heiraten. Sie sagt, Tyson habe ihr geraten, einen Typ wie ihn zu heiraten. Sehr garstig von Tyson, da es Eduardo natürlich das Herz gebrochen hat. Es gab nervenzerfetzende Szenen, und das nach allem, was wir so schon durchgemacht hatten – ich kann es Dir gar nicht schildern! Immerhin, jetzt sind sie beide fort, und wie ich Eddie kenne, hat er sich schon wieder in eine andere verliebt.

Alles andere scheint sich aufgeklärt zu haben, ausgenommen die Sache mit Jembe. Da werden wir die Wahrheit wohl nie erfahren, aber Nigel scheint es nicht getan zu haben, und Tyson sagt, er sei ganz sicher, daß es Seyyid Omar war. Er war neulich bei uns zum Dinner und erwähnte, daß Jembe etwas mit den Nerven oder so hatte, und er habe ihm ein Mittel gegeben. Und dann sah er Tyson mit diesem unergründlichen Lächeln an und sagte: »Wie dein hochverehrter Großvater tut man, was man kann.« Und dann tranken sie beide auf Onkel Barclays Andenken. Diese Männer! Wie konnten sie so leichtfertig darüber reden! Wenn man an all das schöne Geld denkt! Oh, ich vergaß, daß Du davon noch gar nichts weißt – ich muß es Dir erzählen:

Es war längst nicht so einfach, ihn zu finden, wie sie es sich gedacht hatten, den Schatz meine ich. Denn natürlich hatte Tysons Vater die Wände alle zumauern lassen. (Tyson sagt, das Haus sei damals wegen der Verbesserungen, die er anbringen ließ, ständig in Unordnung gewesen.) Und als wir endlich an die richtige Stelle vordrangen, fanden wir nichts weiter als einen pompösen Brief von Barclay. Er war ziemlich schwer zu lesen, weil er feucht geworden war, aber wir entzifferten ihn. Anscheinend ist der törichte alte Mann auf das Gold gestoßen, als er in den Fundamenten herumstocherte, um Material für sein langweiliges Buch zu suchen, und ob Du es glaubst oder nicht, er ließ es alles hinaustragen, Stück für Stück und Nacht um Nacht, und warf es von einem dieser kleinen Fischerboote etwa eine Meile vor der Küste ins Meer. Tatsache, Darling!

Er sagt, an einem Ort wie Sansibar sei Geld eine Quelle des Bösen, da es zu nichts anderem als Fortschritt führe. Und er war gegen den Fortschritt, weil er selten Glück mit sich bringe und viel öfter nur scheußliche Gebäude, häßliche Fabriken, schmutzige Bahnhöfe und lärmende Autos bedeute, dazu Dinge wie Streiks, Aussperrungen und Ausbeutung. Er zog Kokosnüsse, Gewürznelken und Charme vor.

Tyson sagt, das sei wie eine Geschichte mit dem Titel »Der Schatz und das Gesetz«, aber ich möchte nicht, daß sie veröffentlicht wird. Übrigens, er schickt Lash ein Exemplar vom »Haus des Schattens« als eine Art Extra-Hochzeitsgeschenk, und er sagt, wenn das erste Kind ein Junge wird, sollt Ihr ihn Barclay nennen, denn seiner Meinung nach kann es gar nicht genug Barclays geben.

Auch Tyson scheint nicht viel vom Fortschritt zu halten. Er sagt, das sei eine gute Idee gewesen, aber außer Kontrolle geraten.

Und nun, Darling…«

Alberto Vázquez-Figueroa

Manaos
8821

Vendaval
9169

Yubani
8951

Viracocha
9204

Tuareg
9141

El Perro
9429

Ébano
9181

Océano
9701

GOLDMANN